몽고자운 연구

－훈민정음과 파스파 문자의 관계를 해명하기 위하여－

정 광

박문사

卷頭言

　이 책은 『몽고자운』에 대한 종합적인 연구서다. 『몽고자운』은 원(元) 세조(世祖) 쿠빌라이 칸이 팍스파(八思巴) 라마를 시켜 만든 파스파(ḥ P'ags-pa) 문자로 중국 한자의 표준음을 표기한 운서이다. 파스파자는 한 자음 표기를 위하여 세종이 창제한 훈민정음보다 170여 년 전에 티베트 문자를 본떠서 만든 표음 문자로 알려졌다. 이 문자는 훈민정음과의 관 계로 우리 학계의 주목을 받았지만 아직 그 전모가 밝혀지지 않은 수수 께끼의 문자다.

　훈민정음, 즉 한글이 이 문자의 영향을 받아 제정된 것에 대하여는 이미 조선시대 이익(李瀷)의 『성호사설(星湖僿說)』과 유희(柳僖)의 『언문 지(諺文志)』에서 언급된 바가 있고 서양에서는 초기 선교사들의 한국어 연구에서 거론되었다. 1966년 미국 컬럼비아 대학의 Gari Ledyard 교수 가 버클리의 캘리포니아대학에서 학위논문으로 쓴 *The Korean Language Reform of 1446 - The Origin, Background, and Early History of the Korean Alphabet* - 라는 책에서 파스파 문자와의 관련설을 본격적으로 주장하였다. 이 논문이 인정을 받아 서양 학계에서는 한글이 파스파자의 영향으로 제정된 것이 거의 정설로 되었다. 또 동양에서는 파스파 문자 전문가인 중국 사회과학원의 주나스트(照那斯圖) 교수에 의하여 2001년에 같은 주장이 제기되어 외국학계에서는 훈민정음, 즉 한글이 파스파자의 영향을 받아 제정되었다는 사실이 상식으로 인정되어 왔다.

그러나 한국에서는 이러한 외국학계의 동향을 알지 못하고 한글이 사상 유례가 없는 독창적인 문자로 알고 있으며 요즘도 한글에 대한 온갖 국수주의적 연구가 난무하고 있다. 그러면서도 외국학계의 이러한 연구에 정식으로 반론을 제기한 연구나 논저는 지금까지 거의 찾아볼 수 없었다. 그 이유는 무엇보다도 한국의 훈민정음 연구자들이 파스파 문자에 대한 지식이 없었기 때문이라고 필자는 생각한다.

반론이 없으면 묵인(默認)으로 보는 것이 학계의 일반적이 통념이다. 뿐만 아니라 한국 학계에서는 외국의 이러한 주장에 아무런 비판 없이 암묵적으로 동조하는 경우도 없지 않다. 심지어는 전술한 레쟈드 교수의 학위논문을 국립국어연구원에서 연구총서 2호로 간행하기도 하였다. 또 김봉태 저 『훈민정음의 음운체계와 글자모양』(서울: 삼우사, 2002년)에서는 훈민정음과 다른 문자와의 비교가 이루어졌는데 저자는 국어학을 연구하는 분이 아니었다. 다른 분야의 연구자가 보다 못하여 이 책을 낸 것으로 보인다.

티베트의 토번(吐蕃) 왕국에서 송찬 감포(Srong-btsan sgam-po) 대왕(大王)이 7세기(世紀)경에 고대인도 음성학의 이론에 입각하여 대신(大臣) 톤미 아누이브(Thon-mi Anu'ibu)로 하여금 새로운 티베트 문자를 제정하게 한 이후 중국의 한자(漢字) 문화에 대립(對立)하는 유라시아 대륙의 북방민족들이 비한자(非漢字) 문화권을 영위하기 위하여 새 왕국의 건설과 함께 신문자를 관습적으로 제정하게 되었다.

요(遼) 태조(太祖) 아율아보기(耶律阿保機)가 만든 거란(契丹) 문자, 금(金) 태조 아구타(阿骨打) 만든 여진(女眞) 문자, 유라시아 대륙의 스텝을 통일하고 대제국을 건설한 태조 칭기즈 칸의 몽고 위글자(畏兀字), 그리고 중국에 원(元)나라를 건국한 쿠빌라이 칸의 파스파자가 바로 통치를 위하여 새롭게 제정한 문자들이다. 그들은 새 문자를 만들어 새 왕국(王國)의 추종 세력과 그 자제(子弟)들에게 교육하고 과거시험에 의하여 이 문자를 학습한 인물들을 선발하여 관리(官吏)에 임명함으로써 자연스럽게 지배계급의 물갈이가 가능하였고 신구(新舊) 세력의 교체(交替)가 이루어졌던 것이다.

훈민정음의 창제도 그런 맥락에서 고찰이 가능하다. 훈민정음이 제정된 지 불과 3년도 안 된 세종 28년(1446) 12월에는 이과(吏科)와 취재(取才)에서 훈민정음을 시험에 부과한다(제5장 5.1.3항에 수록한『세종실록』권114, 세종 28년 12월 기미(己未) 조의 기사 참조).

이어서 세종 29년(1447) 4월부터는 각종 취재(取才)에서 훈민정음의 시험을 강화한다. 즉『세종실록』(권116) 세종 29년 4월 신해(辛亥) 조의 기사에 "先試訓民正音 入格者許試他才 各司吏典取才者並試訓民正音 — 먼저 훈민정음을 시험하고 합격한 자에게만 다른 시험에 응시할 수 있게 하다. 각 관청에서 이전(吏典)의 취재를 하는 경우 훈민정음을 함께 시험하다—"라는 기사로 이 사실을 알 수가 있고 또 실록의 기사에 의하면 세종・세조 때에 계속해서 각종 시험에서 훈민정음과『동국정운』을 부과한다.

뿐만 아니라 요(遼), 금(金)의 거란(契丹) 대소자(大小字), 여진(女眞) 대・소자가 고려시대의 구결자(口訣字)에 많은 영향을 준 것처럼(졸고:2009)

원(元) 세조(世祖) 쿠빌라이 칸의 파스파자 제정은 훈민정음 창제에 직접적인 영향을 주었다. 문자 제정의 발상(發想)이라든지 자모(字母)의 선택, 자음자와 모음자의 구별, 음절 단위의 모아쓰기, 한자음의 발음 전사 등 훈민정음이 파스파 문자로부터 받은 영향은 매우 많다.

그러나 필자는 훈민정음이 파스파 문자의 제정으로부터 영향을 받은 것을 인정은 하면서도 문자 자체는 파스파자의 모방으로 보지 않는다. 이 책은 훈민정음이 얼마나 파스파자로부터 영향을 받았으며 또 파스파자와의 차이는 어떠한가를 밝히려는 목적으로 집필된 것이다. 그 가운데 이 책이 역점을 둔 것은 한글의 문자가 자형은 독창적으로 만들어졌음을 밝히는 것을 밝히려는 것이다.

훈민정음 28자는 먼저 자음자를 아설순치후(牙舌脣齒喉)의 발성기관을 상형한 초성자(初聲字) 다섯을 기본자로 만들고 여기에 인성이가획(因聲而加劃)한 것과 이체자(異體字)로 된 12자를 포함하여 17자를 만들었다. 다음 모음자는 천지인(天地人) 삼재(三才)를 상형한 중성자(中聲字) 3개를 기본자로 하고 이들을 결합시켜 나머지 8자를 만들었다. 이와 같이 분명하게 제자원리에 맞추어 만든 훈민정음, 즉 한글은 티베트 문자를 모방한 파스파자와는 명확하게 구별된다.

이것이 이 책의 결론이다. 이 책은 레쟈드, 주나스트 등의 외국학자들에 의하여 제기된 한글의 파스파 문자 모방설에 대하여 처음으로 국내 연구자가 정식으로 반론을 제시한 것이다. 따라서 많은 비판과 질정(叱正)이 따를 것으로 예상하고 그런 논의를 통하여 우리 문자 한글에 대한 보다 깊이 있는 연구가 이루어질 것으로 기대한다.

이 책에는 파스파 문자로 중국 한자의 13세기 표준음을 기록한 운서로 세계에서 유일하게 대영도서관(British Library)에 전해지는 『몽고자운』

5

의 전문이 영인되어 부록되었다. 이것은 필자가 15년 전에 대영도서관의 마이크로필름에서 프린트한 것으로 현전하는 어떠한 영인본보다 인쇄 상태가 선명할 것이라고 자부한다. 15년 전에 프린트한 것의 인용을 허락한 대영도서관에 감사하며 본서 2부의 납본으로 의무를 줄여준 Permissions Manager의 Ms. Sandra Powlette에게 감사한다.

이 책은 많은 분들의 도움을 받아 작성되었다. 우선 해박한 중국 고전에 대한 지식으로 중국 측의 사료(史料)들과 특히 원대(元代) 파스파 관계 자료의 해독에 도움을 준 일본 다이도오 분카(大東文化) 대학의 외우(畏友) 미우라 쿠니오(三浦國雄) 교수와 19세기 난삽한 독일어를 쉽게 풀이해 준 옛 친구 김승옥 고려대 명예교수에게 감사의 뜻을 표하지 않을 수 없다. 이 두 분의 도움이 없이는 인용한 자료의 해독에 많은 시간을 허비하였을 뿐만 아니라 그 정확성도 보장할 수 없었을 것이다.

그리고 언제나 필자의 난해한 원고를 현대 철자법에 맞도록 교정해준 우리 지도학생 여러분들, 특히 현대 중국 인명 표기에 도움을 준 양오진 교수와 인용된 사진을 편집하느라고 여러 차례 연구실을 오고가야 했던 박미영 선생에게 고마운 뜻을 전한다.

이 책은 필자의 개인 연구실인 불암재(佛岩齋)에서 집필한 10번째 책이 된다. 필자의 환갑(還甲)을 기념하여 이 서재(書齋)를 선물한 내자(內子)에게 적어도 불암재가 단지 파한(破閑)의 노인정(老人亭)이 아니고 조금은 효용성이 있는 서재(書齋)였다는 증명으로 이 책을 바친다.

2009년 4월 한식(寒食)일에
佛岩齋에서 著者

1 용어의 의미를 정확하게 하기 위하여 한자를 병용한다. 한자는 괄호 안에 넣어서 병기하도록 하였다. 다만 괄호 안의 술어나 주(註)에서는 한자만으로 쓰는 경우도 있다. 경우에 따라서는 한자의 독음과 괄호 안의 한자가 파스파(八思巴), 팍스파(八思巴)와 같이 다를 수도 있다.

2 인명이나 서명 등의 고유명사는 처음에 한글로 표기하고 다음부터는 원문으로 표기한다. 다만 중국인의 인명은 현대인(辛亥 혁명 이후)은 보통화의 발음으로 표기하고 역사적인 인물(辛亥 혁명 이전)은 우리 한자음으로 표기한다.

3 서명은 국내 서적이나 한적(漢籍), 동양서의 경우는 『 』안에 넣고 장절(章節)은 「 」안에 넣었으며 양서는 이탤릭으로 표시하였다. 다만 관례적으로 원래의 서명에 덧붙여 불리는 명칭의 경우는 〔 〕에 넣어 '〔해례본〕『훈민정음』', '〔화산본〕『고금운회거요』' 등과 같이 표시한다.

4 인용 서적이나 논문의 저자는 처음에는 한글과 원문으로, 다음부터는 원문으로 적는다. 예. 오자키 유지로(尾崎雄二郎, 1962), 尾崎雄二郎(1962), 뤄창페이 · 차이메이뱌오(羅常培 · 蔡美彪, 1959), 羅常培 · 蔡美彪(1959), 포페(Poppe, 1957), Poppe (1957)와 같다.

5 사진과 도표의 일련번호는 각 장(章)별로 붙였다. 예를 들면 제2장 의 사진은 [사진 2-1, 2, 3···]로 표시하고 도표도 역시 [표 2-1, 2, 3···]로 표시한다. 동일 계통의 사진일 경우 [사진 2-1-1, 2, 3···]과 같이 표시한 경우도 있다. 사진과 도표가 많기 때문에 혼란을 피하기 위한 것이다.

6 파스파자와 같이 문자명과 인명이 같을 때에 이를 구별하기 위하 여 팍스파(八思巴 - 인명), 파스파(八思巴 - 문자명)로 쓰기로 한다.

7 세로로 세워야 할 파스파자 및 여러 글자의 사진이나 도형이 편집 상의 편의를 위하여 옆으로 누인 경우가 많다. 독자의 양해를 구 한다.

8 각 장은 앞의 장과 연결을 짓고 집필하였으나 한 장 한 장 모두 독립된 것이기 때문에 중복된 내용이 있거나 동일한 사진, 도표 등을 싣는 경우가 있다.

본문목차

권두언 / 1
일러두기 / 6

제1장 서론 15

제2장 『몽고자운』의 편찬과 내용 25

2.1 『몽고자운』의 간본(刊本) ································· 26
2.2 원간(原刊)과 편자(編者) ·························· 33
2.3 『몽고자운』의 편찬 목적 ························· 36
2.4 『몽고자운』의 내용 ······························· 39
2.5 『사성통해』 몽운(蒙韻)으로 본 『몽고운략』과 『몽고자운』 ·· 44
2.6 『몽고자운』과 『신간운략』 및 『중원음운』 ················ 56
2.7 『고금운회거요』와의 관계 ························ 67
2.8 『몽고자운』의 이본(異本) ··························· 71

제3장 大英도서관 소장 『몽고자운』의 런던 초본 75

3.1 런던 초본의 서지사항 ·························· 76
3.2 런던 초본의 체재 ······························ 77
3.3 런던 초본의 와오(訛誤) ··························· 83
3.4 『몽고자운』의 영인 출판 ························· 90
3.5 런던 초본의 필사(筆寫) 시기 ··················· 95

제 4 장 파스파 문자의 제정과 『몽고자운』 103

4.1 역사적으로 본 몽고 주변의 표음문자 ·························· 104

4.2 팍스파 라마의 토번(吐蕃) ····································· 133

4.3 파스파자와 티베트 문자 ······································· 142

4.4 파스파 문자의 제정 시기 ······································ 153

4.5 파스파 문자 제정의 목적 ······································ 154

4.6 파스파 문자의 사용과 전파 ···································· 161

4.7 파스파 문자의 자음(子音) ····································· 178

4.8 파스파 문자의 모음(母音) ····································· 195

4.9 파스파 문자의 자모(字母) ····································· 207

제 5 장 파스파자와 훈민정음 211

5.1 파스파 문자의 제정과 훈민정음의 창제 ····················· 217

5.2 파스파자 36자모와 훈민정음 17초성자 ····················· 239

5.3 훈민정음의 11中聲字와 몽고자운의 7喩母字 ················ 257

5.4 훈민정음 자형(字形)의 독창성(獨創性) ······················ 275

제 6 장 결론 285

6.1 『몽고자운』의 편찬 ··· 286

6.2 『몽고자운』의 런던 초본(鈔本) ······························ 289

6.3 파스파 문자와 『몽고자운』 ··································· 291

6.4 파스파자와 훈민정음 ··· 294

참고문헌 / 297

자료편 / 309

사진목차

1: [사진 1-1] 大英도서관 정문(2007년 8월 촬영) ················ 22
2: [사진 2-1] 『몽고자운』 권두 소재의 '字母' ················ 41
3: [사진 2-2] 『몽고자운』의 15 總目 ················ 43
4: [사진 2-3] 『사성통해』 上 初葉 ················ 55
5: [사진 2-4] 『新刊韻略』의 '廻避字樣'과 正誤字 ················ 61
6: [사진 2-5] 『新刊韻略』 권두 科式 부분 ················ 63
7: [사진 2-6] {화산본}『古今韻會擧要』 권두 ················ 69
8: [사진 3-1] 책 등에 붙은 英語書名 ················ 76
9: [사진 3-2-1] '玄'의 缺筆 ················ 99
   [사진 3-2-2] '曆'의 缺筆 ················ 99
   [사진 3-2-3] 온전한 '顯'자 ················ 99
10: [사진 4-1] 몽고 위구르 문자 ················ 109
11: [사진 4-2] 소그드 문자와 위구르 문자 대비표 ················ 114
12: [사진 4-2-1] 몽고 위구르자의 옛글자 ················ 115
   [사진 4-2-2] 현재에 쓰이는 몽고 위구르자 ················ 118
13: [사진 4-3] 北大王 墓志(거란대자) ················ 122
14: [사진 4-4-1] 「大金皇弟都統經略郎君行記石刻」의
   '大金皇弟都統經略郎君'에 해당하는 契丹小字 ················ 123
15: [사진 4-4-2] 거란소자 『道宗哀册』의 책 덥개(탁본) ················ 125
16: [사진 4-5-1] 山東省에서 발굴된 奧屯良弼 女眞字 詩刻 ········· 129
17: [사진 4-5-2] 여진 문자(소자) ················ 130
18: [사진 4-6] Tibet Museum에 收藏된 元代 玉印(統領釋敎大元國師之印)
   ················ 138
19: [사진 4-7] 사라다 문자 碑文(8세기) ················ 144
20: [사진 4-8] 티베트 문자의 30 자음 ················ 146
21: [사진 4-9-1] 굽타 문자 ················ 150

22: [사진 4-9-2] 란챠 문자 ·· 151

23: [사진 4-9-3] 우르두 문자(牙音) ·· 151

24: [사진 4-10-1] 파스파 문자(橫書) ·· 152

25: [사진 4-10-2] 위구르 문자(橫書) ·· 152

26: [사진 4-10-3] 거란 문자(소자, 橫書) ··· 152

27: [사진 4-10-4] 여진 문자(소자) ·· 152

28: [사진 4-10-5] 한자 ··· 152

29: [사진 4-10-6] 티베트(西藏) 문자 ·· 152

30: [사진 4-11] 居庸關 懸板의 탁본 ·· 153

31: [사진 4-12] 『書史會要』 소재 파스파 문자 ································· 180

32: [사진 4-13] 『法書考』 소재 파스파 문자 ··································· 181

33: [사진 4-14] 『蒙古字韻』 36字母圖와 7개 喩母字 ····················· 186

34: [사진 4-15] 파스파자 44개의 로마자 飜字 ······························· 192

35: [사진 4-16] 티베트 문자의 모음부호 ··· 196

36: [사진 4-17] 『蒙古字韻』 15韻 總目 ··· 199

37: [사진 4-18-1] 포페의 파스파 문자(자음) ····································· 203

38: [사진 4-18-2] 포페의 파스파 문자(모음) ····································· 203

39: [사진 5-1] 『四聲通解』 권두의 「廣韻三十六字母之圖」 ··············· 245

40: [사진 5-2] 『四聲通解』 권두의 「韻會三十五字母之圖」 ··············· 248

41: [사진 5-3] 『四聲通解』 권두의 「洪武韻三十一字母之圖」 ············ 251

42: [사진 5-4] Poppe(1957:24)의 파스파 모음자 ···························· 261

43: [사진 5-5] 훈민정음 초성 기본자 ·· 279

44: [사진 5-6] 훈민정음 중성 기본자 ·· 279

표목차

1: [표 2-1] 『몽고자운』의 36자모표 ································· 41
2: [표 2-2] 『몽고자운』의 15總目 ····························· 43
3: [표 2-3] 『몽고운략』에서 『몽고자운』의 런던 초본까지 ··············· 73
4: [표 3-1] 朱宗文本의 체제 ····························· 81
5: [표 3-2] 〈補修本〉(一卷)의 체제 ························· 81
6: [표 3-3-1] 런던 초본의 체제(상권) ····················· 82
7: [표 3-3-2] 런던 초본의 체제(하권) ····················· 82
8: [표 4-1] 티베트 문자의 聲韻學的 對音 ·················· 147
9: [표 4-2] 『蒙古字韻』八思巴 문자의 36字母圖([표 2-1]과 동) ······· 187
10: [표 4-3] 『蒙古字韻』의 15韻 ·························· 199
11: [표 4-4] 15韻의 韻目表 ····························· 201
12: [표 5-1] 『四聲通解』 권두의 「廣韻三十六字母之圖」 ·············· 245
13: [표 5-2] 『四聲通解』 권두의 「韻會三十五字母之圖」 ·············· 249
14: [표 5-3] 『四聲通解』 권두의 「洪武韻三十一字母之圖」 ············· 252
15: [표 5-4] 「세종어제훈민정음」의 초성자 ················· 253
16: [표 5-5] 「세종어제훈민정음」 초성자(漢音 포함) ·············· 254
17: [표 5-6] 훈민정음 32초성과 파스파자 34자모 ·············· 256
18: [표 5-7] 파스파자의 모음자, 훈민정음의 中聲字 ············· 261
19: [표 5-8] 훈민정음 11개 中聲字의 生位成數 ················ 266
20: [표 5-9] 「河圖」生位成數의 55점 ····················· 268
21: [표 5-10] 훈민정음 中聲字의 위치 ···················· 269
22: [표 5-11] 한국어사에서 본 각 시대별 모음체계 ············· 272
23: [표 5-12] 훈민정음 제정 당시의 조선어 모음체계 ············ 274
24: [표 5-13] 「세종어제훈민정음」 31初聲字와 『蒙古字韻』 32字母의 대비표
·· 277
25: [표 5-14] {해례본}『훈민정음』의 中聲 체계 ··············· 280

蒙古字韻 研究

훈민정음과 파스파 문자의 관계를 해명하기 위하여

제1장
서 론

『몽고자운(蒙古字韻)』은 원대(元代)에 파스파 문자로 한자를 주음(注音)하여 간행한 운서(韻書)로 몽고인과 색목인(色目人)들이 한자(漢字)의 중국 표준음을 학습하기 위하여 편찬하였다. 파스파 문자는 원(元) 세조(世祖) 쿠빌라이 칸(忽必烈汗)이 라마승(喇嘛僧) 파스파(八思巴)를 시켜 한자음을 표음하기 위하여 만든 문자로 원(元) 지원(至元) 6년(1269)에 반포(頒布)하였고 당시에는 국자(國字)라고 불렸다.

세종(世宗)이 신문자(新文字)를 창제하고 『동국정운(東國正韻)』을 편찬하여 우리 한자의 동음(東音)을 정리한 다음 이 신문자를 '훈민정음(訓民正音)'이라고 명명한 것과 비교하여 파스파 문자를 제정하고 이 문자로

『몽고자운』에서 한자의 중국어음을 표음한 일들과 어떤 관련이 있을 것
이라는 외국 연구자의 논의가 끊이지 않았다. 또 훈민정음이 창제된 다
음에 편찬된 중국 한어음(漢語音)의 운서 『홍무정운역훈(洪武正韻譯訓)』이
라든지 『사성통고(四聲通攷)』, 『사성통해(四聲通解)』 등이 어쩌면 파스파
문자로 중국 표준음이 주음(注音)된 『몽고자운』과 연관이 있을 수도 있
다는 관점에서 이 운서(韻書)는 그동안 학계의 관심을 끌어왔다.

　『몽고자운』은 일찍이 『사성통해』에 부재(附載)된 신숙주(申叔舟)의 「사
성통고범례(四聲通攷凡例)」에 '몽고운(蒙古韻)'으로 인용되었으며1) 최세진
(崔世珍)의 『사성통해』의 권두(卷頭) 「범례」 첫머리에

　　　蒙古韻略、元朝所撰也。胡元入主中國、乃以國字飜漢字之音、作
　　韻書以教國人者也。其取音作字至精且切、四聲通攷所著俗音、或同
　　蒙韻之音者多矣。故今撰通解必參以蒙音、以證其正俗音之同異。-
　　'몽고운략은 원나라 때 편찬된 것이다. 오랑캐 원나라가 주인의 중국에 들
　　어가서 국자(國字-나라의 글자, 파스파字를 말함-필자)로써 한자의 발음을 번
　　역하여 운서를 지어 나라 사람들을 가르쳤다. 그 발음을 취하는 것이 지극
　　히 정세할 뿐 아니라 또 [틀린 것을] 바로 잡기까지 하였다. '사성통고'에서
　　속음이라고 한 것이 혹은 몽고운의 발음과 같은 것이 많다. 그러므로 이번
　　에 '사성통해'를 편찬할 때에도 반드시 몽고운의 발음을 참고하여 정음(正音)
　　과 속음(俗音)의 같고 다름의 증거로 삼았다-[ ]안의 것은 필자가 이해를
　　돕기 위하여 삽입한 것임. 이하의 번역에서도 같음.

---

1) "脣輕聲非・敷'二母之字、本韻及蒙古韻混而一之。且中國時音亦無別、今
以敷歸非。- 순경음의 非(ㅸ)・敷(ㅸ) 두 성모의 글자는 사성통고와 몽고운에
서 섞여져 하나다. 또 중국의 당시 발음에서 구별하지 않아서 이번에 敷(ㅸ)를
非(ㅸ)에 합쳤다. -"라는 記事는 바로 『蒙古字韻』의 脣輕音에서 全清과 次清
을 구별하지 않은 것을 말한 것이다. 『사성통해』下 「사성통고 범례」 참조.

라는 기사에 나오는 〈몽고운략(蒙古韻略)〉과 같은 계통의 몽고 운서로
추측되는데 이 몽고 운서들은 『홍무정운역훈』이나 그의 축약본(縮約本)
으로 알려진 『사성통고(四聲通攷)』에서 집현전(集賢殿) 학자들이 기본적으
로 참고한 운서였음을 쉽게 알 수 있다. 그러나 〈몽고운략(蒙古韻略)〉은
현재 전하지 않고 런던 대영도서관에 전해지는 『몽고자운』의 초본(鈔本)
을 통하여 그 모습을 유추할 수 있을 뿐이다.

이 파스파자로 한자의 발음을 표음한 몽고 운서들은 신숙주의 『사성
통고』뿐만 아니라 최세진의 『사성통해』에서도 한자의 북경(北京) 한어음
(漢語音)을 몽고운(蒙古韻)이란 이름으로 참고하였음을 밝히고 있다.[2] 따
라서 파스파자는 훈민정음이 발명되기 이전에는 한반도의 한어(漢語) 학
습자들이 한자의 중국어 발음을 익히기 위하여 사용한 발음기호였음을
알 수 있다.

신숙주의 『사성통고』에서 〈몽고운략〉의 한자음을 참고하였다는 최세
진의 증언(證言)은 저자인 신숙주만이 아니라 당시 훈민정음의 해례에
참가하였던 집현전(集賢殿) 학자들이 모두 몽고운(蒙古韻)의 존재를 알고
있었고 또 그들이 파스파자로 된 운서를 애용하였음을 말해 준다. 서명
으로 보아 『예부운략(禮部韻略)』 계통의 운서를 파스파 문자로 번역(飜譯,
transcription)한[3] 것으로 볼 수 있는 『몽고운략(蒙古韻略)』이나 후대에 『예
부운략』 계통의 운서로서 당시 북방음을 반영한 『신간운략(新刊韻略)』을
역시 파스파(字)로 표음한 『몽고자운』의 음운을 몽고운(蒙古韻), 또는 몽

---

2) 조선 한자음을 우리가 동음(東音)이라 부르는 것과 같이 최세진 등은 몽고운서에
   반영된 당시의 北京音을 몽음(蒙音)이라 한 것으로 보인다.
3) 당시 '飜' 또는 '飜譯', '飜字'는 다른 문자로 한자음을 표음하는 것, 즉 2 문자로
   轉寫(transcription)하는 것을 말하고 오늘날과 같이 뜻을 풀이하는 것(translation)
   은 諺解라 하였다.

운(蒙韻)이라 하였고 이러한 운서의 한자음을 몽음(蒙音)이라 하여 조선 초기 중국어 학습에 이용하였다.

『몽고자운』이란 이름의 운서로써 현전하는 유일한 전본(傳本)은 영국 런던의 대영(大英)도서관(Oriental & India Official Collections, British Library)에 소장된 초본(鈔本)이다. 이 초본의 권두에 원(元) 지대(至大) 무신(戊申, 1308)이란 간기(刊記)가 있는 유경(劉更)의 서문(序文)이 있고 다음에 부재 (附載)된 편찬자 주종문(朱宗文)의 서문에도 역시 "至大 戊申 淸明前 一日 – 지대 무신년(1308) 청명 하루 전날–"이란 기사가 있다.

편찬자 주종문(朱宗文)은 원대(元代) 지정연간(至正年間, 1341-1367)에 태 어났고 신안(信安) 사람으로 자(字)가 언장(彦章)이다. 스스로 음역(音譯)에 능통하다고 하였다. 유경(劉更)의 서문에 주백안(朱伯顏)으로도 불린다고 하였고 다른 곳에서는 파안(巴顏)이라고도 썼으니 이는 몽고어로 Bayan ('富'를 의미하는 몽고어)이란 이름도 있었음을 알 수 있다. 원래 그가 몽고 자학(字學)을 하는 유경의 제자이었기 때문에 몽고어로 된 이름을 별도 로 갖고 있었던 것이다.

주종문에 대하여는 『흠정사고전서총목(欽定四庫全書總目)』 「경부소학 류존목(經部小學類存目)」 '몽고자운(蒙古字韻) 2권(二卷)'조에 "元朱宗文 撰。宗文字彦章、信安人、 前有劉更序。又稱朱巴顏、蓋宗文嘗充 蒙古字學弟子、故別以蒙古語命名也。[중략] 宗文生於至正間、雖 自謂能通音譯。[하략 – 원나라 주종문의 편찬이다. 주종문은 자(字)가 언장(彦章)이고 신안(信安)사람이다. 전에 유경(劉更)의 서문에서 또 주파 안(朱巴顏)이라 칭하기도 하였다. 모두 주종문이 몽고 자학(字學)의 제자 로 들어가 있었기 때문에 따로 몽고어로 된 이름을 지었다. [중략] 주종 문은 지정(至正) 연간에 태어났으며 스스로 음역(音譯)에 능통하다고 말하였다ー"라 하여 주종문이 『몽고자운』의 편찬자이며 자(字)가 '언장(彦章)'이며 신안(信安) 사람임을 밝혔다. 그리고 이 운서의 모두(冒頭)에 부재된 유경(劉更)의 서문에 '주파안(朱巴顔)'으로 칭하였는데 이것은 주종문이 그의 몽고 자학(字學)의 학생이었기 때문에 몽고어로 된 이름을 가졌다는 것이다.

그러나 실제로 유경의 서문에는 주종문의 몽고어 이름을 '주백안(朱伯顔)'으로 적었기 때문에 『사고전서(四庫全書)』의 '주파안(朱巴顔)'과는 한자의 표기가 다르다. '백안(伯顔)'이나 '파안(巴顔)'이 모두 몽고어 'Bayan'을 표기한 것으로 '부(富)ー가멸다'의 뜻을 가져서 몽고인들의 인명(人名)으로 많이 쓰였다. 주종문의 몽고 이름이 유경의 서문과 『사고전서』에서 서로 다른 것에 대하여는 이미 뤄창페이(羅常培)가 1939년에 『北京圖書館季刊』(제1권 제3기)에 발표한 바 있는 "蒙古字韻跋"에서, 그리고 차이메이뱌오(蔡美彪)가 1951년에 탈고한 "關於蒙古字韻"에서 논의된 바가 있으며 뤄창페이 · 차이메이뱌오(羅常培 · 蔡美彪, 1959)에서 이 두 논의가 수렴되었다.

그에 의하면 건륭(乾隆) 32년(1768)에 칙찬(勅撰)된 『속통지(續通志)』에는 '백안(伯顔)'이란 이름이 보이나 건륭 47년(1783)에 칙찬된 『사고전서(四庫全書)』에서는 '파안(巴顔)'으로 표기된 이유에 대하여 다음과 같이 설명하고 있다. 즉 청조(淸朝)는 건륭(乾隆) 40년(1776)과 42년(1778)의 두 차례에 걸쳐 명사(明史)에 보이는 외국인 이름과 외국의 지명을 표기할 때에 쓰이는 한자를 고쳐 쓰라고 지시한 '개역인지명(改譯人地名)'의 유고(諭告)가 있었다. 여기에서 '백(伯)'은 '파(巴)'로, '안(顔)'은 '연(延)'으로 고칠 것을 지시하고 있는데 예를 들면4)

　　伯顔子中　→　巴延子中
　　伯顔帖木兒　→　巴延特穆爾 또는 巴顔特木爾
　　伯顔猛可王　→　巴延蒙古王

와 같다.

　　이 예를 보면 '백(伯)'은 반드시 '파(巴)'로 고쳐야 하지만 '안(顔)'은 '연(延)'도 좋고 '안(顔)'으로 그대로 둘 수 있었음을 알 수 있다. 따라서 주종문의 몽고 이름은 '백안(伯顔)'이었지만 건륭 40년 이후에 '파안(巴顔)'으로 표기하였음을 알 수 있다. 이것은 〈런던 초본(鈔本)〉의 필사(筆寫) 시기를 밝히는데 도움을 준다(제3장 3.5절 3.5.2항 참조).

　　이 『몽고자운』 초본(鈔本)의 런던 대영도서관 소장본(이하 〈런던鈔本〉으로 약칭)은 일찍이 羅常培・蔡美彪(1959)와 오자키 유지로(尾崎雄二郎, 1962)에 의하여 학계에 보고되었으며 정짜이화(鄭再發, 1965)에 의하여 본격적인 연구가 시작되었다. 또 현존(現存)하는 파스파(八思巴) 문자로 한자음이 전사된 유일한 운서(韻書)라는 점에서 사계(斯界)의 주목을 받아왔다. 이 책은 몽고인들이 중국 한자의 표준음을 익히기 위하여 표음문자로 발명된 파스파 문자로 각 성(聲)과 운(韻)이 주음(注音)되었다.

　　런던 초본(鈔本)은 2008년 11월에 한국학중앙연구원(韓國學中央研究院, 이하 '한중연'으로 약칭함)에서 영인본으로 간행되었다. 필자가 추천하였고 대영(大英)도서관의 허가를 얻어 300부 한정판으로 간행된 이 책은 필자의 해제를 붙여 간행하였다. 많은 분들이 이 책을 보고자 하였으나 한정된 부수로 간행되었기 때문에 매우 소수의 연구자들만이 이용이 가능하였다.

　　아직까지 우리 학계에서는 파스파 문자에 대한 본격적인 연구나 이

---

　4) 이에 대하여는 淸 王頌蔚의 『明史考證攟逸』 卷首에 수록된 것을 尾崎雄二郎 (1962:166)에서 재인용함.

문자를 이용하여 한어 학습에 이용하도록 편찬된 『몽고자운』의 런던 초본에 대한 간단한 소개조차 없었다. 훈민정음이 파스파 문자의 제정으로부터 영향을 받았다는 많은 연구가 있었음에도 불구하고 이에 대한 연구가 없었다는 사실은 참으로 부끄러운 일이다. 더욱이 훈민정음 창제 이후에 우리 한자음을 정리하려고 『동국정운(東國正韻)』을 편찬하거나 한어(漢語) 학습을 위하여 『홍무정운역훈(洪武正韻譯訓)』, 『사성통고(四聲通攷)』 등을 간행한 사실을 이해하려면 당연히 고찰되어야 한다. 따라서 파스파자 주음(注音)의 『몽고자운』과 그의 유일한 현존본인 런던 초본에 대한 연구가 당연히 고찰되었어야 함에도 불국하고 이러한 연구가 아직까지 없었다는 것은 참으로 안타까운 일이 아닐 수 없다.

일본에서는 런던 초본을 1921년에 이시하마 준타로오(石浜純太郎)씨가 사진으로 촬영하여 일본으로 가져와서 학자들이 이용하였고 이어서 50여 년 전인 1956년 8월에 오사카에 있는 간사이(關西)대학 동서학술연구소(東西學術研究所)가 이 사진판을 영인 출판하여 많은 전공자들이 자유롭게 이용하고 있다.5) 이에 비하여 파스파 문자로 한자음을 기록한 세계 유일한 운서가 2008년 말에서야 이 땅에서 영인본으로 출판되었다는 것은 그야말로 만시지탄(晚時之歎)을 금할 수 없다.

필자는 약 15년 전에 영국 런던대학 SOAS의 모 교수로부터 이 책을 복사한 전편을 전해 받아 지금껏 시간이 있는 대로 검토해 왔다. 한 때는 개인적으로 이것을 영인 출판할 생각도 하였으나 그러기에는 비용이 너무 과다하여 힘에 겨웠다. 그리고 당시에는 필자를 비롯한 국내의 학

---

5) 兪昌均(2008:101)에 의하면 "日本에 있어서는 石濱純太郞氏가 大英博物館에서 복사해 와 1921년 關西大學校 東西學術研究所에서 영인 간행했고하려"이라 한 것은 복사한 연도와 간행 연도를 착각한 것으로 보인다.

자들이 이 책에 대한 올바른 이해가 부족하였다. 이 책의 후면에 대영도
서관의 허가를 얻어 부재한 『몽고자운』 사본의 영인본은 실로 이때에
영인하여 필자가 오랜 세월에 걸쳐 자료로 이용한 것이다.

　그러다가 필자는 2007년 8월 16~17일에 영국 런던에서 열린 ISKS 제
8차 학술대회에 참가하면서 대영도서관을 방문하여 이 책을 볼 기회를
가졌다. 학회 일정에 쫓겨 짧은 시간밖에는 할애하지 못하였으나 이때
의 경험과 영인본을 보면서 졸고(2008b)를 작성하였던 것이다. 이 논문은
2008년 11월에 한중연에서 열린 '훈민정음과 파스파 문자'란 주제의 국
제 학술 워크숍에서 발표되었다.

　이 국제 학술 워크숍에서는 대영도서관에 소장된 『몽고자운』의 런던
초본을 한중연에서 영인 출판하면서 그를 기념하기 위한 것이었다. 이

사진 1-1　大英도서관 정문(2007년 8월 촬영)

런던 초본의 영인 출판에 있어서 3개월에 걸쳐 정력을 쏟아 작성한 필자의 해제는 한중연에서 출판할 때에 편집 담당자에 의하여 자의적으로 고쳐졌다. 주요한 변개(變改)는 가능한 한 한자를 모두 없애는 쪽으로 원고를 수정한 것이다. 나중에 필자의 강력한 항의로 일부 돌아온 한자가 없지는 않지만 많은 한자는 없어졌는데 가장 고약한 것은 현대 중국인의 인명을 한글로 쓴 점이다.

예를 들어 '후진타오'를 한자로 '胡錦濤'라고 썼다면 이를 한글로 바꾸니 '호금도'가 된 것과 같다. 그러나 워크숍에 맞추어 간행 일자가 정해져 있고 이를 다시 바로 잡기에는 시간이 없어 필자의 해제는 그대로 간행되었다. 또한 3개월 만에 졸속으로 작성한 해제에는 역시 오류가 없지 않았다. 이때의 잘못이 이 연구서에서 바로 잡히기를 바라는 마음 간절하다.

『몽고자운(蒙古字韻)』은 전술한 바와 같이 중국 한자음을 파스파 문자로 표음한 것이다. 따라서 파스파 문자에 대한 지식이 없이는 이를 이해하기 어렵다. 본서에서는 파스파 문자에 대하여 그동안의 연구를 중심으로 논하였다.

파스파 문자는 아직도 해독이 안 되거나 분명히 알 수 없는 것이 많은 미궁(迷宮)의 문자다. 몽골이 유라시아대륙의 동부(東部)를 모두 점령하고 제국(帝國)의 통치문자로 제정된 이 문자는 몽골의 원(元)이 망하고 뒤를 이은 한족(漢族)의 명(明)에 의하여 철저하게 파괴당하여 오늘날 남아있는 자료가 매우 적고 그 연구도 매우 지지부진하였다.

원(元) 제국(帝國)에 속했던 소수민족들 가운데 많은 민족이 절멸(絶滅)했고 오늘날 남아 있는 민족들도 그들의 역사나 문화에 대한 연구가 제대로 된 것이 얼마 없다. 대부분이 중국의 한문화(漢文化)에 융해(融解)되었거나 흡수(吸收)되었고 또 서양(西洋) 문화에 압도되어 명맥을 유지하기 어려웠던 것이다.

이 책에서는 파스파 문자에 대한 많은 연구를 최대한 인용하여 그 주장의 시비를 가리려고 하였다. 다만 학계가 공인하는 이렇다 할 연구가 아직 없고 많은 가설(假說)이 난무하는 파스파 문자의 여러 연구에서 옥석(玉石)을 가려내어 이용하기에는 여간 어려운 일이 아니다. 최근 일본에서 그동안의 연구를 비판하는 몇 개의 연구가 있어서 많은 도움이 되었으나 그 역시 또 다른 착오를 보이고 있다. 본서에서는 이 부분에 많은 지면을 할애하였다.

본서의 원래 목적은 파스파자로 한자의 중국어 당시 표준음을 번음(飜音)한 『몽고자운』의 편찬과 훈민정음으로 당시 우리 한자음, 즉 동음(東音)을 정리한 『동국정운(東國正韻)』의 편찬을 비교하는 것이고 궁극적으로 이것은 파스파 문자의 제정과 훈민정음의 창제가 어떤 연관이 있는가를 살피는 것이다. 제5장은 이 두 문자의 제정에 대하여 상호 관련성을 중심으로 고찰하였고 그런 의미에서 제5장은 이 책의 결론에 해당한다.

다만 유라시아대륙의 동북방에 널리 퍼져있는 유목민족들의 문자에 대한 지식이 매우 부족한 필자가 이들의 전통을 이어 받은 파스파 문자에 대하여 논의하는 것이 매우 조심스럽다. 그러나 훈민정음을 올바르게 이해하려면 이러한 연구가 없이는 불가능하다.

훈민정음이 파스파 문자로부터 영향을 받았다고 하더라도 그 가치가 떨어지는 것은 결코 아니다. 오히려 파스파 문자가 갖고 있는 결함을 모두 극복하고 가장 합리적이고 발전된 문자를 만든 것은 역시 발명자 세종대왕(世宗大王)의 위대함이요 우리 민족의 자랑인 것이다. 이 책은 그런 사실을 확인하기 위한 목적으로 쓴 것이다.

제2장

『몽고자운』의 편찬과 내용

앞에서 파스파 문자로 중국 한자의 표준음을 전사한 『몽고자운』이 매우 중요하고 오늘날 전하는 런던 초본이 유일한 귀중본임을 여러 차례 강조하였다. 본 장에서는 먼저 『몽고자운』의 편찬에 대하여 고찰하고 이어서 런던 초본(鈔本)의 서지학적 특징을 고찰하기로 한다.

런던 초본(鈔本)의 상하(上下) 2권 권수(卷首)에는 '몽고자운(蒙古字韻) ꡏꡃ ꡧꡡꡙ ꡐꡜꡞ ꡢꡧꡞꡋ[mong ɤol tsɑhi 'win, 몽 홀 자히 윈]'[1] 上 ꡳꡞꡃ[상],

---

[1] 이 파스파자의 전사에는 많은 혼란이 있었다. 照那斯圖 · 楊耐思(1987:161)에서는 'ꡐꡜꡞ'에 대하여 "tshi的ts 筆劃不正"이라 하여 잘못 쓴 것으로 보았다. 그러나 상권과 하권의 권수서명으로 두 번에 걸쳐 동일하게 필사된 이 파스파 문자가 잘못 쓰인 것으로 보기 어렵다. 필자도 다른 전사자의 혼란에 따라 [tshi]로 전사

下 [그림] [혀] 라는 서명(書名)이 있고 이어서 원(元) 지대(至大) 무신(戊申, 1308)의 간기(刊記)가 있는 유경(劉更)의 서문과 편찬자(編纂者)인 주종문(朱宗文)의 교정(校訂) 서(序)가 있다. 이에 의하면 이미 간행된『몽고자운』을 주종문(朱宗文)이 증첨(增添)하여 지대(至大) 원년(元年, 1308)에 간행한 것임을 알 수 있다.

　다음은 우선『몽고자운』의 편찬과 간행, 내용과 성립, 주종문의 증첨, 다른 운서와의 관계, 남본(藍本)과 이본(異本) 등에 대하여 고찰하고자 한다.

2.1 『몽고자운』의 간본(刊本)

　『몽고자운』의 유일한 현전본인 런던 초본(鈔本)의 권두(卷頭)에는 다음과 같은 7개의 부분이 포함되었다.

　　첫째 표지서명 : 蒙古字韻 [그림][몽 횔 자히 윈, moŋ ɣol tsɑhi 'win] 上 [그림][상, šɑŋ] 33엽 이후에는 蒙古字韻 [그림][몽 횔 자히 윈, moŋ ɣol tsɑhi 'win] 下 [그림] [혀]
　　둘째 서문(序文) : 유경(劉更)의 서문, 주종문(朱宗文)의 서문
　　셋째 교정자양(校正字樣)
　　넷째 총괄변화지도(總括變化之圖)
　　다섯째 자모(字母)

　한 적이 있고 한글도 '지, 지히'로 번자(飜字)하였으나 당시 '字'의 동북 방언음이 [tsɑhi]였을 것으로 추정하고 한글 전사도 [자히]로 전사하고자 한다.

여섯째 전자모(篆字母)
일곱째 총목(總目)
몽고자운(蒙古字韻) 본문(本文)

　이러한 권두(卷頭)의 7개 항목은 이 책이 운서(韻書)로서 편찬된 것임을 말한다. 『몽고자운』은 한자와 발음을 파스파자로 표음하여 한어(漢語) 학습에서 한자의 표준 발음을 정확하게 교육하기 위한 것이었다. 그것은 원(元) 제국(帝國)의 추종자들에게 이 문자를 교육하고 그를 시험하여 관리로 임명함으로써 자연스럽게 지배 계급의 교체를 가져올 수 있었기 때문이다.

　그러나 당시 중국어의 표준음을 정리한 여러 운서(韻書)에서 제가(諸家)의 한운(漢韻)에는 틀린 것이 많았는데 런던 초본(鈔本)을 보면 주종문(朱宗文)이 이를 교정하여 교정자양(校正字樣)이란 이름으로 책의 앞에 열거하였고 총괄변화지도(總括變化之圖)와[2] 다음에 36자모, 파스파 전자모(篆字母) 98자를 배열하였다. 이어서 '총목(總目)'이란 제하(題下)에 1동(東)에서 시작하여 15마(麻)에 이르기까지 15운부(韻部)로 나누어 모두 맨 앞에 파스파자로 발음을 표시하고 다음에는 해당하는 운목자(韻目字)의 한자를 달았다.

　이어서 〈몽고자운(蒙古字韻)〉이란 제목으로 일동(一東)부터 아(牙), 설(舌), 순(脣), 치(齒), 후음(喉音)의 순서로 오음(五音)을 정하고 같은 오음(五音) 안에서는 평성(平聲), 상성(上聲), 거성(去聲)과 입성(入聲)으로 나누어 한자를 배열하였다. 하나의 파스파자(字) 표음에 해당 발음으로 읽히는 한자를 4~5자에서 2~30자씩 배열하였다. 끝에는 회피자양(廻避字樣)

---

　2) 이 변화도는 『몽고자운』의 韻尾를 정리한 것을 도표로 보인 것이다.

160여자를 붙였다. 그리고 주종문(朱宗文)이 교정하고 증보한 런던 초본 에는 『몽고자운』의 원본에 없었던 자를 증첨(增添)한 것이 쌍행(雙行)의 협주(夾註)로 표시되어서 그가 글자를 증첨하고 그 뜻을 풀이하여 추가 한 것임을 알 수 있게 하였다.

이것의 간본(刊本)은 실전(失傳)된지 오래된 듯한데 청(淸)의 도광(道光) 연간(1736-1795)에 나이지(羅以智)라는 인물이 실제로 간본을 보았다고 기 록한 것이 현전한다. 그는 자신이 목도(目睹)한 간본의 체재를 『염양재 문초(恬養齋文鈔)』(합중도서관총서 소수)의 제3권에 '발 몽고자운(跋蒙古字韻)' 이란 제목으로 수록하였다.3)

이 발문(跋文)에 의하면 나이지(羅以智)가 원대(元代)에 인간(印刊)한 『몽 고자운』을 직접 목도(目睹)하고 또 이를 필사한 초본(鈔本)도 있어 이를 비교하여 '발 몽고자운(跋蒙古字韻)'을 쓴다고 하였음으로 이 글은 인간본 (印刊本)과 초본(鈔本)과의 차이를 아는데 매우 귀중한 정보를 제공하는 것으로 알려졌다.

이에 대하여는 여러 논저에서 인용되어 런던 초본(鈔本)과 원대(元代) 인간본(印刊本)과의 차이를 이해하는데 이용되었으나 이들의 와오(訛誤) 를 교정하여 정리한 전문을 吉池孝一(2004:134)에서 옮겨서 우리말로 풀 이하면 다음과 같다.

    跋蒙古字韻
    四庫全書提要存目、蒙古字韻二卷、刻本久佚。是本首尾略闕、餘 完善。紙蠹墨濁、洵元刻也。不分卷數、其廻避字樣列詣卷首、亦與

---

3) 그의 「발 몽고자운(跋蒙古字韻)」은 이미 뤄창페이(羅常培)·차이메이뱌오(蔡美 彪)(1959)에 전재되어 학계에 소개되었다.

鈔本互異。初歸停雲館、後歸吾里繡谷停、今爲蕭山張衢情齋所藏。
携置行笈中、余獲假閱一過。蒙古初借用畏吾字、迨國師製新字、謂
之國字。形如梵書、乃梵天伽盧之變體。頒行諸路、皆立蒙古學。此
書專爲國字漢文對音而作、在當時固屬通行本耳。蒙古字本有千餘、
此書所列僅八百餘字。且字法與今所行蒙古字樣不同。卽唐氏神編、
趙氏石墨鐫華、顧氏金石文字記、所載蒙古文比對、亦復不同。參以
所見元押銅印文、亦有不合者。考元史、蒙古字其母四十有一、此書
先列三十六字, 後列歸入喩母字七字、凡四十三母、又相同者三字。按
盛氏法書考中載國字四十二母、又載漢字母、去三字增四字、則比對
漢文用四十三母、可補史傳所未詳。而此書字法又與法書考不符　恐傳
授舛訛　在當時已難畫一矣。韻中上去入三聲附入平韻、視我朝淸文無
異。韻分十五部、字少故歸倂之。非漢韻分部、亦改從蒙古字韻。較
之洪武正韻妄爲歸倂者有閒、存以備一代之圖籍、可也。順帝時、淸
江杜伯原編五聲韻、'蒙古新字靡不收錄、題曰華夏同音'、見陶氏輟耕
錄、藏書家儻有秘本、異日更得一見否。－「사고전서 제요 존목(四庫全
書提要存目)」에 '몽고자운'은 2권이며 각본(刻本)은 없어진지 오래다.[4] 이곳
에 있는 책은 처음과 끝이 조금 없어졌지만 나머지는 모두 완전하고 좋다.
종이는 거칠고 먹은 탁한 것이 분명히 원대(元代)의 각본(刻本)이다. 권수는
나눠지지 않았고 '회피자양(廻避字樣)'을 책머리에 배치한 것은 초본(鈔本)
과[5] 서로 다르다. 처음에 정운관(停雲館)에[6] 돌아갔고 다음에 우리 마을의

---

4) 이 記事는 『몽고자운』에 대한 간단한 소개인데 일본 關西大學 東西學術硏究
   所에서 영인한 『蒙古字韻 二卷』의 맨 앞부분에 해제 대신으로 이를 轉載하였다.
5) 여기의 '鈔本'에 대하여 吉池孝一(2004:14)의 註1에서 설명하기를 "鄭再發
   (1965:9)은 羅氏가 道光年間에 鈔本과 刊本의 두 책을 모두 보았다고 해석하
   였다. 이것은 무언가의 오해일 것 같다. '跋 몽고자운'에서는 먼저 "四庫全書 提
   要存目, 蒙古字韻二卷, 刻本久佚"이라고 하고 그 바로 다음에 "是本首尾略
   闕、餘完善。紙麤墨濁、洵元刻也、不分卷數、其廻避字樣列詣卷首、亦
   與鈔本互異"이 이어졌다. 四庫提要에는 鈔本 몽고자운 2권의 체재가 자세하게
   쓰여 있기 때문에 "亦鈔本互異"의 '鈔本'은 四庫全書 제요 존목에서 언급된 사
   본의 이야기이고 羅氏가 提要에서 언급한 鈔本의 체재와 실제로 자신이 본 刊
   本과의 차이를 말하는 것일 것이다."라고 하여 羅以智氏가 본 刊本을 '사고전서
   提要 存目'에 언급된 사본과 비교한 것으로 이해하였다. 필자는 吉池氏의 주장

수곡정(繡谷亭)에게7) 돌아왔다가 지금은 소산(蕭山) 장구정재(張衢情齋)에 소장되었다. 여행용 책 상자에 넣어 가지고 다니던 것을 나도 빌려서 한번 보았다. 몽고는 처음에 위글 문자를 빌려서 썼는데 국사(國師, 라마僧 파스파를 말함-필자)가 새 글자를 만들어 국자(國字)라고 불렀다. 글자 모양은 범서 (梵書, 산스크리트 문자를 말함-필자)와 같으며 범천(梵天, 인도를 말함―필자)의 가로(伽盧) [문자]의 변체(變體)이다.8) [이 문자를] 제 로(路, 행정단위로 우리의 '道'에 해당함―필자)에 반포하여 사용하게 하여 모두 몽고 학교를 세웠다.9) 이 책 [『몽고자운』]은 [당시에] 오로지 국자(國字, 파스파 문자)로 한자의 발음을 적기 위하여 만들어진 것으로 당시에 있어서는 널리 통행하는 책에 속하였다. 몽고 글자는 원래 1,000자가 넘었는데 이 책에 열거된 것은 겨우 800여 자이다.10) 또한 자법(字法)도 지금 행해지고 있는 몽고 자양에 비하여 같지 않다. 즉 당씨(唐氏)의 『비편(稗編)』과 조(趙)씨의 『석묵전화(石墨鐫華)』,

---

에 동조하는 바이다.
6) 鄭再發(1965:9)에 의하면 맨 처음의 소장자인 停雲館은 明代 중엽의 書藝家 文徵明을 말한다고 한다. 그는 長洲 사람이라고 한다.
7) 繡谷亭은 淸初의 書藝家 蔣深이라고 한다. 그도 長洲 사람이며 書畵로 이름을 얻은 사람이다. 明代의 書藝家인 文徵明과 淸代의 莊深이 전후로 元刊本 『蒙古字韻』을 소장한 것은 李弘道 編의 『蒙古韻編』에 부재된 王義山의 序說에서도 확인된다고 한다. 이 『몽고운편』은 『몽고자운』 등의 元代 초기의 교과서를 수정한 것으로 보았다. 鄭再發(1965:9, 21) 참고.
8) 吉池孝一(2004/15)의 주3에서는 이와 유사한 주장으로 明代에 趙崡이 편찬한 『石墨鐫華』(권6)에 파스파 문자로 쓴 '元蒙古字碑'를 소개하면서 "蒙古字法, 皆梵天伽盧之變也"라는 기사를 들고 아마도 羅以智가 이를 참고하여 跋文을 쓴 것으로 보았다.
9) 『欽定四庫全書總目』「經部 小學類 存目」 '蒙古字韻 二卷'조에 이것과 유사한 『몽고자운』의 소개가 있다. 그곳에서는 이 부분을 "[전략] 詔頒行天下, 又州縣各設蒙古字學, 敎授以敎習之[하략―[파스파자를] 반포하여 천하에 사용하게 하였다. 또 각 州와 縣에도 몽고자학을 설치하고 가르쳤으며 이를 배우게 하였다." 라고 하여 여기서는 각지에 몽고 문자의 학습과 그를 이용한 漢語 교육의 학교를 세운 것을 말하는 것으로 보인다. 이에 대하여는 다음의 §2.3을 참조할 것.
10) 吉池孝一(2004/15)의 주5에서 이 구절이 『元史』(洪武 3년, 1370년 편찬)의 파스파 문자 소개에서 "其字僅千餘 其母凡四十有一"이라고 하였고 『사고전서 總目』에서도 "其字僅千餘 其母四十有一"이라고 하였음을 참고하여 이 발문이 『四庫全書 總目』에 의거한 것이라고 보았다. 여기서 '字'라는 것은 音節을 의미하는 것으로 볼 수 있다.

고(顧)씨의 『금석문자기(金石文字記)』[11] 소재의 몽고문(파스파字를 말함-필자)과 비교해 보아도 역시 같지 않다. [본인이] 본 바가 있는 동(銅)에 새겨 넣은 원나라의 문자와도 맞지 않는다.[12] 『원사(元史)』를 참고하면 몽고자는 그 자모가 41개가 있다고 하는데 이 책에서는 먼저 36자를 배열하고 뒤에 유모(喩母)에 들어가는 7자를 배열하여 모두 43자모라 하였고 또 3자는 서로 같다고 하였다. 성(盛)씨의 『법서고(法書考)』에[13] 국자(國字) 42모를 싣고 또 한자의 자모도 실었으나 3자를 없애고 4자를 늘렸으니 결국 한자를 대응할 때를 대비하여 43자모를 쓰게 된 것이다. 이들로부터 『원사(元史)』에 전하는 미상한 곳을 보충할 수 있다. 그러므로 이상을 감안할 때에 이 책의 자법(字法)과 『법서고(法書考)』의 것이 부합하지 않는 것은 아마도 와전(訛傳)되어 당시에도 이미 글자 모양을 하나로 하기는 어려웠던 것 같다. 운(韻)에 있어서는 상(上), 거(去), 입(入)의 3성은 평성(平聲) 운(韻)에 들어가서 우리 청(淸)나라의 문자와 비교하여 보아도 다르지 않다.[14] 운(韻)은 15부로 나누었는데 이것은 글자가 적어서 운을 병합하였기 때문이다. [따라서] 한어(漢語)의 운(韻)으로 부(部)를 나눈 것이 아니고 몽고재[파스파字]의 운(韻)에 따라서 고친 것이다. 이것을 『홍무정운(洪武正韻)』과 비교하여 보

---

11) 明代에 唐順이 편찬한 『稗編』에는 권81에 파스파자 '百家姓'이 있다. 전술한 바와 같이 明代에 趙崡이 편찬한 『石墨鐫華』에는 '元蒙古字碑' 조에 파스파字 몽고어가 있고 淸代에 顧炎武가 편찬한 『金石文字記』에는 파스파 문자에 관한 것이 없으나 元代 금석문에 관한 기사가 있다. 吉池孝一(2004:16) 주5, 6, 7을 참조.

12) 이 말은 파스파 문자를 새겨 넣은 銅印을 말하는 것으로 보인다. 元代에 사용된 동전으로 파스파 문자가 들어간 至元通寶를 사진으로 보이면 다음과 같다.

13) 明代 盛熙明의 『法書考』를 말한다.

14) 이것은 파스파 문자와 청나라의 만주 문자와의 유사성을 말한 것이다. 淸의 만주 문자도 표음문자이지만 성조의 차이를 무시하고 음절을 구성하는 음운만 기록한다.

면 잘못 병합한 것을 받아들인 것도 있다. 그렇지만 잘 보존해서 후일에 대비할 만한 책이다. 더욱이 [元의] 순제(順帝) 때에 청강(淸江)의 두백원(杜伯原)이 오성운(五聲韻)을 편하였는데 거기에는 "몽고 신자[파스파字]를 수록할 수가 없어서 그저 '화하동음(華夏同音)'이라고만 제목을 붙였다. 도(陶)씨의 『철경록(輟耕錄)』을 보면 "[이 화하동음(華夏同音)이란 책이] 장서가의 비본(秘本-비장의 책)으로 가지고 있다면 어느 날인가 한번 보지 않을 수 없구나!" 라고 하였다.15)

이 기사를 보면 이미 청(淸)의 도광(道光) 연간까지는 『몽고자운』의 간본(刊本)이 있었음을 알 수 있다. 이 간본(刊本)과 초본(鈔本)을 비교하였을 때에 이미 파스파의 자양(字樣)이 『사고전서(四庫全書)』에 소개된 초본(鈔本)의 그것과 많이 달랐음을 알 수 있다. 다음에 다시 논의하겠지만 『몽고자운』의 파스파 문자의 자형은 『법서고(法書考)』나 『서사회요(書史會要)』의 것과 매우 다르며 다른 금석문(金石文)에 남아있는 파스파의 자형(字形)과도 많이 다르다. 따라서 여기서 논의된 파스파자(字)의 자모 수에 대하여는 뒤에서 다시 상세하게 논의할 것이다.

---

15) '華夏同音'은 元 順帝 때(1333-1367)에 伯原 杜淸碧이 편찬한 운서로 五聲에 맞추어 한자를 배열한 것으로 보인다. 明初에 陶宗儀가 지은 『輟耕錄』(권10) 「國字」조에 "杜淸碧先生、字伯原、有所編五聲韻。自大小篆分隷眞草、以至於外蕃書、及國朝蒙古新字、靡不收錄。題曰華夏同音。[중략] 日語及聲律之學、因問國字何以用ꡯ[此喉音也。有音無字]字爲首?"이란 기사가 있어 鄭再發(1965)은 至正 壬午(1341)에 詔勅에 의하여 『華夏同音』을 편찬한 것으로 보았다. 鄭再發(1965:20) 및 吉池孝一(2004:16) 참조.

2.2 원간(原刊)과 편자(編者)

런던 초본의 상하(上下) 2권 권수(卷首)에는 전술한 바와 같이 '蒙古字
韻 [mong ɤol tsɑhi 'win, 몽 홀 자히 윈]' 上
[샹, 下 [햐라는 서명(書名)이 있고 이어서 원(元) 지대(至大) 무신
(戊申, 1308)의 간기(刊記)가 있는 유경(劉更)의 서문과 편찬자(編纂者)인 주
종문(朱宗文)의 교정(校訂) 서(序)가 있다. 따라서 원저(原著)는 적어도
1308년 이전의 것이었음을 알 수가 있다.

이 운서(韻書)가 먼저 있던 몽고운(蒙古韻)의 교정임은 이 책의 권두에
부재된 유경(劉更)의 서문으로 알 수가 있다.[16] 이 서문을 옮겨 보면 다
음과 같다.

趙次公爲杜詩忠臣, 今朱伯顏增蒙古字韻、正蒙古韻誤, 亦此書之
忠臣也。然事有至難, 以國字寫漢文, 天下之所同也。今朱兄以國字
寫國語, 其學識過人遠甚。此圖爲後學指南也必矣。余嘗有二生來從
筆硯, 皆通於蒙古之學, 疎敏且才。其一葉素柯也, 其一朱伯顏也。
至大戊申暮春之望, 柯山劉更蘭皐謹書。 — 조차공(趙次公)은[17] 두시로
써 충신이 되었는데 이제 주백안(朱伯顏)은 〈몽고자운〉을 증정하여 몽고운
의 잘못을 바로잡았으니 이 책으로 또한 충신이다. 그러나 국자(國字, 파스파
문자를 말함—필자)로서 한문을 전사하여 천하에 같이 살게 하는 것은 매우
어려운 일이다. 이제 주형(朱兄, 주종문을 말함—필자)이 국자로서 국어(國語)

---

16) 劉更은 字를 난부(蘭皐)라고 하며 가산(柯山) 사람이다. 柯山은 浙江省 衢州에 있
는 명산으로 『大淸一統志』(권233)에 衢州府 西安縣의 남쪽으로 20리에 유명
한 爛柯山이 있다는 기록이 있다. 이 '爛柯山'의 柯山을 따서 호를 지은 것으로
본다(鄭再發, 1965:13).
17) 趙次公은 宋代 사람으로 杜甫의 詩를 주석하였다.

을 전사하니 학식이 다른 이들보다 심히 넘치고 멀도다. 이 운도(韻圖)가 후
학들의 지남(指南-이끌어 가르침)이 될 것임은 틀림이 없구나. 나는 일찍이
두 사람의 제자가 있어 붓과 벼루를 들고 공부하여 몽고학(蒙古之學)에 정통
하였으니 그 하나는 엽소가(葉素柯, Ye Suke)이고 그 하나는 주백안(朱伯顏,
Zhu Bayan)이로다.

이 유경(劉更)의 서문을 보면 주백안(朱伯顏, Zhu Bayan, 朱宗文의 몽고명)
은[18] 그의 제자 가운데 하나이었고 그가 편찬한 것이 몽고운(蒙古韻)의
잘못을 수정한 『몽고자운』의 증정본임을 알 수 있다. 주종문(朱宗文)은
자(字)가 언장(彦章)이고 전술한 유경(劉更)의 제자로 원대(元代) 신안(信安)
사람이다.[19] '신안현(信安縣)'은 현대 중국의 절강성(浙江省) 구주(衢州)로
주종문(朱宗文)이 일찍이 예수케(葉素柯)와 함께 가산(柯山) 유경(劉更)에게
몽고자학(蒙古字學)을 배워 파스파자(字)에 능통하게 되고 또 『고금운회
거요(古今韻會擧要)』 등의 당대 운서에도 정통하여 기존의 『몽고자운』을
증정(增訂)한 것임을 서문에서 읽을 수 있다.
　그가 당시 몽고운의 잘못을 바로 잡을 수 있었던 것은 황공소(黃公紹)
의 『고금운회(古今韻會)』나 그의 제자인 웅충(熊忠)의 『고금운회거요(古今
韻會擧要)』(이하 『擧要(거요)』로 약칭)에 의거한 덕분이다.[20] 『고금운회』 및

---

18) 朱宗文의 몽고명은 劉更의 서문과 『續通志』 「六書略」에서는 '朱伯顏'이지만 『四
庫提要』에서는 '朱巴顏'이어서 서로 다르다. 이것은 바얀(Bayan-富의 뜻)이란
몽고어를 伯顏과 巴顏으로 쓴 것인데 蔡美彪에 의하면 '伯顏'은 元·明人의
譯音이고 '巴顏'은 淸人의 역음이라 한다(鄭再發, 1965:13). 그러나 이것은 淸
代 몽고의 지명과 인명에 대한 한자 표기의 전환에 의한 것이다.

19) 元代 초기에는 두 개의 '信安縣'이 있었다고 한다. 하나는 河北省 覇縣이었고
또 하나는 지금의 浙江省 衢州 부근이었다. 그의 스승의 號가 '柯山'이므로 柯
山이 있는 衢州 사람으로 본다. 『四庫全書 提要』에서도 朱宗文을 南人으로
취급하였으므로 河北省 覇縣人과는 맞지 않는다(鄭再發, 1965: 13).

20) 실제로 至大 戊申의 간기가 있는 朱宗文의 自序에도 "(전략)嘗以諸家漢韻證

『거요』는 형식적으로 전통적인 36성모와 유연(劉淵)의 107운(韻)으로 분운(分韻)한 것을 답습하였고 각 운마다 금대(金代) 한도소(韓道昭)의 『오음집운(五音集韻)』과 같이 일정한 자모의 순서에 따라 소운(小韻)을 배열한 것이어서 이들은 옛 운서와 다른 바가 없으나 36성모를 오음(五音)과 청탁(淸濁)을 조합하여 성류(聲類)를 표시한 것 등은 그때까지의 다른 운서에서 찾아보기 어려운 방법이었다. 『고금운회』가 그런 방법으로 성운(聲韻)을 분류한 것은 매우 가치가 있는 일로서 『몽고자운』도 같은 방법을 따르고 있다.21)

동통화(董同龢, 1968:205-207)에서 밝힌 바와 같이 『고금운회』와 『거요』는 중국어 음운사에서 중고음(中古音)에서 근고음(近古音)으로 옮겨주는 교량의 역할을 하였다. 또 『거요』와 『몽고자운』은 음운체계 등이 거의 일치하는 밀접한 관계에 있다. 다만 『몽고자운』은 성운(聲韻)의 표기를 파스파 문자로 한 점이 다르다.22)

其是否 而率皆承訛襲舛 莫知取舍 惟古今韻會於每字之首 必以四聲釋之 由是始知 見經堅爲ᄒ三十六字之母備於韻會 可謂明切也已 故用是詳校各本誤字 列于篇首以俟大方筆削云 至大戊申淸明前一日 信安朱宗文彦章書" 라고 하여 『古今韻會』를 참고하였음을 밝히고 있다. 아마도 당시에는 『古今韻會』가 가장 표준적인 韻書이었으며 이를 통하여 蒙古韻의 잘못을 수정하였음도 아울러 알 수 있다.

21) 中村雅之(1994)는 服部四郎(1946)에서 『古今韻會』가 南宋의 首都 臨安(지금의 杭州)의 雅音을 관찰한 黃公紹가 편찬한 것이며 오늘날 失傳되었으나 『몽고자운』의 음운이 細部에 이르기까지 일치한다고 본 것을 부인하고 『몽고자운』이나 『古今韻會』에 의거한 『擧要』의 어느 것도 남방음을 반영한 것은 없다고 주장하였다.

22) 파스파 문자와 대응하는 훈민정음을 제정한 조선 초기의 세종과 집현전 학자들이 몽고운에 의거하여 한음(漢音)을 표기하였을 것임은 자명한 사실이다. 이에 대하여는 다음에서 상론하기로 한다.

2.3 『몽고자운』의 편찬 목적

『몽고자운』은 제1장에서 언급한 바와 같이 파스파자(字)로 한자의 표준어인 한어(漢語)의 발음을 표음하여 몽고인들의 한어 교육에 도움이 되도록 편찬된 발음 교재였다. 원(元) 세조(世祖) 쿠빌라이 칸(忽必烈汗, 이하 '쿠빌라이 칸'으로 표시)이 라마승(喇嘛僧) 팍스파(八思巴)에게 한자의 발음을 표음할 수 있는 문자를 만들게 하였는데 이것이 원대(元代)에 국자(國字)라고 불리던 파스파 문자이다. 다음에 다시 상론하겠지만 이 문자는 원(元) 세조 지원(至元) 6년(1269)에 제국(帝國)의 공용 문자로 반포되었다. 파스파 문자가 반포된 다음에 제국의 각 로(路), 주(州), 현(縣)에서는 몽고자(蒙古字, 파스파자)를 가르치는 학교가 세워졌고 이 문자를 이용하여 공용 한어(漢語)와 구어(口語), 즉 한아언어(漢兒言語)를 교육하였다.23)

청(淸)의 도광(道光) 연간에 나이지(羅以智)가 쓴 '발 몽고자운(跋蒙古字韻)'에 "蒙古初借用畏吾字、迨國師製新字、謂之國字。[중략] 頒行諸路、皆立蒙古學。此書專爲國字漢文對音而作、在當時固屬通行本耳。－[전략] 몽고는 처음에 위글 문자를 빌려서 썼는데 국사(國師)가 새 글자를 만들어 국자(國字)라고 불렀다. [중략] [이 문자를] 제 로(路)에 나누어 주어 사용하게 하여 모두 몽고 학교를 세웠다. 이 글자는 오로지 국자(國字)로 한문의 대음(對音)을 기록하기 위하여 만든 것으로 당시에 널리 통행하게 할 뿐이었다－"라는 기록이 있고 또 『흠정사고전서총목(欽定四庫全書總目)』 「경부소학류존목(經部小學類存目)」 몽고자운 2권(蒙古

---

23) 漢兒言語에 대하여는 제3장에서 좀 더 구체적으로 논의하겠지만 상세한 것은 졸고(2006a)을 참고할 것.

字韻 二卷'조에 이것과 유사하게 "[전략] 詔頒行天下、又州縣各設蒙古字學、敎授以敎習之。[하략 - [파스파자를] 조칙(詔勅)으로 반포하여 천하에 사용하게 하였다. 또 각 주(州)와 현(縣)에도 몽고자학을 설치하고 가르쳤으며 이를 배우게 하였다 - "라는 기사가 있어서 원(元)의 추종자들과 그의 자제(子弟)들에게 신문자를 교육하고 그들을 시험에 의하여 관리(官吏)로 채용하여 자연스럽게 통치계급의 물갈이를 가져오게 한 것이다.

중국에서의 학교 교육은 관학(官學)이 중심이었다. 원대(元代)에 각 행정 단위, 즉 로(路),[24] 주(州), 현(縣)에 각기 로학(路學), 주학(州學), 현학(縣學)이란 학교를 두어 영재(英才)들을 교육하였다. 명초(明初), 즉 천순(天順) 5년(1462)에 간행된 『어제천하일통지(御製天下一統志)』에[25] 명초(明初)의 기사로 원대(元代)에 각급 학교를 개편한 것을 소개한 것이 있다. 그에 의하면 오늘날 우리의 '도(道)'에 해당하는 원대의 '로(路)'가 명(明)에서는 '부(府)'로 명칭이 바뀌었으며 각 부(府)와 주(州), 현(縣)에는 각기 부학(府學), 주학(州學), 현학(縣學)이 있어 교육을 담당한다고 하였다. 경

---

24) 元代의 행정단위인 '路'는 張帆(2002:99)에 의하면 宋代에 신설된 것으로 중앙에서 지방 관서를 감찰하기 위한 것이었다고 한다. 중앙에도 宋代의 轉運使司(漕司로 약칭), 提點刑獄司(憲司), 提擧常平司(倉司), 安撫司(帥司) 등 전통적이 四監司에도 각기 路를 두어 감찰하게 하여 路가 단순한 지방관서의 명칭만이 아니었다. 金代에도 이 제도는 계속되어 總管府가 19路의 지방관서를 관장하게 하였고 중앙 관서에도 路를 두어 감찰의 업무를 하게 하였다. 元代에 들어와서 '路'가 중앙 관서에서는 모두 폐지되고 온전히 지방의 관리 기구로 변경되어 總管部에 소속되게 하였다. 徐元瑞의 『吏學指南』에 "其牧民者 曰路曰府曰州曰縣"이라 하여 원대(元代)에 路, 府, 州, 縣의 지방제도가 있었음을 알 수 있다. 鄭光·鄭丞惠·梁伍鎭(2002)참조.

25) 본서에서 인용한 『御製天下一統志』는 일본 京都大學 文學閱覽室의 桑原문고에 소장된 것으로 모두 90권으로 되었다. 明 英宗의 勅撰으로 吏部尙書 李賢, 太常寺 少卿 彭時, 翰林院 學士 呂原 등이 편찬하였다.

사(京師)인 순천부(順天府)에만 순천부학(順天府學)을 비롯하여 통주학(通州學), 창평주학(昌平州學), 탁주학(涿州學), 패주학(霸州學), 계주학(薊州學) 등 네 개의 주학(州學)이 설치되었고 양향현학(良鄕縣學), 고안현학(固安縣學) 등 22개 현(縣)에 건립된 현학(縣學)이 소개되었다(권1 19뒤 6행부터).[26] 따라서 원대의 중국 전역에는 많은 학교가 있었으며 쿠빌라이 칸은 국자(國字)를 제정하고 이 로학(路學), 주학(州學), 현학(縣學)의 중요한 곳에 몽고학을 설치하고 이들을 관리로 임명하여 원 제국(帝國)의 통치 계급을 교체한 것으로 보인다.

이때에 몽고운(蒙古韻)이라고 불리는 파스파자로 표음된 한자의 운서가 중요한 교과서가 되었을 것으로 추측된다. 실제로 당시 그러한 교과서의 국자 하나였던 『몽고자운』도 각 지방에서 간판(刊板)된 것으로 보이는데 오늘날 남아있는 유일본인 런던 초본에도 그 오류를 지적하는 부분에서 "호북본오(湖北本誤), 절동본오(浙東本誤)"와 같이 지역 간본(刊本)의 이름이 보인다. 여기서 말하는 '호북본(湖北本), 절동본(浙東本)'은 〈몽고자운〉의 지방 판본(板本)을 말하는 것으로 보아야 할 것이다. 이에 대하여는 다음 장에서 상론될 것이다.

---

26) 예를 들어 通州學에 대한 소개를 보면 "在州治西、元大德間建、本朝永樂十四年重修。 -[통주학이란 학교는] 주 경계의 서쪽에 있다. 원(元) 대덕(大德) 연간(1297~1307)에 건립되었고 명(明) 영락(永樂) 14년(1416)에 중수되었다 -"(권1 19뒤 7행)와 같다.

2.4 『몽고자운』의 내용

앞에서도 언급한 바가 있으나 『몽고자운』의 런던 초본은 다음과 같이 구성되었다.

1. 표지서명 : 蒙古字韻 ▨▨ ▨▨ ▨▨ ▨▨[몽 쫠 자히 윈, moŋ ɤol tsɑhi 'win] 上 ▨▨[샹, šaŋ], 下 ▨▨ [햐, hyɑ]
2. 서문(序文) : 유경(劉更)의 서문, 주종문(朱宗文)의 서문
3. 교정자양(校正字樣)
4. 총괄변화지도(總括變化之圖)
5. 자모(字母)
6. 전자모(篆字母)
7. 총목(總目)
8. 몽고자운(蒙古字韻) 본문(本文)

   권상(卷上)—一 東 ▨▨ [둥, duŋ],[27] 二 庚 ▨▨[겡, gêiŋ], 三 陽 ▨▨[양, jaŋ], 四 支 ▨▨[ㅈㅣ, dži], 五 魚 ▨▨[위, 'êu], 六 佳 ▨▨[겡, gêj]

   권하(卷下)—표지 下—蒙古字韻 ▨▨ ▨▨ ▨▨ ▨▨ [몽 쫠 자히 윈, moŋ ɤol tsɑhi 'win]下 ▨▨[햐, hyɑ]
   六 佳 ▨▨[겡, gêj](계속), 七 眞 ▨▨[진, džin], 八 寒 ▨▨[핸, ɤan], 九 先 ▨▨[센, sên], 十 蕭 ▨▨[셸, sêw], 十一 尤 ▨▨ [윻, ŋiw], 十二 覃 ▨▨[땀, tam], 十三 侵 ▨▨[침, ts'im], 十四 歌 ▨▨[고, go], 十五 麻 ▨[마, ma]

9. 회피자양(廻避字樣) 전면(前面) 결(缺)[28]

---

27) 파스파字의 로마자 발음기호 전사는 대체로 照那斯圖·楊耐思(1987)의 것에 의거함.

이것으로 보면 『몽고자운』의 런던 초본은 전부 9개 부분으로 나뉘어 본문 이 외에 8개 부문(部門)이 부재(附載)되었으며 원본도 대체로 이와 유사한 형태로 구성되었을 것으로 추정된다. (2)의 서문에서는 이 책이 어떻게 형성되었음을 말하지만 (3)의 '교정자양(校正字樣)'은 이것이 〈평수운(平水韻)〉과 같이 과거 시험용으로 편찬된 것임을 말한다. 즉 과거 시험의 답안지 작성에서 정확하게 한자를 구사(驅使)하기 위한 것이다. 따라서 『몽고자운』이 몽고인, 또는 다른 색목인(色目人)들의 한문 과거 시험을 위한 한자 교과서의 역할을 하기 위한 운서로 생각할 수 있다.

2.4.1 위의 내용 표에서 (4)의 몽고자운(蒙古字韻) 총괄변화지도(總括變化之圖)는 운미(韻尾)자를 정리한 것이고 (5)의 자모(字母)는 중국 전통의 36자모를 보인 것이다. 이에 대하여는 제5장에서 자세하게 논의하겠지만 조선시대 『사성통해』, 아마도 그 이전의 『사성통고』에 전재(轉載)된 「광운삼십육자모지도(廣韻三十六字母之圖)」와 「운회삼십오자모지도(韻會三十五字母之圖)」, 그리고 「홍무운삼십일자모지도(洪武韻三十一字母之圖)」와 같은 계통의 성모자(聲母字)로 표시된 한자 어두 자음, 즉 성모(聲母)의 도식으로 볼 수 있다. 이것은 한자음 표기에 사용된 35(하나는 모음 표시자임)개 자음을 표기하는 파스파자(字)의 일람표이기도 하다. 이를 사진과 표로 보이면 다음과 같다.

이 표의 후음(喉音) 불청불탁(不淸不濁)의 '喩(유)'모(母)는 모음 표기이므로 이 『몽고자운』의 권두에 부재된 '자모(字母)'는 한자음을 표시하는데 필요한 35개의 어두 자음(子音)을 표기하는 파스파 문자를 보인 것이

---

28) 런던 초본의 좀 더 자세한 책의 구성은 제3장을 참조할 것.

다. 이에 대하여는 제4장에서 상론될 것이다.

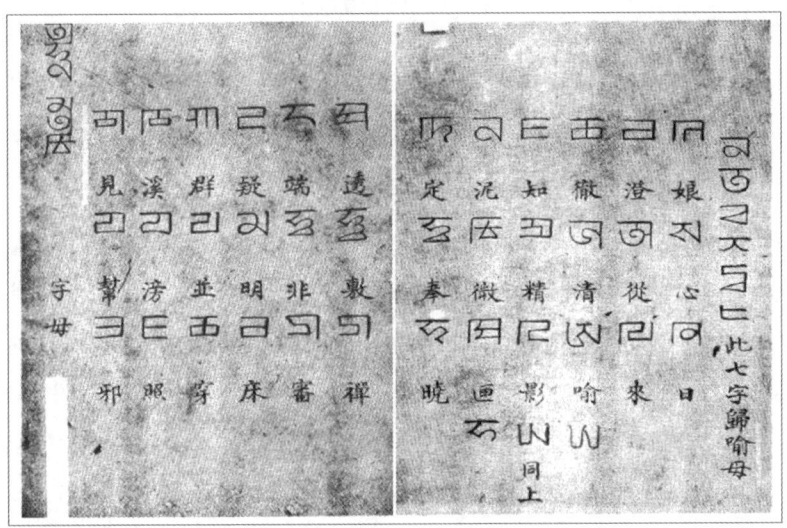

사진 2-1 『몽고자운』 권두 소재의 '字母'

	牙音	舌音		脣音		齒音		喉音	半音	
		舌頭音	舌上音	脣重音	脣輕音	齒頭音	正齒音		半舌音	半齒音
全淸	見 ㆆ	端 ㄷ	知 ㅌ	幫 ㄹ	非 ㅎ	精 ㅈ	照 ㅌ	曉 ㅎ		
次淸	溪 ㆅ	透 ㅂ	徹 ㅎ	滂 ㄹ	敷 ㅎ	淸 ㅁ	穿 ㄸ	匣 ㅃ		
全濁	群 ㅉ	定 ㅃ	澄 ㄹ	並 ㄹ	奉 ㅎ	從 ㅁ	床 ㄷ	影 ㄹ		
不淸不濁	疑 ㄹ	泥 ㅎ	娘 ㄴ	明 ㄹ	微 ㅃ			喩 ⱳ	來 ㄹ	日 ㅿ
全淸						心 ㅈ	審 ㄹ	(ㅿ)ⱳ [29]		
全濁						邪 ㅌ	禪 ㄷ			

표 2-1 『몽고자운』의 36자모표

---

29) 喩母 ⱳ자의 異體字이므로 36자에 들어가지 않음.

2.4.2 [사진 2-1]을 보면 오른쪽 끝에 "ꡝꡜꡗꡆꡒꡈ 此七字歸喩母"라는 부서(附書)를 볼 수 있다. 이것은 "이 7자가 유모(喩母)에 귀속(歸屬)된다"의 뜻인데 실제로는 6자만 기록되었다. 졸고(2008b)에서는 이 6자가 모음을 표기하는 파스파자(字)로서 실제로는 6개밖에 보이지 않지만 '喩(유) ꡝ'자를 포함하여 모두 7개의 모음자 표기 파스파자임을 주장하였다. 파스파자의 '자모(字母)'를 전재한 『서사회요(書史會要)』나 『법서고(法書考)』에서는 36자모와 "ꡝꡜꡗꡆꡒꡈ 此七字歸喩母"의 7자(실제로는 6자)를 더 하여 43자모라고 하였으나 실제로 보인 파스파자와 대응 한자는 41자이었다. 이에 대하여는 제4장의 '3,3 파스파자의 자음'과 '3.4 파스파자의 모음'에서 상세하게 논의될 것이다.

2.4.3 이어서 (7)의 '총목(總目)'에서는 36성모(聲母)에 대한 15개의 운모(韻母)를 정하여 표시하였다. 이를 사진과 함께 표로 보이면 다음과 같다.

이 『몽고자운』의 15총목(總目)은 중국의 전통 운서에 보이는 운모(韻母)를 말하는 것으로 전통적인 『절운(切韻)』계 운서인 『광운(廣韻)』은 206운(상평−28운, 하평−29운, 상성−55운, 거성−60운, 입성−34운, 합계 206운)을 송대(宋代)의 『예부운략(禮部韻略)』에서 107운과 106운으로 줄였으며 〈평수운〉의 107운은 사성(四聲)의 겹치는 운(韻)을 제외하면 결국 48운이 된다.

원대(元代) 원곡(元曲)의 작성을 위하여 북경(北京)음을 중심으로 편찬된 『중원음운(中原音韻)』에서는 입성(入聲)을 인정하지 않고 19운(韻)으로 줄였는데 『몽고자운』에서는 이를 다시 15운으로 줄인 것이다. 따라서 『예부운략(禮部韻略)』 계통의 〈평수운〉이나 『몽고자운』의 전신인 『몽고

운략(蒙古韻略)』, 역시 원대(元代)에 편찬된 『중원음운(中原音韻)』과의 상
호 관계는 『몽고자운』의 운서로서의 성격을 살피는 데 매우 중요하다(제
3장 참조).

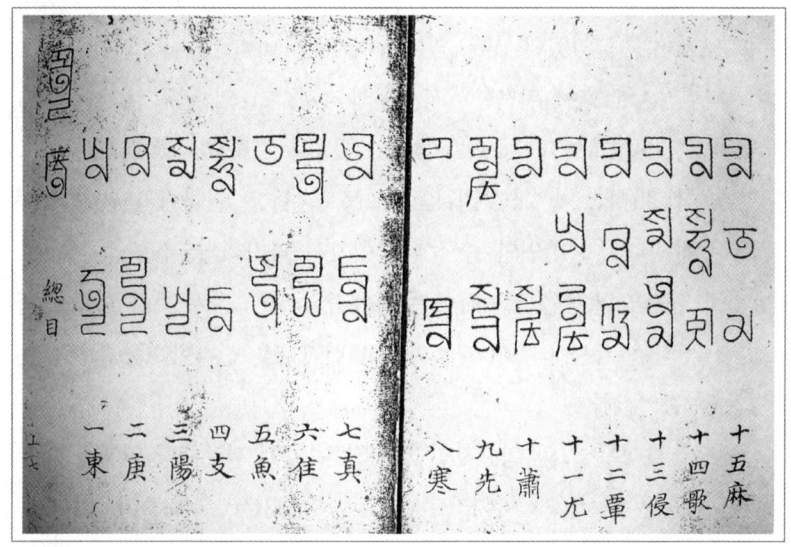

사진 2-2 『몽고자운』의 15 總目

漢字 數字	一	二	三	四	五	六	七	八	九	十	十一	十二	十三	十四	十五
韻目字	東	庚	陽	支	魚	佳	眞	寒	先	簫	尤	覃	侵	歌	麻

표 2-2 『몽고자운』의 15 總目

2.5 『사성통해』 몽운(蒙韻)으로 본 『몽고운략』과 『몽고자운』

『몽고자운』에 앞서서 파스파자(字)로 한자음을 표음한 운서로 『몽고운략(蒙古韻略)』이 있었던 것은 앞에서 살펴본 바가 있다. 조선 중종(中宗)조 최세진(崔世珍)이 편찬한 『사성통해(四聲通解)』의 권두 범례에 전술한 바 있는 "蒙古韻略、元朝所撰也。胡元入主中國、乃以國字飜漢字之音、作韻書、以教國人者也。 - 몽고운략은 원대에 편찬된 것이다. 오랑캐 원(元)이 주인의 중국에 들어가서 나라의 글자(파스파자를 말함 - 필자)로 한자의 발음을 표기하여 운서를 만들고 그로써 나라 사람을 가르쳤다. - "라는 기사가 있어 파스파자로 한자음을 전사한 『몽고운략』이 있었음을 증언한다.

실제로 『사성통해』의 편찬자인 최세진은 이 운서로부터 한자음을 교정하면서 전통 운서음과 차이가 나는 것을 '몽고운(蒙古韻)'이라 하여 그 출전을 밝혔다. 이에 근거하여 유창균(兪昌均, 1973)은 『몽고운략』을 복원(復元)한 바 있다.30) 『몽고운략』이라는 서명으로 볼 때 당시 널리 알려진 『예부운략(禮部韻略)』을 그대로 파스파자로 표음한 것으로 볼 수 있다.

물론 몽고인들이 학습하려는 중국어가 원(元)의 수도(首都)인 대도(大

---

30) 이 兪昌均(1973)의 『蒙古韻略』 復元에 대하여 中村雅之(2003:2)에서는 "[전략][これは] 一種の復元本であるが、安心して利用できるもとは言い難い。まず第一に『四聲通解』に'蒙韻'と明記している以外の箇所もすべて拾っている。つまり、あえて'蒙韻'と記されなかったのは『四聲通解』の標出音と同じであるからだとの解釋に立ち、全體系を"復元"したもの。『四聲通解』で實際に'蒙韻'を引用した箇所が特定できない。第二に、引用に多くの誤り(あるいは改竄)がある。'摩me'をなぜか"mo"とするなど。"라고 하여 이 복원이 매우 신빙성이 적은 것으로 보았다.

都)의 한아언어(漢兒言語)였을 가능성도 없지 않으며 또한 당대 표준 중
국어였던 북송(北宋)과 이전의 당(唐)의 통어(通語)를[31] 학습하기 위하여
『예부운략』의 표준 발음을 학습하기 위한 운서로『몽고운략』을 지었을
가능성도 없지 않다. 어쨌든 현재 이 운서(韻書)가 발견되지 않는 한 이
것들은 모두 하나의 가설에 불과할 것이다.

2.5.1 中村雅之(2003)에서는 『사성통해』에서 최세진이 '몽고운', 또
는 '몽운'으로 지적하고 한글로 발음을 전사한『몽고운략』의 한자음이
『몽고자운』과 일치하는 예를 몇 개 찾아서 예로 들었다. 그를 여기에
옮겨 보면 다음과 같다.

『사성통해』
　　夢(平聲) 蒙韻 뭉[wuŋ](上3뒤 1행),
　　謀(平聲) 蒙韻 뭏[wuw](下65뒤 9행),
　　目(入聲) 集韻 蒙韻 韻會 並 무[wu](上3뒤 5행)

『몽고자운』
　　夢(平聲) [wuŋ](上9앞 3행),
　　謀(平聲) [k'uw][32](下19뒤 4행),
　　目(入聲) [wu](上28앞 4행)

---

31) 唐代 長安音을 기준으로 한 通語, 또는 凡通語에 대하여는 졸고(2006a)을 참고
　　할 것.
32) 이것은 『몽고자운』의 十一 尤韻의 平聲에 파스파자로 [k'uw]로 쓴 곳에 "謀(모),
　　眸(모), 牟(모), 侔(모), 矛(모), 鍪(무), 孟(모)" 등의 한자가 있으니 이들은 당연
　　히 파스파자의 [k'uw]에 들어갈 발음이 아니며 필사할 때에 파스파자 [wuw]를
　　誤寫한 것이다. 照那斯圖・楊耐思(1987:156)에는 'wuw(k'uw)'로 정정 하였다.

『사성통해』의 '몽운(蒙韻)'을『몽고운략』의 한글 전사로 본다면 이 세 글자의 발음은『몽고운략』과『몽고자운』이 일치하는 것이다.[33] 또 '品'도 일치하는 예로 들었는데 여기에는 약간의 문제가 있다. 원래『사성통해』에서는 '中聲 ㅣ 眞(平聲), 軫(上聲), 震(去聲) ㄴ, 質(入聲) ㄹ' 韻의 "滂ㅍ 핀 上聲, 品(蒙韻及古韻、皆收入寢韻、픔 衆庶也。)"이라 하여[34] 순음중(脣音重)의 차청음(次淸音)인 '滂(ㅍ)'모이고 원래 발음은 [핀]이나 몽운(蒙韻), 즉『몽고운략』과 고운서(古韻書)들이 모두 품자(品字)를 '침(寢)(침)'운에 넣고 '픔'으로 많이 발음한다는 내용이다. 반면에『몽고자운』에서는 파스파자로 [p'im]으로 표기하여 다음과 같이 비교된다.

　'品'
　　『사성통해』 '蒙韻及古韻'에서 모두 '픔'(上57앞 7행)
　　『몽고자운』 파스파자로 [p'im](下24앞 10행)

中村雅之(2003)에서는 이 예를『사성통해』의 몽고운과『몽고자운』의 파스파자 전사가 일치하는 것으로 보았다. 다만『몽고자운』의 파스파자 [p']자의 획이 잘못 쓰였음을 지적하였는데 주나스트·양나이시(照那斯圖·楊耐思, 1987:156)에서는 [p'im (⊗im)]으로 파스파자의 획수가 틀렸음을 표시하였다. 또 이 논문에서는 한글의 '픔'과 파스파자의 [p'im]을 [p : p']로 전사하여 서로 다른 것으로 보았으나 이 두 음운이 모두 차청자

---

33) 中村雅之(2003:2)에서는 이 외에도『사성통해』에서 蒙韻으로 '읠[ŋiw]'로 표음된 "尤(下70뒤 6행), 有(下71앞 2행), 右(下71앞 3행)"가『몽고자운』에서 파스파자 [ŋiw](下18앞 4행)로 표음되어 일치된 것의 예로 들었다.

34) ( )안의 것은 雙行(쌍행)의 夾註(협주)를 말한다. 이하 같음.

(次淸字) '滂[ㅍ]'母(모)자 이어서 일치한다.

따라서 순음중(脣音重)의 차청자(次淸字), 그리고 전탁(全濁)에 대한 인식이 잘못되었음을 볼 수 있으며 이것은 마땅히 [pʰ]로 표음하여야 할 것이다. 이에 대하여는 제4장에서 자세히 논의할 것이다.

2.5.2 『사성통해』에서 '몽운(蒙韻)'으로 표시된 한자음이 『몽고자운』의 파스파 자음(字音)과 다른 경우가 있다. 예를 들면 『사성통해』의 '十 한운(寒韻)'에서

　寬(平聲) 蒙韻 퀀[kʰoen](上72뒤 5행)
　曷(入聲) 蒙韻 ꥦ[ɣoe] 下同(上72앞 2행)
　括(入聲) 蒙韻 괴[koe] 下至㖁字同(上72뒤 2행)
　筈(入聲) 蒙韻 ꥨ[kʰoe](上72뒤 3행)

의 예는 『몽고자운』에서 다음과 같이 달리 표음되었다.

　寬(平聲) ꡁꡧꡋ [k'on](下 7뒤 3행)
　曷(入聲) ꡘꡧꡡ [ɣo](下 26앞 3행)
　括(入聲) ꡢꡧꡡ [guo](下 26앞 7행)
　筈(入聲) ꡁꡧꡡ [k'uo](下 26앞 9행)

'寬'은 차청(次淸)의 'ㅋ溪' 성(聲)에 속하며 평성(平聲)이고 "蒙韻 퀀 下至上聲同"이라 하고 '퀀[kʰoen]'으로 표음하였다. 이에 대하여 『몽고자운』에서 역시 차청(次淸)의 ꡁꡧꡋ [k'on] 음에 배치한 것은 일치하는데 다만 모음자의 표기에서 [oe : o]의 차이가 있다. 이것은 파스파자와

한글의 대응 문제와 또 이들 문자의 발음기호(發音記號) 전사(轉寫)에서의
문제로 보아야 할 것이다.

먼저 한글 'ㅓ'는 15세기 문자 제정(制定) 당시에는 전설(前舌)의 [ɛ]에
가까운 발음이었고[35] 'ㄹ'의 모음자 'ㅕ'가 'ㅓ[ɛ] + ㅗ[o]'의 결합으로도
볼 수 있다. 왜냐하면 'ㅗ + ㅓ'는 가능하지만 그 반대의 결합, 즉 'ㅓ
+ ㅗ'의 결합은 한글의 글자 조합에서 불가능하기 때문이다.[36] 따라서
'ㅕ'의 발음 표기는 '외[o]'의 전설 모음 [eo, ö]을 표음한 것일 수도 있다.

그러므로 위의 예들은 서로 다른 발음을 적은 것이 아니라 표기하는
방법이 달랐던 것으로 보아야 할 것이다. 특히 파스파자의 [ʮ]는 후속하
는 원순모음의 위치자질을 표시하는 것으로 역시 후설의 [o]음을 전설로
발음하라는 지시로 볼 수 있다. 그러므로 뒤의 두 한자 括(入聲)[gʮo],
筈(入聲) [k'ʮo]는 『사성통해』의 몽운(蒙韻) 표음과 같이 [goe, gö], [k'oe,
k'ö]의 표음으로 보는 것이 타당하다. 파스파자의 모음자에 대하여는 제
4장에서 상론될 것이다.

2.5.3 『몽고자운』의 파스파자 표음은 『사성통해』의 몽운(蒙韻)으로
표시된 『몽고운략』의 파스파자 표음으로 수정할 수 있다. 역시 中村雅
之(2003)에 의하면 '行, 刑, 幸', '扃/傾/瓊/ 雄熊', '兄', 그리고 '歆' 등을
『사성통해』의 몽운으로 교정이 가능한 예를 보였다. 먼저 '行, 刑, 幸'
에 대하여 살펴보자.

이 세 글자는 『사성통해』의 '경운(庚韻)', 즉 "中聲 ㅣ ㅓ ㅟ ㆌ"의

---

35) 이에 대하여는 김완진(1971)과 이기문(1972)의 논문에서 동일하게 전설 모음으로
'ㅓ[ɛ]'를 인정하였다.
36) 역학서의 발음 표기에서 '외'의 발음 표기가 없는 것은 아니나 역학서의 외국어
발음 표기에 한정되어 사용되었다.

'十九 庚(平聲), 梗(上聲), 敬(去聲) ㅇ, 陌 ㄱ'운(韻)이어서 [ㅣㆁ, ㅓㆁ, ㆆㆁ, ㆀㆁ]으로 발음되거나, 입성(入聲)의 경우 여기에 ㄱ받침을 붙여 [ㅣㄱ, ㅓㄱ, ㄱㄱ, ㆀㄱ]으로 발음됨을 알 수 있다. '行'은 전탁(全濁)의 'ㆅ匣' 성(聲)에 소속되어 'ㆅ'으로 표음되었으나 이어서 "蒙韻 ㆅ 下至去聲同"(下56앞 3행)이라 하여 평성의 '刑'이나 상성의 '幸'과 함께 몽운에서는 [ㆅ]으로 표음하였다는 것이다.

이에 대하여 『몽고자운』에서는 두 번째 '庚'운의 마지막 평성에 '行, 刑, 幸'이 있고 이 발음은 파스파자 ꡤꡠꡞꡃ[heiŋ](上14앞 2행)으로 전사하였다. 이에 대하여 服部四郞(1946)에서는 [ɦiiŋ]로 교정하였는데 中村雅之(2003)에서는 이 파스파자 표음이 『사성통해』의 몽운(蒙韻)에 [ㆅ, hhiing]이 있고[37] 파스파 비문(碑文)이나 백가성(百家姓) 등에서 거의 모두 [ɦiiŋ]로 쓰였으므로 服部四郞(1946)의 교정이 옳다고 보았다.

『몽고자운』의 파스파 표기는 첫 자가 전청(全淸)의 '曉 ꡜ'였지만 『사성통해』에 몽운이 전탁(全濁)의 [ㆅ]으로 되어 있어서 핫도리(服部)씨의 교정이 옳다고 보겠으나 '曉 ꡜ' 성(聲)은 웬일인지 『몽고자운』에 권두(卷頭)에 부재된 '자모(字母)'에는 전청(全淸)의 위치에 있고 갑(匣)모가 차청(次淸), 그리고 영(影)모가 전탁, 즉 탁음(濁音)의 위치에 있다.[38]

즉, 『몽고자운』 권두에 실린 '자모(字母)'의 후음(喉音)에는 전청(全淸), 차청(次淸), 전탁(全濁), 불청불탁(不淸不濁)의 순서가 '曉, 匣, 影, 喩'의

---

37) 『사성통해』의 'ㆅ'을 中村雅之(2003)에서 왜 [hhiing]으로 전사하였는지 이해가 가지 않는다. 한글의 '예'는 逐字轉寫(transliteration)의 경우 [ei] 逐音전사(transcription)일 경우 [je]가 옳을 것이므로 'ㆅ'은 [hheiŋ], 또는 [hhjeŋ]이 옳을 것이다.

38) 『사성통해』 권두에 부재된 '曉ꡜ' 聲母는 '廣韻三十六字母之圖'나 '韻會三十五字母之圖', '洪武韻三十一字母之圖'에 모두 次淸字로 등재되었다. 따라서 그 한글 전사는 [ㆅ]이어야 하고 그렇다면 [heiŋ]의 표음이 맞는다고 볼 수 있다.

순서로 되었고 차청(次淸)의 '匣'모(母) 밑에도 전청(全淸) '曉'모(母)와 같은 'ㆅ'자가 그려져 있다(사진 2-1] 참조). 이것을 보면 『사성통해』의 몽운 [ᅘᅨᆼ]은 차청음의 표기, 즉 [hhjeiŋ, ɤjeiŋ]이 옳을 수도 있다.

兪昌均(1973)에서는 한글로 [ᅘᅨᆼ]으로 재구하였다. 이것은 전술한 바와 같이 『사성통해』의 몽운(蒙韻)이 탁음(濁音)이었기 때문에 위의 운도(韻圖)에 후음(喉音)의 탁음은 [ㆅ]임으로 [ᅘᅨᆼ(hhieing)]으로 재구한 것이다.39) 이에 대하여 中村雅之(2003:3)에서는 이러한 재구를 알 수 없다고 한 것은 이러한 한글 표기의 여러 문제를 이해하지 못한 때문이다. 졸고 (2009a, b)에서 전술한 운도(韻圖)들이 모두 『몽고운략』에 파스파자로 표음된 것을 참고한 것으로 보았다. 이 운도에서 전탁(全濁)의 '匣' 모(母)는 한글 [ㆅ]으로 전사되었기 때문이다.

다음에 '局/傾/瓊'의 파스파자 전사는 『몽고자운』에서는 [keuŋ], [k'euŋ], [geuŋ](상13뒤 1-3행)이고 服部四郞 (1946)의 교정에는 이 발음의 운(韻)을 [-ĭuŋ]으로 하였다.

『사성통해』에서는 역시 '十九 庚'운의 말미에 있는 전청 見(ㄱ, k)모의 '굉' 평성(平聲)에 '局'을(下63앞 8행) 배열하고 차청 溪(ㅋ, kʰ)모의 '쾅' 평성에 '傾'을(下63뒤 1행) 두었으며 전탁 群모(ㄲ, g)의 '꾕' 평성에 '瓊'을 (下63뒤 1행) 두면서40) 몽운으로 [콩 kjoŋ, 콩 kʰjoŋ, 꽁 gjoŋ]이라 하여

---

39) 'ᅘᅨᆼ'을 [hhieing]으로 재구한 것은 올바르다고 하기 어렵다. 'ㆅ'이 몽고어 [ɤ]에 대응하고 '예'가 [jəi], 또는 [jəi]임을 감안할 때에 [ɤjəiŋ]의 전사가 옳을 것이다. 만일 중세한국어의 중설의 'ㅓ'가 [ə]가 아니고 전설의 [e]일 경우에는 [-jej, 또는 –jeiŋ의 전사가 옳을 것이다.

40) 『사성통해』에는 '局'에 대하여는 "俗音、韻會同、下至上聲同、蒙韻、下同[하략]", '傾'에 대하여는 "俗音킹、下至上聲同、蒙韻、韻會、並下同[하략]", '瓊'에 대하여 "俗音끵、玉名、蒙韻꽁、今俗音、並下同。"이라 하여 '局/傾/瓊'의 발음을 蒙韻에서 [콩/콩/꽁]으로 표음되었다고 하였다.

각기 그 발음 전사가 『몽고자운』의 파스파자 전사 [keuŋ], [k'euŋ], [geuŋ]와 다르다.

이에 대하여 服部四郎(1946)에서는 이 한자음의 운(韻) [-euŋ]을 [-ĭuŋ] 로 수정하면서 "euŋ운과 ĭuŋ운은 『몽고자운』에서는 동형(同形)이 되었고 다른 파스파자 문헌에도 구별해서 쓴 예가 없지만 『사성통해(四聲通解)』에서 juŋ과 joŋ으로 구별한 것을 하나의 근거로 하여 교정하였다." (服部四郎, 1946:69 注)라고 하였다.[41]

그러나 '扃/傾/瓊'의 [궁(평성)/쿵(평성)/꿍(평성)]이 몽운(蒙韻)에서 [궁, 쿵, 꿍]이라 하여 운(韻)이 [-juiŋ]이 몽운(蒙韻)에서 [-joŋ]으로 바뀐 것으로 보는 것은 지나치게 문자에 얽매인 해석으로 본다. 15세기 한국어 이전에는 'ㅗ'의 음가가 후설 고모음 [u]였고 'ㅜ'의 음가는 전설 고모음의 [ü]였다는 주장이 있기 때문이다(金完鎭:1971, 李基文:1972). 이 주장이 사실이라면 『사성통해』의 발음 표기는 몽운(蒙韻)에서 'ㅜ'가 [ü]이고 'ㅗ'가 [u]이었던 시기, 훈민정음이 창제되고 얼마 안 된 이른 시기, 즉 『사성통고』의 발음 전사를 그대로 이어받은 것으로 보인다.

『사성통해』의 십구경운(十九庚韻)에 '曉ㅎ'모(母) '헝' 평성(平聲)에 '兄'이 있고 그 몽운(蒙韻)의 발음 전사는 '휑'(下63뒤 9행)으로 표시되었다. 그러나 이의 『몽고자운』 파스파자 표음은 ꡜꡦꡞꡃ [heiŋ](上13뒤 10행)이어서 서로 차이가 난다.[42] 이것은 아마 『몽고자운』에서는 운복(韻腹)의

---

41) 원문은 "euŋ韻とĭuŋ韻とは蒙古字韻では同形になって居り、他の八思巴字文獻にも書きわけた例がないが、四聲通解でjuŋとjoŋで區別してゐるのを一根據として校訂した。"라고 하여 『사성통해』의 한글 전사를 근거로 하여 위와 같이 교정하였음을 밝혔다.

42) 中村雅之(2003)에서는 『몽고자운』의 ꡜꡦꡞꡃ을 [hieŋ]으로 전사하였으나 『몽고자운』字母에 전술한 바와 같이 全淸의 曉모자 ꡜ[h]가 次淸의 匣모자에도 ꡟ[ɣ]와 더불어 중복되게 쓰였다. 다른 운서에서 전청 影[ʔ]모, 차청에 曉[h]모,

원순모음이 사라진 단계의 음을 표시한 것이고 『사성통해』의 발음 전사는 『몽고운략』의 의고(擬古)적 표음인 [hjuiŋ], 또는 [hüjŋ]으로 볼 수 있다.[43] 이에 근거하여 服部四郎(1946)에서는 [hüiŋ]로 교정하였다. 여기서 우리는 『몽고자운』과 『사성통해』에 반영된 『몽고운략』이 『몽고자운』과는 다른 운서임을 알 수 있다.

『사성통해』에 반영된 『몽고운략』이 런던 초본으로 볼 수 있는 『몽고자운』과는 매우 다른 체재의 운서이었을 가능성은 다른 예에서도 발견된다. 中村雅之(2003)에서도 언급된 바와 같이 '四. 魚, 語, 御'운(韻)의 '來'모(母) '류'음에 "自此至日母平去二聲失蒙音 - 이로부터 일모(日母)에 이르기까지 평성과 거성 두 성의 몽음(蒙音)을 잃었다. -"(上35앞 1행)라 하여 래(來)모의 '류'음으로부터 일모(日母)에 이르기까지 몽고음의 표음이 없어졌다고 한다. 이것은 최세진이 참고한 『몽고운략』에서 이 부분의 몽음(蒙音), 즉 몽고음이 없다는 것을 의미한다. 또 이것은 바꾸어 말하면 여기가 아닌 각 운(韻)의 각 성모(聲母)에 몽고음을 파스파자로 표시한 것이 있었음을 말하며 이것이 최세진이 참고한 『몽고운략』의 파스파자 표기 체재임을 말하는 것으로 볼 수 있다.

그러나 주지하는 바와 같이 『몽고자운』은 15운으로 나누고 각 운(韻)의 아(牙), 설(舌), 순(脣), 치(齒), 후(喉) 오음(五音)의 순서로 발음을 파스파자로 표음하여 상단에 놓고 그에 해당하는 한자를 사성(四聲)의 순서에 맞추어 배열하여 상술한 『몽고운략』의 체제와는 매우 다르다. 따라

전탁에 匣[ɣ]모로 된 것을 감안하며 『몽고자운』에서는 이것이 혼란되었던 것으로 보이며 이것은 『몽고운략』의 殘映으로 보인다. 아마도 『몽고자운』에서도 [heuŋ]을 표기한 것으로 보인다.

43) [hjuiŋ]은 한글 'ㅠ'가 [ü]임을 인정하지 않은 전사이며 [hüjŋ]은 이를 인정한 轉寫다. 어떤 것이든 韻腹에 원순 고모음이 있음을 인정한 轉寫라고 할 것이다.

서 최세진이 참고한 『몽고운략』은 각 운(韻)과 성(聲)은 물론 사성(四聲)의 분류에도 처음에 파스파자 발음 전사가 있었을 가능성이 있다. 그 예를 『몽고운략』의 영향을 받은 『사성통고』와 『사성통해』에서 찾아보기로 한다.

『사성통고』는 오늘날 실전(失傳)되어 『홍무정운역훈(洪武正韻譯訓)』으로 그 모습을 추찰(推察)할 뿐이지만 『사성통해』는 현전하여 각 한자의 한글 발음 전사를 볼 수 있다. 『사성통해』는 모든 운을 23으로 나누어 각 운을 "【韻】 中聲字 韻目字 平, 上, 去, 終聲字, 入聲, 終聲字"의 순으로 한글 표기가 이어진다. 맨 처음의 1.동(東)운으로 예를 들면 다음과 같다.

【韻】〔中聲ㅜㅠ〕 東〔平聲〕 董〔上聲〕 送〔去聲〕 ㅇ 屋〔入聲〕 ㄱ

이것은 『사성통해』 23운(韻) 가운데 첫 번째 운인 동(東)운이 중성(中聲), 즉 모음은 [ㅜ, ㅠ]이고 운목(韻目)자는 평성이 동(東), 상성이 동(董), 거성이 송(送)이며 그 종성(終聲), 즉 받침은 평상거(平上去) 성(聲)이 [ㅇ, ŋ]인데 입성(入聲)의 종성은 [ㄱ, k]라는 뜻이다. 『사성통해』 권두의 운모정국(韻母定局)에 23개 운(韻)이 평(平), 상(上), 거(去), 입(入)의 성조에 따라 운목(韻目)자가 정리되었고[44] 이 23개 운(韻)에 따라

---

44) 이 韻母定局을 표로 보이면 다음과 같다.

韻母定局	一	二	三	四	五	六	七	八	九	十	十一	十二	十三	十四	十五	十六	十七	十八	十九	二十	二十一	二十二	二十三
平聲	東	支	齊	魚	模	皆	灰	眞	文	寒	刪	先	蕭	爻	歌	麻	遮	陽	庚	尤	侵	覃	鹽
上聲	董	紙	薺	語	姥	解	賄	軫	吻	旱	産	銑	篠	巧	哿	馬	者	養	梗	有	寢	感	琰
去聲	送	寘	霽	御	暮	泰	隊	震	問	翰	諫	霰	嘯	效	箇	禡	蔗	漾	敬	宥	沁	勘	艷
入聲	屋							質	物	曷	轄	屑						藥	陌		緝	合	葉

『사성통해』는 동운(東韻)과 같이 중성(中聲)과 사성(四聲)의 운목자, 종성(終聲)을 규정하고 해당 한자들을 배열하여 그 뜻을 풀이하였다.

실제로 본문에서는 중성(中聲) [ㅜ]와 [ㅠ]로 나누어 먼저 [ㅜ]의 경우 이를 맨 앞에 원문자 (ㅜ)로 넣고 다음에 음각(陰刻)자로 '見ㄱ'을 쓴 다음 발음 '궁', 그리고 다시 음각자로 '평성(平聲)'이라 쓰고 이어서 "公, 功, 工…" 등의 표제 한자와 그 뜻풀이가 이어진다. 평상거(平上去)성이 끝난 다음 첫 번의 아음(牙音) '견(見)'의 '구' 발음 표시가 있고 입성(入聲)이 음각자로 표시되었으며 이어서 "穀, 谷, 梏•••" 등의 한자 표제어가 온다.

이러한 방법의 설명은 다음의 자모 "見(ㄱ), 溪(ㅋ),[45] 端(ㄷ), 透(ㅌ), 定(ㄸ), 泥(ㄴ), 幫(ㅂ), 滂(ㅍ), 並(ㅃ), 明(ㅁ), 非(ㅸ), 奉(ㅹ), 精(ㅈ), 清 (ㅊ), 從(ㅉ), 心(ㅅ), 牀(ㅆ), 審(ㅿ), 禪(ㅿ), 影(ㆆ), 曉(ㅎ), 匣(ㆅ), 來(ㄹ), 日(ㅿ)"의 순서로 계속된다. 즉 36자모에 의거한 운목(韻目)자가 난외(欄外) 상단(上段)에 쓰이고 이것이 한번 돌아간 다음에 [ㅠ] 중성을 갖는 한자가 같은 방법으로 설명된다.

이것을 사진으로 보이면 다음의 [사진 2-3]과 같다.

이러한 운서의 편운(編韻)과 한자 배열, 그리고 뜻풀이 방법은 매우 독특하다. 이것은 『사성통해』의 독자적인 것이 아니고 전대의 『사성통고』나 아니면 원대(元代) 『몽고운략』의 체제를 본뜬 것으로 추정할 수 있다. 예를 들면 『몽고자운』에서는 파스파자 표기가 구별하지 않은 성조에 의한 전사의 차이를 『사성통해』에서는 사성(四聲)에 따라 그 발음이

---

45) 牙音의 全淸과 次淸 다음에 全濁의 '群(ㄲ)', 不淸不濁의 '疑(ㅇ)'가 빠진 것은 '東, 董, 送, 屋'운, 즉 [웅, 유, 욱]을 韻腹으로 갖는 중국 한자음에 그 발음자가 없기 때문이다. 즉 [꿍, 꿍, 꿕] 등의 발음을 갖는 한자가 없다는 뜻이 된다. 이하 모두 같다.

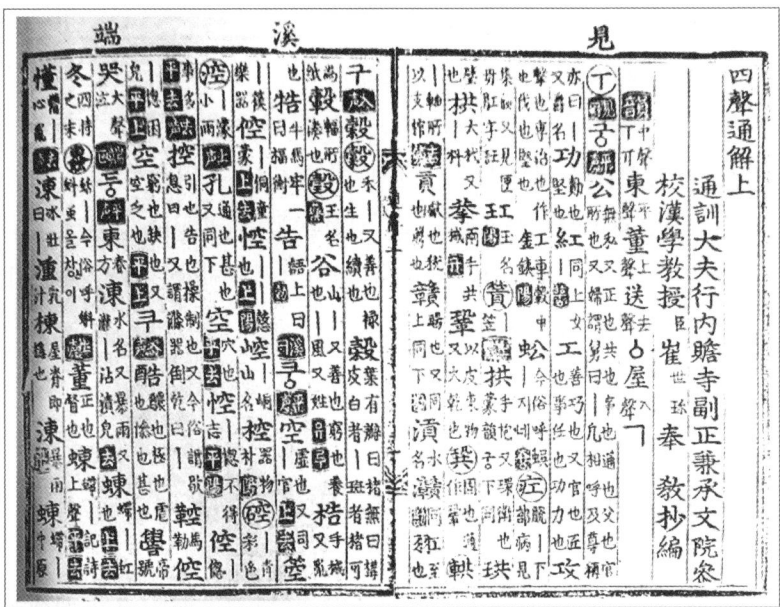

사진 2-3 『사성통해』上 初葉

달라지는 예를 몽운(蒙韻)에서 인용하였다.[46] 그리고 이에 대하여 中村
雅之(2003:3)에서는 『몽고운략』에서 각 성조(聲調)의 차이에 따라 파스파
자 표기가 있었을 수 있음을 암시하였다.[47]

졸저(2006:129-131)에서는 최세진(崔世珍)이 중인(中人)의 역관(譯官)신분
이었고 이로 인하여 문신(文臣)들의 끊임없는 질시(嫉視)를 받아왔기 때
문에 새로운 창작보다는 전대의, 특히 세종 조에 간행된 역학(譯學) 관계

---

46) 역시 『몽고운략』 등의 蒙古韻에 영향을 받았을 가능성이 있는 『동국정운』도 각
   성조별로 다른 발음을 한글로 표기하고 있다.
47) 다만 中村雅之(2003)에서는 "その際、聲調によってパスパ字表記が異なって
   いたかどうかは、ここでの議論には直接かかわらない。"라고 하면서 확언을
   피하였다.

의 서적을 수정 보완하는 작업으로 일관하였음을 주장한 바가 있다.

만일에 최세진의 『사성통해』가 선대(先代)의 『사성통고』에서, 그리고 원대(元代)의 『몽고운략』을 모방하여 운서(韻書)의 체제를 잡은 것이라면 반대로 이 운서들의 체재가 『사성통해』를 통해서 추정될 수 있을 것이다. 즉, 『사성통고』나 『몽고운략』도 『사성통해』에 의하여 그 본래의 모습을 재구할 수 있는데 그렇다면 『몽고운략』은 『몽고자운』과는 매우 다른 모습의 운서이었을 것이다.

2.6 『몽고자운』과 『신간운략』 및 『중원음운』

忌浮(1994/132)에서는 『몽고자운』과 『신간운략(新刊韻略)』과의 관계를 "〈蒙古字韻〉的單字幾乎、完全錄自〈平水韻〉。而且連單字次序都大體依照原樣子。 -〈몽고자운〉의 홑 글자들은 거의 〈평수운(平水韻)〉에 수록된 것과 일치한다. 그리고 또 홑 글자의 연결하는 순서도 모두 원래의 것에 의거한 것이 대체로 많다. -"라고 하여 『몽고자운』의 수록자가 〈평수운〉의 수록 글자와 그 순서가 거의 같음을 밝혔다.

이 운서(韻書)가 한자음의 학습을 위한 것이며 전술한 바와 같이 『고금운회(古今韻會)』 혹은 『거요(擧要)』에 의거하여 그동안 여러 몽고운(蒙古韻)을 교정하였음은 주종문(朱宗文)의 자서(自序)에서도 볼 수 있다. 『몽고자운』의 권두에 부재된 주종문(朱宗文)의 자서에

    聖朝宇宙廣大、方言不通，雖知字而不知聲、猶不能言也。≪蒙古字韻≫字與聲合、眞語音之樞機、韻學之綱領也。嘗以諸家漢韻證其

是否、而率皆承訛襲舛、莫知取舍。惟≪古今韻會≫於每字之首必以
四聲釋之。由是始知見、經、堅爲百。三十六字之母備於≪韻會≫、
可謂明切也。已故用是詳校各本、誤字列于篇首、以俟大方筆削云。
至大戊申淸明前一日信安朱宗文彦章書。－우리 조정의 영토는 너무 광
대하여 각 지방의 말이 서로 통하지 않는다. 따라서 비록 글자를 안다하여
도 그 발음을 알지 못하여 오히려 말을 통하지 못한다. 〈몽고자운〉은 글자
와 발음이 일치하니 참으로 말소리의 가장 중요한 기틀이요 음운을 배우는
요체라고 할 수 있다. 일찍이 여러 전문가의 한어(漢語) 운서(韻書)의 음으
로 [몽고자운의] 옳고 그름을 검증하여 보았으나 대개가 잘못된 것을 이어받
고 틀린 것을 답습해서 취할 것과 버릴 것을 알 수가 없었다. 오로지 〈고금
운회〉만이 매 글자의 첫머리에 반드시 사성(四聲)을 밝혔고 이로부터 처음
으로 '見(견), 經(경), 堅(견)'의 첫소리가 파스파 문자의 '百 [ㄱ, k]'로 표시
됨을 알았으며 [이런 방법으로] 〈운회〉에서는 [중국 전통적인] 36성모를 갖
추었으니 [이 운서는]지극히 명확한 책이라고 가히 말할 수 있다. 이런 이유
로 이 책을 사용하여 [〈몽고운〉의 다양한] 각 이본을 상세하게 비교하고 잘
못된 글자를 각 편의 첫 번째에 나열하였으니 후일 이를 읽는 독자가 잘못
된 것이 있으면 이를 고치기를 기다리려는 것이다. 지대(至大) 무신(戊申,
1308) 淸明(청명) 하루 전날 信安(신안)의 朱宗文(주종문) 언장(彦章)이 쓰다－

라고 하여 그가 이 운서를 편찬한 것은 파스파 문자로 한자음을 전사하
여 중국의 방언음을 화자들이 소통할 수 한 것이며 그간의 몽고운을 『고
금운회』에 의거하여 교정한 것임을 밝혔다.

이 서문에서 "由是始知見、經、堅爲百"이 의미하는 바가 무엇인가
에 대하여 먼저 살펴보기로 한다.[48] 우선 『사고전서제요(四庫全書提要)』
에서는 "始知見、經、堅、訇爲百"이라 하여 런던 초본의 주종문(朱宗
文) 서문에 보이는 "見、經、堅"보다 "見、經、堅、訇"이라 하여 '訇'

---

48) 이에 대하여 이미 尾崎雄二郞(1962)에서 논의한 바가 있으나 그의 논지로 보면
    그는 이에 대하여 전혀 이해가 안 된 것으로 보인다.

를 더 추가하였다.

『사고전서제요(四庫全書提要)』의 "見、經、堅、訇" 4자에 대하여 오자키 유지로(尾崎雄二郎, 1962:168)에서는 중국인의 매거(枚擧) 방법에 의하면 3자보다는 4자로 나열한 것으로 보았다. 36자모표에서(표 2-1)를 참고할 것) 아음(牙音)의 전청(全淸) 운목자인 '見'은 실제로『몽고자운』에서는 15운 가운데 아홉 번째인 '九 선(先)'의 파스파자 표음 [ken](下10앞 8행)의 거성(去聲)에 들어 있다. 또 같은 곳 맨 위의 평성(平聲)에 '堅'이 있으며 '經'은 15운 가운데 두 번째 '二 경(庚)'운(韻)의 파스파자 표음 [kein](上13뒤 7행)의 거성(去聲)에 '경(庚)'과 함께 들어있다.

따라서 주종문(朱宗文)이 말한 "見、經、堅"은 아음(牙音) 전청(全淸)의 '見'모(母) ꡂ(한글의 'ㄱ'에 해당함)의 예로 '견(見)'모(母)와 같은 '九 先'운에 속하며 성조만 다르지 나머지의 발음이 모두 같은 '堅'과 다른 운(韻), 즉 '二 庚'운에 속한 '經'을 예로 든 것으로 이들은 모두 성모(聲母)가 [k ꡂ]임을 깨달은 사실을 서문에서 언급한 것이다. 다시 말하면 "見、經、堅"의 음절 초(onset) 발음이 /k/임을 말하는 것이다.

2.6.1 『몽고자운』의 남본(藍本)은 『신간운략(新刊韻略)』으로 보인다. 『몽고자운』이 어떤 운서에 의거하여 편성되었는가는 中村雅之(1993)과 忌浮(1994)의 논의가 있었는데 두 논문 모두 금대(金代) 왕문욱(王文郁)의 『신간운략(新刊韻略)』(別名 〈평수운(平水韻)〉)이 『몽고자운』의 남본(藍本)이라고 주장하였다. 두 논문은『몽고자운』과 이에 선행하는 운서 7종(種)의 수록자(收錄字)를 비교하여 전체적으로는 금대(金代) 한도소(韓道昭)의 『오음집운(五音集韻)』이 보이는 배열과 가장 가깝다고 보았으나 소운(小韻)에서의 배열은 오히려 『신간운략』과 일치함을 밝혔다.

특히 忌浮(1994)에서는 다음과 같은 예를 들어 『몽고자운』이 『신간운략』을 남본으로 한 것임을 밝혔다. 즉 『몽고자운』에서는 '한운(寒韻) 상성(上聲)'에 「완(睆)」자를 '갑모(匣母) 소운(小韻)'에 수록하였지만 이것은 원래 견모(見母)에 속하는 자(字)로서 여기에 들어갈 수 없는 것이었다. 그렇다면 어떻게 이런 잘못이 생겼는가? 『신간운략』에서는 산운(濟韻)에 "睆, 大目也, 戶版切(匣母)"이라 하였는데 이것은 『광운(廣韻)』에서 "大目也, 戶版切"으로 풀이된 「睆(睆)」의 잘못이었던 것이다. 『몽고자운』은 『신간운략』의 이러한 잘못을 그대로 답습한 것이라는 주장이다.[49]

忌浮(1994)에 의하면 『신간운략』, 즉 〈평수운(平水韻)〉은 금대(金代) 평수(平水) 사람인 왕문욱(王文郁)이 편찬한 것으로 금(金) 정대(正大) 6년(1229)에 간행된 것이라 한다. 평수(平水)는 평양(平陽)으로 현재의 중국 산서성(山西省) 임분(臨汾)을 말하며 저자 왕문욱(王文郁)의 고향이다. 〈평수운(平水韻)〉은 경덕본(景德本) 『운략(韻略)』을 남본(藍本)으로 하여 106으로 운(韻)을 나누었고 반절(反切) 표시가 있으며 주석(註釋)과 운조(韻藻, 四聲 표시)가 있다고 한다. 지후우(忌浮)는 단자(單字)의 이록(移錄)과 운부(韻部)의 합병, 주종문(朱宗文)이 증첨(增添)한 글자, 그리고 『몽고자운』의 교감(校勘)과 보궐(補闕) 등을 검토하여 〈평수운〉이 『몽고자운』의 남본(藍本)임을 주장하였다.

2.6.2 『몽고자운』과 〈평수운〉에서 단자(單字)의 이록(移錄)이 일치하는 것으로 다음과 같은 예가 있다.[50]

---

49) 忌浮(1994)에서는 이 외에도 『新刊韻略』의 틀린 것을 『몽고자운』이 그대로 답습한 예를 몇 개 더 들었다.
50) 이상은 주로 忌浮(1994)에서 발췌한 것이다.

예1. 『몽고자운』 런던 초본의 지부(支部) 견모(見母) 합구(合口) 평성(平聲)에 "嬀龜歸婦傀瑰瓖"을 들었으나 이 가운데 '괴괴양(傀瑰瓖)'은 '괴괴괴(傀瑰瓌)'의 잘못이다. 즉 〈평수운(平水韻)〉에서는 회부(灰部) 공회절(公回切 -괴)에 '괴괴양(傀瑰瓖)'이 있어 런던 초본에서는 이를 옮긴 것으로 '양[瓖]'은 '괴[瓌]'의 잘못이라는 것이다. 즉 〈평수운〉의 '傀瑰瓌(公回切)'를 런던 초본은 '傀瑰瓖'으로 잘못 옮긴 것으로 본 것이다.

예2. 런던 초본의 지부(支部) 명모(明母) 평성(平聲)에 "酶酒母 糜縻靡醾 眉嵋湄楣郿 槑枚梅媒玫煤月每禖舞苺鋂醄"가 있는데 이 가운데 '미미미뮈(糜縻靡醾)'는 〈평수운〉의 지부(支部) 미위절(靡爲切 - 뮈)에 수록되었고 '眉嵋湄楣郿'는 지부(支部) 무비절(武悲切 - 미)에, 그리고 나머지 "枚梅媒玫煤月每禖舞苺鋂醄"는 회부(灰部) 막배절(莫杯切 - 매)에 수록되었으나 첫머리의 '酶酒母'는 〈평수운〉에는 없었는데 『몽고자운』의 원전(原典)에는 역시 이 자(字)가 〈평수운〉처럼 없고 주종문(朱宗文)의 증첨자(增添字)에 들어있다.

예3. 전술한 바 있는 '왠[睆]'을 포함한 '睆睅莌'은 『몽고자운』의 한부(寒部) 갑모(匣母) 상성(上聲)에 수록되었다. 그러나 『광운(廣韻)』에서는 '睆'이 고만절(古滿切 - 관)이어서 한부(寒部) 갑모(匣母)에 수록될 수 없는 글자이다. 그런데 〈평수운〉에서도 잠부(潛部) 제7 소운(小韻)에 "睆{大目也 戶版切} 睅{目出兒} 莌{莌尒而笑}"가 있어서[51] 『광운』의 잠운(潛韻)에 "睆{大目也 戶版切 - 환}"을 '관(睆)'으로 잘못 알고 〈평수운〉에 실은 것을 『몽고자운』에서도 그대로 〈평수운〉의 잘못을 전재한 것이다.

이상의 예로 보아 『몽고자운』은 〈평수운〉, 즉 『신간운략』을 남본(藍本)으로 하여 몽고인들의 한자음 교육을 위하여 편찬한 교재이며 파스파 자로 각 운부(韻部)의 발음을 표음하여 정확한 발음을 익히도록 한 것임을 알 수 있다는 것이다.

---

51) { } 안의 것은 夾註다. 이하 같다.

    2.6.3 『신간운략(新刊韻略)』(5권)은[52] 정대(正大) 6년(1229)에 쓴 하한(河間) 허고도(許古道)의 서문에 의하면 왕문욱(王文旭)이 평수운의 새로운 예부(禮部) 운서를 교수(校讐)하고 주석을 조금 더 하여 간행한 것으로 주로 과거 시험에 대비하는 거자(擧子)들을 위한 책이다. 권두 하한(河間)의 서문 다음에 공거(貢擧) 삼시(三試)의 정식(程式)이 있고 "장표회피자양(章表廻避字樣)"이 있어 모두가 과거에 필요한 참고서임을 알 수 있다. 이어서 "임자신증분호점획정오자(壬子新增分毫點劃正誤字)"가 있어 유연(劉淵)의 『신간배자예부운략(新刊排字禮部韻略)』에서 새롭게 정한 분획(分割)과 가점(加點)의 정자와 오자를 사성(四聲)에 따라 수록하였음을 알 수 있다. 역시 과거 시험에서 정자(正字)를 쓰도록 하기 위한 것이다.

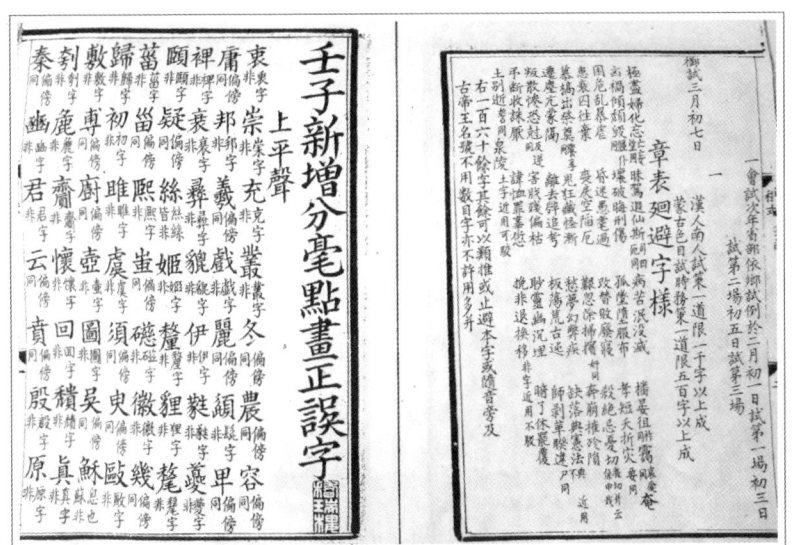

사진 2-4 『新刊韻略』의 '廻避字樣'과 正誤字

---

52) 이 자료는 중국 國家圖書館 소장본을 참고하였다. 이 자료를 영인하여 보내주신 北京 中央民族大學의 太平武 교수에게 감사를 드린다.

또 이 책의 권두에 수록된 '고시정식(考試程式)'에 의하면 '몽고인(蒙古人) 색목인(色目人)'과 '한인(漢人) 남인(南人)'이 각기 다른 기준으로 시험을 출제하고 채점하였음을 알 수 있다. 즉 몽고인·색목인의 경우는 제1장(場)에서 '경문오조(經問五條)'의 시험이 있어 "대학(大學), 논어(論語), 맹자(孟子), 중용(中庸)" 내에서 질문하여 시험하고 의리(義理)가 정명(精明)하며 문사(文詞)가 전아(典雅)하면 선발하는데 책은 〈주씨장구집주(朱氏章句集注)〉를 쓴다고 하였다.53) 제2장(場)에서는 시무(時務)에서 출제하며 2백자 이상을 쓰게 하였다.

반면에 한인(漢人) 남인(南人)들의 제1장은 '명경(明經)'의 시험으로 '경의이문(經疑二問)', '경의일도(經義一道)'를 시험하고 제2장에서는 '고부조고장표(古賦詔誥章表)'에서 한번 시험하고 제3장에서는 '책(策)'을 시험하되 '경사시무(經史時務)'에서 출제하며 1천자 이상의 길이가 되어야 한다고 하였다.54) 당연히 몽고인·색목인에 비하여 한인(漢人) 남인(南人)이 불리하게 되었다. 이러한 내용이 쓰인 『신간운략』의 권두(卷頭) 부분을 사진([2-5])으로 보이면 다음과 같다.

『몽고자운』은 『신간운략』과 같이 몽고 색목인들이 과거를 보기 위하여 한어를 학습할 때에 사용할 교재이었음은 더 말할 나위가 없을 것이다. 원대(元代) 한인(漢人)들이 『신간운략』으로 과거 준비를 했다면 몽고

---

53) 『新刊韻略』에서 이 부분을 옮겨보면 "考試程式 ○蒙古色目人[중략] ○漢人南人、第一場、明經 經疑二問, '大學論語孟子中庸內設問、義理精明文詞典雅爲中選、用朱氏章句集注.'[하략]과 같다.
54) 역시 『신간운략』에서 이 부분을 옮겨보면 "考試程式 ○蒙古色目人[중략] 第二場、策 '以時務出題、限二百字以上.' [중략] ○漢人南人[중략]、 第三場、策一道 '經史時務內出題、不矜浮藻、惟務直述、限一千字以上.'"이라 하여 몽고인이나 색목인에 비하여 한인(漢人)들은 훨씬 더 많은 분량의 답안 작성을 요구하였다.

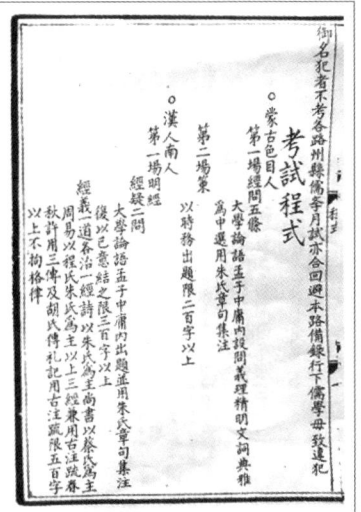
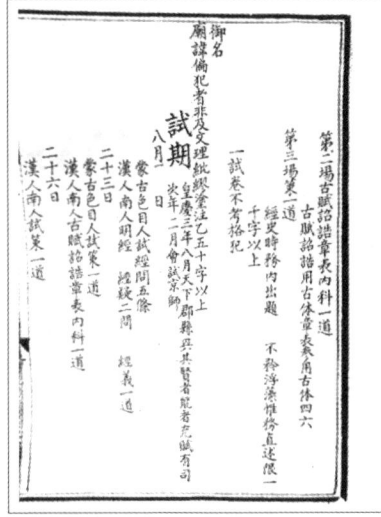

사진 2-5 『新刊韻略』 권두 科式 부분

색목인들은 『몽고자운』으로 역시 과거를 준비한 것이다. 여기에 두 운서의 용도가 일치함을 볼 수 있고 왜 『몽고자운』에 '교정자양(校正字樣)'과 '회피자양(廻避字樣)' 160여 자가 부재되었는지 이해할 수가 있을 것이다.

즉 『신간운략』에서 예부(禮部)에서 새로 정한 한자 점획(點劃)의 올바른 자형(校正字樣)과 '장표(章表)'에서 기휘자(忌諱字)들을 정리한 회피자양(廻避字樣)을 붙여 거자(擧子)들로 하여금 과거시험에 필요한 지식을 얻게 하였는데 『몽고자운』도 같은 취지에서 한 것이다.

2.6.4 다음은 운부(韻府)의 합병(合倂)에 대하여 고찰하기로 한다. 『신간운략』, 즉 〈평수운〉은 106운이며 평성 30, 상성 29, 거성 30, 입성 17운으로 되었다. 이 가운데 평상거(平上去)성은 서로 같은 운으로 표시

하여 30운이고 '泰'운에는 거성(去聲)만이 있어 하나가 늘어 31운이며 여기에 입성 17운을 더하여 실제로는 48운이 된다. 이를 다음에 옮겨 본다.

평상거(平上去)의 운－東冬江支微魚虞齊佳灰泰眞文元寒刪先蕭肴豪歌麻陽庚靑蒸尤侵覃鹽咸(31)
입성(入聲)의 운－屋沃覺質物月曷黠屑藥陌錫職緝合叶洽(17)

이에 대하여 『몽고자운』은 15운으로 "1東, 2庚, 3陽, 4支, 5魚, 6佳, 7眞, 8寒, 9先, 10蕭, 11尤, 12覃, 13侵, 14歌, 15麻"이어서 〈평수운〉과는 운부(韻部)에서의 병합(倂合)이 있었다.[55]

『몽운』 〈평수운〉의 운부(韻部)
1東－東、冬。경부(庚部)와 증부(蒸部)에서 글자를 나눔。
2庚－庚、靑、蒸。'東'운의 '雄, 熊' 2자。
3陽－江、陽。
4支－支、微、齊、錫、緝。泰운、灰운、質운、陌운、物운의 반(半)
5魚－魚、虞、屋、沃。 質운、物운、月운의 반(半)。
6佳－皆。泰운、灰운、陌의 반(半)。支部、職部에서 글자를 나눔。
7眞－眞、文。元운의 반(半)。
8寒－寒、刪。元운과 先운에서 글자를 나눔。
9先－先。元의 반(半)。
10蕭－蕭、肴、豪、覺、藥。
11尤－尤。
12覃－覃、鹽、咸。
13侵－侵。
14歌－歌、曷。合의 반(半)。
15麻－麻、黠、洽、屑、叶。 歌운에서 글자를 나눔。曷。

---

55) 이 예들은 忌浮(1994: 129~130)에서 논의 된 것 가운데 중요한 것을 추출한 것이다.

이와 같이 『몽고자운』은 48운의 〈평수운〉에 비하여 훨씬 운부(韻部)를 축소하였는데 이미 이 무렵에 북경어(北京語)에서 입성(入聲)은 소멸하였기 때문에 운부(韻部)의 통합에 이를 반영한 것으로 볼 수 있다.[56] 다만 몽고인들이나 색목인(色目人)들이 한자를 학습하여 과거 시험을 보기 위한 교재임으로 이 우선에서는 〈평수운〉과 같이 입성(入聲)을 인정하였다.

2.6.5 忌浮(1994:130)에서는 『몽고자운』의 성격과 다른 운서와의 차이에 대하여 다음과 같이 논급하였다.

〈平水韻〉立入聲韻、以調分韻、給作詩押韻提供方便、爲科擧服務。『中原音韻』无入聲、不按聲調分韻、与元曲押韻不論聲調相合。『中原音韻』是曲韻、爲塡曲服務。『蒙古字韻』无入聲、不按聲調分韻、是爲誰服務呢? 它旣不是爲了作詩、也不是爲了制曲、它大槪是爲識字、正音服務。『蒙古字韻』的語音系統与實際語音不會有太大差別。 – 〈평수운〉은 입성(入聲)을 세워 성조에 따라 운을 나누었는데 이것은 시를 지을 때에 압운(押韻)의 편의를 제공하고 또한 과거시험을 보기 위한 것이다. 〈중원음운〉은 입성이 없어 성조에 따라 운을 나누지 않았고 원곡(元曲)의 압운과 마찬가지로 성조의 서로 맞음을 논하지 않았다. 〈중원음운〉은 곡운(曲韻)으로써 곡을 지을 때에 사용하는 것이다. 〈몽고자운〉은 입성운(入聲韻)이 없고 성조에 따라 운을 나누지도 않았다. 그러면 이것은 누구를 위한 운서인가? 시를 짓기 위한 것도 아니요 원곡(元曲)을 짓기 위한 것도 아니다. 대체로 글자를 알기 위한 것이고 바른 발음을 배우려는 것이다. 〈몽고자운〉의 발음 계통과 실제 발음과는 큰 차이가 나지 않는다.

---

56) 이미 이때의 북경어(北京語)에서는 입성(入聲)이 거의 없어져 원대(元代) 태정(泰定) 갑자(甲子, 1324)에 주덕청(周德清)이 편찬한 『중원음운(中原音韻)』에서는 입성(入聲)을 인정하지 않았다.

이 주장을 그대로 받아들일 수는 없지만 이 논문에 따르면 『몽고자운』
은 다른 운서와 달리 외국인, 아마도 몽고인들이 중국의 한자를 학습하
는데 그 올바른 발음, 정음(正音)을 학습하는 발음 사전의 역할을 하였을
것으로 추정된다. 이것은 신숙주(申叔舟)나 최세진(崔世珍)의 범례(凡例)에
서 언급한 것과 같은 내용이다.

이 논문에서는 〈평수운〉이 과거를 보기 위한 것이라면 『중원음운』은
원곡(元曲)을 짓기 위한 것이며 『몽고자운』은 글자를 배우기 위한 것임
을 주장하였는데 이 주장에 따르면 『몽고자운』에 입성(入聲)이 존재하는
것은 역시 과거 시험에서 작시를 위한 것으로 보아야 할 것이다. 〈평수
운〉의 17개 입성이 〈몽고운〉에서는 7개만이 남았으나 입성을 전혀 인
정하지 않은 『중원음운』의 19운(韻)과도 조금 다르다. 또 『중원음운』은
원곡(元曲)을 짓는데 필요한 운서이었고 당시 한자(漢字)의 북경음을 어
느 정도 반영한 것으로 본다면 『몽고자운』은 〈평수운〉과 『중원음운』의
중간 위치에 있는 것으로 보아야 할 것이다.

〈평수운〉은 전술한 바와 같이 48운(107운에서 중복된 것을 뺀 것임)이고 『몽
고자운』에서는 15운이며 『중원음운』에서 19운으로 나누었는데 이를 모
두 여기에 옮겨 비교하여 보면 다음과 같다.

東 冬 江 支 微 魚 虞 齊 佳 灰 泰 眞 文 元 寒 刪 先 蕭 肴 豪 歌
麻 陽 庚 青 蒸 尤 侵 覃 鹽 咸   (31운 平上去聲) - 평수운

屋 沃 覺 質 物 月 曷 黠 屑 藥 陌 錫 職 緝 合 叶 洽(17운-入聲)
                                                    - 평수운

1東 2庚 3陽 4支 5魚 6佳 7眞 8寒 9先 10蕭 11尤 12覃 13侵 14歌
15麻   - 몽고운

1東鍾 2江陽 3支思 4齊微 5魚模 6皆來 7眞文 8寒山 9桓歡 10先天
11蕭豪 12歌戈 13家麻 14車遮 15庚靑 16尤侯 17侵尋 18監咸
19廉纖   ─중원음운

이 〈평수운〉, 〈몽고운〉,『중원음운』셋의 분운(分韻) 방법을 살펴보
면 〈평수운〉의 48운에서 입성(入聲)운 17운을 〈몽고운〉에서는 제외하거
나 15운(韻) 속에 포함시켰으며 〈평수운〉의 나머지 31운을 반으로 줄였
다. 반면에 가장 나중에 편찬된『중원음운』은 입성(入聲) 17운을 완전히
제외하고 〈몽고운〉에서 4운을 증가시킨 것이다. 이러한 분운(分韻) 태도
는 당시 북경음(北京音)이 점점 세력을 얻어 종래 장안음(長安音)의 통어
(通語)나 범통어(凡通語)의 표준어적 지위를 북경지역의 한아언어(漢兒言
語)가 많이 잠식(蠶食)한 것으로 보아야 할 것이다.

2.7 『고금운회거요』와의 관계

다음으로 『몽고자운』과 『고금운회거요(古今韻會擧要)』와의 관계에 대
하여 살펴보기로 한다. 필자가 참고한『고금운회거요』(이하 『운회』로 약칭)
는 3종으로 모두 고려대학교 도서관 소장본이다. 먼저 〈화산문고본(華山
文庫本)〉(이하 '〈화산본〉'으로 약칭)은 원대(元代) 지순(至順) 2년(1331)에 여겸
(余謙)이 재간한 것을 다시 조선 세종(世宗) 조에 경상도 관찰사 신인손
(辛引孫)이 선덕(宣德) 9년(1434)에 복각한 판본이다. "歲丁酉(1297) 日"이
란 간기가 있는 웅충(熊忠)의 서문이 있고 후학(後學) 진포(陳奌)의 수교기
(讎校記)가 있으며 이를 원(元)의 문종(文宗) 때에 재간한다는 중서성(中書

省) 참지정사(參知政事) 패출노충(孛尤魯狮)과 한림국사(翰林國史) 여겸(余謙)의 서문이 있다. 이 〈화산본〉 『운회』는 서울에 볼 수 있는 가장 오래된 판본일 것이다.[57)]

　화산문고(華山文庫) 소장의 『운회』 이외에도 고려대 도서관 만송(晚松)문고에도 2종의 귀중본으로 소장된 것이 있다. '晚松 貴 153A'와 '153B'로 표시된 『운회』는 전자가 이식기(裏識記)에 "萬曆 二年(1574)" 간행이라고 기록된 판본(이하 〈만송 만력본〉으로 약칭)이 있고 후자는 중종 조(中宗朝) 간행으로만 추정되는 판본(이하 〈만송 중종본〉으로 약칭)이다. 〈화산본〉에 비하여 〈만송 만력본〉은 '유진옹(劉辰翁)의 서문'이 추가되었고 〈만송 중종본〉은 모든 서문과 '범례(凡例)'가 부재되었다.

　〈화산본〉의 범례(凡例)는 운례(韻例) 8조와 자례(字例) 14조, 의례(義例) 5조로 구성되었다. 만송(晚松)문고 소장본의 〈만송 만력본〉은 범례가 생략되었고 〈만송 중종본〉은 범례 모두를 수록하였다. 〈만송본〉의 〈만력본〉에는 〈화산본〉에 없는 유진옹(劉辰翁)의 서문이 있는데 이 서문에는 "壬辰(1292) 十月 望日"이란 간기가 있다. 진포(陳宋)의 수교기(讎校記)에 의하면 『운회』는 모두 30권이며 한자의 발음과 뜻을 밝힌 운서(韻書)라고 한다.[58)] 비록 『운회』가 『몽고자운』보다 먼저 간행되었으나 『운회』에는 몽고운(蒙古韻)을 인용한 곳이 많다. 특히 『운회』의 권두에 부재된 '禮部韻略三十六母通攷' 다음에 "據古字韻音同"이란 기사가 있는데 (사진 2-6) 참조) 이를 학계에서는 후구(後句)의 '據'를 '蒙'의 교정(校訂), 또는 오각(誤刻)으로 보고 원래 "蒙古字韻音同"이었으며 『몽고자운』과의

---

57) 이 판본의 도서번호는 '華山 貴 153-1(-10)'으로 모두 10권 10책으로 되었다.
58) [華山本] 『古今韻會擧要』의 권두에 부재된 陳宋의 讎校記에 "宋昨承先師、架閣董公在軒先生委刊。古今韻會擧要凡三十卷、古今字畫音義曉然在目、誠千百年間未睹之秘也。[하략]"이란 기사 참조.

음운을 비교하여 유사한 것임을 밝힌 것으로 보았다.[59)]

그러나 필자는 이 "禮部韻略三十六母通攷、據古字韻音同。"을 『몽고자운』 권두에 실린 36자모표와의 관계를 말하는 것으로 본다. 이에 대하여는 제4장과 제5장에서 자세하게 논하겠지만 본 2장에서 [사진 2-1]과 [표 2-1]에서 보여준 36자모표와 〈예부운략(禮部韻略)〉의 36자모를 비교하여 말한 것이다. 이것은 제5장에서 논하려는 『사성통해(四聲通解)』 권두에 부재된 「광운삼십육자모지도(廣韻三十六字母之圖)」 그리고 「운회삼십오자모지도(韻會三十五字母之圖)」, 「홍무운삼십일자모지도(洪武韻三十一字母之圖)」에서 보여준 중국 전통 운서의 성모(聲母, 음절 초 자음, onset)를 말하는 것으로 아마도 『몽고운략』에는 이 36

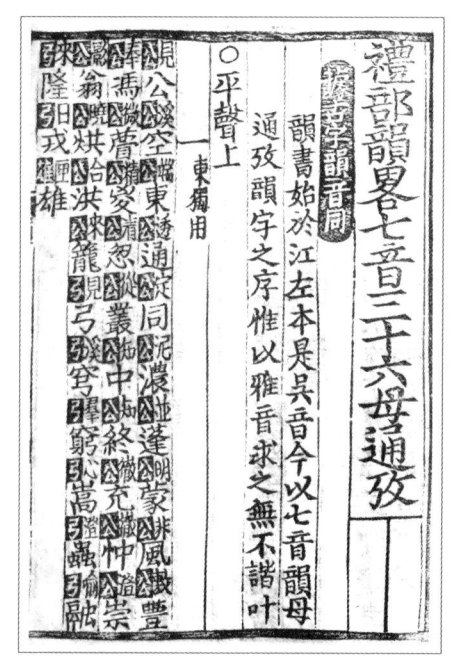

사진 2-6 {화산본}『古今韻會擧要』 권두

자모표가 권두에 부재되었을 것으로 추측된다.

중국 성운학(聲韻學)에서 한자음의 음절 초 자음을 보여주는 36자모(字母)는 인도 파니니(Pāṇini, 波你尼) 음성학의 영향을 받아 이루어진 것이

---

59) 졸고(2008a)에서도 『古今韻會擧要』의 권두에 부재된 이 구절이 '蒙古字韻'의 '蒙'자를 피하여 '據'로 교체한 것으로 보았다[사진 2-6] 참조). 이것도 明代에 胡元의 殘滓를 없애는 정책의 일환으로 이루어진 정정으로 보아야 할 것이다.

다.[60) 고대(古代) 인도문법학파 음성연구의 정수(精髓)를 모은 파니니의 『팔장(八章, Aṣṭādhyāyī)』은 '성명학(聲明學)'이란 이름으로 불가(佛家)의 경전(經典)이 되었고 당승(唐僧) 현장(玄奘, 600~664)은 인도의 학승(學僧) 계현(戒賢, 529~645)에게서 『유가론(瑜伽論)』과 함께 성명학(聲明學)의 「비가라론(毘伽羅論)」을 배워 돌아왔다. 물론 이것은 '성명학', 또는 '성명기론(聲明記論), 비가라론(毘伽羅論)'이란 이름으로 불가의 『대장경(大藏經)』에도 포함되어 불교의 전파와 더불어 일찍부터 아시아의 여러 나라에 퍼져나갔다.

중국에서는 현장(玄奘)이 배워 돌아온 비가라론(毘伽羅論)의 가르침에 따라 중국어의 발음위치를 '아설순치후(牙舌脣齒喉)'의 5음(音)으로 나누고 발음 방법에 따라 '전청(全淸), 차청(次淸), 전탁(全濁), 불청불탁(不淸不濁)'으로 나누어 36성모(聲母)를 도식화하는 성운학(聲韻學)을 발달시켰다. 당승(唐僧) 수온(守溫)이 이를 처음 사용하였다는 속설이 있으나 언제 누가 이것을 처음으로 사용하였는지는 분명하지 않으며 대체로 당대(唐代)에 인도의 비가라론(毘伽羅論)이 중국에 유입된 이후의 일로 보인다.

'三十六字母之圖'는 현전하는 중국의 운서(韻書) 가운데 금대(金代) 한도소(韓道昭)의 『오음집운(五音集韻)』에서 발견된 것이 가장 오래된 것이다. 원대(元代)에는 이것이 매우 널리 사용된 것으로 보이는데 [사진 2-6]의 『운회』에서 권두에 "禮部韻略三十六母通攷、據古字韻音同。"이라는 기사를 둔 것을 보면 중국 전통의 『예부운략(禮部韻略)』에도 어

---

60) 파니니(Pāṇini, 波你尼)는 印度(인도) 간다라(Gandhāra, 健馱邏)국 출신으로 기원전 5~4세기경에 모두 8장에 4천 가까운 규칙(sūtra)으로 된 산스크리트 문법서를 기술하였다고 한다. 파니니의 이 문법서가 서양에 전달되어 19세기에 비로소 근대적인 언어연구가 가능한 것으로 보는 것은 언어학사에서 이미 인정하는 사실이다.

떤 판본에는 『몽고자운』에서 볼 수 있는 36자모표가 붙어있었던 것으로
보인다. 그러나 실제로는 이를 게재하지는 않고 [사진 2-6]에서 보이는
것처럼 제목만 보였다. 『몽고자운』에서도 권두에 36자모의 도표를 붙
였다.

2.8 『몽고자운』의 이본(異本)

앞에서 원(元) 세조(世祖) 쿠빌라이 칸이 라마승(喇嘛僧) 팍스파(八思巴)
로 하여금 파스파자를 만들게 하여 몽고인들이 한어(漢語)를 학습할 때
에 한자의 발음 기호로 사용하였으며 이를 국자(國字)라 하여 제로(諸路),
즉 각 지방의 관아(官衙)에서 학교를 세우고 이를 교육하였음을 언급하
였다. 따라서 『몽고자운』을 비롯한 몽고운들이 학교의 교과서로 이용되
었으며 각 지방에서 이를 간판(刊板)하게 되었을 것이다. 앞에서 언급한
대로 이미 『몽고자운』의 〈런던 초본(鈔本)〉에서 이미 호북본(湖北本)과
절동본(浙東本)에 오류(誤謬)가 있음을 지적하였다.

먼저 필자는 앞에서 『사성통고』에서 '몽고운략'을 참고하였다는 최세
진(崔世珍)의 증언(證言)을 소개하였고 『사성통고』의 저자인 신숙주(申叔
舟)만이 아니라 당시 훈민정음의 해례에 참가하였던 집현전 학자들이 모
두 이 운서를 애용하였다고 보았다. 『몽고운략』은 서명으로 보아 『예부
운략』을 파스파 문자로 번역(飜譯, transcription)한 것으로 보았으며[61] 후

---

61) 오늘날의 번역(飜譯, translation)은 당시에는 의역(意譯), 또는 언해(諺解)라는
   용어를 사용하였다. 번역(飜譯)을 번자(飜字), 또는 번음(飜音)으로 부르는 경우

대에 역시 『예부운략』 계통의 운서인 『신간운략(新刊韻略)』에 따라 교정
한 것이라고 하였다.

　　같은 의견이 일본에서 제기되었다. 吉池孝一(2008)에 의하면 『몽고운
략』을 『신간운략』의 소수자(所收字)에 의거하여 개편한 것이 {원본} 『몽
고자운』이며(吉池孝一, 2008: 143) 이 원본에서 전술한 '호북본(湖北本), 절
동본(浙東本), 기타본(其他本)' 등이 수정되어 재간(再刊)되었다고 하였다.
또 여기에 『고금운회거요』와 『증수교정압운석의(增修校正押韻釋疑)』(이하
『압운석의(押韻釋疑)』로 약칭)에 의거하여 한자의 북방음으로 교정(校訂)하고
또 『압운석의(押韻釋疑)』의 소수자(所收字)를 증보하여 주종문(朱宗文)의
{교정증보} 『몽고자운』이 지대(至大) 원년(戊申, 1308)에 간행된 것으로 보
았다.

　　또 전게 논문에 의하면 주종문의 {교정증보(校訂增補)} 『몽고자운』의
결본(缺本)에 절동본(浙東本)을 교합하여 보수(補修)한 『몽고자운』이[62] 원
말(元末)에 간행되었으며({補修} 『몽고자운』) 이것을 후대에 권을 나눈 분권
본(分卷本)이 존재했는데 이것을 청(淸)의 건륭연간(乾隆年間)에 필사(筆寫)
한 것이 '런던 초본(鈔本)'이라는 것이다.[63]

　　이들 간의 관계는 {원본} 『몽고자운』이 그 음운 체계를 『몽고운략』에
의거한 것이며 한자는 『신간운략』에서 집록(集錄)한 것이다(吉池孝一,

2008). 물론『몽고운략』과『몽고자운』을 동일한 운서로 본 논문도 없지
않으나 遠藤光孝(1994)에 의하면『사성통해』에 인용된 몽고운의 한글
전사가『몽고자운』과 다른 것이어서『사성통고』등 조선 운서의 모델이
된『몽고운략』은『몽고자운』이 아닐 것이라는 것이다. 필자도 앞에서
언급한 바와 같이『몽고운략』과『몽고자운』은 서로 다른 운서로『몽고
운략』이 〈광운(廣韻)〉 계통의『예부운략』을 모본(母本)으로 한 것이라면
『몽고자운』은 후대의 북방음을 많이 반영한 〈평수운〉, 즉『신간운략』
을 남본(藍本)으로 한 것이어서 서로 다른 운서로 본다.

　『몽고운략』에서 [원본]『몽고자운』, 그리고 런던 초본에 이르기까지
의 영향 관계를 吉池孝一(2008: 143)에서는 다음과 같이 도표로 표시하
였다.

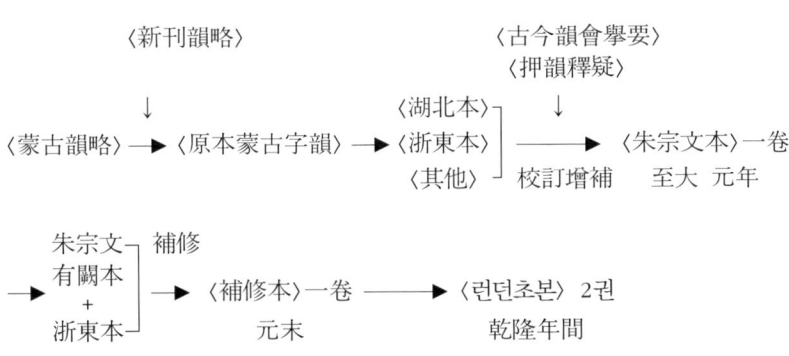

표 2-3 『몽고운략』에서『몽고자운』의 런던 초본까지

　이 [표 2-3]에 의하면『몽고자운』의 원본이 있고 이를 주종문(朱宗文)
이『고금운회거요(古今韻會擧要)』와『압운석의(押韻釋疑)』에 의거하여 교
정하고 증보하여 지대(至大) 원년(元年, 1308)에 간행한 〈주종문본(朱宗文

本)〉 1권이 있으며 이를 다시 〈절동본(浙東本)〉 등과 〈유궐본(有闕本)〉 등을 참고하여 보수(補修)한 〈보수본(補修本)〉 1권이 있었는데 이를 건륭년간(乾隆年間)에 필사한 것이 런던 초본이라는 것이다.

(원본)『몽고자운』보다 더 후대에 편찬된 『중원음운(中原音韻)』과는 음운의 차이가 많이 보이며 또 『몽고자운』이 몽고인들이나 다른 색목인들의 한자 교육과 과거 시험을 위한 교재이었기 때문에 보수적인 편운(編韻) 체재를 유지할 수밖에 없었다.

제3장

大英도서관 소장 『몽고자운』의 런던 초본

　오늘날 『몽고자운』을 비롯한 파스파자로 한자음을 전사한 몽고운(蒙古韻)의 운서(韻書)는 대영도서관(British Library)에 소장된 『몽고자운』의 초본(鈔本)밖에 남아 있는 것이 하나도 없다. 아마도 명(明) 태조(太祖)를 비롯한 명대(明代)의 제왕들이 철저하게 호원(胡元)의 잔재(殘滓)를 말살(抹殺)하려는 정책의 탓으로 보인다. 따라서 앞에서 런던 초본으로 불렀던 이 자료의 가치는 더 말할 나위 없이 귀중하다.

　이 장에서는 이 런던 초본에 대한 서지학적인 논의를 중심으로 고찰하고자 한다.

3.1 런던 초본의 서지사항

이 책은 2책으로 편철되었으며 빛바랜 황색 비단으로 표지를 쌌고 중국의 전통적인 한적(漢籍)의 제본 방식을 따랐다. 두 책은 하나의 책 케이스에 넣어 전하는데 이 책을 넣은 케이스의 앞부분에 '몽고자운 전집(蒙古字韻 全集)'이라 쓰였고 이 케이스의 책 등, 즉 한적(漢籍)의 판심(版心)에 해당되는 부분에 "Dictionary of Rhymes. Chinese- Mongol. Brit. Mus. Oriental 6972"라고 영어 서명(書名)을 쓴 가죽 띠가 붙어 있다.[1] 첫째 권 뒤표지의 안쪽에 "Bought of Mrs. Bushell Apr. 6, 1909"라는 글씨가 보여 1909년 4월 6일에 대영박물관(British Museum)에서 구입한 것임을 알 수 있다.

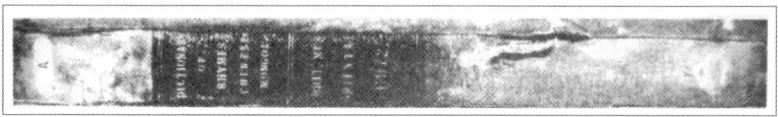

사진 3-1 책 등에 붙은 英語書名

각 책의 크기는 24.7 × 17.3cm이고 전 66장으로 되었고 매우 얇고 오렌지색 나는 갈색 종이에 쓰였으며 매 장이 흰 튼튼한 종이로 배접이 되었다. 각 책은 上 [san], 下 [hja]로 표시되었고 엽수(葉數)는 각 장의 왼쪽 아래에 적혀있다. 상권(上卷)은 엽수가 표시되지 않은 권수 서명과 상(上) 표시가 된 1엽(葉), 그리고 엽수(葉數) 표시가 된 33엽(葉),

---

1) 이에 대한 것은 BabelStone의 "Phags-pa Script : Menggu Ziyun"(internet)에도 소개되었다.

도합 34엽(葉)으로 되었고(33-1) 하권(下卷)도 엽수 표시가 없는 권수서명,
하권(下卷)이라고 적힌 1엽(葉) 이외에 31엽, 도합 32엽(31+1)으로 되었다.
하권(下卷)의 30엽(葉) 뒷면과 31엽(葉) 앞면은 엽수 표시만 '下 卅一'로
되었고 공란이다.

3.2 런던 초본의 체재

『몽고자운』의 런던 초본(鈔本)은 전장에서 살펴 본 바와 같이 모두 12
개 부분으로 이루어졌다.

① 겉표지 - 蒙古字韻 全集
② 속 표지 上 - 蒙古字韻 [mong ɣol tsɑhi
'win, 몽 홀 자히 윈] 上 [sɑŋ, 샹2)]
③ 劉更의 序文
④ 朱宗文의 序文
⑤ 校正字樣
⑥ 蒙古字韻 總括變化之圖
⑦ 字母
⑧ 篆字母
⑨ 總目
⑩ 蒙古字韻 本文
　　卷上 - 一 東 [둥, duŋ],3) 二 庚 [겡, gèiŋ], 三 陽 [양,

---

2) [ ]은 파스파字의 로마자와 한글 전사임. 파스파字의 로마자 전사는 많은 문제가
　있다. 이를 훈민정음으로 전사하는 것이 훨씬 편리하다.
3) 파스파字의 로마자 발음기호 전사는 照那斯圖 · 楊耐思(1987)에 주로 의거했지

jaŋ], 四 支 ▨▨[지], džil, 五 魚 ▨▨[연, 'ĕul, 六 佳
▨▨[겡, gêj]

⑪ 속 표지 下-蒙古字韻 ▨▨ ▨▨ ▨▨ ▨▨[moŋ ɣol tsɑhi
'win, 몽 홀 자히 윈 下 ▨▨[hja, 햐

卷下-六 佳 ▨▨[겡, gêj](계속), 七 眞 ▨▨[진, džin], 八 寒 ▨▨
[한, ɣan], 九 先 ▨▨[센, sên], 十 蕭 ▨▨[셀, sêw], 十一 尤
▨▨[윱, ŋiw], 十二 覃 ▨▨[땀, tam], 十三 侵 ▨▨[침,
ts'im], 十四 歌 ▨▨[고, gol, 十五 麻 ▨[마, ma]

⑫ 廻避字樣 前面 缺[4]

이상으로 보아 『몽고자운』은 많은 운부(韻部)의 병합(倂合)이 있었음을
알 수 있다. 그리고 그동안의 여러 연구에 의하여 런던 초본(鈔本)에 적
지 않은 결락(缺落)과 와오(訛誤)가 있었음을 밝혀내었다.

3.2.1 먼저 런던 초본(鈔本)의 결락(缺落)에 대하여 살펴보기로 한다.
이 초본은 권두에 부재된 유경(劉更)과 주종문(朱宗文)의 두 서문(序文)에
지대(至大) 무신(戊申, 1308)이란 간기(刊記)가 보이므로 『몽고자운』 원본
이 간행된 이후 4백여 년이 지난 다음에 필사된 것이다. 비록 원(元)의
당시 간본(刊本)의 원본(原本)이 있어서 그로부터 직접 필사를 하였더라도
파스파 문자가 이미 사용되지 않은 시대에 적지 않은 오사(誤寫)가 있었
을 것임을 추측하기 어렵지 않다. 실제로 런던 초본에는 많은 결락(缺落)
과 오기(誤記)가 있다. 특히 런던 초본(鈔本)은 모본(母本)이 결락(缺落)된
것을 필사한 탓으로 여러 곳에서 빠진 부분이 있다.

만 경우에 따라 고친 것도 있음.
4) 吉池孝一(2008:142)에서는 권두의 ⑤ 校正字樣 다음에 있어야 하는 것으로 보
았다.

예를 들면 죽자편(竹字篇)의 첫 장 반은 원본의 2~3엽(葉)이 결락(缺落)된 것을 전사한 것으로 보인다. 또 照那斯圖·楊耐思(1987)에서는 下 30뒤부터 33앞까지 3엽 6면이 낙장(落張)된 것으로 보고 보결(補缺)하였다. 즉 15 마운(麻韻)의 [ke, 게], [k'e, 케], [ge, 께], [de, 떼], [be, 뻬], [me, 메], [je, 졔], [ze, 졔], [se, 셰], [he, 헤], ['e, 에], [dz, 졔], [ta, 댜, [t'a, 탸, [da, 땨, [na, 냐, [za,쟈] 등이 下 31뒤까지 이어지고 33앞부터 '회피자양(廻避字樣)'이 시작되어 런던 초본의 끝장과 연결된다고 본 것이다.

이 보궐(補闕)은 주로 『고금운회거요(古今韻會擧要)』의 몽고운(蒙古韻)에 의거한 것으로 '下 30뒤'에 반엽과 '下 31앞·뒤'의 1엽, '下 32앞·뒤'의 1엽, '下 33앞'의 반엽, 모두 6쪽을 재구하여 실었다. 照那斯圖·楊耐思(1987:148)의 '보궐설명(補闕說明)'에 의하면 런던 초본(鈔本)의 '下 30앞'에서 '회피자양(廻避字樣)'의 후반 부분은 중간에 잔궐(殘闕)이 있지만 3엽(6쪽), 즉 "下 30뒤, 下 31앞·뒤, 下 32앞·뒤, 下 32앞"이 빠졌고 이를 전술한 『운회(韻會)』5)와 『원전장(元典章)』 등의 문헌 자료에 의하여 보정(補正)하였다고 한다.

그리고 보정(補正)의 방법으로 〈운회(韻會)〉와 〈칠음(七音)〉, 『몽고자운(蒙古字韻)』 셋의 음계(音系)를 대비하여 원서의 자순(字順) 배열에 맞추고 기타 파스파자(字)의 한자 대음(對音)을 참고하여 그 발음을 원서와 같이 상단에 파스파자로 적었다고 하였다. 보정(補正)의 내용은 원서의 체제와 행수, 엽수의 편차에 따랐고 파스파 문자의 대음(對音)에 근거가 되는 비문(碑文)의 예를 일일이 주(註)로 표시하였다.6) 또한 〈운회(韻會)〉

---

5) 여기서는 아마도 『古今韻會擧要』를 말하는 것으로 보인다.
6) 예를 들면 '下 30뒤 4행'에 補闕된 '聲'자에 대하여 파스파자 注音은 [ŋel(碑

에 수록되지 않은 글자는 (?)로 표시하였다.

〈운회(韻會)〉와 〈칠음(七音)〉의 음계(音系)는 기본적으로 『몽고자운』과 일치하지만 〈운회〉의 수록 자수가 훨씬 많다. 즉 〈운회〉의 수록 한자는 12,650자인데 『몽고자운』은 390자를 보궐(補闕)하여도 9,508자밖에 안 되어 〈운회〉의 수록자 가운데 75%를 수록한 셈이라는 것이다.

'회피자양(廻避字樣)'은 런던 초본의 말미에 부재되었다. 그러나 런던 초본의 마지막 장에 "鬼,狂,藏,怪,漸 愁,夢,幻,弊,疾 [중략] 前項廻避 字樣共一百六十餘字。或止避本字、或隨音旁避、其餘可以類推。 今添諸韻收不盡、漢字韻內細解者、並係新添。 - 귀(鬼)[중략] 등 전 항의 기휘(忌諱)할 글자는 모두 160여 글자다. 혹은 그 글자만 피하는데 그치는 것도 있고 혹은 발음에 따라 피해야 하는 글자도 있으며 나머지 는 미루어 알 것이다. 이번 여러 운에서 수록한 것이 모두가 아니지만 자운(字韻) 내에 조그맣게 풀이한 것은 새로 첨가한 글자에 걸린 것이다. -"라는 기사가 있어 앞에 몇 장이 탈락되었음을 알 수 있는데 이 장에 70자밖에 수록되지 않았으니 1엽에 100자 들어가므로 1엽이 결락(缺落) 되었음을 알 수 있다.

照那斯圖 · 楊耐思(1987:145)에 회피자양(廻避字樣) 90자를 복원한 下 33앞이 보궐되었다.7) 이 '회피자양'의 보궐은 『원전장(元典章)』(권28) 「예 부(禮部)」에 의거하여 뽑은 것이며 『몽고자운』의 체제에 따라 수록한 것이다.

13~16)로 표시되어 그 출전을 밝혔다.
7) 보궐된 회피자양은 "極盡歸化忘[亡妄望同] 播晏徂[祚同]驦[哀愛同]奄 昧駕遄 仙斯[司四死同] 病苦沒泯滅 凶禍傾頹毀[堰仆同] 壞破晦刑傷 孤隆墮服布 孝短夭折災[要同] 困危亂暴虐 昏迷愚耄過 改替敗廢寢 殺絶忌憂切[激切屛 營係舊式] 患衰囚往棄 喪戾空陷厄 艱忍除掃擯[奸同] 缺落典憲法[典字近 用不馭] 奔崩摧殄隕 慕橋出祭奠[饗亨同]"의 90자다.

3.2.2   吉池孝一(2008:144~152)에서 런던 초본의 성립은 멀리『몽고운략』으로 소급할 수 있음을 주장하였다. 즉 앞에서도 논의하였지만 이 논문에서는 런던 초본이 [표 2-3]에서 보인 것과 같이 다음과 같은 경로로 이루어진 것으로 보았다.

『몽고운략』 → [원본]『몽고자운』 → 〈諸異本〉 → 〈朱宗文增補本〉 → 〈補修本〉 → 〈런던 초본〉

이러한 편찬 과정에서 책의 체제가 변하였는데 그 내용의 변화를 吉池孝一(2008)에서는 다음과 같이 정리하였다.

주종문본(1권)

①	②	③	④	⑤	⑥	⑦	⑧	⑨	⑩
表題	劉更序	朱宗文序	校訂字樣	廻避字樣	總括變化之圖	字母	篆字母	總目	本文

표 3-1   朱宗文本의 체재(吉池孝一, 2008:145)

〈보수본〉(1권)

①	②	③	④	⑤	⑥	⑦	⑧	⑨	⑩	
表題	劉更序	朱宗文序	校訂字樣	廻避字樣	總括變化之圖	字母	篆字母	總目	本文	浙東本의 注가 없음

표 3-2   〈補修本〉(一卷)의 체재(吉池孝一, 2008:146)

〈런던 초본〉(2권)

上卷(상권)

①	②	③	④	⑥	⑦	⑧	⑨	⑩
表題	劉更序	朱宗文序	校訂字樣	總括變化之圖	字母	篆字母	總目	本文

표 3-3-1 런던 초본의 체재(상권)

下卷(하권)

	⑩		⑤
表題下	本文	浙東本의 注가 없음	廻避字樣一葉 缺

표 3-3-2 런던 초본의 체제(하권)

이상으로 보아 런던 초본의 하권에는 회피자양(廻避字樣)의 1엽이 낙장이 되었고 照那斯圖·楊耐思(1987)에서 이를 『원전장(元典章)』, 「예부(禮部)」에서 복원하였음을 전술하였다.

3.3 런던 초본의 와오(訛誤)

다음으로는 런던 초본에 보이는 와오(訛誤)에 대하여 검토하기로 한다. 지후우(忌浮, 中國 吉林省 社會科學院, 本名 寧繼福)의 논문(忌浮, 1992, 1994)에서는 『몽고자운』의 런던 초본(鈔本)과 평수운(平水韻), 즉 『신간운략(新刊韻略)』을 비교하여 121개의 와오(訛誤)를 찾아내었다. 『신간운략』은 『몽고자운』의 모본(母本)으로 알려졌는데 전술한 바와 같이 이 책은 원래 〈예부운략(禮部韻略)〉 계통의 『경덕운략(景德韻略)』을 남본(藍本)으로 하여 금(金) 정대(正大) 6년(1229)에 왕문욱(王文郁)이 간행한 운서(韻書)다(2.4 참조). 106운으로 나누었고 반절(反切)과 주석(註釋)이 있으며 운조(韻藻)도 있다. 忌浮(1992)에서는 원대(元代)의 간본(刊本) 『신간운략(新刊韻略)』에 의거하여 『몽고자운』 런던 초본의 단자(單字)를 비교 검토하고 그 와오(訛誤)를 교정하였다.

3.3.1 먼저 〈평수운(平水韻)〉, 즉 『신간운략(新刊韻略)』과 비교하여 『몽고자운』의 와오(訛誤) 부분을 정리하면 다음과 같다.

(1) 上8앞[8]) 7행 평성 제3字 '侗'의 註釋에 "犬兒 上"의 '견(犬)'은 잘못된 것으로 『新刊韻略』에는 이 '侗'字가 수록되지 않았으니 朱宗文이 增添한 글자다. 『廣韻』에는 反切이 '他紅切'이며 注는 "侗 大也"이다. 『說文』에서도 注가 "侗 大兒"인 것으로 보아 『몽고자운』의 '견(犬)'은 '대(大)'의 誤字로 보인다.

---

8) '上'은 上卷, '下'는 下卷을 말하고 '9'는 9엽, '앞'은 앞장을 가리킨다. 이하 모두 같음.

(2) 上9뒤 2행 평성 제14字 '현(絃)'은 『광운』에 '胡田切'이므로 여기에 들어갈 글자가 아니다. 『신간운략』에는 '戶萌切' 제2자로 그 注에 "紘 冠 卷也 又八紘"이라 하였고 『광운』도 이와 같으므로 『몽고자운』의 '현(絃)'은 '굉(紘)'의 오자이다.

(3) 上10앞 제8행 제4字 '옹(擁)'은 『광운』에 "於隴切 上聲字"이므로 여기에 있어서는 안 되는 글자이다. 『신간운략』에는 宋韻의 말미에 重添되어 '옹(甕)'자가 있고 注에 "加土甕田"이라 하여 『광운』의 "於用切"의 小韻 제3字와 같다. 따라서 '옹(擁)'은 '옹(甕)'의 오자이다.

(4) 上10뒤 제2행 上聲 제6字 '영(潁)'은 다른 운서에 실려 있지 않다. 단 『신간운략』 제23 梗(靜)운에 "穎 水名 餘頃切. 穎 禾末也 穗也"라 하였고 『광운』도 같으므로 '영(潁)'은 '영(穎)'의 잘못이다.

(5) 上11앞 제9행에 '滕'는 『광운』과 『集韻』에 없고 『신간운략』의 '食証切'에 "乘, 剩, 滕, 賸, 甸"이 보이므로 '滕'은 '媵'의 오자이다.

(6) 上11뒤 제1행 去聲 제4字 '병(枏)'은 『광운』에 "府盈切"이므로 여기에 있어서는 안 되는 글자이다. 『新刊韻略』의 '卑政切'에는 "摒, 倂, 并" 3개의 단자가 있으므로 '병(枏)'은 '병(倂)'의 잘못이다.

이것을 보면 『몽고자운』 런던 초본에는 필사(筆寫) 상의 오류도 많음을 알 수 있다.[9]

3.3.2 다음으로 『몽고자운』의 런던 초본을 〈평수운(平水韻)〉과 비교하여 수록 단자(單字)의 이동(異同)을 살펴보기로 한다.

런던 초본에 수록된 단자(單字)의 수효는 9,129자(字)이고 照那斯圖·

---

9) 忌浮(1992, 1994)에서 모두 6개의 오자를 찾아내어 그 원자와 오자를 밝혀내었다.

楊耐思(1987)에서 〈평수운(平水韻)〉에는 있지만 런던 초본에서 빠진 것으로 본 300자가 있어 모두 9,429자를 수록한 것으로 본다. 다만 잔궐(殘闕) 부분의 수록자는 계산하지 않았다. 여기서 주종문(朱宗文)이 증첨(增添)한 107자를 제외하면 『몽고자운』의 원본에는 9,322자의 단자(單字)를 수록한 것으로 볼 수 있다.

왕문욱(王文郁)의 〈평수운〉에 수록된 단자(單字)는 신첨자(新添字)와 중첨자(重添字)를 포함하여 모두 9,279자이며 이것은 『몽고자운』의 9,322자와는 불과 43자의 차이밖에 없다. 이 차이는 양서의 모두에 나타난다. 忌浮(1994:129)에 의하면 『몽고자운』 런던 초본의 경부(庚部)에 수록된 '붕(崩)'은 그에 상응하는 〈평수운〉의 증부(蒸部)에 수록되지 않았다고 한다. 반대로 〈평수운〉의 송부(送部)에는 '徒弄切'에 '洞恫慟'의 3자가 수록되었으나 『몽고자운』 런던 초본에는 '洞'이 빠졌고 상성(上聲)에 '恫'을 추가하였으며 '洞'은 거성(去聲)으로 표시되었다고 한다. 또 런던 초본의 가부(佳部) 단모(端母) 상성(上聲)의 '觰'는 주종문(朱宗文)의 증첨자(增添字)가 아닌데도 〈평수운〉에는 수록되지 않았다. 이렇게 하여 런던 초본의 수록 단자(單字)가 〈평수운(平水韻)〉보다 약간 많은 결과를 가져왔다.

3.3.3 〈평수운〉은 평성(平聲)이 30운(韻), 상성(上聲)이 29운, 거성(去聲)이 30운, 그리고 입성(入聲)이 17운이어서 모두 106운(韻)이다. 그러나 평상거(平上去) 3성(聲)의 운목자(韻目字)는 30운이 공유하고 거성(去聲)만이 있는 태부(泰部)를 합하면 모두 31 운목자(韻目字)가 있고 여기에 입성(入聲) 17운(韻)의 운목자를 합하면 모두 48개의 운목자로 표시하는 48운부(韻部)가 된다. 이들 48 운목자로 표시하는 48운부를 여기에 옮기면 다음과 같다.

東冬江   —— 平上去聲(3운)
支微魚虞齊佳灰   —— 上同(7운)
泰   —— 去聲(1운)
眞文元寒刪先   —— 平上去聲(6운)
蕭肴豪歌麻   —— 平上去聲(5운)
陽庚靑蒸   —— 平上去聲(4운)
尤侵覃鹽咸   —— 平上去聲(5운)
屋沃覺質物月曷黠屑藥陌錫職緝合叶洽 —— 入聲(17운)

이에 비하여 『몽고자운』에서는 15운부(韻部)로 줄여 15개의 운목자(韻目字)로 표시하였다. 이를 여기에 옮겨 보면 다음과 같다.

一東 二庚 三陽 四支 五魚 六佳 七眞 八寒 九先 十蕭 十一尤 十二覃 十三侵 十四歌 十五麻

이는 〈평수운(平水韻)〉의 48운부(韻部)와 비교하면 33운이 통합된 것이다. 〈몽고운(蒙古韻)〉의 15운부(韻部)와 〈평수운〉과의 병합관계를 밝혀 보면 다음과 같다.

『몽고자운』의 15운이 병합된 〈평수운〉의 48운

一東   —— 東, 冬. 庚韻 일부, 蒸韻의 일부.
二庚   —— 庚, 靑, 蒸. 東韻의 '雄, 熊' 2字
三陽   —— 江, 陽
四支   —— 支, 微, 齊, 錫, 職, 緝. 또 泰 · 灰 · 質 · 陌 · 物韻
          의 半.
五魚   —— 魚, 虞, 屋, 沃. 그리고 質 · 物 · 月韻의 半

六佳	——	皆. 그리고 泰 ·灰·陌韻의半. 支韻의 일부, 職운의 일부
七眞	——	眞, 文. 그리고 元운의 반
八寒	——	寒, 刪. 그리고 元운의 일부, 先운의 일부.
九先	——	先 . 그리고 元운의 반.
十蕭	——	蕭, 肴, 豪, 覺, 藥
十一尤	——	尤
十二覃	——	覃, 鹽, 咸
十三侵	——	侵
十四歌	——	歌. 그리고 曷· 合운의 반.
十五麻	——	麻, 黠, 洽, 屑, 叶. 그리고 歌운의 일부. 曷운의 일부

이 사실로부터 『몽고자운』의 15운(韻)은 〈평수운〉의 입성(入聲) 17운(韻)을 모두 없애고 31운도 반(半) 이상으로 줄였음을 알 수 있다. 입성(入聲)운이 없어진 것은 역시 원대(元代)에 편찬된 운서(韻書)의 하나인 주덕청(周德淸)의 『중원음운(中原音韻)』과 같다. 이로 보면 실제로 원대(元代) 〈평수운(平水韻)〉의 입성(入聲)은 이미 당시에 실제로 발음되지는 않았으나 작시(作詩)할 때에 압운(押韻)을 제공하기 위한 것으로 볼 수밖에 없다.

3.3.4 전술한 바와 같이 런던 초본(鈔本)의 권수(卷首)에는 유경(劉更)의 서문(序文)이 있고 이 글에서 "今朱伯顔增蒙古字韻 正蒙古韻誤 云云－이제 주백안(朱伯顔, 朱宗文을 말함)이 『몽고자운』을 증첨(增添)하고 몽고운의 잘못을 바로 잡았다. 운운－"이라 하여 이미 주종문(朱宗文)이 한자를 추가하였음을 밝히고 있으며 런던 초본의 말미 회피자양(廻避字樣)에서도 "今添諸韻、收不盡漢字、韻內細解者、並係新添、隨音

旁避其餘可以類推。 -이제 여러 운에 첨가하여 다 하지 못한 한자를 수록하고 운 내에서 자세하게 해설하여 관계있는 것에 새로 첨가하였으며 나머지는 중복을 피하고 발음에 따라 유추할 수 있도록 하였다. -"라고 하여 새로 증첨한 단자(單字)는 주해가 있음을 언급하였는데 실제로 런던 초본에는 주종문이 증첨하면서 쌍행(雙行)으로 주(註)를 단 단자가 106자나 수록되었다.[10]

一東에서 刉{刈也},[11] 玒{美玉}, 矼{至也}, 倥{倥侗顢蒙},[12] 霙{雨兒}, 侗
{大兒}[13], 璁{石似玉}, 麻{辟麻}, 癰{癰疽}[14]

二庚에서 頿{眉目間}, 蜻{蜻蜓}, 鯖{魚名}, 鮏{魚臭}, 孆{好也}, 攍{擔也}

三陽에서 駔{馬怒}, 朾{屋梠}, 艆{舟名}, 猖{猖狂}, 祊{祭四方也}, 筤
{竹也}, 蹡{行兒}, 纕{佩帶}, 洚{水不遵道}, 爌{寬明兒}, 湟{水
名}, 瑝{玉名}, 騜{馬白色}

四支에서 茈{芙蕖中子}, 鷙{有骨}, 瓵{盛酒器}, 魑{魑魅鬼屬}, 敕{誡也},
箷{竹器}, 鮧{魚名}, 榹{椸也}, 劚{剝也}, 醚{酒母}[15]

五魚에서 怚{怯也}, 姆{女師}, 土弆{藏也}, 柜{小柳}, [16]{環屬}, 篨{竹席},

醵{合錢飮酒}, 汝{爾也}, 粎{蜜餌}[17]

七眞에서 瑱{玉充耳}, 儐{恭也}, 鬭{爭也}, 矑{魄矑}, 犇{牛驚走}, 賁{怒聲}, 扷{拭也}

八寒에서 輚{臥車}, 穳{鋋也}, 盌{小盂}, 瞯{眄也}

九先에서 蹎{仆也}, 馬眞{馬額白}, 滇{滇池在建寧}, 琠{玉名}, 婏{順也}, 枅{屋櫨}, 燀{炊也}, 褊{小也}, 騫{飛皃}, 嫣{長貌}, 鄢{邑名}, 俔{譬喩也}, 晛{日氣}

十蕭에서 臑{羊豕臂}, 櫂{進船器}, 褓{◯兒}[18], 褓{小兒衣}, 犦{牛名}, 蕘{休拔寸草}, 撓{搙也}, 嶢{山名}, 晧{日出皃}, 藁{莎草}, 鐎{銅瓮}, 拗{拉也}, 銚{烑器}, 鉊{大鎌}, 劭{勸勉也}, 怊{悵恨也}, 㲋{似兎靑色}, 鐎{◯斗溫器}[19], 鷦{灼龜不兆}, 爝{火炬也}, 燋{灼龜木}, 要{約信也}, 穮{生穫}, 篧{罩也}

十一尤 廐{馬舍}, 舟鳥{鶻子}, 髟{髮垂}, 襣{單衣}, 釦{金飯器}, 藕{芙蕖根}

十二覃 儋{石甖}

이상 106자(字)는 주종문(朱宗文)이 증첨(增添)한 것으로 〈평수운(平水韻)〉에서는 이 가운데 96자가 수록되지 않았다.[20] 그리고 〈평수운〉에도 수록된 10자 가운데서도 "魑, 禶, 籧, 騫, 襣, 爝"의 6자는 주해(註解)가 서로 다르고 "敉, 穳, 銚, 廐"는 〈평수운〉의 주해와 같지만 『고금운회거요(古今韻會擧要)』의 그것과도 동일하다. 따라서 주종문의 증첨한 자

17) 魚韻의 上 27앞 4행에 '簸{ 也}'라고 雙行의 注란에 한 자가 비어있다. 아마도 '籠'이 지워진 것이 아닌가 한다.

18) '褓' 다음의 雙注 {◯兒}의 앞 자는 공란으로 되었다. 아마도 '小兒'의 '小'가 지워진 것이 아닌가 한다.

19) '鐎'의 雙注인 "◯斗溫器"는 "刁斗溫器"의 '刁'가 누락된 것으로 보인다.

20) 忌浮(1994)의 연구에도 이 증첨자에 대한 조사가 있었으나 필자의 조사와 적지 않은 차이가 난다. 아마도 해독의 차이, 또는 이해의 차이가 있을 것으로 보이고 어떤 것은 분명히 잘못된 것도 보인다.

(字)는 『고금운회거요』에 주로 의거했음을 알 수 있다.

忌浮(1994)에서도 주종문의 증첨자(增添字)들이 『고금운회거요』를 중심으로 하여 증첨된 것으로 보인다고 하였다. 예를 들면 그가 추가한 양운(陽韻)의 '祊(제사 이름 팽)'은 『광운(廣韻)』이나 『집운(集韻)』, 『예부운략(禮部韻略)』 등의 양운(陽韻)에는 없고 『고금운회거요』에만 수록되었다.

그러나 반드시 『고금운회』에만 의존하여 단자(單字)를 추가한 것은 아니다. 런던 초본의 동운(東韻)에 추가한 'ꡈ(총)'은 『고금운회(古今韻會)』에 없고 『광운』, 『집운』에 수록되었으며 지운(支韻)에 추가된 '芍(적)'은 주해가 『집운(集韻)』과 일치한다. 따라서 주종문(朱宗文)은 당시 여러 운서를 참고하여 단자(單字)를 추가하였다고 보아야 할 것이다.

3.4 런던 초본의 영인 출판

이 책은 여러 차례 영인 출판되었다. 전편이 영인된 것은 일본 오사카(大阪)의 간사이(關西)대학 동서학술연구소(東西學術研究所, 이하 '東西硏'으로 약칭)에서 고서복간사업(古書復刊事業)의 일환으로 소화(昭和) 31년(1956)에 '영인대영박물관장구초본(影印大英博物館藏舊鈔本)'이란 부제를 붙이고 '몽고자운 2권(蒙古字韻 二卷)'이란 제목으로 영인본 500부를 간행하였다 (尾崎雄二郎, 1962:162). 이것이 중국에 흘러들어가 羅常培·蔡美彪(1959) 의 『八思巴文字與元代漢語』[資料匯編](科學出版社, 北京)의 95-127쪽에 게재되었고[21] 다시 중국 사회과학원(社會科學院)의 주나스트(照那斯圖)

---

21) 이 복사본은 兪昌均(2008:101)에 의하면 1938년에 于泉道氏가 복사하여 가져온

교수(Prof. Junast)와 양 나이시(楊耐思) 교수(Prof. Yang Naisi)가 일본 간사이 대학의 영인본을 교정하고 궐본을 보정하여 1987년에 『몽고자운교본(蒙古字韻校本)』을 간행할 때에도 영인되었다.

이 책에서는 주나스트(照那斯圖) 교수와 양 나이시(楊耐思) 교수의 『몽고자운』런던 초본(鈔本)에 대한 해설(1. 前言)과 인용자료(附1, 本書 所引 八思巴 資料), 파스파자(字) 및 한자(漢字) 주음(注音)과 로마자 전사표(附2, 蒙古字韻 字母 正體及 轉寫表) 등을 첨부하고 결락(缺落) 부분을 보충하여 1987년에 『몽고자운교본(蒙古字韻校本)』이란 이름으로 베이징(北京) 민족출판사(民族出版社)에서 간행하였다. 이 책의 말미에는 결락(缺落) 부분을 보충한 것에 대한 설명(3. 補闕說明)과 런던 초본에 보이는 파스파자(字)의 IPA 발음기호 전사가 붙어 있고 맨 마지막에 런던 초본 전문의 교감(校勘)에 대한 부연(敷衍) 설명(5. 校勘記)이 붙어있다(照那斯圖·楊耐思 編著, 1987).

최근 중국에서 '속수사고전서(續修四庫全書)'를 간행할 때(上海古籍出版社, 1995~2002)에 『몽고자운(蒙古字韻)』도 복사(複寫)되었다. 전술한 한국학 중앙연구원의 2008년 영인본에 의하면 이 책에서는 하권(下卷) 31앞이 결락(缺落)되었고 또 羅常培·蔡美彪(1959:95~127)에 일본 간사이대학 영인본을 다시 영인하여 수록할 때에 런던 초본의 하권(下卷) 4앞과 5뒤를 빠뜨렸다(尾崎雄二郎, 1962:162).

따라서 런던 초본의 영인은 간사이(關西)대학의 동서연(東西硏)의 것이 처음으로 이루어졌고 그것을 다시 영인한 것이 많기 때문에 이 동서연

런던 鈔本을 영인한 것이라고 하며 尾崎雄二郎(1962:163~164)에 의하면 1959년 北京의 科學出版社가 파스파자 碑文의 拓本, 元刊 『百家姓』과 함께 『資料彙編·八思巴字与元代漢語』라는 제목으로 1,800부를 간행하였다고 한다.

(東西硏)의 영인본이 그동안 『몽고자운(蒙古字韻)』의 연구에 매우 중요한 역할을 하였다. 이 영인본의 권말에 부재된 발행책임자 쯔보이 요시마사(壺井義正) 씨의 부언(附言)에 동서연(東西硏) 영인본의 간행 경위가 적혀있다. 여기에 일부를 뺀 전문을 옮겨보면 다음과 같다.

몽고자운 2권은 사고촬제요(四庫撮提要)에 있는 것처럼 문이안독통행비검(文移案牘通行備檢)을[22] 위하여 만들어진 것으로 시대의 흐름과 함께 그 쓰임을 잃어버려서 드디어 연몰(煙沒 – 연기처럼 사라짐 – 필자)에 이르게 된 것이다. 간본(刊本)은 이미 없고 현재 있는 것으로는 겨우 대영박물관에 소장된 초본(抄本 – 필사본. 鈔本이라고도 씀 – 필자)만이 세상에 전한다.

이 책에 대하여는 나이또 고난(內藤湖南) 선생도 일찍이 주목한 바가 있고 이 연구소의 이시하마 준타로(石濱純太郎) 교수도 역시 1921년에 외유(外遊)를 하게 되었을 때에 친절하게도 그 사진을 촬영하여 돌아오셨다. 이래로 이 사진을 각 전문가에 회람시켜서 [이 책이] 결코 간장 단지 덮개 정도의 가치가 있는 것이 아니라[23] 널리 중국어문학 연구에도 필요한 문헌이라고 인정되기에 이르렀다.

이 연구소에서는 고서(古書)를 복간(復刊)하는 사업의 일환으로, 대영박물관의 허가를 얻어 이시하마(石濱) 교수가 촬영한 사진을 판에 붙여 세상에 내어놓아 널리 연구자의 쓰임에 바치고자 생각한다.

끝으로 간행을 허가해 주신 대영박물관, 그리고 [이렇게 허가를 얻도록] 배려하여 주신 동경(東京)의 브리티시 카운슬 당국에 대하여 심심한 사의를

---

22) '文移案牘通行備檢'은 난해한 한문 문장으로 '문이(文移)'이나 '안독(案牘)'은 중국 고전에서 "문서, 관공서의 공문서"라는 의미를 가졌고 '통행비검(通行備檢)'은 "통용의 검색에 대비하여"라는 의미를 가졌으므로 전체의 뜻은 "공문서의 통용을 검사하는데 대비하다"의 뜻으로 볼 수 있지 않을까 한다.

23) 원문은 '强ち覆瓿'인데 원래 이 말은 중국의 고사에서 漢代 揚雄이 자신의 글들이 모두 이런 정도의 가치밖에 없다는 데서 나온 말로써 "간장 단지 덮개 정도의 가치밖에 없지만 그러나···"의 뉘앙스를 갖는 말이다. '强ち'는 오래 된 일본어로 "반드시는"의 뜻을 갖는다. 이것을 가르쳐 준 大東文化大學 교수 畏友 三浦國雄씨에게 감사한다.

표하는 바이다.

이번 인쇄에서 선명하지 않은 것 가운데 원판(原版)에서 판독할 수 있는 2~3개를 고쳐 적는다. [중략] 이상

또 이 동서연(東西硏) 영인본의 판권이 있는 곳에는 소화(昭和) 31년 8월 30일이란 간기와 "限定 500部 出版 非賣"라고 쓰여서 500부 한정의 비매품(非賣品)으로 간행된 것임을 알 수 있다. 이것은 아마도 대영박물관이 영인 출판을 허가하면서 조건으로 붙인 것일 것이다.[24]

최근 또 하나의 믿을 만한 영인본이 한국의 한국학중앙연구원에서 출판되었다. 2008년 11월 17~18일에 국제학술 워크숍을 곁들여 출판된 이 영인본(이하 한중연 영인본으로 약칭함)은 대영도서관의 마이크로필름을 프린트한 것으로 가장 완전한 영인본으로 볼 수 있다. 필자의 해제가 부재된 이 영인본은 대영도서관의 허가를 얻어 300부를 영인 출판하였는데 동서연(東西硏) 영인본과 달리 원본의 마이크로필름에서 복사한 것이어서 개인이 촬영한 사진판보다는 여러 면에서 정확하다.

한중연 영인본을 동서연(東西硏)의 그것과 비교하면 우선 후자의 것에는 해제가 없고 『흠정사고전서 총목(欽定四庫全書總目)』 「경부 소학류 존목(經部小學類存目)」의 '몽고자운 2권(蒙古字韻 二卷)'조의 설명을 옮겨 놓았을 뿐이다. 이어서 표지서명(表紙書名)에 해당하는 '蒙古字韻 ▨▨ ▨▨ ▨▨ ▨▨▨ 上 ▨▨▨'이 첫 면을 차지하였고 이어서 유경(劉更)의 서문이 시작된다. 그에 비하여 한중연 영인본은 이 책이 들어있는 상자의 서명 '몽고자운 전집(蒙古字韻全集)'과 이 상자를 묶는 가죽 끈까지 영인

---

24) 실제로 최근 『몽고자운』을 영인 출판한 한국학 중앙연구원의 영인본도 대영도서관에서 300부 한정에 비매품으로 할 것을 조건으로 붙였다.

하였다.25)

일본 동서연(東西硏)과 한중연 영인본의 가장 큰 차이는 후자가 원본과 똑 같이 좌철(左綴)하였다면 전자는 다른 한적(漢籍)들의 예에 따라서 우철(右綴)을 하였다는 점이다. 청대(淸代)에는 좌철(左綴)이 유행하였고 파스파자(字)로 기록된 자료들이 이미 오래전에 좌철된 것을 미처 생각지 못하고 다른 중국 한적(漢籍)의 예를 따라 우철(右綴)한 동서연 영인본은 매우 읽기가 어렵다.

한중연 영인본은 대영도서관에서 촬영한 마이크로필름으로부터 프린트하여 보내온 것이다. 따라서 동서연의 영인본보다는 훨씬 선명하다. 또 동서연의 영인본이 갖는 가장 치명적인 결함은 원본의 상단 일부가 잘려서 사진으로 찍힌 것이다. 원본에는 상단 난상(欄上)에 아라비아 숫자로 쪽수를 적어 넣었는데 동서연의 영인본은 이 부분이 잘려나가서 보이지 않으며 심지어는 상단의 파스파자 주음도 훼손된 곳이 있다.

동서연(東西硏) 영인본은 사진으로 촬영한 것이기 때문에 사진판에 많은 흠집이 생겨 마치 원본이 훼손된 것처럼 보이는 곳이 많다. 예를 들면 20쪽 첫 행에 검은 반점이 크게 보이는데 한중연 영인본을 보면 원본에는 이런 반점이 없었음을 알 수 있다. 특히 기휘자(忌諱字)의 한 획을 줄여 표기한 것을 판독하는 데서는 일본의 동서연(東西硏) 영인본으로 확인하기 매우 힘들다. 上 22앞 8행 맨 위에 있는 '曆'자가 필사될 당시의 황제인 건륭제(乾隆帝)의 이름이므로 기휘자(忌諱字)이어서 한 획을 줄였는데 동서연 영인본으로는 역시 식별하기가 매우 어렵다.

본서에도 『몽고자운』의 전편을 영인하여 권말에 부재하였다. 이것도

<hr>

25) 이 가죽 끈에는 "Dictionary of Rhymes, Chinese-Mongol, Brit. Mus. Oriental 6972"라는 서명과 분류 번호가 기입되었다. [사진 3-1] 참조.

대영박물관에서 마이크로필름을 직접 복사한 것을 받은 것이어서 보다 정확하다. 더욱이 한중연 영인본보다 15년 전의 마이크로필름에서 복사한 것이어서 더욱 선명할 것으로 기대된다.

3.5 런던 초본의 필사(筆寫) 시기

전술한 尾崎雄二郎(1962)에 의하면 이 책은 간본(刊本)이 아니라 청(淸)의 건륭년간(乾隆年間, 1736~1795)에 필사된 초본(鈔本)이라고 한다. 尾崎雄二郎(1962)에서는 초본의 필사(筆寫) 시기를 기휘자(忌諱字)의 결필(缺筆)과 편자 주종문(朱宗文)의 몽고 이름에 대한 한자 표기로부터 알 수가 있음을 주장하였다. 즉 제왕(帝王)의 이름을 기휘(忌諱)하기 위하여 왕명(王名)과 같은 글자의 최종 한 획을 줄이는 결필기휘(缺筆忌諱)의 방법으로 이 런던 초본의 필사(筆寫) 시기를 추정하였고 주종문(朱宗文)의 몽고명을 '파안(巴顔)'이 아니라 '백안(伯顔)'으로 한자 표기한 것으로부터 역시 필사시기를 가름할 수 있다는 것이다.

3.5.1 먼저 기휘자(忌諱字)의 결필(缺筆)로부터 필사 시기를 추정할 수 있다는 것에 대하여 살펴보자. 이것은 중국에서 제왕(帝王)의 이름을 기휘(忌諱)하는 풍속에서 필사할 당시의 제왕 이름자를 피하여 적는, 이른 바 피휘(避諱, 이보다는 '忌諱'가 널리 쓰인다)의 문자에 의하여 연대를 추정하는 방법이다.[26] 첸유안(陳垣, 1928:541)의 '피휘결필례(避諱缺筆例)'에 의

---

26) 忌諱, 또는 避諱로 불리는 제왕의 이름자를 피하여 적는 방법은 중국을 비롯한

하면 제왕의 이름을 피휘(避諱)하여 일부러 기휘자(忌諱字)의 한 획을 쓰지 않는 결필의 피휘 방법은 당대(唐代)부터 시작되었다고 한다.[27] 陳垣(1928)에서는 '피휘소용지방법(避諱所用之方法)'으로 1. 피휘개자례(避諱改字例), 2. 피휘공자례(避諱空字例), 3. 피휘결필례(避諱缺筆例), 4. 피휘개음례(避諱改音例)의 넷을 들고 그 가운데 3.피휘결필례(避諱缺筆例)에서

[전략] 據右表、避諱缺筆、當起於唐高宗之世。冊府元龜、帝王部名諱門、載顯慶五年正月詔曰: "孔宣設教、正名爲首。戴聖貽範、嫌名不諱。此見鈔寫古典、至於朕名、或缺其點劃、或隨便改換、恐六籍雅言、會意多殊、九流通義、指事全違、誠非立書之本意。自今以後、繕寫舊典文字、並宜使成、不須隨義改易"。由此可見顯慶初年、已有避諱缺筆之事。舊唐書高宗紀、顯慶二年十二月、改昏葉宮。十七史商權疑宮字爲字字之訛、謂必是以昏字之上民字、葉字之中世字、犯諱、故改昏從氏、改葉從云。其說近是。宮字蓋承上文洛陽宮而訛也。(陳垣, 1928:542) - [전략] 오른쪽 표에 의하면 휘(諱)를 피하기 위하여 결필(缺筆)하는 것은 응당 당 고종(高宗, 在位 649~683)의 치세에서 시작된 것으로 보인다. 『책부원구(冊府元龜)』[28] 「제왕부 명휘문(帝王部名諱門)」

한자 사용권에서 많이 발견된다. 한반도에서도 擡頭(경어의 방법으로 尊號나 尊稱을 줄을 바꿔 맨 위에 쓰거나 한 단 올려 적는 방법)의 방법이라든지 삼인칭 표시의 방법, 간접 지칭의 방법으로 쓰는 경우가 있는데 이와 같은 방식으로 경의를 표하기 위하여 이름자를 직접 적지 않는 것을 忌諱, 또는 避諱라고 한다. 여기서는 陳垣(1928)의 용어대로 '피휘(避諱)'로 쓰기로 한다.

27) 陳垣(1928:541)에 "避諱缺筆之例始於唐、唐以前刻石、字多別體、不能定何者爲避諱。北齊顏之推家訓風操篇、言當時避諱之俗甚詳 亦祇云 '凡避諱者皆須得其同訓以代換之'。可見當時尙無缺筆之例。 - 피휘(避諱) 결필(缺筆)의 예는 당대(唐代)에 시작하였는데 당(唐) 이전에는 [글자를] 돌에 새기어서 자체가 많이 달랐기 때문에 누구를 피휘(避諱)했는지 정할 수가 없었다. 북제(北齊) 안지추(顏之推)의 가훈인 『풍조편(風操篇)』에 당시 피휘의 풍속에 대하여 매우 자세히 말하였는데 역시 "대체로 피휘(避諱)는 모두 같은 뜻의 [글자로] 바꾸는 것이다"라고 하여 당시는 아직 결필(缺筆)의 예가 없었음을 알 수 있다."라는 주장을 참고할 것.

의 현경(顯慶) 5년(唐 高宗 5년, 서기 660년) 정월(正月) 조에 다음과 같은 조(詔)가 기재되었다. "공자(孔子)는(儒敎를 말함－필자) 가르침을 세워서 '바른 이름'(正名, 이름을 바로 함)을 그 가르침의 으뜸이라고 하고 재성(戴聖)은[29] 규범(規範)을 남겨서[30] 이름을 피하는 것이 휘(諱)가 아니라 하였다.[31] [朕이] 필사된 고전(古典)을 보았지만 짐(朕)의 이름과 같은 글자에 대해서 어떤 경우에는 문자의 점이나 획을 결필(欠筆)하고 어떤 경우에는 멋대로 다른 문자로 바꾸기까지 하였다. 이렇게 되면 경전의 여섯 개 올바른 말 가운데[32] 많은 회의(會意) 문자가 본래의 의미와는 다르게 되며 구류(九流), 즉 제자백가(諸子百家)에서 의미가 통하는 문장 가운데 지사(指事) 문자가 전혀 다른 의미로 바뀔 수도 있는 위험이 있다. 이것은 정말로 문자가 만들어진 본래의 의도가 아니다. 이후에는 옛 책의 문자를 필사(筆寫)하는 경우 바르게 옮겨 써서[33] 편의에 따라 마음대로 개변(改變)해서는 안 된다." 이에 의하면 현경년간(顯慶年間) 초에는 이미 피휘결필(避諱欠筆)이 있었던 것이 된다. 『구당서(舊唐書)』 「고종기(高宗紀)」에 보이는 "현경 2년 12월(顯慶二年十二月) 개혼엽궁(改昏葉宮)"이라는 기사에 대하여 『십칠사상권(十七史商権)』[34](卷70)에서는 '궁(宮)'자가 '자(字)'자의 틀림이 아닌가 하여 "반드시 '혼(昏)'재를 구성하는ㄴ 위의 '민(民)'자, '엽(葉)'자의 한 가운데 있는 '세(世)'자는 휘(諱)를 범했기 때문에[35] '민(民)'을 '씨(氏)'로 바꾸고 '엽(葉)'을 '운(云)'으로 고친 것

---

28) 『冊府元龜』는 宋代에 編纂된 史書로 太古로부터 五代에 이르기까지의 政治的 事跡을 정리한 類書다. 전 千卷으로 되었음.

29) 戴聖은 前漢의 學者, 『禮記』를 編纂하였음.

30) 원문의 '貽'는 '殘'을 의미한다.

31) 원문의 '嫌名不諱'는 『禮記』 「曲禮」 上篇에 나오는 말이다. 비슷하게 통하는 발음을 가진 글자(예를 들면 '禹'와 '雨' 같은 것)로 諱를 흉내 낸 것을 말한다. 요즘에 메일에서 '此'가 '比'의 잘못으로 쓰이는 것과 같을 것이다.

32) 아마도 한자의 六書를 말하는 것으로 보인다. 六書는 한자의 구성과 사용의 방법에 따라 '象形, 指事, 會意, 形聲, 轉注, 假借'의 6개로 나누어 보는 것을 말한다.

33) 원문 '並宜使成'의 正確한 의미는 알 수가 없으나 아마도 이런 뜻으로 쓰인 것 같다.

34) 『十七史商権』은 淸의 王鳴盛이 지은 그간의 歷史書를 考証한 책.

35) 唐 太宗 李世民의 諱는 '世民'임.

일 것이다"라고 하였다. 이『십칠사상권(十七史商榷)』의 견해는 모두 올바르
다. [『구당서(舊唐書)』]가 왜 잘못해서 '宮(궁)'자를 썼는가 하면] '宮'자는 [『舊
唐書』에서] 윗글의 '洛陽宮(낙양궁)'을 받아서 [그 '宮'자에 이끌려서] 잘못된
것일 것이다.

라 하여 당(唐) 고종(高宗)이 부친인 태종(太宗) 이세민(李世民)의 이름자를
피휘(避諱)하기 위하여 문자를 바꾸는 것을 예로 하여 이것이 옳지 않음
을 말하면서 자신의 이름조차 점이나 획을 쓰지 않았음을 지적하여 이
미 이때에 결필(缺筆)에 의한 기휘(忌諱)의 방법이 있었음을 말하고 있다.

런던 초본(鈔本)에서도 결필에 의한 기휘의 흔적이 발견된다. 즉 이
초본에서는 '玄, 胤, 弘, 曆'의 마지막 한 획을 줄여서 표기했는데 이것
은 청(淸)의 강희(康熙, 이름 玄燁), 옹정(雍正, 이름 胤禛), 건륭(乾隆, 이름 弘
曆)의 이름자를 기휘(忌諱)하기 위한 것으로 볼 수 있다. 그러나 이 기휘
가 다음의 가경(嘉慶, 이름 顒琰), 도광(道光, 이름 旻寧)의 이름자에는 이루
어지지 않았으므로 건륭(乾隆)연간에 필사되었을 것이라는 주장은 타당
성이 있다.

즉 〈런던 초본(鈔本)〉의 下 11뒤 7행의 ᠺᠦᠢᠶᠡᠨ [hjen]음 평성(平聲)
첫 자에 있는 강희제(康熙帝)의 기휘자(忌諱字) '현(玄)'은 물론이고([사진
3-2-1]) 다른 변과 결합된 '玄'자도 모두 마지막 한 획이 생략되었다. 그리
고 上 9뒤 3행의 ᠺᠥᠩ [ɤoŋ, 홍]음 평성(平聲)의 18째 자의 '홍(弘)'
도 건륭제(乾隆帝)의 기휘자이므로 마지막 한 획이 쓰이지 않았다. 반면
에 上 10앞 9행의 ᠶᠦᠩ [ʔeuŋ, 윙]음 평성 첫 번째 자인 '옹(顒)'은
([사진 3-2-3]) 가경제(嘉慶帝)의 기휘자임에도 불구하고 한 획도 생략되지
않았다.

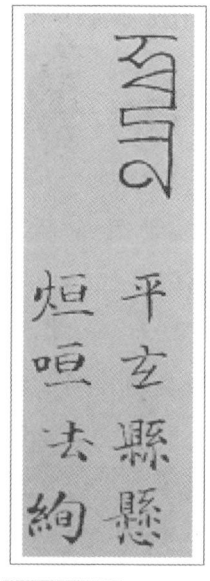  

사진 3-2-1 '玄'의 缺筆   사진 3-2-2 '曆'의 缺筆   사진 3-2-3 온전한 '顒'자[36]

尾崎雄二郎(1962)에서는 베이징(北京) 과학출판사(科學出版社)의 영초본(影鈔本)에서는 건륭제(乾隆帝)의 '력(曆)'에 기휘(忌諱)의 결필(缺筆)이 없는 것처럼 보이지만 이것은 영초본(影鈔本)이 갖는 영인 상의 소루함에 의한 것임을 간사이(關西)대학 영초본으로 확인할 수 있다고 하였다. 이 영초본에서 '력(曆)'에도 기휘(忌諱)의 결필(缺筆)을 볼 수가 있고 한국의 한중연에서 2008년에 영인한 초본에서도 '력(曆)'의 결필(缺筆)을 분명히 관찰할 수 있다. 그리고 본서(本書)에 영인(影印)되어 부재된 런던 초본의 上 22앞 8행 첫 자(字), 즉 [ri]음 입성(入聲) 21번째 자(字)인 '력(曆)'은 마

---

36) 이 사진들을 보면 한중연과 본서에 영인된 런던 초본의 上 22앞 8행의 '曆'자(乾隆帝의 忌諱, [사진 3-2-2]), 下'11뒤 7행의 玄'자(康熙帝의 忌諱, [사진 3-2-1])와 上 10앞 8행의 '顒'자(嘉慶帝의 忌諱, [사진 3-2-3])를 보면 '曆', '玄'자는 한 획이 쓰이지 않고 '顒'자는 생략이 없다.

지막 한 획이 생략되었다. 따라서 청(淸)의 건륭(乾隆)연간에 필사된 것으로 보는 尾崎雄二郎(1962)의 주장은 타당하다.

다음에 런던 초본에서 강희(康熙)의 기휘자(忌諱字)인 '현(玄)' (下 11뒤 7행)과 건륭(乾隆)의 기휘자인 '력(曆)'(上 22앞 8행)이 모두 마지막 한 획이 생략된 것을 [사진 3-2-1, 3-2-2]에서 확인 할 수 있고 그 다음 황제인 가경제(嘉慶帝)의 기휘자 '옹(顒)'(上10 앞 8행)은 한 한 획도 생략되지 않고 온전한 것을 [사진 3-2-3]으로 확인할 수 있다. 따라서 런던 초본은 가경제(嘉慶帝) 이전 건륭제(乾隆帝)의 어느 시기에 필사된 것임을 알 수 있다. 尾崎雄二郎(1962/164)에서는 "대영박물관본(大英博物館本)은 청조(淸朝) 건륭(乾隆)시대의 초본(鈔本)임"[37]이라 하여 기휘자(忌諱字)의 한 획 생략의 결필(缺筆)에 의거하여 '건륭(乾隆)연간'의 필사라고 결론을 내었다.

3.5.2 또 尾崎雄二郎(1962)에서는 『몽고자운』의 교정 편찬자인 주종문(朱宗文)의 몽고어 이름, 백안(伯顔)과 파안(巴顔)의 표기에서 필사 연대를 더 좁혀서 추정할 수 있다고 주장하였다. 즉 런던 초본에는 주종문(朱宗文)의 몽고명을 유경(劉更)의 서문에서 '주백안(朱伯顔)'으로 기록하였는데 『사고전서 제요(四庫全書提要)』의 「경부 소학류 존목 이(經部小學類存目 二)」(이하 『四庫提要』로 약칭함)에는 '주파안(朱巴顔)'으로 적어서 서로 차이가 난다.

이에 대하여 尾崎雄二郎(1962:166)에 의하면 청대(淸代) 『명사고증군일(明史考證攟逸)』의 권두에 수록된 「개역인지명(改譯人地名)」에 명사(明史)에 보이는 외국인 이름, 외국 지명을 한자로 적을 경우 그 음역자를

---

37) 원문은 "大英博物館本は、淸朝乾隆時代の鈔本であること"임.

개정하라는 유고(諭告)가 건륭(乾隆) 40년(1776), 42년(1778)의 두 번에 걸쳐 내려졌다고 기록되었다. 그 가운데

伯顔子中 → 巴延子中
伯顔帖木兒 → 巴延特穆爾, 혹은 巴顔特穆爾
伯顔猛可王 → 巴延蒙古王

으로 고치라는 내용이 포함되었다고 한다. 「개역인지명」에 관한 유고(諭告)에 의하면 '백안(伯顔)'이란 인명은 '파연(巴延)', 또는 '파안(巴顔)'으로 고쳐 써야 하는데 그것이 건륭(乾隆) 40년(1776), 아니면 건륭 42년(1778) 이후의 일이라는 것이다. 뤄창페이(羅常培, 1939)에서는[38] 『속통지(續通志)』「육서략(六書略)」에도 '주백안(朱伯顔)'의 이름이 보인다고 하였다.

따라서 지대(至大) 무신(戊申, 1308)의 간기를 가진 『몽고자운(蒙古字韻)』에서 유경(劉更)의 서문은 물론이고 건륭(乾隆) 32년(1768)에 칙찬(勅撰)된 『속통지(續通志)』에서도 '백안(伯顔)'으로 썼으나 건륭 40년(1776), 42년(1778)의 「개역인지명(改譯人地名)」에 관한 유고가 있은 이후인 건륭 47년(1783)에 칙찬(勅撰)된 『사고제요(四庫提要)』에서는 '파안(巴顔)'으로 쓰인 것이라는 주장이다. 이 주장이 옳다면 이 런던 초본의 필사는 「개역인지명(改譯人地名)」의 유고가 있기(1776, 1778) 전에, 그것도 별로 멀지 않은 시기에 필사된 것으로 볼 수 있다. 즉 기휘(忌諱)가 있었던 건륭제(乾隆帝)가 등극(登極, 1737) 이후로부터 '개역인지명'의 유고가 있기(1776, 1778) 전 40년 사이의 어떤 시기에 런던 초본이 필사된 것으로 보아야 할 것이다.

---

38) 이 논문은 '蒙古字韻跋'이란 제목이었는데 羅常培·蔡美彪(1959)에 수록되었다.

제4장
파스파 문자의 제정과 『몽고자운』

『몽고자운』이 파스파 문자로 한자의 표준음을 전사하고 그로서 한문(漢文)과 한어(漢語) 학습에 이용하려던 것임을 앞에서 논의한 바 있다. 파스파자(字)는 주지하는 바와 같이 원(元) 세조(世祖) 쿠빌라이 칸(忽必烈汗)이 라마승(喇嘛僧) 팍스파(八思巴, 拔思巴)로 하여금 티베트 문자(西藏文字)를 근거로 하여 파스파 문자를 만들게 하고 이를 1269년에 반포하였으며 한자의 발음과 몽고어를 기록하게 하였다. 이것이 후일 팍바(ḥP'ags-pa) 문자, 또는 팍스파, 파스파(八思巴) 문자라고 불리는 몽고신자(蒙古新字)이다.

쿠빌라이 칸의 명에 의하여 티베트의 승려(僧侶) 팍스파('Phags-pa)가

티베트 문자의 해서체(楷書体), 즉 '유두체(有頭体)'를 기본으로 하여 만든
문자로써 지원(至元) 6년(1269)에 원(元) 세조(世祖)의 조령(詔令)으로 반포
되었다. 이 조령에는 '몽고신자(蒙古新字)'라는 명칭을 부여했고 『원사(元
史)』에서는 '몽고국자(蒙古國字)', '신국자(新國字)'란 이름으로 불렀다. 팍
스파('Phags-pa), 또는 팍바문자라는 명칭은 주로 서양에서 불렸던 것이며
우리는 주로 사각(四角) 문자라는 의미의 '첩아월진(帖兒月眞), 첩월진(帖月
眞)'이란 명칭으로 오래도록 불러 왔다. 그러나 세계적인 추세에 맞추어
본서에서도 '파스파'란 명칭으로 부르게 되었다.

그러면 파스파 문자란 어떤 문자인가를 고찰하기 전에 이 문자에 영
향을 준 주변 여러 민족의 문자에 대하여 살펴보기로 한다.

4.1 역사적으로 본 몽고 주변의 표음 문자

파스파 문자가 티베트 문자에 의거하여 몽고어와 한자의 발음을 표기
하기 위하여 제정된 것임은 이 문자를 만든 팍스파 라마가 티베트 사람
이며 자형(字形)과 문자 구조가 거의 일치하기 때문에 이론의 여지가 없
다. 그러나 파스파 문자를 제정할 당시 원(元) 제국(帝國)의 주변에는 표
음적인 문자를 제정하여 사용하는 민족이 없지 않았다. 전술한 티베트
문자 이외로 위구르(畏兀) 문자와 거란(契丹) 문자, 여진(女眞) 문자, 서하
(西夏) 문자 등이 있었다.

이 문자들은 표의적(表意的)인 한자로 교착적(膠着的)인[1] 자민족의 언

---

1) 한자는 원래 孤立語인 중국어의 표기에 맞도록 마련된 문자이다. 이 문자로 중

어를 표기하기가 어렵기 때문에 한자(漢字)의 발음만을 이용하거나 뜻마
저 이용하여 표기하는 방법을 계발(啓發)하여 사용하였다. 즉 한자의 음
독(音讀)과 훈독(訓讀)의 방법으로 언어를 표음적(表音的)으로 표기하는 방
법인데 예를 들면 한반도에서는 이미 신라(新羅) 시대에 향찰(鄕札)의 표
기가 있었고 고려 후기와 조선시대의 이두(吏讀) 표기가 바로 그것이다.

몽고인들도 원래 문자가 없었고 칭기즈 칸이 스텝을 정복한 다음에도
마땅한 문자가 없었다. 칭기즈 칸의 좌우에는 한문을 이해하여 그의 말
을 한문으로 기록하는 경우도 있었으나 거란문(契丹文)을 쓴 경우도 있어
서 위구르자(畏兀字)만이 아니라 여진자(女眞字)를 쓰기도 하는 혼란스런
상태이었다. 특히 '한인(漢人)'을 의미하는 몽고어 'Ja-qu-d(札忽惕)'가[2] 한
족(漢族)만을 가리키는 것이 아니고 거란, 여진 등 그들이 통치하는 여러
민족을 지칭하는 말이었으며 이 민족들은 각기 자신들의 문자를 갖고
언어를 기록한 경험이 있었다. 예를 들면 열하(熱河)에서 출토된 칭기즈
칸의 성지패(聖旨牌)는 정면에 한문으로 써서 "天賜成吉思皇帝聖旨疾"
이라 하였고 배면(背面)에는 거란(契丹) 문자로 '주마(走馬)'라는 두 글자가
쓰였다고 한다. 이것을 보면 몽고의 북쪽인 요(遼), 금(金)의 고지(故地)에
는 거란(契丹) 문자가 여전히 사용되고 있었음을 알 수 있다.

이러한 몽고 제국의 문자사용의 혼란이 파스파 문자와 같은 새로운
문자의 제정을 촉구(促求)하게 된 것이라고 羅常培・蔡美彪(1959)에서는

국 주변의 膠着語들을 표기하는 것은 쉽지 않았다. 고립어와 교착어는 언어의
문법 구조에 의한 분류로써 인구어의 屈折語와 더불어 언어의 문법적 類型(유
형, typology)) 분류에서 3대 언어류(language class)가 된다. 중국 주변의 소수
민족, 즉 소위 알타이제어는 대부분 添加的인 문법구조를 갖은 교착어.

2) 『至元譯語』「人事門」'漢兒'조의 "札忽歹[ja-xu-dai]"와 『元朝秘史』(권12) 55앞
5행 「金人每」의 "札忽惕[ja-qu-d]를 참고할 것. 전자는 북방 漢人, 즉 중국인을
말하지만 후자의 '金人每'는 契丹, 女眞人을 포함한다.

주장하고 있다. 이러한 주장이 사실인지 아닌지는 현재의 자료로는 확인할 길이 없지만 몽고인들의 몽고 위구르자(畏兀字) 사용을 시작한 지 불과 50년 후에 갑자기 파스파 문자가 등장하여 몽고 위구르자를 대신하여 몽고어를 기록하게 된다. 몽고뿐만이 아니라 중국 주변의 교착어(膠着語)들은 표음적인 문자를 자체적으로 발명하여 사용하였다. 원대(元代) 파스파자(字)도 그 가운데 하나인데 파스파자 이전에 만들어져서 이 문자의 제정에 영향을 준 문자들을 소개하면 다음과 같다.

4.1.1 먼저 파스파자 이전에 몽고인들이 사용하던 몽고 외올(畏兀, 위구르 문자를 말함)자에 대하여 살펴보기로 한다. 이 문자는 위구르인들이 사용한 문자로 일반적으로 위구르인(Uighurs)은 Finno-Ugric, Baraba, Tatars 및 Huns 족을 말한다.

이 가운데 전통적으로 위구르 족으로 불리는 종족이 8세기 중엽에 돌궐(突厥)을 쳐부수고 몽골 고원에 위구르 가한국(可汗國)을 세웠다. 그러나 이 나라는 9세기 중엽에 이르러 키르기스(Kirgiz)족의 공격을 받아 궤멸(潰滅)하였고 위구르 족은 남쪽과 서쪽으로 나뉘어 패주(敗走)하였다. 남쪽으로 도망간 위구르 족은 당(唐)으로의 망명이 이루지지 않아서 뿔뿔이 흩어졌다. 서쪽으로 향한 위구르 족의 일부가 현재 중국의 감숙성(甘肅省)에 들어가 그곳에 왕국(王國)을 세웠다가 11세기 초엽에 이원호(李元昊)의 서하(西夏)에 멸망하였다.

한편 현재의 신강성(新疆省) 위구르 자치구(自治區)에 들어간 별도의 일파(一派)는 9세기 후반 당시의 언자(焉耆), 고창(高昌), 북정(北庭)을 중심으로 한 지역에 '서(西) 위구르 왕국(王國)'으로 일반에게 알려진 국가를 건설하였다. 이 나라도 13세기 전반 몽골족의 발흥(勃興)에 의하여 멸망의 길을 걷게 되었고 결국은 사라지게 되었다(龜井 孝·河野六郎·千野榮一, 1988:739). 이것이 다음에 설명할 나이만(乃蠻)으로 보인다. 우수한 문명을 가졌던 이 나라는 몽고 문화에 지대한 영향을 주었다.

원(元) 태조(太祖) 칭기즈 칸은 나이만(乃蠻, Naiman)을 정복하고 포로로 잡아온 위구르인(畏兀人) 타타퉁아(塔塔統阿, Tatatunga)로 하여금 위구르 문자(畏兀文字)로 몽고어를 기록하는 방법을 고안하여 태자 오고타이(窩闊臺)와 제한(諸汗)에게 가르쳤다. 즉 『원사(元史)』에 다음과 같은 기사가 있다.

塔塔統阿畏兀人也、性聰慧、善言論、深通本國文字。乃蠻大敭可汗尊之爲傅、掌其金印及錢穀。太祖西征、乃蠻國亡、塔塔統阿懷印逃去、俄就擒。帝詰之曰、大敭人民疆土悉歸於我矣、汝負印何之? 對曰、臣職也。將以死守、欲求故主授之耳。安敢有他? 帝曰、忠孝人也。問是印何用? 對曰、出納錢穀委任人才、一切事皆用之、以爲信驗耳。帝善之、命居左右。是後凡有制旨、始用印章、仍命掌之。帝曰、汝深知本國文字乎? 塔塔統阿悉以所蘊對、稱旨遂命敎太子諸王以畏兀字書國言。－타타퉁아는 위구르 사람이다. 천성이 총명하고 지혜로우며 언론(言論)을 잘 하였고 자기 나라 글자(위구르 문자를 말함－필자)를 깊이 알았다. 나이만(乃蠻)의 대양가한(大敭可汗－나이만의 황제를 말함))이 존경하여 스승을 삼고 금인(金印) 및 돈과 곡식을 관장하게 하였다. 태조(칭기즈 칸을 말함)가 서쪽으로 원정하여 나이만의 나라를 멸망시켰을 때에 타타퉁아가 금인(金印)을 안고 도망을 갔다가 곧 잡혔다. 황제(칭기즈칸을 말함－필자)가 따져 물었다. "대양(大敭)의 인민과 강토가 모두 나에게로 돌아왔거늘 네가 금인을 갖고 무엇을 하겠는가?" [타타퉁아가] 대답하여 말하기를 "신(臣)의 직분입니다. 마땅히 죽음으로써 지켜서 옛 주인이 주신 바를 구하려고 한 것일 뿐 어찌 다른 뜻이 감히 있겠습니까?" 황제가 말하기를 "충효(忠孝)한 인물이로다. 묻고자 하는 것은 이 인장(印章)을 무엇에 쓰는 것인가?"

대답하기를 "전곡(錢穀) 출납을 위임받은 사람이 일체의 일에 모두 이것을
사용하여 믿고 증명하려는 것일 뿐입니다." 황제가 좋다고 하고 [타타퉁아를
황제의] 곁에 두도록 명하였다. 이후로부터 모든 제도를 만드는 명령에 인장
을 사용하기 시작하였고 [타타퉁가가] 명을 받들어 이를 관장하였다.3) 황제
가 말하기를 "네가 너의 나라의 문자를 깊이 아느냐?" 하였더니 타타퉁아가
모두 알고 있다고 대답하였다. [그는] 황제의 뜻으로 태자와 여러 왕들에게
위구르 문자로 나라의 말(몽고어를 말함 - 필자)을 쓰는 것을 가르치는 명령을
수행하였다(『元史(원사)』124권 「列傳」제11 '塔塔統阿(타타퉁아)'조).

　　이에 의하면 나이만(乃蠻)의 타타퉁아에 의하여 그 나라의 문자인 위
구르 문자로 몽고어를 기록하게 되었음을 알 수가 있다. 이것이 몽고 위
구르자(畏兀字, Mongolian Uigur alphabet)라고 불리는 몽고인 최초의 문자
로 초기에는 유오이(維吾爾 - 위구르) 문자라고 불리기도 하였다.4)

　　또 조공(趙珙)의 『몽달비록(蒙韃備錄)』에 "其俗旣朴、則有回鶻爲隣、
每於兩[說郛本作西]河博易販賣於其國。迄今文書中自用於他國者
皆用回鶻字、如中國笛譜字也。今二年以來、因金國叛亡降附之臣
無地容身、願爲彼用、始敎之文書、於金國往來却用漢字。-[몽골
은] 그 풍속은 순박하고 위구르(回鶻)가 이웃에 있어서 매번 그 나라에
물건을 널리 판매하였다. 지금까지의 문서 가운데 타국에 보내는 것은
모두 위구르(回鶻) 문자를 썼는데 중국의 적보(笛譜)의 문자와 같다. 이제
부터 2년 이래에 금나라가 모반을 일으켰다가 망하여 항복한 다음에 그
신하들이 용신(容身)할 곳이 없어서 그들을 고용하여 문서를 만드는 것

---

3) 몽고의 오고타이 칸(窩闊臺汗, Ogödäi, 후일 元 太宗) 시대에도 印璽를 만
　　들어 耶律楚材와 田鎭海에게 나누어 관장 시켰는데 용처는 漢人과 色目人
　　의 군사에 관한 일에 국한하였다.
4) 몽고어의 문자 표기에 대하여는 Vladimirtsov(1929:19), Poppe(1933:76)를 참
　　고할 것.

을 가르치기 시작하였으며 금나라와의 왕래에서는 한자를 썼다ー"라는 기사가 있어 몽고가 그들과 이웃한 위구르인의 사용한 위구르 문자를 빌려서 서역의 여러 민족과 통교하고 金(금) 나라와는 한자를 사용하여 통교하였음을 알 수가 있다.

(이 글의 해독은 주50을 참조)

사진 4-1 몽고 위구르 문자

위구르 문자는 전술한 위구르인들이 사용하던 문자다. '서(西)위구르왕국(王國)'의 중심지로 위구르인들의 고토(故土)이었던 곳은 서방(西方) 이슬람 세력의 영향 아래에 들게 되어 15~16세기에는 위구르 족이 불교에서 이슬람교로 개종(改宗)하게 된다. 위구르 문자로 쓰인 자료로 가장 유명한 것이 위구르 문헌인데 이슬람교로 개종하기 이전에 위구르인들에 의하여 기록된 자료가 '위구르 문헌(文獻)'이다. 위구르 문자로 쓰인 이 문헌의 언어는 위구르어(語)이고 이 언어는 돌궐어(突厥語)와 함께 '고대 투르크어(語)'로 취급되었다. 소위 Turco-Tatars라고 불리는 언어를 말한다.

이에 대하여 Klaproth(1812)에서는 "이제까지 모든 역사가들은 이름의 유사성으로 인하여 이 타타르의 위구르인을 비잔틴인의 우구르인과 러시아의 연대기에 나타난 유고르인 및 유고르트어와 혼동하고 있다. 그러나 두 후자, 즉 뒤의 두 언어와 민족은 완전히 다른 언어이며 다른 민족에 속한다"라고 하여5) 이 두 언어가 서로 구별되는 다른 언어임을 강조하였다. 돌궐어(突厥語)는 오르혼 비문(碑文), 예니세이 비문(碑文)으로 널리 알려진 몽골 고원의 돌궐 문자 비문의 언어를 말한다.

위구르 문헌의 대부분은 19세기 후반으로부터 20세기 초반에 걸친 14~15년간에 걸쳐 유럽과 일본의 탐험대에 의해서 투르키스탄이나 돈황(敦煌), 투루판(吐魯蕃, 옛 高昌 지역)에서 발굴되었고 지금도 중국의 돈황과 투루판에서는 발굴이 계속되고 있다. 위구르 문헌의 대부분은 종교관계의 내용을 담고 있으며 당시 이들이 신봉하던 불교(佛敎)에 관한 것이 가장 많고 마니(Mani)교에 관한 것도 꽤 있다.

그리고 아주 적지만 기독교(基督敎)에 관한 것도 있다. 프랑스 왕 르드비히 9세가 사자 루브리뀌(Rubriquis)를 망구 칸(Mangu chan)의 궁(宮)에 보냈는데 루브리뀌가 여행 중 위구르인을 카라코룸 근처에서 보았으며 그들의 언어는 투르크어와 코마어(Komanischen)라고 보고하였다는 기록이 있다.

즉 Klaproth(1812)에 "18프랑스 왕 루드비히 9세는 흔히 루브리뀌이라고 불리는 브라방 출신의 프란치스코 수도사인 륀스브뢱을 1253년경 만구 칸의 궁(宮)에 보냈었다. 루브리뀌는 여행 중 위구르인을 당시 몽골족 칸들의 진궁(陣宮)인 카라코룸 근처에서 보았으며, 그들의 언어는 투르크어와 코만어의 근원이며 뿌리라고 보고하였다"라고 기술하였다.[6]

---

5) 원문을 소개하면 다음과 같다. "'Durch eine blosse Namensähnlichkeit verleitet, haben bisher alle Geschichtschreiber diese Tatarischen Uiguren mit den Uguren der Byzantinner und den Jughoren und Jugritschen der Russischen Chroniken verwechselt, da diese doch zu einem ganz anderen Sprache- und Völkerstamm gehören." Klaproth(1812:11)

6) Klaproth(1812:14) "Ruynsbroeck, den man gewöhnlich Rubirquis nennt, ein Minorit aus Brabant, wurde ums Jahr 1253 von dem Französichen König Ludwig dem Neunten, an den Hof des Mangu-chan geschickt. Er fand auf siener Reise Juguren in der Nachbarschaft von Karakorum, den damaligen Hoflager der Mongolischen Chane, und berichtet, dass ihre Sprache der

위구르 문헌의 대부분은 위구르 문자로 기록되었다. 불경(佛經)은 위구르 문자 이외에도 브라미(Brāhmī) 문자, 소그드(Sogd) 문자, 티베트(Tibetan) 문자로 기록된 것도 있다. 몽고 외올(畏兀, 위구르의 한자표음)자는 이러한 위구르 문자(Uighur script)를 차용하여 몽고어 표기에 사용한 것이다. 아람(Aram)문자로부터 파생(派生)한 소그드(Sogd) 문자는 소그드인(人)의 활동과 더불어 고대 소그디아나(Sogdiana)로부터 중앙아시아 일대, 그리고 중국 본토에서도 소그드인들에 의하여 사용되었다. 위구르인(人)들은 소그드와의 교류에 의해서 소그드 문자를 도입(導入)하여 사용하였는데 현재 중국 신강성(新疆省) 위구르 자치구(自治區)와 감숙성(甘肅省) 등지에 위구르 문자로 쓰인 문헌들을 남겨놓았다.

羅常培 · 蔡美彪(1959:4~5)에서 몽고 위구르자(畏兀字)가 회회자(回回字 –페르시아문자)에서 연유된 것으로 본 것은 소그드 문자의 영향을 말한 것이다. 전술한 『몽달비록(蒙韃備錄)』에 나오는 중국 적보(笛譜)의 '회골자(回鶻字)'는 마땅히 '위구르 문자(畏兀字)'를 말하는 것으로 여기서 '회골(回鶻)'은 '위구르(畏兀, Uighur)의 이역(異譯)'이다.[7] 그리고 당시 몽고 통치자는 동서로 널리 퍼져있는 국가를 통치하기 위하여 서역(西域)에서는 위구르 문자(畏兀字)를 사용하고 금(金)나라와 같은 동방(東方)에서는 한자를 사용하였으며 실제로 몽고 통치자는 이 두 문자의 어느 것도 읽거나 쓰지 못했던 것으로 추측된다(羅常培 · 蔡美彪, 1959:5).

또 당시 몽고인들도 문자를 사용하기보다는 전부터 사용하던 '소목(小

Ursprung und die Wurzel der Türkischen und Komantischen sei." 라는 기사를 참고할 것.

7) 다음에 논술할 전진해(田鎭海)가 위구르(畏兀) 출신으로 보아 원(元) 제국(帝國)은 위구르인(畏兀人)으로 하여금 위구르문자(畏兀字)를 쓰게 하였음을 알 수 있다.

木)'에 새겨서 통신을 한 것으로 보인다. 타타퉁아가 가르친 것은 오직 태자(太子) 오고타이와 제왕(諸王)들 뿐으로 통치 계급의 극소수만이 문자를 이해하였고 많은 몽고인들은 '각목기사(刻木記事)'의 전통적 방법을 사용한 것이다. 그러나 위구르 문자는 점차 보급되어 파스파 문자가 제정되기 이전에 이미 상당히 보급되었다.

위구르 문자는 모두 18개 문자로 맨 처음의 aleph(로마자의 alpha에 해당함)로부터 17번째의 tau에 이르기까지 소그드 문자의 배열 순서와 대부분 일치하고 맨 마지막의 resh만은 위구르인들이 따로 만든 것이다. 모두 표음문자로 음소 단위의 문자를 마련하였다. 몽고가 중앙아시아의 스텝지역을 통일하기 이전에 이 문자는 나이만(Naiman), 케레이츠(Kereits) 등에서 사용되었다.

4.1.2 초기 몽고인들의 문자 사용에 대하여 본격적인 연구는 아직 이루어지지 않았고 많은 사실이 알려지지 않은 채 남아있다. Poppe(1957)의 서문 첫머리에

> The early history of Mongolian writing still has not been fully studied. In particular, questions such as the exact time when Mongolian writing originated, when the Uigur alphabet penetrated to the Mongols, and about the period when the written language(which is still used by considerable number of Mongols) was formed, remain unsolved.

라고 하여 정확하게 언제 몽고인들이 문자를 사용하였는지, 또 언제 위구르 문자가 나이만(Naiman)이나 케레이츠(Kereits)를 통하여 몽고인들에게

유입되었는지 아직도 해결되지 않은 과제로 남아있음을 언급한 바 있다.

이 문자의 근원으로 『원사(元史)』에 등장한 '나이만(乃蠻)'의 위구르 문자에 대하여 지금까지의 연구(Klaproth, 1812, Pelliot, 1925)에 의하면 역시 많은 사실들이 밝혀지지 않은 채 연구가 중단된 상태다. 그러나 Poppe (1965)에서는 위구르 문자가 소그드 문자에서 왔다고 본다. 즉 Poppe (1965:65)에

> By far the larger number of Ancient Turkic texts, namely those of later origin (IX~X centuries), are written in the so-called Uighur script. The latter developed from the Sogdische alphabet, to be exact, from what the German scholars called "sogdische Kursivschrift", i.e., Sogdian speedwriting. the Uighur transmitted to the Mongols. — 매우 많은 고대 투르크어 자료, 다시 말하면 후기 자료(9세~10세기)가 소위 말하는 위구르 문자로 쓰였다. 후재위구르 문자는 소그드 문자의 자모에서, 정확하게 말하면 소그드 문자의 속기체(速記体, Kursivschrift)에서 발달한 것이다. 위구르 문자는 후대에 아마도 12세기 후반을 지나서 몽고에 전달되었다. —

라고 하여 소그드 문자에서 위구르 문자가 나왔고 그것이 다시 몽고에 전달된 것으로 보았다. 또 포페 교수는 소그드인이 현재 구소련의 타지크스탄(Tadjikstan)이나 우즈베키스탄(Uzbekistan)의 인접지역에서 한 세기 동안 살았던 이란(Iran) 사람들이라고 하고 소그드 문자는 고대 투르크에서 오로지 8세기경의 불경(佛經)에만 쓰였고 다른 문헌에는 거의 사용되지 않았다고 한다.

소그드 문자는 음절 초에(initial, onset) 16개 문자, 음절 가운데(medial)에 18개 문자, 음절 말(final, coda)에 17개 문자를 사용하였다. 음절 가운데가 2개 문자가 많은 것은 음절 초에는 [š, z or ž, v]의 문자가 없고

음절 가운데서만 이 구별이 가능하며 또 음절 가운데에서는 [w]가 없기 때문에 음절 초에 16개, 음절 가운데에 18개가 된 것이다([사진 4-2]에서 비교할 것).

위구르 문자로 쓰인 가장 오래된 자료는 8세기경 원래 마니키아어 (Manichean)의 유고(遺稿)들이고 불교 문학 작품들도 9~10세기경에 위구르 문자로 작성되었다. 다음은 소그드 문자와 초기 위구르 문자의 자모를 비교한 것이다.[8]

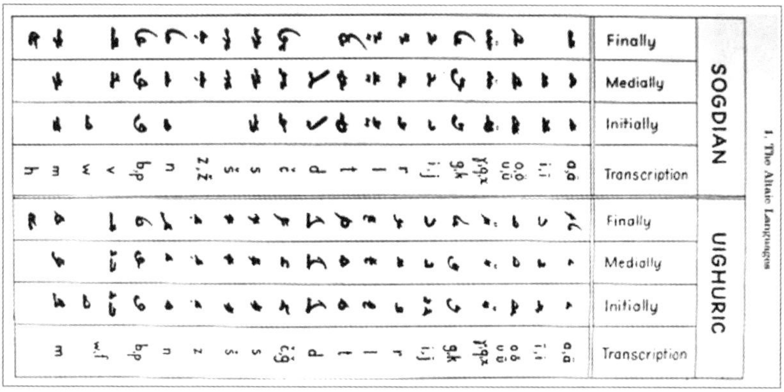

사진 4-2 소그드 문자와 위구르 문자 대비표[9]

몽고에서는 칭기즈 칸이 나이만을 정복하고 타타퉁아를 포로로 데려와 이 문자로 몽고어를 기록하게 하였음은 전술한 바 있다. 이 문자로 기록한 가장 오래된 몽고어 자료로는 1220년으로부터 1225년 사이에 제작된 것으로 보이는 "Chinggiskhan stone(칭기즈 칸의 돌, 成吉思汗石)"

---

8) Poppe(1965:66)에서 인용하였음.
9) Poppe(1965:66)에서 인용함. 원래 세로인 것을 편집상의 편의를 위하여 옆으로 뉘었음.

의[10] 비문(碑文)이라고 한다. 이외에도 초기 몽고 위구르 문자로 쓰인 문서로는 프랑스 파리의 국립 문서보관소에 전해오는 파사(波斯) 아로혼 한(阿魯渾汗)과 1305년에 완자도한(完者都汗)이 프랑스 국왕 Philippe le Bel에게 준 두 개의 편지가 있고 러시아 드니에플강의 둑에서 출토된 위구르 문자의 몽고 은패(銀牌)가 있다고 한다(羅常培·蔡美彪, 1959:2).

몽고 제4대 정종(定宗)인 귀육(貴由, Güyük)이 로마 교황(教皇) 인노센트 4세(Innocent IV)에게 보낸 한 통의 서신이 있는데 여기에는 옛 위구르 문자(畏兀字)로 쓰였다.[11] 또 『원사(元史)』(권5) 「세조기 2(世祖紀 二)」에 "中

Initial	Medial	Final	Tran-scription	Initial	Medial	Final	Tran-scription
			a				s
			e				$\check{s}$
			i				$t\ d$
			$o\ u$				l
			$\ddot{o}\ \ddot{u}$				m
			n				$\check{c}\ \check{j}$
			ng				$\check{j}\ y$
			q				$k\ g$
			$\gamma\ g$				r
			b				v

사진 4-2-1 몽고 위구르자의 옛글자. Poppe(1965:16).

---

10) 이 칭기즈 칸의 돌(Stone of Chinggis Khan)은 러시아 列寧格勒의 亞洲博物館
   에 소장되었다고 함. 이에 대하여는 村山七郎(1948)과 Laufer(1907)을 참고할 것.
11) 이에 대하여는 Peillot(1925)을 참고할 것. 12쪽에 원래의 書信이, 22쪽에는
   貴由의 玉璽가 부재되었다.

統三年三月壬午、始以畏兀字書給驛璽書。 - 중통 3년(1262) 3월 임
오일 처음으로 외올자로 쓴 역새(驛璽 - 역에서 사용하는 인장)를 발급하다.
-"라는 기사가 있어 이때까지 몽고 위구르자(畏兀字)가 공식적으로 사
용되었음을 알 수 있다. 이때는 파스파자(字)가 반포되기 5년 전의 일이
다(羅常培 · 蔡美彪, 1959:4).

몽고인의 인장(印章) 사용이 타타퉁아에 의하여 전수된 것이라고 상술
한 『원사(元史)』의 기사(記事)에서 언급하고 있으나 칭기즈 칸 시대에 사
용된 인새(印璽)는 현재 발견된 것이 없다. 만일 존재한다면 몽고 위구르
자(畏兀字)로 새겼을 것이다. 원(元)의 태종(太宗)으로 추증(追贈)된 오고타
이 칸(窩闊台汗, Ogödäi Khan) 시대에는 인새(印璽)를 만들어 야율초재(耶律
楚材)와 전진해(田鎭海)에게 나눠주어 관장(管掌)시킨 것으로 보인다.[12]

팽대아(彭大雅)의 『흑달사략(黑韃事略)』에 "其印曰'宣命之寶'、字文疊
篆、而方徑三寸有奇 鎭海掌之。無封押以爲之防、事無巨細須'僞
酋'自決。楚材重山鎭海同握'韃'柄、凡四方之事。或未有韃主之
命、而生殺與奪之權、已移於弄印者之手。"라 하여 이 인장에 '선명
지보(宣命之寶)'라 쓰였고 이것을 가진 자가 몽고인의 감독자가 없을 때
에는 생살여탈(生殺與奪)의 대단한 권력을 가졌음을 알 수가 있다. 또 서
정(徐霆)의 『소증(疏證)』에 "霆嘗考之、祗是見之文書者、則楚材鎭海
得以行其私意、蓋韃主不識字也。若行軍用帥等大事、祗韃主自
斷、又卻與其親骨肉謀之、漢兒及他人不與也。"라는 기사에 의하

---

[12] 耶律楚材는 元代 契丹人으로 字는 晉卿이며 號는 湛然居士, 玉泉老人이다.
諡號는 文正이고 金末에 開州 同知가 되었다. 元 太宗 때에 中書令이 되어
元의 제도를 완비하였다. 田鎭海, 또는 鎭海는 姓이 法烈 台氏인데 후일 田
씨로 바꾸었다. 처음에 軍伍의 長으로 몽고의 칭기즈 칸에 종사하였고 定宗 때
에 中書右丞相이 되었다. 耶律楚材는 이미 널리 알려진 金나라의 유생이고 田
鎭海는 여러 가지 정황으로 보아 마땅히 畏兀 출신으로 보아야 할 것이다(羅常
培 · 蔡美彪, 1959:5).

면 몽고 사람들이 글씨를 모르기 때문에 인장(印章)을 관장하는 사람들, 즉 초재(楚材)와 진해(鎭海)가 자의(恣意)로 일을 처리할 것을 두려워하여 행군(行軍)이라든지 장수(將帥)를 뽑는 일은 몽고 지휘관이 스스로 판단 하였고 중국인이나 다른 사람들은 관여하지 못하게 하였음을 알 수 있 다(羅常培·蔡美彪, 1959:3~4).

이러한 원(元)의 정황(情況)에 대하여 Klaproth(1812)에서는 "위구르 족 에는 투르크어를 읽을 수 있는 사람들이 있었다. 칭기즈 칸의 손자 대에 도 총무부서에서 서기와 재무자로 일하였고, [중략] 칭기즈 칸에 의해 후 계자로 선택된 아들 오고타이 칸은 위구르인 코르고스에게 쇼라산, 마산 데란, 기리안 지방을 위임하였다. 그들은 훌륭한 재무담당관이었고, 해 마다 3천~4천금을 오고타이 칸에게 보냈다."라고 기술하였다.13) 이 가 운데 서기와 재무자는 전게 서정(徐霆)의 『소증(疏證)』에 보이는 "초재(楚 材), 진해(鎭海)" 등을 가리키는 말일 것이다.

원초(元初)부터 몽고 위구르자(畏兀字)는 몽고어를 표기하는 데 사용되 었고 몽고제국의 문자로서 당시 몽고인들의 절박한 문자 수요에 맞추어 만들었다. 그리고 후대에도 계속해서 몽고어의 기본 문자로 사용되었고 오늘날 몽고인민공화국(蒙古人民共和國)의 기본자(字)가 되었다.14)

---

13) Klaproth(1812:30)의 "Unter dem Volke der Uigur sind viele Leute, welche die Türkische Sprache lesen können, und als Schreiber und Rechnungsführer in den Kanzleien gut zu brauchen sind. [...] Der vom Tschingis-chan als Nachfolger gewählte Sohn Ogodai-chan übergab dem Uigur Korgos die Provinzen Chorassan, Masanderan und Gilan. Er war ein guter Rechner, und schickte jährlich drei bis vier tausende Geldes dem Ogodai-chan."라는 기사를 참고할 것.

14) 舊蘇聯의 衛星國家였던 蒙古에서의 몽고어의 표기는 러시아의 볼셰비키 혁명 이후에 언어학자로서 구소련의 고위 閣僚가 된 폴리봐노프의 권고에 의하여 처 음에는 로마자로 표기하였다. 그러나 그가 숙청된 스탈린 시대에 러시아문자(끼

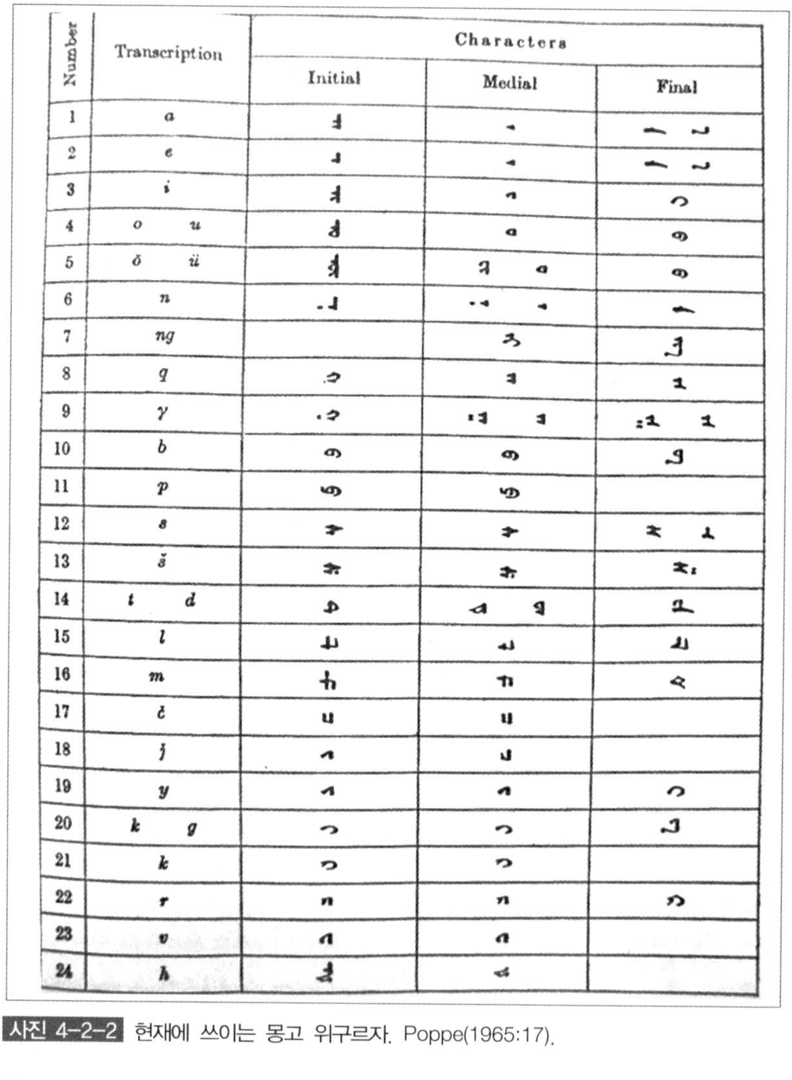

Number	Transcription	Characters Initial	Medial	Final
1	a			
2	e			
3	i			
4	o u			
5	ö ü			
6	n			
7	ng			
8	q			
9	γ			
10	b			
11	p			
12	s			
13	š			
14	t d			
15	l			
16	m			
17	č			
18	j			
19	y			
20	k g			
21	k			
22	r			
23	v			
24	h			

사진 4-2-2 현재에 쓰이는 몽고 위구르자. Poppe(1965:17).

릴문자)로 몽고어를 표기하다가 1950년대에 옛 칭기즈 칸 시대부터 몽고어를 표기하던 蒙古畏兀字로 돌아갔다(졸저:2006). 반면에 淸 太祖 누르하치(奴兒哈赤) 이후 만주어 표기에 사용되던 滿洲畏兀字는 만주어의 소멸과 함께 그 사용도 중지되었고 고문헌이나 紫禁城의 懸板 문자로 남아있을 뿐이다.

뿐만 아니라 이 문자는 만주족이 청(淸)을 건국하여 중원(中原)을 통치할 때에는 만주어 표기에도 이용되었다(李德啓, 1931). 만주(滿洲) 위구르 문자(畏兀字)로 불릴 수밖에 없는 만주 문자는 청(淸) 태조(太祖)가 만주어 표기에 몽고 위구르 문자(畏兀字)를 빌려 사용하였고 후에 만주어 표기에 맞게 이를 개정한 만주신자(滿洲新字)가 있다.[15] 즉 청대(淸代)에 만주 문자(滿洲字)는 태조 누르하치(弩爾哈赤)가 에르데니(額爾德尼, Erdeni) 등으로 하여금 몽고 위구르자(畏兀字)를 모방하여 만주자로 제정한 것이 만력(萬曆) 27년(1599)의 일이다.

이것이 무권점자서(無圈點字書, tongki fuka aku hergen i dangse)라고 불리는 만주노당(滿文老檔)이며 청(淸) 태조(太祖)는 이 문자로 칙명(勅命)을 비롯한 모든 공문서를 기록하게 하였다. 그 후에 청 태종(淸太宗)은 다하이(達海, Dahai) 박사를 시켜 이를 변조하여 유권점(有圈點) 만주신자(滿洲新字)를 제정하였으며 만주어의 기록뿐 아니라 많은 한서(漢書)를 만주어로 번역하여 이 문자로 기록하게 하였다(졸저, 2002: 제4장 청학서).

따라서 이 위구르 문자는 당시 동북아 소수민족의 언어를 표기하는 데 애용된 표음 문자였던 것이다. 이런 사실을 생각할 때에 몽고어 표기에 위구르 문자를 이용한 타타퉁아(塔塔統阿)의 공로(功勞)는 지대하다고 할 수 있다.

4.1.3 다음으로는 앞에서 거론이 된 거란(契丹) 문자에 대하여 살펴보기로 한다. 고구려의 후예들이 세운 발해(渤海)는 중앙아시아의 강자로

---

15) 만주 문자에 대하여는 졸저(1990, 2002)를 참조. 특히 졸저(2002)에서는 만주문자와 더불어 조선시대의 만주어 교육과 滿洲畏兀字로 쓰인 淸學書(만주어 학습서)에 대하여 자세한 연구가 있다.

서 이 지역의 여러 민족을 다스렸는데 이미 발해(渤海)는 한(漢) 문화(文化)의 영향을 받아서 한자(漢字)를 사용하였다.16) 그러나 나라가 망하자 한문(漢文)을 사용하던 발해(渤海)의 유족도 뿔뿔이 흩어졌다. 그러나 이 지역의 여러 민족은 한(漢) 문화의 영향으로 한문을 사용하였고 그 한자를 이용하여 자국의 문자를 만들어 사용하였다. 이런 한자의 변형(變形) 문자는 거란(契丹) 문자가 가장 이른 시기의 것으로 알려졌다.

거란문자(Khitan script)는 대자(大字, large)와 소자(小字, small)가 있다. 서기 916년에 요(遼) 태조(太祖) 야율아보기(耶律阿保機)가 나라를 세운 뒤에 얼마 되지 않은 신책(神冊) 5년(920) 정월에 거란 대자(契丹大字)를 만들기 시작하여 9월에 완성하고 이를 반행(頒行)하라는 조칙(詔勅)을 내렸다고 한다.17) 이때에 요(遼) 태조를 도와 거란대자(契丹大字)를 만든 사람은 돌려불(突呂不)과 야율노불고(耶律魯不古)인 것 같다.

즉 『요사(遼史)』(권75) 「돌려불전(突呂不傳)」에 "突呂不、字鐸袞、幼聰敏嗜學、事太祖見器重。及制契丹大字、突呂不贊成爲多。未几爲文班林牙、領國子博士、知制誥。- 돌려불은 자(字)가 탁곤 (鐸袞)이며 어려서 총민하고 학문을 좋아하였다. 태조[요 태조 야율아보기를 말함]가 그릇이 무거움을 알았다. 거란문자를 지을 때에 도와서 이룬 것이 많고 문반에 들어가 한림에 이르지는 못하였으나 국자학 박사, 지제고를 지냈다."이라는 기사와 동서(同書, 권75) 「야율노불고전(耶律魯不古傳)」에 "耶律魯不古、字信貯、太祖從侄也。初太祖制契丹國字、魯不

---

16) 渤海(발해)에도 고유한 문자가 있었던 것으로 알려졌다. 渤海 遺蹟地에서 發掘되는 瓦當(기와) 등의 편린에 한자와 유사한 문자가 발굴되고 있어 이를 渤海문자로 보는 연구가 있다.

17) 『遼史』(권2) 「太祖紀」에 "神冊、春正月乙丑、始制契丹大字。[중략] 九月壬寅大字成、詔頒行之。"이란 기사 참조.

古以贊成功、授林牙、監修國史。-야율노불고는 자(字)가 신저(信
貯)이고 태조의 종질(從姪-조카)이다. 처음에 태조가 거란 국자(國字)를 만
들 때에 도와서 성공시켜서 임아(林牙, 遼나라의 관직으로 翰林에 해당함)를 주
고 국사(國史)를 감수(監修)하게 하였다. - "라는 기사를 보면 그들이 태조
의 문자 제정을 도운 것임을 알 수 있다. 신책(神冊) 5년(920)에 요(遼) 태
조의 조칙(詔勅)으로 반포된 거란국자(契丹國字)가 바로 '거란대자(契丹大
字, Khitan large script)이다.

거란소자(契丹小字)는 이보다 몇 년 후에 요(遼) 태조의 동생(皇弟)인
질랄(迭刺)이 위구르의 사절(使節)들을 만나 그들의 표음적인 문자로부터
배워서 만든 문자다. 즉 원대(元代) 탈탈(脫脫)이 찬수(撰修)한 『요사(遼史)』
(권 64) 「황자표(皇子表)」에 "迭刺, 字云獨昆。[중략] 性敏給,[중략] 回
鶻使至, 無能通其語者。太后謂太祖曰, '迭刺聰敏可使'遣迓祉。相
從二旬, 能習其言與書, 因制契丹小字, 數少而該貫。-질랄은 자
(字)가 독곤(獨昆)이다. [중략] 성격이 총민하고 원만하였다. 위구르(回鶻)
의 사신이 도달하였는데 그 말에 능통한 사람이 없었다. 태후(太后)가 태
조(太祖-요의 태조 아보기를 말함)에게 말하기를 '질랄(迭刺)이 총민하니 가히
쓸 만합니다'하니 [그를] 보내어 [사신들을] 맞이하게 하였다. 서로 상종
하기를 20일간 하여서 능히 그 말과 글을 배워 거란 소자를 제정하였는
데 글자 수는 적으나 모두 갖추고 꿰뚫었다. - "라고 하여[18] 위구르(回
鶻) 사신들에게 위구르 문자를 배워 거란소자를 지었음을 말하고 있다.

현재 잔존(殘存)하는 자료 가운데 어느 것이 소자(小字)인지 분명하지
않았으나 최근 하나의 방법으로 정착하였다. 거란문자에 대하여는 송대

---

18) 淸格爾泰 외 4인(1985:4)에서 재인용함.

(宋代) 왕역(王易)의 『연북록(燕北錄)』과 도종의(陶宗儀)의 『서사회요(書史
會要)』에 기재된 "朕, 勅, 走, 馬, 急"에 해당하는 5개의 거란자 자형(字
形) 이외에는 알려진 것이 없었는데 1920년 전후로 중국 몽고(蒙古) 자치
구(自治區) 적봉시(赤峰市) 파림우기(巴林右旗) 경내의 백탑자(白塔子) 부근
에서 경릉(慶陵)이 발굴되고 1922년 여름에 역시 적봉(赤峰) 일대에서 선
교(宣敎)하던 게르빈(L. Kervyn)에 의하여 중릉(中陵)의 묘실(墓室)에서 발견
된 요(遼) 제7대 흥종(興宗, 재위 1031~1055)의 비문(碑文)과 그의 비(妃)인
인의황후(仁懿皇后)의 비문('애책(哀冊)'으로 불림)이 초사(抄寫)되어 학계에
보고한 다음부터 거란문자의 실체가 확실해졌다.

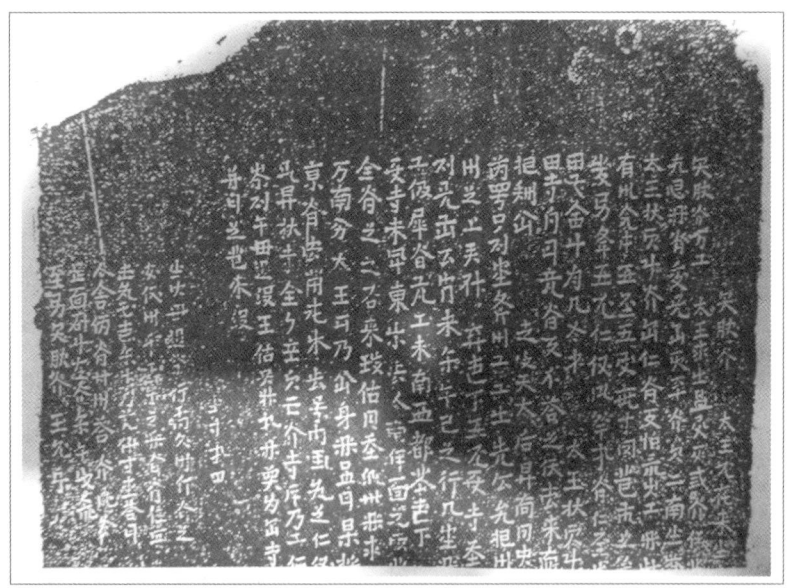

사진 4-3 北大王 墓志(거란대자)

이때에 발굴되어 공개된 '애책(哀冊)' 등의 거란문(契丹文) 자료는 대부

분 거란소자(契丹小字)의 것으로 거란대자(契丹大字)는 1951년 여름 요녕성(遼寧省) 금서현(錦西縣) 서고산(西孤山)의 요묘(遼墓)에서 출토된 거란문 묘지명(墓誌銘)이 대표적이다.[19]

거란소자의 자료로는 금(金) 천회(天會) 12년(1134)에 제작된 「대금황제도통경략낭군행기석각(大金皇弟都統經略郎君行記石刻)」이 널리 알려졌다. 원래 이 비문(碑文)은 여진문자가 공포된 1119년 이후의 것이어서 여진문자로 인식되었으나 전술한 거란문 자료 애책(哀冊)의 자형과 일치하므로 거란문자의 자료로 알려졌다. 이 비문은 거란문과 한문 문장이 좌우로 대조되어 새겨졌다. 한문은 윈 쪽에 작은 글씨로 쓰였으며 거란문을 번역하여 새긴 것이다. 다음 [사진 4-4-1]은 그 대역의 방법을 보여준다.

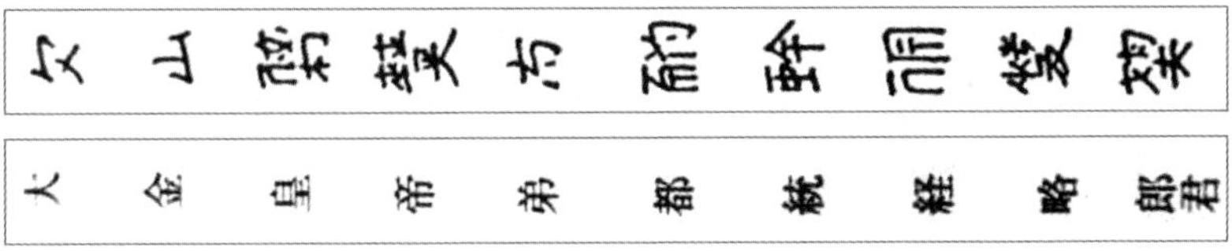

사진 4-4-1 「大金皇弟都統經略郎君行記石刻」의 '大金皇弟都統經略郎君'에 해당하는 契丹小字

[사진 4-3]에서 본 바와 같이 거란대자(契丹大字)는 한자의 필획(筆劃)을 줄여서 표기하였지만 역시 표의(表意) 문자이며 약 1800여 자가 있었던 것으로 추정된다. [사진 4-4-1]의 위쪽에 보이는 거란소자(契丹小字)는 표음문자의 형태를 갖고 있어서 한 자가 한 음(音), 또는 한 음절(音節)을 표시한다. 현재 인정되는 거란소자는 378자 정도이다. 거란대자는 물론이고 거란소자의 해독(解讀)도 아직 완전하지 못하다.

---

19) 예를 들면 '北大王墓志' 등을 말한다.

거란대자의 해독은 1980년대에 다수의 자료가 발굴되고 나서 많은 진전이 있었으나 아직도 핵심 부분의 해독은 이루어지지 않았다. 지금까지 알려진 여진대자의 자료로는 1980년 경 중국 요녕성(遼寧省)에서 발굴된 야율연령묘지(耶律延寧墓志, 986년 제작), 북대왕묘지(北大王墓志, 1041), 고태사명석기(故太師銘石記, 1056), 소효충묘지(蕭孝忠墓志, 1089), 소포노묘지(蕭袍魯墓志, 1090), 야율습열묘지(耶律習涅墓志, 1114)가 있으며 이를 대상으로 하는 해독이 활발하게 진행되었으나 여러 차례 시행착오를 거쳐 어느 정도의 성과를 얻었지만 해명되는 범위는 한정되어 있고 아직 문자 해독의 중핵(中核) 부분은 알지 못한다(河野六郎 · 千野榮一 · 西田龍雄, 2001: 306).

거란대자(契丹大字)는 어디까지나 한자와 같은 표의문자로써 신라 향찰의 훈독자(訓讀字)와 같이 거란어로 읽어야 하는 부분도 있고 또 중국어의 동북 방언음으로 읽어야 하는 음독자도 많기 때문에 그 해독은 지지부진하다.[20] 또 거란 사회조직의 특수성에 따라 여러 다른 계급과 관직, 부족명 등의 고유명사가 있는데 이것도 향찰(鄕札)과 같이 음독자와 훈독자를 섞어서 표기하였다.

그에 비하여 거란소자(契丹小字)는 거의가 음독자를 변형한 것이기 때문에 그 해독은 거란대자에 비하여 비교적 용이하다. 거란소자의 자형이 약간 돌궐(突厥) 문자와 유사하고 표음적 성격을 가졌다는 점에서 상술한 바와 같이 요 태조의 동생 질랄(迭剌)이 위구르의 사자(使者)들과 만나서 위구르의 말과 글을 배운 후에 만들었다는 내용을 뒷받침한다.

거란문자의 해독과 연구는 상술한 바와 같이 1920년대의 발굴에서 시

---

20) 1996년에 거란대자가 표음적인 음절문자라는 주장이 제기되었다. 劉鳳翥; "契丹大字中若干官名和地名之解讀,"『民族語文』4期(1996), 北京 참조.

작되어 1930년대 이후 중국에서의 뤄후우청(羅福成), 뤄후우이(羅福頤), 왕찡루(王靜如), 리딩쿠이(廣鼎煃) 등의 연구와 일본의 야마지 히로아키(山路廣明), 오타기 마쓰오(愛宕松男), 다무라 지쓰조(田村實造), 오사다 나쓰기(長田夏樹), 무라야마 시치로(村山七郎), 도요다 고로(豊田五郎) 등의 연구가 있었으며 구소련에서는 나제르야에프(B. M. Наделяев), 스타리코프(B. C. Стариков)의 연구가 있었으나 이때의 연구는 탐색의 단계에서 실험적인 연구였다. 1970년대에 중국의 내몽고대학(內蒙古大學) 몽고어문(蒙古語文) 연구실과 사회과학원 민족연구소(社會科學院 民族研究所)가 중심이 되어

사진 4-4-2 거란소자『道宗哀冊』의 책 덮개(탁본)[21]

---

21) 이것은 遼 제8대 道宗(재위 1056~1100)의 '哀冊'의 뚜껑의 탁본이다. 淸格爾泰 외 4인(1985: 권두)에서 재인용한 것이다.

거란문자에 대한 본격적인 연구가 이루어졌다.[22] 1985년에 간행된 칭걸타이(淸格爾泰)외 4인(1985)의 연구, 즉『거란소자연구(契丹小字硏究)』(中國社會科學院出版社, 北京)에서 거란 문자에 대한 연구의 한 획을 그었다. 이후 이에 대한 연구가 지금까지 계속되고 있다.

거란문자는 요(遼)가 멸망(1125)한 이후에도 사용되었으며 금(金)의 명창(明昌) 2년(1191)에 이 문자를 폐지하라는 조령(詔令, 詔罷契丹字)이 있기 전까지 300여 년간 북방 지역의 문자로 사용되었다.

4.1.4 다음으로 여진족의 금(金)에서 제정된 여진(女眞)문자(Jurchin or Jurchen script)에 대하여 살펴보기로 한다. 전술한 바와 같이 스텝의 여진 지역에서는 거란문자(契丹文字)가 통용된 지 수백 년 후에도 여진족은 각전(刻箭, 화살대에 새김을 말함)의 방법으로 통신하였으며 여진의 일족이 금(金) 나라를 세운 후에도 초기에는 문자가 없었다. 이덕계(李德啓, 1931:1)에 의하면

> [전략] 自建國稱金之後、始漸知契丹文及漢字。王圻續文獻通考一八四卷三一頁云; "金初無字、及獲契丹漢人、始通契丹漢字。太祖遂命谷神依漢人楷字、因契丹字制度、合本國語、製女眞字行之。後熙宗製女眞小字、谷神所製爲大字。"－나라를 세워 금(金)이라 칭한 다음부터 [여진족은] 점차 거란 문자 및 한자를 알기 시작하였다. 왕기(王圻)의『속문헌통고(續文獻通考)』(권184:31)에 말하기를 "금(金)나라는 처음에 글자가 없었으나 거란(契丹)인과 한인(漢人)을 얻어 거란 문자와 한자로 소통하기 시작하였다. [금(金)] 태조가 명을 내려 곡신(谷神)으로 하여금 한인(漢人)들

---

[22] 內蒙古大學 蒙古語文연구실에는 淸格爾泰, 陳乃雄, 邢夏禮 등의 契丹語文의 전문가가 있었고 社會科學院 民族硏究所에는 劉鳳翥, 于寶林 등의 연구자가 있었다.

의 해자(楷字)²³⁾에 의거하고 거란 문자의 제도에 따르며 본국의 말에 맞추
어 여진 문자를 만들어 사용하였다. 후에 희종(熙宗) 때에 여진 소자(小字)
를 만들었는데 곡신(谷神)이 지은 것은 대자(大字)라고 하였다"라고 하다.
— 24)

라고 하여 여진대자와 소자가 금(金)의 국초(國初)에 만들어졌음을 알 수
있다.

　여진족(女眞族)의 완안부(完顏部) 추장(酋長)이었던 아구다(阿骨打)가 주
변 여러 부족을 통합하여 나라를 세우고 금(金)이라 하였으며 태조(太祖)
가 되었다. 그는 통치를 위한 문자가 없었기 때문에 완안희윤(完顏希尹,
본명은 谷神)에게 명하여 한자의 해서자(楷書字)를 변형한 표음적인 여진자
를 만들게 하였는데 이것이 여진대자(女眞大字)인 것이다. 즉 『금사(金史)』
(권73) 「완안희윤전(完顏希尹傳)」에 "太祖命希尹撰本國字備制度、希尹
依漢人楷字、因契丹字制度、合本國語、制女眞字。天輔三年八月
字書成、太祖大悅命頒行之。"라 하여 위와 사실을 확인할 수 있으며
거란자(契丹字)에 맞추어 만들어진 여진대자(Jurchen large script)가 천보(天
輔) 3년(1119)에 글자가 만들어져서 칙명(勅命)으로 반포되었음을 알 수
있다.

　후에 제3대 희종(熙宗, 在位 1135~1149)이 다시 만든 여진자는 여진소자
(女眞小字)라고 불렀는데 역시 『금사(金史)』(권4) 「희종 천권 원년 정월(熙
宗 天眷 元年 正月)」조에 "頒女眞小字。皇統五年五月戊午、初用御製

---

23) 한자의 자체 가운데 楷書体를 말함.
24) 비슷한 내용이 陶宗儀의 『書史會要』에도 전한다. 그것을 옮겨보면 "金人初無
　　文字。國勢日强、與隣國交好、迺用契丹字。太祖命完顏希尹(本名谷神)、
　　撰國字。其後熙宗亦製字竝行。希尹所製謂之女眞大字、熙宗所製之女眞
　　小字。"와 같다.

小字。"라는 기사가 있어 천권(天眷) 원년(1138)에 처음으로 어제(御製) 소자(小字)를 썼음을 알 수 있고 이것이 여진소자(女眞小字, Jurchen small script)이며 모두가 거란문자의 대·소자를 따른 것이다.

이 여진문자에 대한 연구는 이 문자에 대한 몇 개의 자료, 즉 명대(明代)에 편찬된 여진어와 한어(漢語)의 대역 어휘집이며 예문집(例文集)인 『여진관역어(女眞館譯語)』[25]을 위시하여 금대(金代)의 「대금득승타송비(大金得勝陀頌碑)」(1185), 명대(明代)의 「노아한도사영령사비(奴兒汗都司永寧寺碑)」(1413) 등의 비문(碑文)과 부패(符牌), 동경(銅鏡)의 문자들이 있다. 이들은 여러 변형(變形)이 있지만 기본적으로 거의 같은 종류의 자형(字形)으로 쓰였다.

여진자에 대한 연구는 거란문자에서 언급한 바 있는 천회(天會) 12년(1134)에 섬서성(陝西省)의 당(唐) 건릉(乾陵)에 세운 「대금황제도통경략낭군행기(大金皇弟都統經略郎君行記)」(이하 「낭군행기」로 약칭)에 쓰인 문자를 여진대자(女眞大字)로 판단하고 『여진관역어(女眞館譯語)』 등의 자료에 있는 문자를 여진소자(女眞小字)로 추정하였다. 이러한 주장은 청대(淸代) 도광(道光)연간에 유사륙(劉師陸)으로부터 시작되어 인경(麟慶) 등의 청대(淸代) 학자들에 의하여 이어졌다. 그러나 1962년에 당시 내몽고대학 교수이었던 진광핑(金光平)이 "從契丹大小字到女眞大小字"란 논문을 발표하면서 전게한 「낭군행기」의 문자가 거란문자임을 밝혔다(金光平·金啓綜, 1980).[26]

또 진광핑(金光平)은 금사(金史)의 기록에 "策用女眞大字 詩用女眞小

---

25) 이 자료는 明代 四夷館에서 간행한 『華夷譯語』의 하나로 '永樂女眞譯語'라고 도 불린다.
26) 金光平은 상술한 慶陵에서 발견된 '哀冊'이 거란소자로 쓰인 것이 밝혀짐에 따라 같은 문자로 기록된 「낭군행기」가 거란소자의 표기임을 밝힌 것이다.

字-책(策)에는 여진대자를 쓰고 시(詩)에는 여진소자를 썼다."라는 기사
에 근거하여 만일에 여진문(女眞文)의 시(詩)가 있으면 여진소자로 쓰였
을 것임을 추정하였다. 다행히 1960년대에 「오둔양필시각석(奧屯良弼詩
刻石)」([사진 4-5-1])이 발견되어 여진소자로 쓰인 시(詩)를 찾을 수가 있었
는데 여기에 쓰인 여진자들은 모두『여진관역어』의 것과 크게 다르지
않았다. 이로부터 여진대자와 소자의 구별이 비로소 가능하게 되었다.

사진 4-5-1 山東省에서 발굴된 奧屯良弼 女眞字 詩刻[27]

여진문자는 금(金) 제4대 왕인 세종(世宗) 때에 대대적인 보급정책을

---

27) 김광평·김계종(1980:권두)에서 재인용함.

펼쳤다. 산서(山西)의 서경대동부(西京大同府)와 상경회령부(上京會寧府)에 여진학(女眞學)을 설립하고 각처에서 수재(秀才)를 입학시켜 여진 문자를 교육하였다. 또 과거시험(科擧試驗)에 여진진사과(女眞進士科)를 두고 관리를 선발하였다. 『논어(論語)』, 『사기(史記)』, 『정관정요(貞觀政要)』를 위시한 많은 한적(漢籍)들이 여진어로 번역되어 여진문자로 기록되었다.

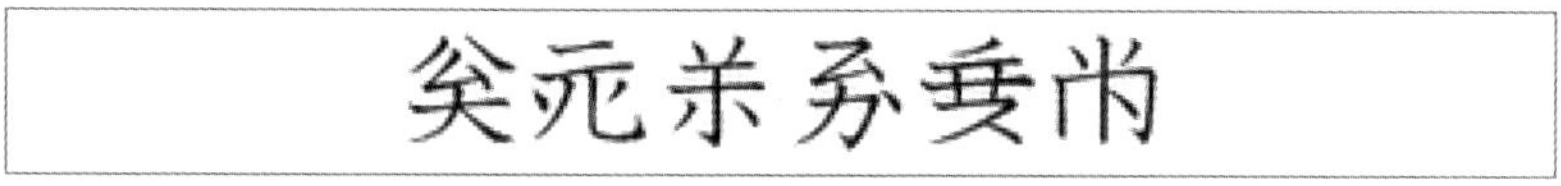

사진 4-5-2 여진문자(소자)   이 글의 해독은 주50 참조.

　한반도에서도 고려(高麗) 고종(高宗) 12년(1225)에 여진어와 여진문자를 학습하는 기관을 두어 이를 역관(譯官)들에게 교육하였다. 조선시대에는 건국 초기부터 고려의 사역원(司譯院)을 복치(復置)하고 한어(漢語), 몽고어(蒙古語), 왜어(倭語)와 함께 여진어(女眞語)를 교육하였다. 그리고 예종(睿宗) 원년에 완성된 『경국대전(經國大典)』(권3) 「예전(禮典)」 '역과(譯科)' 조에는 역과 과시(科試)에서 여진어를 시험하는 교과서로 "천자문(千字文), 병서(兵書), 소아론(小兒論), 삼세아(三歲兒), 자시위(自侍衛), 팔세아(八歲兒), 거화(去化), 칠세아(七歲兒), 구난(仇難), 십이제국(十二諸國), 귀수(貴愁), 오자(吳子), 손자(孫子), 태공상서(太公尙書)"의 14종을 열거하였다.

　이 가운데 대부분은 임진왜란(壬辰倭亂)과 병자호란(丙子胡亂)을 겪으면서 망실(亡失)되었고 "소아론(小兒論), 팔세아(八歲兒), 거화(去化), 구난(仇難), 태공상서(太公尙書)"만이 남았는데 이를 신계암(申繼黯)이 만주어 학습의 청학서(淸學書)로 바꾸어 계속해서 만주어 학습서로 사용하였다. 그러나 후에 '거화(去化), 구난(仇難), 상서(尙書)'는 청학서(淸學書)에서 폐기되어 인멸(湮滅)하고 '소아론(小兒論), 팔세아(八歲兒)'만이 오늘날 만주어 학습서로 전한다(졸저, 2002c).

고려 후기, 조선 초기의 역학서 가운데 여진학서(女眞學書)에 '소아론, 삼세아, 칠세아, 팔세아' 등 아동의 이야기를 소재로 한 교과서가 많은 것에 주목하지 않을 수 없다. 오늘날 남아 있는 '소아론, 팔세아'는 지혜 많은 어린 아이들이 왕이나 대신들과 지혜를 겨루어 이기는 이야기이며 아마도 '삼세아(三歲兒), 칠세아(七歲兒)'도 같은 내용일 것으로 보인다. 이들이 모두 금대(金代)에 아이들을 교육하는 아동용 교재이었으며 이를 통하여 여진문자를 교육하였을 것으로 추정된다.

특히 졸고(2001)에서는 『소아론(小兒論)』을 고찰하면서 이 자료가 지혜 있는 어린아이가 공자(孔子)와 겨루어 이기는 항탁(項託, 項橐으로도 씀) 설화를 소재로 하고 있으며 이것은 반유교권(反儒敎圈) 민족의 훈몽교과서임을 밝혔다. 이 설화는 공자(孔子)와 항탁(項託)의 상문서(相問書)라고 할 수 있는데 『사기(史記)』의 「감무열전(甘茂列傳)」에 감라(甘羅)와 여불위(呂不韋)의 대화 속에 "夫項橐生七歲爲孔子師 - 항탁은 태어난 지 7년 만에 공자의 스승이 되다 - "라는 구절에도 그 이름이 보인다. 또 이 설화는 『태평광기(太平廣記)』(권 247)의 「산동인(山東人)」조에 '공자항탁상문서(孔子項託相問書)'라는 이름으로 수록되었는데 내용은 『소아론』의 것과 유사한 내용이 일부 들어있다(졸고, 2001:531).

이 항탁(項託) 설화는 공자(孔子)를 모시는 유교(儒敎)를 국시로 하는 조선(朝鮮)에서는 비록 사역원의 외국어 교재라고 할지라도 사용해서는 안 되는 교과서다. 요(遼)의 거란족, 금(金)의 여진족들은 한족(漢族)의 유교(儒敎) 문명에 대하여 거부감을 갖고 어린이 교육에서부터 이러한 유교에 반하는 교육을 실시하기 위하여 항탁(項託) 설화 등을 소재로 한 많

은 훈몽교과서를 제작하였는데 그 중의 몇 개를 사역원(司譯院)에서 수입
하여 여진학서로 사용한 것으로 보아야 할 것이다. 이 교재들은 아마도
요(遼), 금(金), 원(元)으로 이어지는 북방 유목민족의 반유교 문화권의 훈
몽(訓蒙) 교과서로 볼 수 있다.

　　금(金)의 뒤를 이어 스텝의 주인이 된 몽골족은 원래 유목민족이어서
문자가 없고 목계(木契)나 결초(結草) 등의 방법으로 소식을 전하였으
나[28] 칭기즈 칸(成吉思汗)을 중심으로 발흥(勃興)한 몽골족은 중앙아시아
와 중국을 아우르며 대제국(大帝國)을 세우게 되자 제국의 통치를 위한
문자가 필요하게 되었다. 또 원(元) 이전의 요(遼)와 금(金)에서 국가를
건립하면 새로운 문자를 제정하여 통치문자로 삼는 것이 관례(慣例)이었
으므로 몽고의 원(元)도 이것을 본받은 것이 파스파자(字)의 제정으로 생
각한다. 이제는 이에 대하여 고찰하기로 한다.

---

28) 이에 대하여는 趙珙의 『蒙韃備錄』에 "今韃之始起並無文書。凡發命令遣使
　　往來、止是刻指(說郛本作止)以記之。爲使者雖一字不敢增損、彼國俗
　　也。"라는 記事나 李心傳의 『建炎以來朝野新記』乙集, 卷19에 "韃靼亦無文
　　字、每調發兵馬、卽結草爲約。使人傳達急於星火。或破木爲契、上刻數
　　劃、遇發軍以木契合同爲驗。"라는 기사에 의하면 몽골이 원래 문자가 없고
　　木刻이나 結草로 통신을 하였음을 알 수 있다. 또 木刻에 대하여는 『黑韃事略』
　　(彭大雅、徐霆 著) "霆嘗考之、'韃'人本無字書。[중략] 行於韃人本國者、
　　則只用小木。長三四寸刻之四角。且如差十馬則刻十刻、大率只刻其數
　　也。其俗淳而心專、故言語不差。其法說謊者死、故莫敢詐僞。雖無字
　　書、自可立國。此小木卽古木契也。"(羅常培·蔡美彪、1959:1에서 재인용)
　　이라 하여 木刻의 사용 방법을 명시하였다.

4.2 팍스파 라마의 토번(吐蕃)

원(元) 세조(世祖) 쿠빌라이 칸은 '토번(吐蕃)'에 원정(遠征)했을 때에 팍스파(八思巴)란 라마승(喇嘛僧)을 데려와 몽고인들이 한자를 학습하는 데 필요한 발음기호를 만들게 하였고 이것을 이용하여 몇 개의 운서(韻書)를 만들었다(졸저, 1990:137). 쿠빌라이 칸은 원(元) 헌종(憲宗) 계축(癸丑, 1253)에 토번(吐蕃) 왕조(王朝)를 멸망시키고 이 지역에 군정(軍政)을 설치하였고 팍스파(八思巴) 라마(喇嘛)는 한때 이 몽고군의 군정 지휘소인 토번선위사(吐蕃宣慰司)에 재임한 일도 있었다.

중국인들이 '장족(藏族)'의 본거지로 부르는 이 지역을 요즘에는 '서장(西藏)'이라 하지만 역사적으로는 '토번(吐蕃)'이라고 불렀으며 서양인들은 'Tibet'라고 한다. 다음에 이러한 명칭에 대하여 살펴보기로 한다.

4.2.1 먼저 토번(吐蕃)이란 명칭에 대하여 살펴보기로 한다. 천칭잉(陳慶英,1999)에 의하면 중국에서 '장(藏)', 또는 '서장(西藏)'으로 부르는 티베트 지역은 티베트 문자로 'bod-ljong'이라 쓴다. 중국의 서장자치구(西藏自治區), 장문(藏文)으로 bod-rang-skyong-ljong에 속하는 지역은 북쪽으로는 청해성(靑海省) · 감숙성(甘肅省), 동(東)으로는 사천성(四川省)과 운남성(雲南省) 서부지역, 남으로는 히말라야 산맥 남쪽 기슭, 서쪽으로는 파키스탄 동부에 이르는 광대한 지역을 이른다.

7세기 경에 토번(吐蕃) 왕조가 흥기(興起)해서 청장(靑藏) 고원의 대부분을 통일하고 강대한 국가를 건설한 다음부터 중국의 여러 한문 전적(典籍)에 '토번(吐蕃)'으로 쓰이게 되었다. 토번은 왕조(王朝)의 명칭이며 영토의 이름이고 부족을 가리키는 말이다. 돈황(敦煌)에서 출토한 장한대조(藏漢對照)사전에 의하면 토번 왕조 중기 이후에 '토번(吐蕃)'이란 명칭은 토번 왕조의 자칭(自稱)인 'bod'에 대응되는 말이다. 실제로 bod는 지역과 부족의 명칭이기도 하다. 원래 '토번'이란 말은 대분교(對苯敎)의 법사(法師)에 대한 호칭이었는데 후대에는 대분교(對苯敎)의 호칭이 되었고 더 후대에는 부족(部族) 연맹(聯盟)의 명칭이 되었다가 다시 이 부족의 거주지 명칭이 되었다.

토번(吐蕃)왕조 이전에는 이 지역이 12종(種)의 부족이 집단으로 통치하였다. 그 가운데 bod-khams라는 부족이 통치한 적이 있었는데 토번 왕조가 흥기한 다음에는 이 'bod'로 자칭하였다. 또 당(唐)과의 교역에서 '대번(大蕃, bod-chen-po)'이란 명칭을 사용하기도 하였다.[29] 이것은 당(唐)을 대당(大唐)이라 하는 것과 같은 것이다. 중국에서는 이들을 '장(藏)'이라 부르는데 티베트의 중앙지역이 '쟁[gtsang]'이기 때문이다.

'장(藏)'은 상술한 陳慶英(1999:130)에 의하면 지명(地名)으로 왕국의 중심지를 가리키는 말이라고 한다. 토번 왕조가 이 지역을 4개 '茹(ru)'로 나누어 아로장포강(雅魯藏布江), 납살하(拉薩河), 연초하(年楚河), 아륭하(雅隆河) 유역을 통치하였다. 아륭하(雅隆河) 계곡에서 토번 왕국의 왕실이 발상(發祥)하였고 납살(拉薩)에 왕조의 수도를 두었으므로 납살하(拉薩河) 유역과 아륭하유역이 토번 왕국의 중심지가 되었는데 전자 지역을 '伍茹(dbu-ru)', 후자를 '約茹(gyo-ru)'라고 하고 이들을 합쳐 부를 때에는 '衛(dbus)'라고 하였다.

후에 초하(楚河)유역과 그 남쪽 및 서쪽과 북쪽을 '葉茹(gyas-ru)', '茹拉

---

29) 이에 대하여는 王堯 編著 『吐蕃金石錄』(文物出版社, 1982) 13~20쪽에 所收된 「唐蕃會盟碑」를 참고할 것.

(ru-log)'라고 부르고 이들을 모두 합쳐서 '藏(gtsang)'이라 불렀으며 그 뜻은 아로장포 강(雅魯藏布江) 상류(上流)의 양안(兩岸) 지구라는 의미다. 중심지인 '衛(dbus)'와 합하여 '衛藏(dbus-gtsang)'이라고 하며 이것이 토번 왕조의 본거지를 가리키게 되었다.

원(元)나라가 토번(吐蕃)왕조를 멸망시키고 장족(藏族)지구를 통합하면서 식살가파(植薩迦波)를 부추겨 지방 정권을 세우게 하였다. 그리고 원(元)은 청장(靑藏)고원지역에 군정기관으로 토번선위사(吐蕃宣慰司)를 두어 장족지구의 행정기구를 담당하게 하였다. 팍스파(八思巴) 라마는 토번선위사를 둔 초기의 1272년에 왔다가 1274에 돌아갔으나 후에 다시 돌아와서 죽을 때까지 이곳에 머물렀다. 1280년에 팍스파가 원적(圓寂)한 후에 소할지(所轄地)가 넓어져 다시 강구(康區)에 선위사(宣慰司)를 하나 설치하고 다시 위장(衛藏)지역에도 선위사(朶思麻, 타사마로 불렀음)를 두어 원(元) 중기(中期)에는 청장고원(靑藏高原)에 3개 행정구역이 생기게 되었다.

후에 토번 등의 청해성(靑海省) 대부분과 감숙성(甘肅省) 남부, 사천성(四川省) 아패(阿壩) 일대를 관할 지역으로 하는 선위사사 도원수부(宣慰使司 都元帥府)를 두고 이를 '타사마선위사(朶思麻宣慰司)'로 불렀다. 이로부터 원대(元代)에는 이곳 장족(藏族)지역을 '토번(吐蕃)' 이외에 '타사마(朶思麻)', '타감사(朶甘思)', '오사장(烏思藏)' 등으로 불렀다.

원대(元代)에 토번(吐蕃)은 넓게 중원의 서역(西域)에 속하므로 '서번(西蕃)'(혹 '西番'으로 쓰기도 함)으로 칭하기도 하고 후에 역시 '藏'에 방위를 가리키는 '西'를 붙여 '서장(西藏)'으로도 불렀는데 오늘날 중국에서는 이 명칭이 일반적이다.

또 소그드인(Sogd)인은 이들을 'twp'wt'라고 부르고 터키인은 'töpüt', 서방의 이슬람교도들은 'tibbat, tubbit'라고 불렀다. 몽고어로 장족(藏族)

을 'töbet(土伯特)'이라고 하는데 이로부터 서양에서 부르는 'Tibet'란 명칭이 유래된 것이다. 원래 토백특(土伯特)은 '토번'에서 온 것으로 장족들의 자칭인 'bod'에서 기원한 것이라고 하지만 이것이 왜 '토번(吐蕃)'으로 전사(轉寫)되었는지 아직 확실하게 알려진 것이 없다. 청(淸)나라 초기에는 '도백특(圖白忒)'으로 쓰인 문서도 있는데 이것은 몽고어 töbet(土伯特)의 다른 한자 표기다.

4.2.2 원 세조의 칙명으로 파스파 문자를 제정한 팍스파 라마(八思巴喇嘛, ḥP'ags-pa Lama, Tib. ⟨티베트문자⟩, ḥP'ags-pa bLa-ma)는 토번 출신으로 薩斯嘉人(Sa-skya, Tib. ⟨티베트문자⟩, Sa-skya)이며 장족(藏族)인 사키야 판디타(Sakya Pandita, Tib. ⟨티베트문자⟩, sa-skya paṇḍita)의 조카다.[30] 원 이름은 로도이 쟐트산(Lodoi J̌altsan, Tib. ḅLo-gros rgyal- mts'an, ⟨티베트문자⟩)이고 쟌쟈 소드남쟐트산(J̌anJ̌a Sodnam- J̌alsan, Tib. Žaṅs-ts'a bsod-nams rgyal-mts'an ⟨티베트문자⟩)의 아들이며 성(姓)은 ⟨티베트문자⟩(mK'on)이다. 팍스파(八思巴)는 '성동(聖童)'이란 뜻이다(Poppe, 1957: 3).[31] 이미 7세 때에 경서(經書) 수십만 언(言)을 능히 외웠으므로 국인(國人)이 그를 성스러운 아이라는 뜻의 '八思巴, 八思馬, 帕克斯巴'로 불렀다고 한다(『元史』권202,「傳」第89 '釋老 八思巴'조, 졸저:1990 같은 곳 참고).

그는 원 태종 을미(乙未, 태종 7년, 1235)에 태어나서 원 세조 지원(至元)

---

30) 몽고 문학에서 널리 알려진 작품 *Subhāṣitaratnanidhi*는 사키야 판디타의 저작이며 여러 번 몽고어로 번역되어서 지금도 판본이 많이 남아있다. 이에 대하여는 Vladimirtsov(1921:44), Ligeti(1948:124)를 참고할 것.

31) Poppe(1957)의 팍스파에 대한 소개는 G. Huth가 번역하여 편찬한 티베트의 ⟨티베트문자⟩ hor-č'os-byuṅ(religious doctrine, 傳)에서 인용한 것이다. 이 책은 비교적 상세하게 팍스파의 일대기가 소개되었다.

17년(1280) 12월 15일경에 사거(死去)한 것으로 본다.32) 그는 10세 때에
출가(出家)하여 법명(法名)을 혜당(慧幢)이라 하였고 그가 13세 되던 해에
사키야 판디타를 따라 몽고로 떠났으며 19세 때에 쿠빌라이 칸의 초청
을 받아 그의 궁전으로 오게 되었다고 하나 포티에는 그가 15세 때인
원(元) 헌종(憲宗) 계축(癸丑, 1253)에 처음으로 쿠빌라이 칸과 만난 것으로
보았다(Pauthier, 1862:10).33)

　팍스파와 쿠빌라이 칸과의 이 만남은 사강 세첸(Saȓang Sečen)의 연대
기(年代記)에 비교적 자세하게 적혔다. 그에 의하면 쿠빌라이 칸이 잠저
(潛邸)에서 팍스파를 만나 '최고라마 삼국교왕(最高喇嘛, 三國敎王, The
Supreme Lama, King of the Faith Three Land)'의 칭호를 그에게 하사하였다고
한다. 원(元) 헌종(憲宗)이 무오년(戊午年, 1258)에 도교(道敎)를 해설한 『화
호경(化胡經)』을 정정하라는 명을 팍스파에게 내려서 도사(道師)들과 논
쟁하여 이들을 모두 굴복시켰으며 이로부터 원나라에서 도교는 쇠퇴하
게 되었다고 한다(羅常培·蔡美彪, 1959:8).

　쿠빌라이 칸은 대한(大汗)으로 등극한 중통(中統) 원년(元年, 1260)에 팍
스파를 국사(國師)로 삼았고 '대보법왕(大寶法王)'이 새겨진 옥인(玉印)을
하사(下賜)하였으며 새 몽고문자의 제정(制定)을 명령하였다(Poppe, 1957:
2). 이에 대하여는 『원사(元史)』(권4) 「세조기(世祖紀)」에 "中統元年十二
月[중략] 以梵僧八合思巴爲帝師、授玉印統釋敎。－중통 원년(1260)
12월에 바라문교의 승려인 팍스파(八思巴)를 황제의 스승으로 삼고 옥인

<hr>

32) 사강 세첸(Saȓang Sečen)의 팍스파 일대기에는 그가 'Yi-Sheep'에 태어났다고 하
였는데 'Yi-Sheep'는 중국어와 몽고어가 섞인 말로 '乙未'년을 나타낸 것이다.
'羊'은 12干支에서 8번째이고 'Yi'는 10개 天干에서 두 번째인 '乙'을 말한다. 중
국의 여러 사료에는 몽고 太宗 11년(1239, 己亥)에 태어난 것으로 기록되었다.
33) Pelliot(1925:286)에서는 1253년, 또는 1254년으로 보았다.

을 주어 석교(釋敎)를 통솔하게 하였다ㅡ"라는 기사라든지 염상(念常)의
『불조역대통재(佛祖歷代通載)』(권21) 「왕반 팔사파행장(王磐 八思巴行狀)」에
"庚申、師年二十二歲、世祖皇帝登極、建元中統。尊爲國師、授
以玉印、任中原法主統天下敎門。辭帝西歸朞月召還。ㅡ 경신년
(1260)에 스승의 나이가 22세일 때에 세조가 황제에 등극하여 원 나라를
세우고 연호를 중통(中統)이라 하였다. [팍스파를] 존경하여 국사(國師)로
삼고 옥인(玉印)을 주고 중원의 법주(法主)로 임명하여 천하의 교문(敎門)
을 통솔하게 하였다. [한 때] 황제를 떠나 서장(西藏)으로 귀환하였으나
한 달이 못되어 다시 돌아오라고 불렀다ㅡ"라는 기사가 이를 말한다.

  두 기사에 등장하는 옥인(玉印)의 하사(下賜)는 티베트(西藏)에서 매우
중요한 일인 것으로 보이며 파스파에 관한 거의 모든 소개에 등장한다.
어떤 모습을 가진 인장(印章)이었는지 우리의 관심을 끌지 않을 수 없는
데 티베트(西藏) 박물관에 파스파 문자로 새겨진 옥인(玉印)이 수장(收藏)
되었다. 그것을 사진으로 옮겨보면 다음과 같다.

사진 4-6 Tibet Museum에 收藏된 元代 玉印(統領釋敎大元國師之印)34)

---

34) 이 玉印의 크기에 대하여 티베트 박물관은 "統領釋敎大元國師之印"龍鈕玉印
   元(公元1271年-1368年) Yuan dynasty(1271-1368)高11.8、長2.3、寬12厘米

이 [사진 4-6]에 대하여 티베트 박물관에는 다음과 같은 해설을 붙여
놓았다.

此印青玉質。扁方体、行龍鈕。八思巴文、朱文九疊体、印文爲"統
領釋敎大元國師之印"。配有紅色絲綬帶。据有關文獻記載、元代各朝
均設有國師。負責建寺、講經、禳灾、祈福。他們大多爲吐蕃高僧、
其中又以薩迦派居多、由皇帝封賜、佩玉印。此印時代当在1270年之
后、爲元代皇帝所頌授。 -이 옥인은 청옥(青玉)으로 만들었다. 평평한
사각형의 옥인 위에는 날아가는 용(龍) 모양의 손잡이가 있다. 파스파자의
붉은 글씨로 9개의 글자를 겹쳐서 새겼는데 [파스파 문자의] 인문(印文)은
'통령석교 대원국사지인(統領釋敎大元國師之印)'이다. 붉은 비단으로 묶였다.
문헌에 기재된 사료에 의하면 원대에는 모든 왕조(王朝)에서 국사가 있었다
고 한다. 그들은 사찰의 건립을 맡았고 불경을 강론하였으며 재앙을 없애는
푸닥거리를 하고 행복을 기원하는 예식을 주재하였다. 그들의 대부분은 토
번(吐蕃)의 고승이었으며 그 중에도 사카파(薩迦派)에 소속된 이들이 많았
다. 그들은 황제가 봉(封)하여 내려준 이 옥인을 차고 다녔다, 이 인장(印章)
은 1270년대 이후에 원(元)의 황제가 수여한 것으로 보인다.

이것을 보면 이 옥인은 원(元)의 황제(皇帝)가 토번(吐蕃)의 어떤 승려
에게 준 것이며 아마도 쿠빌라이 칸이 처음으로 경신년(庚申年、1260)에
팍스파 라마(喇嘛)에게 준 것이 그 이후에 정례화(定例化)되어 계속해서
수여된 것으로 보인다. 팍스파에게 수여한 것도 이와 유사한 것일 것이
며 이것은 元(원)이 티베트를 지배하는 수단의 하나일 것이다.
전술한 염상(念常)의 『불조역대통재(佛祖歷代通載)』(권21) 「왕반(王磐) 팍

Height 11.8, Length 12.3, Width 12cm, 收藏單位 : 西藏博物館 Tibet
Museum"라는 설명을 붙여 '통령석교 대원국사지인'이라는 印記가 새겨진 玉印
의 높이가 11. 8cm, 길이가 12.3cm, 넓이가 12cm인 것임을 알 수 있다.

스파행장(八思巴行狀)」의 기사에 의하면 팍스파 라마(喇嘛)는 중통(中統)
원년(元年, 1260) 12월에 국사(國師)가 된 다음에 문자를 만들라는 명을 받
고 서장(西藏)으로 돌아갔다. 아마도 이때에 문자를 만들기 위한 준비를
한 것으로 보이며 불경(佛經) 가운데 자모(字母)와 음운(音韻)에 관한 저술
을 수합하고 주변의 서장(西藏)문자 전문가들과 토론을 하였을 것으로
보이나 이에 관한 기사가 전혀 없어 자세한 것은 알 수가 없다.[35]

4.2.3 팍스파 라마는 자신의 모국인 티베트 글자를 증감(增減)하고
자양(字樣)을 개정하여 몽고신자(蒙古新字)를 만들었다.[36] 보통 파스파자
(八思巴字), 몽고자(蒙古字), 국자(國字)라고 하여 몽고(蒙古) 위구르자(畏兀
字)와 구별한다. 또 모양이 사각(四角)이므로 첩아진(帖兒眞), 첩아월진(帖
兒月眞, dörbeljin)으로 불리기도 한다. 원래 몽골어로는 *dörbeljin üsüg*,
외국어로는 영어 *ḫPags-pa script*, 프랑스어 *écriture carrée*, 독일어
Quadratschrift, 러시아어 *квадратная письменность*로 불린다
(Poppe, 1957:1). 그러나 최근의 영어에서는 구분부호(diacritical mark)를 모
두 없애고 팍스파 문자(Phags-pa Script)로 통일하여 부른다. 현대 중국의
보통화(普通話)로 '八思巴'는 '파스파'로 발음되므로 본서에서는 '파스파'
문자로 통일하였다.[37]

---

35) 팍스파가 中統 元年에 黃金塔을 세웠다는 기록이 있으나 그가 12월에 國師로
임명되어 西藏으로 귀환하였다는 기사가 있으므로 이는 불가능한 일로 보이고
아마도 황금탑은 中統 2년경에 건립되었을 것으로 본다(羅常培·蔡美彪, 1959:
9의 주).

36) 몽고 畏兀字에 대하여 파스파자를 蒙古新字라고 한 것이다.

37) 필자의 '파스파'란 명칭이 일본어의 'パスパ'에서 왔다는 억측이 있다. 일본어의
パスパ나 필자의 파스파가 모두 八思巴의 현대 普通話 발음에 의거한 것임을
밝히면서 모든 것을 倭色으로 몰아붙이려는 몇몇 국수주의 연구자들의 풍토에
啞然失色하지 않을 수 없다.

중국에서는 명(明) 태조가 이 문자를 철저하게 폐절(廢絶)시켰기 때문에 명대(明代)에는 물론 청대(淸代)까지 파스파자란 이름을 사용하기를 꺼렸다. 조선(朝鮮)에서는 사각문자란 뜻의 첩아월진(帖兒月眞), 첩월진(帖月眞)으로 부르거나 그냥 '자양(字樣 - 글자 모양)'이라 하였다.

졸저(1990:136~7)에 의하면 『태조실록(太祖實錄)』(권6) 태조 3년(1394) 11월 갑술(甲戌) 조에 '칠과입관보이법(七科入官補吏法)'이 있어 하급 관리를 시험하여 관리로 임명하는 제도를 마련하였다. 그 가운데 외국어를 시험하여 역관에 임명하는 시험 방법에서 몽고어를 학습한 '습몽어자(習蒙語者)'의 경우 "能譯文字能寫字樣、兼偉兀字、爲第一科。只能書寫偉兀文字、兼通蒙語者、爲第二科。 ─ 능히 문자를 읽을 줄 알고 자양을 쓸 줄 알며 겸하여 위구르자를 읽고 쓰면 제1과를 삼는다. 오로지 위구르자만 서사(書寫)할 줄 알고 겸하여 몽고어에 통하면 제2과를 삼는다. ─"이라 하여 '자양(字樣)'과 '위구르자(偉兀字)'를 모두 능히 쓸 수 있는 자를 제1과로 하였는데 이때의 '자양(字樣)'은 파스파 문자를 말하는 것으로 본다.

아마도 조선(朝鮮)시대는 이미 명(明)의 눈치를 보아서 몽고신자(蒙古新字), 국자(國字), 파스파자(八思巴字) 등의 호칭이 어려웠기 때문에 '자양(字樣)', 즉 "글자 모양"이란 애매한 호칭으로 파스파 문자를 불렀던 것으로 볼 수 있다. 그리고 이 기사는 벌써 이때에 조선에서는 몽고 위구르 문자(畏兀字)만 알고 파스파자를 알지 못하는 몽고어 역관도 많았음을 아울러 알려준다.[38]

---

38) 이에 대하여는 졸저(1990)를 참고할 것. 졸저(1990)는 조선시대의 譯科에 대한 종합적 연구로 司譯院의 외국어 교육과 譯官들의 각종 시험, 특히 雜科의 하나로 치러진 譯科에 대하여 오늘날 남아 있는 역과 試券을 통하여 고찰하였다.

　이렇게 만들어진 파스파 문자는 원(元) 세조(世祖), 즉 쿠빌라이 칸에 의하여 지원(至元) 6년(1269)에 황제의 조령으로 반포한다. 즉 『원사(元史)』(권6) 「세조기(世祖紀)」에 "至元六年二月己丑、詔以新製蒙古字、頒行天下。 — 지원 6년 2월 기축(己丑)일에 새로 만든 몽고자를 반포하여 천하에 사용하도록 조칙(詔勅)을 내리다. —"라는 기사가 있어 지원 6년 (1269) 2월에 몽고신자, 즉 파스파자를 만들어 반포하였음을 알 수 있다. 이 문자는 티베트 문자를 모태로 하고 범자(梵字 — 산스크리트문자)와 같이 표음적인 문자로 만들어진 것이다.

　앞에서 파스파자가 제정자인 팍스파(八思巴) 라마의 고향 티베트 문자에 근거하여 문자를 제정한 것이라고 하였다. 그러면 티베트 문자는 어떤 문자인가? 이에 대하여 간략하게 살펴보기로 한다.

4.3 파스파자와 티베트 문자

　티베트 문자는 토번(吐蕃) 왕조의 송찬 감포(Srong-btsan sgam-po) 대왕 (大王) 시대에 대신(大臣)이었던 톤미 삼보다(Thon-mi Sam- bho-ṭa)를 인도에 파견하여 고대인도의 음성학을 배우고 그에 의거하여 티베트어를 표기하기 위하여 만든 표음문자로 알려졌다. 중국 측 자료인 『구당서(舊唐書)』「토번전(吐蕃傳)」에 의하면 티베트에는 "문자는 없고 나무를 조각하거나 끈을 묶어서 약속을 한다"고 하였으며 처음으로 당(唐)을 방문한 토번왕조의 재상(宰相)인 갈 퉁 찬(mGar-stong-rtsan)이 "문자를 알지 못하지만…" 이라고 한 것으로 보아 토번왕조의 초기에는 문자가 없었던 것을 알 수

있다. 다만 전술한 송찬 감포(Srong- btsan sgam-po)왕이 죽은 지 6년째인
서기 655년에는 분명히 티베트어를 기록하는 문자가 있었다는 기록이
돈황(敦煌) 출토의 티베트 문헌에서 확인할 수 있다.[39]

그러나 티베트 문자를 만든 사람이 상술한 톤미 삼보다(Thon-mi Sam-
bho-ṭa)라는 주장은 아직 확인되지 않았다. 그는 문자만이 아니라 인도
파니니(Pānini)의 문법서인『팔장(八章, Aṣṭādhyāyi)』을 본 따서 티베트어
문법서『三十頌(Sum-cu-pa)』와『性入法(rTags-kyi 'jug-pa)』을 편찬한 것으
로 알려진 인물이다(山口瑞鳳:1976).[40] 그러나 그가 송찬 감포 왕 시대의
대신이라는 것 이외에 어떤 것도 사적(史籍)에서 확인할 수가 없다.[41]
그의 행적을 비교적 자세하게 보여준 사서는『푸톤의 불교사(佛教史)』와
『후란 데브테루』라고 할 수 있다. 이 두 책이 모두 톤미 삼보다를 역경
사(譯經師)로 기술하고 있으나 그를 문자의 창시자(創始者)로는 보지 않
았다.

다만『푸톤의 불교사』(SRD:118)에서는 티베트 문자의 성립에 대하여
별도의 항목에서 [외국으로부터의 문서 이외에는] 티베트에 문자가 없었

---

39) 敦煌(돈황) 출토의 티베트어 문헌의 연구가 진전되어 티베트에서 문자의 성립에
대한 보다 더 정확한 연구가 가능하게 되었다. 돈황 출토의 문헌 가운데 티베트
王家(왕가)의『年代記(연대기)』에서 송찬 감포王(왕)의 사적을 나열한 곳에 "티
베트에는 옛날에 문자가 없었는데 이 왕 시대에 와서..."(DTH: 118)라는 기사가
있고 또 같은 敦煌(돈황) 출토의『編年期』의 655년 조에 "宰相 갈 통 첸(mGar
stong rtsan)이 갈 티에서 欽定大法의 문자를 쓴지 1년"(DTH:13)라는 기사가
있어서 655년에는 문자가 존재했던 것을 확인할 수 있다.
40) 톤미 삼보다의 문법은 파니니의『八章(팔장, Aṣṭādhyāyi)』에 맞추어『八論』으
로 되었지만『三十頌(Sum-cu-pa)』와『性入法(rTags-kyi 'jug-pa)』, 또는『添
性法』의 2권에 완결되어 전해진다. 내용은 파니니의『八章』과 같은 짧은 운문
으로 된 티베트어의 문법서다.
41) 전술한 敦煌 出土의 문헌에는 얼마간의 상세한 大臣이나 官吏의 목록이 있지만
어디에도 톤미 삼보다의 이름은 보이지 않는다.

기 때문에 톤미 아누이브(Thon-mi Anu'ibu)와 함께 16인을 인도에 문자 연수를 위하여 파견하였으며 이들은 판디타 헤리그 셍 게(Pandita lH'i rigs seng ge) 밑에서 인도 문법을 배워서 티베트어에 맞도록 자음 문자 30개, 모음 기호 4개를 정리하여 티베트 문자를 만들었다고 한다. 문자의 모습은 카시미르(Kashmīrī, Kashmir) 문자를 본떴고 라사르성(城)에서 수정한 다음 문자와 문법의 팔론(八論)을 만들었으며 왕은 4년간 이것을 배웠다고 한다.

카시미르 문자란 인도의 서북부 카수미르 지역의 언어인 카시미르 언어를 표기한 사라다(Śāradā, Sarada)[42] 문자를 말하는 것으로 8세기경에 당시 갠지스 강 중류 지역과 동인도, 서북 인도, 카시미르 지역에 보급되었던 쉬다마드리카(Siddhamātṛkā) 문자의 서부파(西部派)에서 만들어진

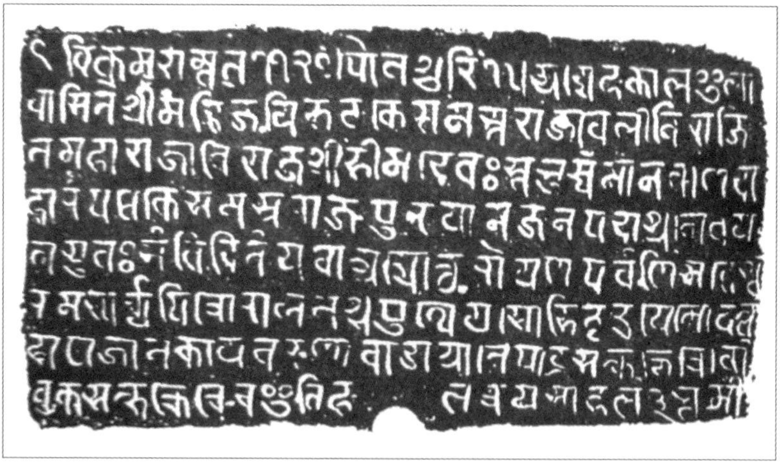

사진 4-7 사라다 문자 碑文(8세기)[43]

---

42) 사라다(Sarada)라는 명칭은 카시미르 지역의 守護 女神인 사라다 데뷔(Śāradā Devī)에서 온 것이다. '사라다'는 시바神의 부인 '파라웨디'를 말한다.

것이다. 카시미르의 카르코다카(Karkoṭaka) 왕조는 3세기에 걸쳐 이 지방을 지배하였고 이 세력에 의거하여 사라다 문자는 카시미르에서 펀자브, 서인도, 북인도에 퍼져나갔다.[44)

위의 기록에서는 톤미 아누이브(Thon-mi Anu'ibu)란 인물이 티베트 문자의 제정에 관련이 있음을 분명히 하였는데 그가 톤미 삼보다(Thon-mi Sam-bho-ta)라는 주장도 있다. 일부 서양학자들 사이에는 "톤미 아누이브(Thon mi Anu'ibu)"의 'Anu'ibu'가 티베트어로 "톤미 아누의 아들"이라고 보아 그의 아들 톤미 삼보다를 말하는 것으로 보기도 하였다.[45)

그러나 톤미 삼보다(Thon-mi Sam-bho-ta)는 9세기의 역경승(譯經僧)으로 실제 사서(史書)에 등장하는 인물이어서 위에 말한 톤미 아누이브(Thon mi Anu'ibu)와는 다른 시대의 인물이며 문자가 제정된 시기로 보는 송찬 감보 왕의 시대와도 거리가 있다. 따라서 톤미 삼보다는 티베트 문자의 제정과 관계가 있는 인물로 보기가 어렵다. 다만 그가 티베트에서 처음으로 구족계(具足戒)를[46) 받은 7인(Sad mi mi bdun) 가운데 한 사람을 제자로 데리고 있을 정도이어서 불가(佛家)의 역경승(譯經僧)으로 매우 유명한 인물이었기 때문에 9세기 이후 어느 시대에 톤미 아누이브가 톤미 삼보다로 바뀌었을 가능성이 높다(河野六郎・千野榮一・西田龍雄, 2001:595~596).[47)

---

43) Diringer(1948) Vol. 2, p.263의 것을 河野六郎・千野榮一・西田龍雄(2001: 483)에서 재인용.
44) 인도의 대표적인 문자 데바나가리(Devanagari script)와 티베트 문자가 字形을 달리 하는 것은 사라다 문자의 영향을 받았기 때문으로 생각한다.
45) "톤미 아누이브(Thon mi Anu'ibu)"의 '아누이브(Anu'ibu)'에서 '-i'가 티베트어에서 속격이므로 "아누의 아들(bu)"로 본 것이다.
46) '具足戒'란 불교에 歸依하여 僧伽에 들어가서 比丘가 될 때에 250戒를 受持할 것을 맹세하는 儀式을 말함.
47) 한국 내에서 톤미 삼보다(Thon-mi Sam-bho-ta)에 대하여 언급한 것은 김민수(1980)가 처음인 것으로 보인다. 이 책에서는 "7세기 초에 佛敎를 수입한 西藏

4.3.1 티베트문자는 인도 파니니의 문법과 음성 연구에 의거하여 제정된 것이므로 음절 초(onset) 자음은 30개의 문자로 표기되고 이들은 각기 발음 위치와 발음 방법에 따라 연구개 정지음, 경구개 마찰음, 치경 정지음, 양순 정지음, 경구개 파찰음, 유기음, 유음, 후음의 순서로 정리되었다. 이를 사진으로 보이면 다음과 같다.

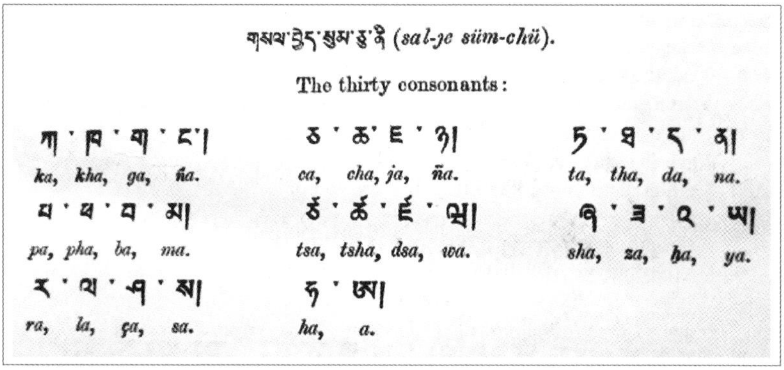

ষ্মন'ট্ট্ ষ্মর'র'র (sal-je süm-chü).

The thirty consonants :

ka, kha, ga, ña.　　ca, cha, ja, ña.　　ta, tha, da, na.

pa, pha, ba, ma.　　tsa, tsha, dsa, wa.　　sha, za, ḥa, ya.

ra, la, ça, sa.　　ha, a.

사진 4-8 티베트 문자의 30 자음

이를 로마자로 표시하면 다음과 같다.

발음위치 발음방법	西藏문자(로마자전사)	중국 聲韻學과의 對音	五音
연구개음	ka, kha, ga, nga	牙音의 全淸, 次淸. 全濁, 不淸不濁음에 해당	牙音
경구개음	ca, cha, ja, nya	齒音의 위와 같음	齒音
치 경 음	ta, tha, da, na	舌頭音의 위와 같음	舌音

에서는 곧 이어 톤미삼보다가 印度에서 파니니文法을 배우고 『西藏語 文法』을 저술하였다. 中國과 다른 점은 당시에 처음으로 西藏文字와 함께 西藏語文法을 제정하고 이로써 佛經을 번역하였다"(김민수, 1980:24)라고 하여 그가 티베트어 문법서를 편찬한 것으로 보았다. 티베트의 몇 역사서에서는 톤미 삼보다와 톤미 아누이브가 동일 인물로 보았다.

양 순 음	pa, pha, ba, ma	脣音의 위와 같음	脣音
파 찰 음	tsa, tsha, dza, wa	齒頭音의 위와 같음	齒音
마 찰 음	zha, za, 'a, ya	부분적으로 正齒音의 위와 같음	齒音
유 음	ra, la, sha, sa	半舌半齒의 不淸不濁	半舌半齒
후 음	ha, a	喉音의 次淸, 불청불탁에 해당	喉音

표 4-1 티베트 문자의 聲韻學的 對音

　이러한 문자의 제정은 파니니 문법으로 대표되는 고대 인도 음성학의 영향을 받은 것으로 파스파 문자의 제정에서도 '아설순치후(牙舌脣齒喉)'의 조음 위치와 전청(全淸), 차청(次淸), 전탁(全濁), 불청불탁(不淸不濁)의 조음 방식에 따라 자음 문자를 배치하는 방법에 따른 것이다(제2장 2.7 참조).

　티베트 문자는 기본적으로 음절(音節)문자이고 자체(字体)에 따라 유두체(有頭体, dbu can)와 무두체(無頭体, dbu med)로 나눈다. 여기서 '두(頭, dbu)'라는 것은 글자를 쓸 때에 글자의 맨 위에 수평으로 줄을 긋고 그에 따라서 글자를 쓰는 방법을 말하는 것으로 유두체(有頭体)는 한자의 해서(楷書), 즉 정자체에 가까운 명칭이고 무두체(無頭体)는 필기체, 초서체(草書体)에 가깝다.

　티베트 문자의 자체를 크게 유두체와 무두체로 나누는 것에는 아무런 문제가 없으나 시대별로 다양한 자체를 가졌었다. 10세기경에 많은 역경승(譯經僧) 겸 서예가(書藝家)가 나타나 다양한 자체(字体)를 선 보였지만 그 가운데 3대 역경승의 하나인 가와 베쯔에(Ska-ba dPal-brtses)의 서체를 모범으로 하여 그것을 체계화한 것이 유두체(dbu can)라고 한다. 옛날의 불교 경전의 역경(譯經) 판본은 거의 모두 이 서체로 쓰였으며 현대의 활자 인쇄도 이 서체가 일반적이다.

　그러나 티베트인들이 일상적으로 사용하는 서체는 무두체(dbu med)로서 사용 방법에 따라 초서('khyug yig) 4종, 즉 속자(速字, mgyogs), 쯔구 충 (tshugs chung), 국 티(rgyug bris), 최속자(最速字, 'khyug yig)로 나눈다. 티베 트인들이 무두체(dbu med)로 쓰인 것을 읽지 못한다는 것은 속설(俗說)로 서 대부분의 티베트인은 오늘날에도 무두체를 사용하고 있다. 다만 인 쇄되는 경우는 거의 없어서 영어 알파벳의 필기체와 매우 유사하다.

문자는 주로 자음자이고 모음은 자음자의 위나 아래에 붙는다. 이에 대하여는 제5장에서 다시 논의될 것이다.

4.3.2 티베트 문자의 정서법은 토번왕조의 초기에는 불안전하였다. 7세기 중엽부터 여러 차례 철자의 개정을 거쳐 오늘날과 같은 정서법(正 書法)으로 정비하게 되었다. 특히 불경을 티베트어로 번역하여 이를 간 행하면서 티베트 문자의 표기는 점차 정밀하게 되었다. 특히 티-송 데-첸(Khri-srong Ide-brtasan) 왕(재위 755~797 A.D.)의 치세(治世)에 다수의 현교 (顯敎)와 밀교(密敎)의 경전이 티베트어로 번역되어 간행되었으며 불경(佛 經)의 번역을 위하여 정서법이 정비되었다.

7세기 후반부터 9세기 초엽에 이르는 180년간 산스크리트어로 된 불 경을 티베트어로 번역하는 작업과 더불어 티베트 문자 정서법의 개정이 자주 있었으며 이때의 개정을 제1차 이정(釐定)이라고 할 수 있다. 9세기 초엽 토번왕조 제3대 왕인 랄 파첸(Ral-pa-can) 때에 번역의 전문가들이 당시 장(gTsang) 방언에 의거하여 정서법과 불교역어(佛敎譯語)의 개정을 시행하였다. 이것을 제2차 이정(釐定)이라고 부른다. 이때에 대부분의 불 경 번역 문체가 완정되어 금석문(金石文), 죽간(竹簡), 목독(木牘) 등에 기 록을 남겼다. 이때를 기준으로 하여 그 이전의 정서법을 '구정서법(brda rning-pa)'이라고 하고 그 이후의 것을 '신정서법(brda gsar-pa)'이라고 한다.

　제3차 이정(釐定)은 11세기 말 가리(mNgah-ris) 왕 이에세-오(Yeshes-hod) 시대에 대역경사(大譯經師) 린-첸-산포에 의하여 시작되어 300여 년에 걸쳐 수행되었다. 그간 160여 인의 역경사들에 의하여 불경의 번역과 교감이 이루어졌지만 이때의 티베트문자의 정서법 개정은 제2차에 비하여 그렇게 대단한 것이 아니었다. 다만 불교 부흥기에 불경의 번역이 성행하면서 자연적으로 언어의 변천에 맞추어 정서법도 변한 것이다.

　4.3.3 티베트 문자는 위와 같이 비교적 과학적으로 제정된 표음문자이기 때문에 서사(書寫)하기가 편리하여 7·8세기 이후 티베트어만이 아니라 티베트 문화권을 넘어 다른 문화권의 경계지역에서도 사용되었다. 티베트자치구, 청해성(靑海省), 사천성(四川省), 감숙성(甘肅省), 운남성(雲南省)은 오래전부터 이 문자를 사용하였고 네팔, 시킴, 부탄 등의 히말라야 산맥의 남록(南麓)에서도 사용되었다.

　이 문자로 기록된 언어도 티베트어, 남(Nam)어, 쟝중(Zhangzhung)어, 갸롱(Gyarong)어, 토스(Tosu)어 등이 있다. 13세기에 파스파 문자와 18세기의 레프차(Lepcha) 문자도 티베트문자를 개변한 것이라고 한다. 레프차 문자는 인도 시킴의 착도르 남기에(Phyag rdor rnam rgyal) 왕(재위 1704-1707)에 의하여 1720년에 제정되었다. 이곳 사람들은 스스로 롱(Rong) 민족이라 부르며 이 문자도 그들은 롱 문자(Rong script)라고 부른다. 모음을 함유한 음절문자의 형태를 취하며 티베트문자와 관련이 없는 문자도 없지 않다.

　갸롱어는 중국 사천성(四川省) 서북부의 갸롱지역에서 사용되며 200년 전부터 티베트문자를 빌려 이 언어를 기록하는 방법이 발달하여 청대(淸代)의 공문서에는 대부분 이 문자로 기록되었다. 현재에도 일부 원주민

들 사이에는 이 문자가 사용된다.

　장중어(Zhangzhung)의 티베트 문자 표기도 있는데 이것은 장중어로 된 폰교 경전의 서사(書寫)에만 사용되고 일반인은 쓰지 않는 문자다.

　4.3.4　티베트 문자의 기원은 아직 확실하지 않다. 니시다 다쯔오(西田龍雄, 1987)에 의하면 자형(字形)의 유사성으로 보아 서기 5, 6세기 경 인도 북방에서 널리 사용되던 굽타(Gupta)문자 계통이 아닌가 추측하고 있고 티베트의 역사서 *rGyal rabs gsal ba'i me long*에서는 고대 인도의 란챠(Lañtsha－神의 문자) 문자가 티베트 문자에서 유두체(有頭體, dbu can)의 원형이라고 하고 우르두(Urudu) 문자가 무두체(無頭體, dbu med)의 원형이라고도 하나 이에 반대하는 학설도 적지 않다(河野六郎·千野榮一·西田龍雄, 2001:599~600). 이 세 문자를 사진으로 보이면 [4-9-1], [4-9-2], [4-9-3]과 같다.

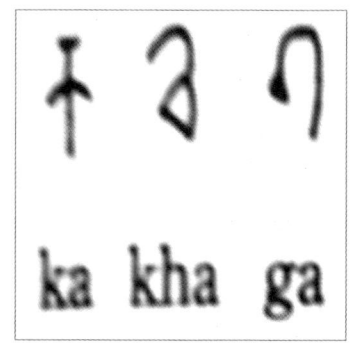

사진 4-9-1　굽타문자

　그 가운데 하나가 Bühler(1980)로써 란차 문자와 우르두 문자가 11세기에 성립되었다고 보기 어려우므로 티베트 문자가 이로부터 왔다고 볼 수 없다는 것이다. 그리고 Narkyid(1983)에서는 유두체에서 무두체로 옮아갔다고 보는 것이 자연스럽다고 하여 유두체와 무두체의 자형이 서로 다른 기원을 가진 것에 대하여 비판적이었다. 더욱이 굽타문자와도 얼마간 서로 다른 자형이 있어 두 문자가 반드시 같은 기원이라고 보기 어렵다고 하였다.

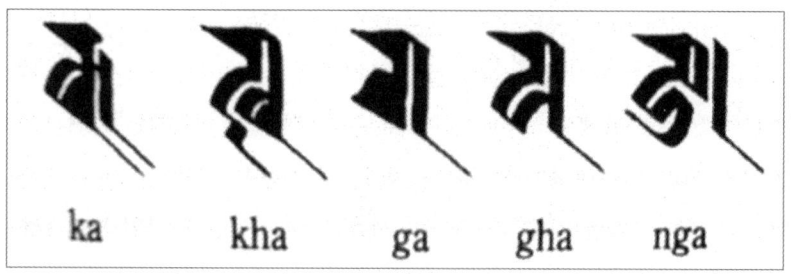

사진 4-9-2 란차문자

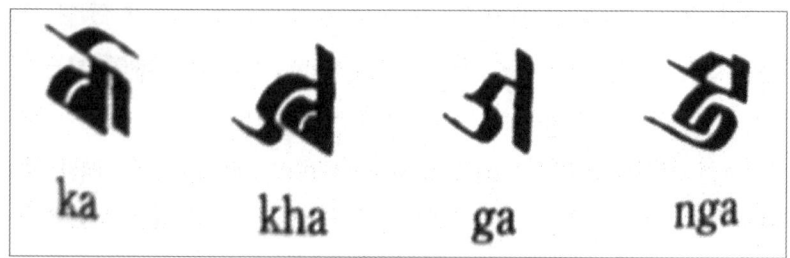

사진 4-9-3 우르두 문자(牙音)[48]

돈황(敦煌) 문헌에 보이는 유두체와 무두체의 자료를 보면 이 두 서체(書體)가 티베트 문자에서 확립된 것을 11세기 경이라 보아야 하며 그렇다면 란차 문자나 우르두 문자와의 관계는 인정하기 어렵다. 그러나 유두체와 무두체가 서로 다른 원형으로부터의 발달이라고 보는 것은 두 서체의 자형이 근본적으로 다르므로 어느 정도 타당성이 있다고 본다(河野六郎・千野榮一・西田龍雄, 2001:600).

4.3.5 이상 살펴본 여러 문자와 파스파 문자와의 관련에 대하여 먼저 이 문자들의 자형을 비교하면 다음과 같다.

---

48) 河野六郎・千野榮一・西田龍雄(2001:597)에서 재인용.

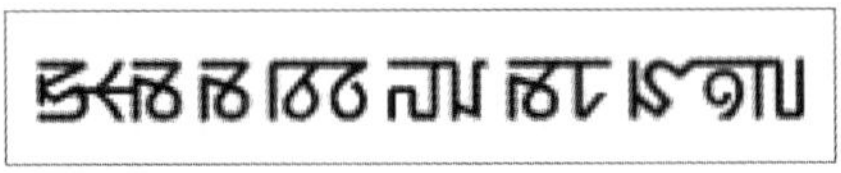

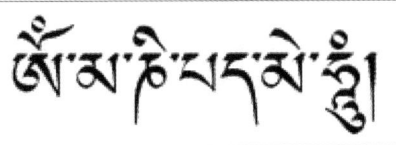

사진 4-10-1 파스파 문자(橫書)

사진 4-10-2 위구르문자(橫書)

사진 4-10-3 거란문자(소자, 橫書)

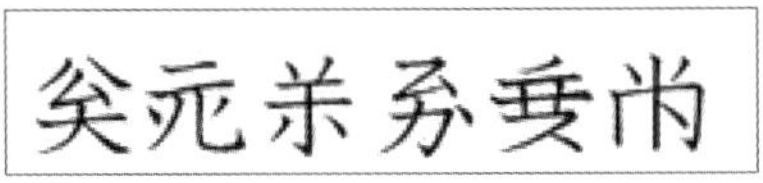

사진 4-10-4 여진문자(소자)

사진 4-10-5 한자

사진 4-10-6 티베트(西藏) 문자[49]

사진 [4-10-1]의 파스파 문자는 타타퉁아(塔塔統阿)의 몽고 위구르문자 ([사진 4-10-2])와는 물론 한자([사진 4-10-5])나 이를 변형시킨 여진문자 [사진 4-10-4]와도 다르며 오로지 [사진 4-10-6]의 티베트 문자와 유사함을 알 수 있다. 따라서 파스파 문자는 티베트 문자를 모형으로 하여 만든 문자 임을 다시 확인할 수 있다.

---

49) 이 문자들은 거란문자를 빼고 모두 '옴마니받메옴'을 기록한 것이다. 티베트 문자 와 한자, 여진자를 제외하고는 편집상의 이유로 모두 옆으로 뉘었다. 독자의 혼 란이 없기를 바란다.

4.4 파스파 문자의 제정 시기

파스파 문자의 완성 시기는 현재의 여러 기사를 종합하여도 정확하게 알 수 없다. 다만 羅常培·蔡美彪(1959:9)에서 주장한 것처럼 지원(至元) 6년(1269)보다 조금 전의 일일 것이다. 문자가 완성돼서 반포에 이르기 전에 이를 시험한 흔적이 있다. 羅常培·蔡美彪(1959:9)에 의하면 베이징(北京)대학 문과연구소(文科研究所)에 소장된 '경조로중양만수궁비(京兆路重陽萬壽宮碑)'의 탁본 가운데 파스파자(字)로 몽고어를 기록하고 이를 한문으로 번역한 쿠빌라이 칸의 성지(聖旨)가 있으며 그 하나가 지원(至元) 5년(1268) 12월에 작성된 것이라고 한다. 이것이 사실이라면 파스파자는 이때에 완성되어 그 이듬해(1269)에 반포된 것으로 볼 수 있다.

Bonaparte(1895)에는[50] 북경(北京)의 관문인 거용관(居庸關)에 6개 언어로 쓴 암석으로 된 현판(懸板)을 소개하고 그에 대한 사진을 부재하였

사진 4-11 居庸關 懸板의 탁본

---

50) 이 책은 양장 特大版으로 되었다. 京都大學 문학부 도서실 소장본을 이용하였다.

다. 여기에는 한문(漢文), 서하문(西夏文), 위구르어문(維爾兒語文), 토번어
문(吐蕃語文), 몽고위구르문(蒙古畏兀文), 몽고 파스파문(八思巴文)이 각기
그 문자로 기록되었다. 이를 이 책의 도판으로부터 옮겨 보면 [사진 4-
11]과 같다.

4.5 파스파 문자 제정의 목적

원(元) 세조(世祖)가 파스파 문자를 반포(頒布)하면서 내린 조령(詔令)은
이 문자 제정에 관한 기본 정신이 잘 표현되었다. 즉『원사(元史)』(권202)
「전(傳)」89 '석로 팍스파(釋老八思巴)'조에

中統元年、世祖卽位、尊他爲國師、授給玉印。令他製作蒙古新文
字、文字造成後進上。這種文字祗有一千多個字、韻母共四十一個、
和相關聲母造成字的、有韻關法; 用兩個、三個、四個韻母合成字的、
有語韻法; 要點是以諧音爲宗旨。至元六年、下詔頒行天下。詔令說:
"朕認爲用字來書寫語言、用語言來記錄事情、這是從古到今都采用的
辦法。我們的國家在北方創業、民俗崇尙簡單古樸、沒來得及制定文
字、凡使用文字的地方、都沿用漢字楷書及畏兀文字、以表達本朝的
語言。查考遼朝、金朝以及遠方各國、照例各有文字、如今以文敎治
國逐漸興起、但書寫文字缺乏、作爲一個朝代的制度來看、實在是沒
有完備。所以特地命令國師八思巴創制蒙古新字、譯寫一切文字、希
望能語句通順地表達淸楚事物而已。從今以後、凡是頒發詔令文書、
都用蒙古新字、幷附以各國自己的文字。" 於是升八思巴的號爲大寶法
王 又賜給玉印。 -중통(中統) 원년(1260)에 세조가 즉위하여 그를 존중하
여 국사(國師)를 삼고 옥인(玉印)을 주었다. 그에게 몽고어의 새로운 문자를

제작하도록 명령하니 문자를 만들어 바쳤다. 이 문자는 모두 1천여 개의 글
자가 있는데 운모(韻母)는 모두 41개이고 성모(聲母)에 관련하여 만든 것으
로 운(韻)과 관련하여 두 개, 세 개, 네 개의 운모를 합성하여 글자를 만들었
으며 어운(語韻)의 법칙으로 어울리는 발음을 으뜸으로 삼은 것이 요점이다.
지원(至元) 6년(1269)에 반포하여 천하에 사용하라는 조칙(詔勅)을 내리다.
조칙의 명령은 "짐은 오로지 글자로써 말을 쓰고 말로써 사물을 기록하는
것이 고금의 공통 제도라고 본다. 우리들이 북방에서 국가를 창업하여 속되
고 간단한 옛 그대로의 것을 숭상하고 문자를 제정하는 데 게을러서 [지금
에] 쓰이는 문자는 모두 한자의 해서(楷書)나 위구르 문자를 사용하여 이 나
라의 말을 표시하였다. 요(遼) 나라와 금(金) 나라, 그리고 먼 곳의 여러 나
라들의 예를 비추어 보면 각기 문자가 있으나 우리가 지금처럼 문교로 나라
를 다스려 점차 흥기하였는데 다만 서사할 문자가 없으니 한 왕조의 역대
제도를 만든 것을 보면 실제로 [이것이 없이는] 완비되었다고 할 수 없다.
그러므로 국사 파스파에게 몽고신자를 창제하라고 특명을 내려서 모든 문자
를 번역하여 기록하라고 하였다. 그리하여 능히 언어가 순조롭게 통하고 각
지의 사물이 바르게 전달되기를 바랄 뿐이다. 이제부터 대저 조령(詔令) 문
서의 반포와 발행은 모두 몽고신자를 쓸 것이며 각국의 자기 문자는 함께
붙이게 하다"라고 하였다. 이어서 팍스파를 올려 대보법왕(大寶法王)이라
하고 또 옥인(玉印)을 내려 주었다.

라는 기사(記事)는 원(元) 세조(世祖)의 신문자 제정에 대한 저간(這間)의
사정을 말해 준다.[51]

이 조령(詔令)은 파스파 문자를 공포하는 원(元) 세조(世祖)의 기본 정
신을 잘 나타내었다. 한자(漢字)와 몽고 위구르자(蒙古畏兀字)를 쓰고 있
는 당시 원(元) 제국(帝國)으로서는 두 문자가 몽고어를 기록하거나 제국
의 여러 언어를 표기하기가 모두 불편하기 때문에 다음 세대를 위하여

---

51) 『元史』는 漢文吏牘体, 즉 漢吏文体로 쓰였기 때문에 중국어 번역문을 참고하
여 해독하였다. 漢文吏牘体나 漢吏文에 대하여는 졸고(2006a)을 참고할 것.

제국에 통용하는 코이네의[52] 문자로서 파스파 문자를 만든 것임을 알
수 있다. 이러한 파스파 문자의 제정에 관련된 기본 정신은 훈민정음 창
제의 취지와 일맥상통한다.[53]

4.5.1 Poppe(1957/2~3)에서 파스파 문자의 제정 이유에 대하여
Pozdněev(1895~1908)가 주장한 2가지 이유와 Vladimirtsov(1932)가 주장
한 1가지 이유, 도합 3가지를 들었다.[54] 첫째는 몽고 위구르자(畏兀字)가
몽골어를 표기하기에 적당하지 않아서 좀 더 정확하게 몽골어를 기록하
기 위함이라는 것이다. 이것은 쿠빌라이 칸의 파스파 문자를 반포하는
조령에서도 "凡使用文字的地方、都沿用漢字楷書及畏兀文字、以
表達本朝的語言 — [지금에] 쓰이는 문자는 모두 한자의 해서(楷書)나 위
구르 문자를 사용하여 이 나라의 말을 표시하였다 — "라 하여 한자와 몽
고 위구르 문자가 몽골어의 표기에 적합하지 않음을 강조하였다.

---

52) 코이네는 알렉산더 대왕이 지중해 연안의 모든 나라를 정복하고 대제국을 건설한
다음 이를 통치하기 위하여 희랍의 아티카 방언을 기본으로 한 제국의 통용어로
만든 인공언어다. 코이네(κοινη, Koinē)는 고대 희랍어로 공통어라는 뜻이며 언
어학에서는 大帝國의 공용어를 '코이네'라고 한다.
53) 훈민정음 창제의 기본 취지는 어제 서문의 첫 구절에 보이는 "國之語音 異乎中
國 與文字不相流通 — 나라 말의 발음이 중국과 달라서 문자가 서로 통하지 않
다 — "라고 할 것이다. 같은 한자인데 그 발음이 달라서 중국인과 서로 통하지 않
는다는 이 구절에서 분명하게 한자의 발음 표기를 위한 글자의 필요성을 지적하
였다. 이 구절은 다음 구절인 "故愚民有所欲言 而終不得伸其情者多矣 — 그러
므로 어리석은 백성들이 말하고자 하는 것이 있어도 종내 그 뜻을 펴 보지 못하
는 것이 많다 — "와는 문맥이 맞지 않는다. 졸고(2006b)에서는 이 첫 행 다음의
몇 행이 생략된 것으로 보았다.
54) 포페 교수는 이에 대하여 Pozdněev, Лекцiи по исторiи монгольской л
итеатуры, читанныя... въ 1895/96 акдемическомъ году, St.
Petersburg, 1906, p. 172.와 Vladimirtsov, Монгольские литературные
языки, p. 8. Id., Монгольский междунаодный алфавит XIII ве
ка, p. 32에서 인용하였음을 밝혔다.

실제로 위구르자(畏兀字)의 표기에 대한 주의가 있어서 이미 몽고 제
국(帝國)의 초기에 그에 대한 불만이 높았음을 알 수 있다. 즉 몽고의 뭉
케(Mönke, 蒙哥)가 즉위하기 전까지[55] 『대학연의(大學衍義)』 등의 유교 경
전을 몽골어로 번역하는 문제에 대하여 위구르자의 표기법에 대한 연구
를 실시하였고 '국사(國史)'를 편찬하라는 칙령(勅令)에서도 이 문자의 표
기에 대한 문제를 지적하였다.

둘째는 중국 한자음을 전사(轉寫)하기 위하여 파스파 문자를 제정하였
다는 것이다. 이것은 쿠빌라이 칸의 조령(詔令) 가운데 "所以特地命令
國師八思巴創制蒙古新字 譯寫一切文字、希望能語句通順地表達
清楚事物而已 – 그러므로 국사(國師) 파스파에게 몽고신자를 창제하라
고 특명을 내려서 모든 문자를 역사(譯寫), 즉 번자(飜字)하여 기록하라고
하였다. 그리하여 능히 언어가 순조롭게 통하고 각지의 사물이 바르게
전달되기를 바랄 뿐이다 –" 라는 구절과 관련이 있는데 여기서 역사(譯
寫, transcription)란 말의 의미는 발음 기록하는 것이므로 한자를 포함한
모든 문자의 발음을 전사하기 위하여 파스파 문자를 제정한 것임을 강
조한 것이다.

특히 파스파 41자를 『광운(廣韻)』 36자모에 맞추어 제정한 것은 다음
에 상론(詳論)하겠지만 이 문자가 한자의 학습을 위하여 그 발음의 표기
를 위한 것임을 분명하게 한다. 한자의 정확한 표음을 위하여 사용하기
에는 몽고 위구르 문자는 매우 부적절하며 비록 그것이 표음문자이기는

---

55) 뭉케(蒙哥)는 징키스 칸(成吉思汗)의 삼남인 톨루이의 장남으로 바투의 지원을
받아 大汗에 등극하였으며 元 憲宗이 된 인물이다. 그는 초기 몽고 제국의 기틀
을 쌓았다고 한다. 뭉케는 南宋의 淳祐 11년(1251)에 즉위하였고 開慶 元年
(1259)에 逝去하여 동생 쿠빌라이(忽必烈) 칸, 즉 元 世祖에게 皇位를 물려주
었다.

하지만 구절 단위의 표기를 위한 문자여서 한자의 각개 음절을 표음하
기에는 맞지 않았기 때문이다.

셋째는 Vladimirtsov(1929)의 의견으로 쿠빌라이 칸이 제국의 모든 언
어를 기록할 수 있는 문자를 갈망했기 때문이라는 것이다. 이것은 상술
(上述)한 쿠빌라이 칸의 조령(詔令)에서 "查考遼朝金朝以及遠方各國、
照例各有文字。—요(遼)나라와 금(金)나라, 그리고 먼 곳의 여러 나라
들의 예를 비추어 보면 각기 문자가 있으나—"라 하여 이미 遼(요)와 金
(금), 그리고 다른 먼 나라에서 자국의 문자를 독자적으로 제정하여 사용
하고 있음을 지적한 것이다.[56] 뿐만 아니라 한자로 몽고어를 기록하는
것도 적절하지 않음을 알고 있었던 것이다.

4.5.2 파스파자(字)가 몽고 연구자들에게 흥미를 갖게 하는 것은 그
문자나 정서법 때문만이 아니라 파스파자(字)로 쓰인 몽고어가 몽고 문
어(文語)와 매우 다르다는 사실이다.

쿠빌라이 칸 치하의 1269년에 공포된 파스파자는 몽고제국의 문자로
원대(元代) 전반에 걸쳐 사용되었으며 이 문자는 원대(元代) 몽고인들의
언어를 표기하기 위한 것만이 아니라 원(元) 제국(帝國)의 모든 구성원들
이 사용하는 문자로 제정된 것이라는 점이다. Vladimirtsov(1931, 1932)에

---

56) 파스파 문자를 만들 당시 元의 주변 국가에는 독자적인 문자를 갖고 있는 민족이
많았다. 우선 티베트(西藏)에서는 7세기경에 梵語로 된 佛經을 번역하기 위하
여 표음문자인 西藏文字를 발명하였고 遼의 太祖 耶律阿保機는 한자를 변형
시켜 契丹語를 기록한 契丹大字(920년에 반포)와 왕자 迭剌이 위구르 문자를
모방하여 표음적인 契丹小字를 만들어 사용하였다(淸格爾泰 외 4인:1985). 또
金에서도 太祖 阿骨打가 完顔希尹으로 하여금 契丹小字에 의거한 女眞大字
를 만들어 天輔 3년(1119)에 공포하였다. 그 후에 熙宗이 역시 完顔希尹으로
하여금 표음적인 女眞小字를 만들게 하여 天眷 元年(1138)에 반포하여 사용하
였다(김완진 외 2인:1997/125). 이에 대해서는 앞의 §4.1을 참고.

서는 이 파스파자를 국제적인 문자로 규정하였다.

  지금까지의 연구에서 파스파자는 쿠빌라이 칸 치하에서만 사용되었고 그가 죽은 후 곧 사라졌다고 보거나 오로지 몽고어와 티베트어의 표기에만 사용되었다고 보는 경우가 많았다. 특히 아벨 레무자(Abel- Rémusat)는 오직 동전(銅錢)의 명문(銘文)으로 사용하였다고 주장하였다. 그러나 이러한 생각은 잘못된 것으로 파스파자(字)는 원(元) 제국(帝國)의 모든 민족의 언어를 기록하려는 것이었다. 블라지미르쵸프(Vladimirtsov)는 파스파자가 중국에서 한족(漢族)이 아닌 몽골족 자신들의 제국임을 나타내는 예로서 이 문자를 제정한 것으로 보았으며 몽고어만이 아니라 제국의 모든 언어, 즉 원(元)의 다섯 색목인(色目人, 몽고어 *tabun önggetü*)의 다민족(多民族) 언어를 모두 표기하기 위한 것으로 보았다(Vladimirtsov, 1931:8, 또는 Vladimirtsov, 1932: 32).

  그러나 직접적인 신문자 제정의 동기는 몽고 위구르자(畏兀字)가 한자의 발음을 전사하기가 적합하지 않았기 때문이다. 전술한 바와 같이 뭉케(蒙哥)가 1251년에 즉위하기 전에 중국인 학자 조벽(趙璧)이[57] 몽고어를 배워서 『대학연의(大學衍義)』를 몽고어로 번역하였고 이것으로부터 중국 고전을 번역하며 원(元) 제국(帝國)의 역사를 편찬하기 위한 준비위원이 결성되는 계기가 되었다. Pozdneyev(1906:166)에서는 위와 같은 작업으로부터 몽고위구르자(蒙古畏兀字)의 불편함이 인정되어 새로운 문자 제정의 동기가 되었다고 주장하였다.[58]

---

57) '趙璧'은 元 憲宗 때 懷仁 지방의 사람으로 字는 寶仁, 謚號는 忠亮이다. 中統 연간(1260~1263)에 平章政事에 올랐다(『元史』권 159).

58) 이에 대하여 Poppe(1957:2)에서도 "Pozdneyev expressed the opinion that the preparation of these translations would inevitably have come up against great difficulties by virtue of the unsuitability of the Uigur script to

필자는 졸고(2008a,b)에서 조선시대 훈민정음의 제정과 마찬가지로 몽고인의 한어(漢語)교육에서 가장 문제가 되는 한자의 발음의 학습을 위하여 파스파자(字)가 제정된 것임을 주장하였다. 한족(漢族)이 아닌 다른 민족이 표준 한어(漢語)를 학습할 때에 가장 문제가 되는 것은 한자의 발음이다. 중국어를 하는 한족(漢族)들은 뜻을 알면 그에 해당하는 발음이 따라 오지만 외국인이 한어(漢語)를 학습할 때에는 이를 기록한 한자의 발음을 별도로 배워야 한다.

또 한어 학습에서 한자 교육은 여러 방언의 서로 다른 발음을 익혀야 한다. 주지하는 바와 같이 원대(元代)에도 서울인 대도(大都, 지금의 북경 지역)의 한아언어(漢兒言語)나 서북(西北) 방언의 통어(通語, 또는 凡通語), 오아(吳兒)의 개봉(開封) 방언음 등이 각기 서로 달라서 정확한 발음 하나하나를 발음 기호로 표기하지 않으면 효과적인 한어(漢語), 즉 중국어의 교육은 어렵게 된다. 몽고 제국에 관련되는 여러 민족의 언어를 기록하려는 것도 파스파자(字)를 제정한 중요한 동기가 되겠지만 필자는 몽고인들의 중국어 학습에서 한자의 여러 중국어 발음 표기를 위한 기호의 필요성이 보다 직접적인 파스파자의 제정 동기라고 생각한다.

이 문자는 전술한 바와 같이 팍스파(八思巴) 라마(喇嘛)가 적어도 지원(至元) 5년(1268)에는 이 문자를 완성하여 시험 삼아 사용하다가 세조(世祖) 쿠빌라이 칸의 인정을 받아 지원(至元) 6년(1269)에 원(元) 제국(帝國)의 공용 문자로 반포되었다.

---

transcribe Chinese characters. These circumstances, in Pozdneyev's opinion, would have given rise to the idea of creating a new script, more precise than the previous one"라고 하여 Pozdneyev의 생각이 위구르 문자가 한자 발음 전사에서 부정확하며 또 불편함을 들고 이런 조건에서 새 문자의 필요성이 대두되었다고 보았다.

4.6 파스파 문자의 사용과 전파

지원(至元) 6년(1269)에 반포된 파스파 문자는 '몽고신자(蒙古新字)', '몽
고자(蒙古字)', 그리고 '국자(國字)'로 불리면서 몽고(蒙古) 위구르자(畏兀字)
와 구별되었다. 이 문자를 백성이 사용하게 하기 위하여 이 문자의 교육
이 필요하였다. 이를 위하여 이 문자로 중국의 고전을 번역하거나 운서
(韻書) 등을 편찬하여 이 문자 교육의 교재로 삼게 하였다. 먼저 이 문자
의 교육에 대하여 살펴보기로 한다.

4.6.1 이 문자는 몽고 제국(帝國)의 문자로 인정되어 반포(頒布)된 같
은 해 7월에는 모든 지역에서 몽고자학(蒙古字學)의 학교가 설치되었다.
『원사(元史)』(권6)「세조기(世祖紀) 삼(三)」의 "至元六年七月。己巳、立
諸路蒙古字學。癸酉、立國子學。-지원 6년 7월 기사(己巳) 일에
각 로(路)에 몽고자학(蒙古字學)을 세우고 계유(癸酉) 일에 국자학(國子學)
을 세우다.-"이란 기사나 같은 『원사(元史)』「세조기(世祖紀) 사(四)」의
"至元七年夏四月壬午、設諸路蒙古字學教授。-지원(至元) 7년 여
름 4월 임오(壬午) 일에 제로(諸路)에 몽고자학을 설립하고 가르치다-"
이란 기사가 있어 원(元)의 조정(朝廷)이 모든 로(路, 우리의 道에 해당함)에
몽고자학의 학교를 설치하여 파스파자(字)를 교육하고 이를 이용하여 한
어(漢語)교육도 함께 이루어졌음을 말한다.

『원사(元史)』(권87)「백관지(百官志) 삼(三)」에 몽고 국자학(國子學)의 제
도에 대하여 "蒙古國子學; 秩正七品博士二員, 助教二員, 教授二員,
學正學錄各二員。掌教習諸生於隨朝百官怯薛台。蒙古漢兒官員

家, 選子弟俊秀者入學。 -몽고 국자학은 정7품 박사 두 사람, 조교 두 사람, 교수 두 사람, 학정(學正)·학록(學錄) 각 두 사람으로 구성되며 조정 백관과 시위(侍衛)들, 즉 겁설태(怯薛台)[59]에게 딸린 여러 생도들을 가르치는 것을 관장한다. 몽고인이나 한인 관원들의 집에서 준수한 자제들을 뽑아서 입학을 시킨다. -"라는 기사에 의하면 대체로 어떤 종류의 학교인지 이해하게 된다. 원(元) 제국(帝國)에 추종하는 세력에게 이 문자를 가르치고 이들을 과거시험으로 뽑아 관리에 임명함으로써 자연스런 지배층의 물갈이가 이루어지는 것이다.

『원전장(元典章)』(권31)「예부(禮部)」(卷四), '학교(學校) 몽고학(蒙古學)' 조에 지원(至元) 8년(1271) 정월(正月)에 발표된 성지(聖旨) 1통이 실려 있다. 이 성지의 내용은 바로 이 문자 제정의 목적을 보여주는데 중요 부분을 羅常培·蔡美彪(1959: 11)에서 인용하면 다음과 같다.

　　至元八年正月日, 皇帝聖旨, 間者采近代之制, 創爲國學, 已嘗頒告天下, 然學者尙少。 今復立條畵, 其令有司明諭四方, 庶幾多所興起, 以傳布永久。 故玆詔示, 想宜知悉:
一、京師設國子學敎授諸生、於隨朝百官怯薛歹[60]、蒙古漢兒官員、
　　選擇子孫弟姪俊秀者、入國子學。
一、諸王位下及蒙古千戶、所依在前設畏吾兒八合赤[61]、體例設立敎授
一、隨路所設敎授學、有願充生徒者、與免一身差役。 上路額設生員
　　三十人、下路二十五人。 仍委本路按察司兼提擧學校一同、選擇
　　生徒俊秀者充應。 據中選仍受官職外、隨路達魯花赤總管以下、

---

59) '怯薛台'는 몽고어 'kepüsel-tei'의 한자표기로 "황제의 侍衛 무사들"을 말한다.
60) 이 '歹'는 陳垣의 『元典章校補』에 의거한 것으로(羅常培·蔡美彪, 1959:11 주 4) 몽고어의 'kepüsel-tei(怯薛台)'의 '台'를 말한다. '怯薛台'에 대하여는 주60 참조.
61) 몽고어의 'Baghs'i를 말함. '博士'로도 번역하며 '師傅(사부)'의 뜻이다.

　　及運司諸役下官員子孫弟姪、堪讀書者並聽入學。隨處居住回
　　回、畏吾、河西人等願學者聽、不在額設之數。據學校房舍、令
　　所在官司給付。
一、通鑑節要事、就翰林院見設諸官並譯史譯作蒙古言語、用蒙古[字]
　　寫錄、遂旋頒降與國子學諸路教授。
一、符寶卽設好識蒙古學闍者赤[62]一員、驗合使寶。
一、省部臺諸印信、並所發鋪馬劄子、並用蒙古字。
一、省部臺院今蒙古子孫弟姪、作蒙古字闍者赤頭兒、凡有行移並用
　　蒙古字標寫本宗事目、卽今習學漢兒公事。其餘內外諸衙門、亦
　　令並用蒙古字人員、充闍者赤。
一、省部臺院凡有奏目用蒙古字寫。
一、隨朝見當直怯薛歹、闍者赤限一百日、須管習熱會蒙古字。
一、二三年後、習學生員選擇俊秀、出策題試問、觀其所對、精通者
　　爲中選、約量授以官職。
一、今後不得將蒙古字道作新字。

　이 『원전장(元典章)』의 문체(文體)는 일반 한문이나 중국어가 아니다.
당시 원(元)의 서울 대도(大都)에서 공용어로 사용하던 구어(口語)인 한아
언어(漢兒言語)를 바탕으로 하여 만들어진 문어(文語)로서 이로부터 중국
의 이문(吏文), 후일 한반도에서는 이를 한이문(漢吏文)이라고 부르게 되
는 또 하나의 한문 문체다(졸고, 2006). 羅常培・蔡美彪(1959)에서도 이
『원전장(元典章)』의 원문을 잘못 읽은 경우가 발견되는 것은 그런 독특
한 문체이기 때문이다.

　羅常培・蔡美彪(1959:12~13)에 의하면 이 글의 내용은 다음 셋으로
요약할 수 있다고 하며 이를 여기에 옮겨보면 다음과 같다.

　첫째, 각 로(路)에 몽고자학(蒙古字學)이란 학교를 설치하고 경사(京師)

---

62) 몽고어의 Bičik-či(書記)를 한자로 전사한 것임.

에 국자학(國子學)을 설치할 뿐만 아니라 제왕(諸王)들의 산하에 있는 천호(千戶)까지도 몽고자(蒙古字)를 교수하며 몽고 귀족 및 몽고와 한족(漢族)의 통치자 자제 중에 우수한 사람들을 입학시켜 몽고자를 학습하게 명령한다는 것이다.

『원사(元史)』(권87) 「백관지(百官志)」제3에 기재된 몽고 국자학(國子學)의 제도에는 "몽고 국자학은 정7품 박사 2원(員), 조교 2원, 학정(學正), 학록(學錄) 각 2원이 생도의 교습을 관장하고 조정의 백관과 겁설태(怯薛臺, 호위무사), 몽고와 한족의 관원 집의 자제(子弟) 가운데 우수한 자를 선발하여 입학시킨다."라고 하여 국자학(國子學)의 규모와 구성에 대한 규정을 소개하고 있다.

몽고 황제는 자신의 후계자에게도 몽고 국자(國字)를 교습하게 하였는데 전게한 『원전장』에 소개된 지원 8년에 내린 성지(聖旨)에 강보(襁褓)에 있는 황손(皇孫)과 보모(保姆)에게도 국자(國字)를 학습하게 하였다는 내용이 적혀있다. 또 몽고 황제는 당직의 겁설태(怯薛臺)와 피사에치(闍者赤 -서기)에게 100일을 한하여 반드시 몽고자를 습숙(習熟)하게 하였다는 것이다.

둘째, 황제는 몽고자를 학습하면 일신의 부역(賦役)을 면제하거나 실력에 의하여 관직(官職)을 주는 유인책으로 몽고자의 학습을 당시 지식인들에게 호소한 것이다. 심지어 한인(漢人)이나 남인(南人)의[63] 관원들 자손이나 제질(弟姪-동생들과 조카들)들도 국자학(國子學)에 입학하여 몽고자를 학습하게 하였다. 이는 몽고 국자(國字)를 보급하여 통치문자로써 널리 이용하게 하려는 것이다.

[63) 南人은 북방의 漢兒가 아닌 吳兒의 漢族을 말함.

셋째, 지원 8년(1271)의 성지에 적시된 바와 같이 성부대원(省部臺院)의 상주(上奏)문이나 관청의 문서, 중서성(中書省)의 부보(符寶), 성부대(省部臺)의 모든 인신(印信), 그리고 병마 조달의 차자(箚子) 등을 모두 반드시 몽고자로 쓰게 하였다. 즉 『원사(元史)』(권101) 「병지(兵志)」 제4 '참치(站赤)'조에

八年正月、中書省議：鋪馬箚子初用蒙古字、各處站赤未能盡識、宜繪畫馬匹數目、復以省印覆之、庶無疑惑。因命令後各處取給鋪馬標附文籍、其馬匹數、付譯史房書寫畢、就左右司用墨印、印給馬數目、省印印訖、別行附籍發行。墨印左右司封掌。 －8년(1271) 정월에 중서성에서 의논하기를 말을 나누어 주는 차자(箚子)에 처음에는 몽고자를 사용하였으나 각 처의 참치(站赤－驛吏를 말함)들이 이를 잘 알지 못하므로 마필의 수효를 그림으로 그려서 위에 중서성의 도장을 찍어 아무런 의혹이 없게 하였다. 명령을 내린 후에 각처에서 말을 나누어주는 표를 붙인 문적을 주고 그 마필의 수효를 말로 바꾸어 사방(史房)에서 쓴 다음에 좌우사(左右司)에서 먹을 쓴 도장, 묵인(墨印)으로 말의 수효에 따라 도장을 찍고 도장 치는 것이 끝난 다음에 따로 문서를 붙여 발행하였다. 묵인은 좌우사에서 봉하여 관장하였다.

라고 하여 각 역참의 마패(馬牌)와 말을 나누어주는 문서도 모두 몽고자로 쓰게 하였음을 알 수 있다. 그리하여 이 문자가 명실상부하게 통치문자의 역할을 하게 한 것이다.

전게한 나이지(羅以智)의 '발몽고자운(跋蒙古字韻)'에서도 "頒行諸路、皆立蒙古學。此書專爲國字漢文對音而作、在當時固屬通行本耳。－[이 문자를] 제 로(路)에 반포하여 사용하게 하고 모두 몽고 학교를 세웠다. 이 책 [『몽고자운』]은 [당시에] 오로지 국자(國字, 파스파 문자)로 한

자의 발음을 적기 위하여 만들어진 것으로 당시에 있어서는 널리 통행하는 책에 속하였다 — "라고 하여 파스파자가 원(元) 제국(帝國)의 제로(諸路)에 세운 몽고 학교에서 한자의 한어음(漢語音)을 학습하는 데 발음기호의 역할을 하였으며 이 문자로 『몽고운략(蒙古韻略)』이나 『몽고자운(蒙古字韻)』과 같은 발음 사전을 만들 때에 발음 기호로서 사용되었음을 알 수 있다.

지원(至元) 7년(1270) 10월에는 황제(皇帝)의 조상(祖上)을 제사(祭祀)하는 사원(寺院)에서 기도문(祈禱文)의 문자로 지정한다는 포고(布告)가 내려졌고[64] 이어서 지원(至元) 8년 12월에는 국자(國字) 사용을 늘리라는 포고령(布告令)을 내렸으며 지원(至元) 10년(1273) 정월(正月)에는 이후의 모든 명령서에 국자(國字)를 사용하라는 칙령(勅令)이 내려졌다.

그러나 이러한 노력에도 불구하고 중국인 관리의 자제들은 파스파 문자의 교육을 받지 않고 위구르(畏兀)문자를 사용하는 데 익숙하였다. 이에 대하여 화례곽손(和禮霍孫)의 상소가 있어 몽고자를 교육하는 학교를 설치하였으나 한족(漢族) 관리의 자제 가운데 배우지 않는 사람들이 있고 관청에서 보내오는 문서가 아직 위구르자(畏兀字)로 쓴 것이 있어서 이제부터 몽고자를 사용할 것으로 명하고 아울러 백관의 자제를 몽고자 학교에 입학시킬 것으로 명하였다고는 하지만[65] 신문자의 전파는 매우 더뎠다(Poppe, 1957:6). 드디어 지원 16년(1279)에는 중서성(中書省)이 관문(官文)이나 상소(上訴)에 위구르(畏兀)문자 사용을 금지시켰으나 이 명령

---

64) 이에 대하여는 『元史』(권7) 「世祖紀 四」에 "至元七年冬十月癸酉、宗廟祭祀祝文、書以國字。"라는 기사 참조.

65) 이에 대하여는 『元史』 「世祖紀 四」에 "至元九年七月壬午、和禮霍孫奏；蒙古字設國子學、而漢官子弟未有學者、及官府文移猶有畏吾字。詔自今凡詔令並以蒙古字行、仍遣百官子弟入學。"이란 기사 참조.

은 지켜지지 않았고 중서성(中書省)은 5년 후인 지원(至元) 21년(1284) 5월
에 다시 같은 명령을 내리게 된다.[66]

4.6.2 원대(元代)에 중국의 사서(史書)들도 몽고어로 번역되어 파스파
문자로 기록되었다. 예를 들면 『자치통감(資治通鑑)』은 몽고어로 번역되
어 파스파 문자와 몽고 위구르 문자로 간행되었다는 기사가 있다. 뿐만
아니라 『효경(孝經)』도 당시 한어언어(漢兒言語)로[67] 번역된 것을 다시
몽고어로 번역하여 파스파 문자로 기록한 「국자효경(國字孝經)」이 간행
되었다는 기사가 있다(Pauthier, 1862:21).[68]

졸저(2004)와 졸고(2006a)에 의하면 한아언어(漢兒言語)로 번역된 〈효경
(孝經)〉은 일명 『효경직해(孝經直解)』, 또는 『직해효경(直解孝經)』이라고도
불리던 것으로 원대(元代) 북정(北庭) 성재(成齋) 소운석해애(小雲石海涯, 自
號 酸齋, 一名 成齋)의 작(作)이다.[69] 일본에 전해지는 『효경직해(孝經直解)』
는 그 온전한 서명이 '신간전상성재효경직해(新刊全相成齋孝經直解)'이며
권미(卷尾)에는 '북정성재직설효경종(北庭成齋直說孝經終)'으로 되었고 서문
의 말미에 '소운석해애(小雲石海涯) 북정성재자서(北庭成齋自敍)'로 되었다.

---

66) 조선시대의 馬牌에 해당하는 牌字(몽고어 gerege)의 글도 至元 15년(1278) 7월
    에 황제의 칙령으로 위구르 문자로부터 파스파 문자로 바꾸도록 하였다. 그러나
    실제로 이것이 시행된 것은 몇 년 후의 일이다.
67) 漢兒言語는 元의 새로운 首都인 大都(지금의 北京 지역)의 통용어로 원래 이
    지역은 중국의 漢兒만이 아니라 많은 다른 소수민족이 어울려 살면서 서로의 의
    사소통을 위하여 자연적으로 만들어진 통용어다. 元代에는 이 언어가 서울인 大
    都의 통용어가 되었음으로 중원의 공용어의 역할을 하게 되었다. 보통 胡元漢語
    (몽고어투의 엉터리 한어)라고 불리는 漢兒言語는 麗末鮮初에 이 땅에서 별도
    로 학습해야 하는 중국어가 되었다. 이에 대하여는 拙稿(1999, 2006)를 참고할 것.
68) 『孝經』의 漢兒言語 번역과 그 간행에 대하여는 졸고(2006a)을 참고할 것.
69) 소운석해애(小雲石海涯)는 北庭이란 지명이 있는 것으로 보아 위구르인임을 알
    수 있음

따라서 이 한아언어본(漢兒言語本)〈효경(孝經)〉은 몽고어의 영향을 받은 한어(漢語)로 풀이된 것이며 몽고어로의 번역을 전제로 한 것이다. 이 『직해효경(直解孝經)』의 한어(漢語)가 얼마나 몽고어의 영향을 받은 것인지에 대하여는 졸고(2008)에 상세히 언급되었는데 이를 다음에 중요한 것만 옮겨보면 다음과 같다.

『성재효경(成齋孝經)』은 원대(元代) 북정(北庭)의 소운석해애(小雲石海涯)가 〈효경(孝經)〉을 노재(魯齋, 元의 許衡)가 〈대학(大學)〉을 당시 북경어로 직설(直說)한 것을 본따서 역시 당시 북경(北京)지역의 구어(口語)인 한아언어(漢兒言語)로 풀이한 것이다.[70] 이 책의 저자 소운석해애(小雲石海涯)는 『원사(元史)』(권143)에

　　小雲石海涯家世 見其祖阿里海涯傳 其父楚國忠惠公 名貫只哥 小雲石海涯 遂以貫爲氏 復以酸齋自號(중략) 初襲父官爲兩淮萬戶府達魯花赤(중략) 泰定元年五月八日卒 年三十九 贈集賢學士中奉大夫護軍 追封京兆郡公 諡文靖 有文集若干卷 直解孝經一卷 行于世－소운석 해애의 가세(家世)는 그 조부 아리해애(阿里海涯)의 전기를 보면 아버지가 초국(楚國)의 충혜공(忠惠公)으로 이름이 관지가(貫只哥)이었으며 그리하여 소운석(小雲石) 해애(海涯)는 '貫(관)'으로 성을 삼았다. 또 自號(자호)를 '酸齋(산재)'라 하였다. (중략) 처음에는 아버지의 관직을 세습하여 '양회 만호부 달로화치(兩淮萬戶府達魯花赤)'가 되었다. (중략) 태정(泰定) 원년(1324) 5월 8일에 돌아갔다. 나이가 39세 집현학사(集賢學士) 중봉대부(中奉大夫) 호군(護軍)을 증직(贈職)하였고 경조군공(京兆郡公)으로 추증되었다. 시호(諡號)는

---

70) 이에 대하여는 일본에 전해지는 『新刊全相成齋孝經直解』의 권두에 붙은 自敍에 "(전략) 嘗觀魯齋先生取世俗之□直說大學 至於耘夫竟子皆可以明之 世人□之以寶 士夫無有非之者於以見 云云(하략)"라는 기사를 참조할 것. □부분은 훼손되어 글자가 보이지 않는 부분임. 일본에 전해지는 〈孝經直解〉에 대하여는 太田辰夫・佐藤晴彦(1996) 참조.

　　문정(文靖)이며 문집 약간 권과 〈직해효경(直解孝經)〉 1권이 있어 세상에
　　유행하였다－

라고 하였다. 이 기사를 보면 소운석 해애(小雲石海涯, 1286~1324)가『직해
효경(直解孝經)』1권을 지어 세상에 유행시켰는데 그는 원래 위구르인으
로 한명(漢名)을 관운석(貫雲石)이라 하였으며 이것은 〈효경(孝經)〉을 당
시 북경어, 즉 한아언어(漢兒言語)로 알기 쉽게 풀이한 것임을 알 수 있
다. 그는 관산재(貫酸齋)란 이름으로 악부산곡(樂府散曲)의 작자로도 널리
알려졌다.

　　『직해효경』은 당시 매우 널리 읽혔던 책으로 전대흔(錢大昕)의『보원
사예문지(補元史藝文志)』(권1)와 김문조(金門詔)의 『보삼사예문지(補三史藝
文志)』에 "小雲石海涯直解孝經一卷"이란 기사가 보이며 예찬(倪燦)
의『보요금원예문지(補遼金元藝文志)』와 노문초(盧文弨)의『보요금원예문
지(補遼金元藝文志)』에 "小雲石海涯孝經直解一卷"이란 기사가 보인다.
명대(明代) 초굉(焦竑)의『국사경적기(國史經籍志)』(권2)에는 "成齋孝經説
一卷"으로 기재되었다(長澤規矩也:1933).

　　관운석(貫雲石)의『성재효경(成齋孝經)』은 그의 자서(自敍) 말미(末尾)에
"至大改元孟春旣望 宣武將軍 兩淮萬戸府達魯花赤 小雲石海涯 北
庭成齋自敍"라 하여 지대(至大) 원년(元年, 1308) 정월(正月) 15일에 완성
되었음을 알 수 있다. 그는 허형(許衡)의『노재대학(魯齋大學)』과 같이
〈효경(孝經)〉을 당시 한아언어(漢兒言語)로 풀이하여 직설(直說)한 것으로
필자가 소개한『원본노걸대(原本老乞大)』(이하 〈原老〉로 약칭)와『효경직해
(孝經直解)』(이하 〈孝解〉로 약칭)는 당시 북경어를 동일하게 반영한다.

　　〈효해(孝解)〉가 〈원로(原老)〉와 같이 한아언어(漢兒言語)의 문체를 갖고

있는 예를 〈효경(孝解)〉의 직해문에서 찾아보면 다음과 같다. 전문을 졸
고(2006a)에서 인용하였다.

『新刊全相成齋孝經直解』「孝治章 第八」
원 문: 治家者不敢失於臣妾 而況於妻子乎 故得人之懽心 以事其親
직해문: 官人<u>每</u> 各自家以下的人 不着落後了 休道媳婦孩兒 因這般<u>上
頭</u> 得一家人懽喜 奉侍父母<u>呵</u> 不枉了<u>有</u> <u>麼道</u>－관인들은 각기
자신의 아랫사람을 홀대하지 않는다. 아내나 아이들에게는 말할 것
도 없다. 이러한 차례로 일가 사람들의 기쁨을 얻어 부모님에게 시
중을 들면 굽힘이 없다고 말할 것이다. －

이 예문에서 밑줄 친 ①每와 ②上頭, ③呵, ④有, ⑤麼道는 모두
몽고어의 영향으로 한문에 삽입된 것이다. 이제 이들을 고찰하여 〈효해
(孝解)〉가 〈원로(原老)〉와 같이 당시 구어(口語)인 한아언어(漢兒言語)로
직해(直解)한 것임을 살펴보기로 한다.

① 每
이 직해문의 "官人每"에 보이는 '每'는 명사의 복수접미사로 후대에
는 '每 〉 們'의 변화를 보였다. 조선 중종(中宗)조 최세진(崔世珍)의 『노
박집람(老朴集覽)』에서는 〈원로(原老)〉에 '每'가 사용되었음을 알고 있었
고 이에 대하여 다음과 같이 언급하였다.

每 本音上聲 頻也 每年 每一箇 又平聲 等輩也 我每 咱每 俺每우리
恁每 你每너희 今俗喜用們字(單字解 1 앞)－每는 본음이 상성(上聲)이고
'빈번하다'이다. '每年－해마다', '每一箇－하나씩. 또는 평성(平聲)으로 읽
으면 등배(等輩, 같은 무리)'와 같은 의미를 나타낸다. 我每(우리들), 咱每(우

리들, 청자 포함), 俺每(우리들), 恁每(당신들), 你每(너희들) 등이다. 지금은 일
반적으로 '們'자를 즐겨 쓴다─"

이 해설에서는 '每'가 복수접미사임을 말하고 있고 〈노걸대〉의 신본(新
本), 즉 산개본(刪改本)에서는 이미 '每'가 '們'으로 바뀌었음을 증언하고
있다. 실제로 〈원로(原老)〉의 '每'는 『산개노걸대(刪改老乞大)』[71]와 『번역
노걸대(飜譯老乞大)』(이하 〈飜老〉로 약칭)에서는 '們'으로 교체되었다.

別人將咱每做甚麼人看(〈原老〉 2앞)
別人將咱們 做甚麼人看(〈飜老〉 上 5 뒤)

漢兒小厮每 哏頑(〈原老〉 2 앞)
漢兒小厮們 十分頑 漢兒(〈飜老〉 上 7 앞)

俺這馬每不曾飲水裏(〈原老〉 9 앞)
我這馬們不曾飲水裏(〈飜老〉 上 31 앞)

복수의 의미로 '們'이 사용되기 시작한 것은 송대(宋代)부터였으며 '㦟
(滿), 瞞, 門(們)' 등의 형태로 나타난다. 원대(元代)에 이르러서도 '們'이
부분적으로 사용되었으나 대부분은 '每'로 바뀌었다. 그러다가 명대(明代)
중엽부터 다시 '們'의 사용이 많아지기 시작하였다.
　이처럼 송·원·명대(宋·元·明代)에는 '們 〉 每 〉 們'의 형태로 반
복되는 과정을 거쳤으며 그 원인에 대해서는 정확히 밝혀지지 않고 있
다. 주목되는 것은 원대(元代)에 이르러 북방계 관화(官話)가 표준어로 되

───────────────

71) 고려 말에 편찬된 『原本老乞大』를 조선 성종 14년(1483) 경에 漢人 葛貴 등이
　　刪改한 것으로 〈飜老〉와 『老乞大諺解』의 저본이 되었다.

면서 '每'가 통용되었지만 남방계 관화(官話)에서는 여전히 '們'을 사용하
였으며 원대 이후에는 또한 북방계 관화에서조차 '每'가 점차 사라지게
되었다는 것이다(呂叔湘:1985/54). 따라서 〈효해(孝解)〉가 〈원로(原老)〉와
같이 이른 시기의 북방계 한아언어(漢兒言語)를 반영함을 알 수 있다.

② 상두(上頭)

직해문의 "因這般上頭"에 나오는 '상두(上頭)'는 후치사로서 이 시대
의 한아언어(漢兒言語)에서만 사용되고 후일에는 '上頭 〉 因此上(-까닭에)'
으로 바뀌었다. 『노박집람(老朴集覽)』에 "上頭 견츠로 今不用(累字解 2
앞)-'上頭'는 '까닭으로'라는 의미로 현재는 사용하지 않는다-"라는 주
석이나 "因此上 猶言上頭(累字解 2 뒤)-'因此上'은 '上頭'(까닭으로)와 같
은 의미이다-"라는 주석은 '上頭'와 '因此上'이 같은 의미였음을 말하
고 있다.

'因此上'은 원인을 나타내는 접속사의 형태이며 '上頭'는 '上'에 '頭'가
첨가된 형태로서 원인을 나타낸다. 모두 몽고어의 영향을 받은 후치사
의 형태로 분석된다. 『원조비사(元朝秘史)』의 대역문에는 '禿剌(tula)'로
대응되는데 이를 余志鴻(1992/6)에서 옮겨보면 다음과 같다.

注　音: 騰格裏因　札阿隣　札阿黑三　兀格　黍貼昆 禿剌
(『元朝秘史』 206-567)
對譯文: 天的　　　神告　　告了的　　言語　明白的 上頭
意譯文: 天告你的言語 明白的上頭(『元朝秘史』 206 앞013)

따라서 〈효해(孝解)〉의 자주 쓰인 '上頭'는 몽고어 '禿剌(tula)'에 대응
되어 삽입된 것이다. 이 예는 〈효해〉의 직해문을 몽고직역체(蒙文直譯体)

라고 보는 것을 이해하게 한다.

③ 呵

다음으로 직해문의 "奉侍父母呵"에 나오는 '呵'는 역시 후치사로서 몽고어에 이끌려 삽입된 것이다. 후대에는 '呵 〉時(-면)'로 변화되었는데 이에 대하여 『노박집람』에서는 "時 猶則也 古本用呵字 今本皆易用時字 或用便字(單字解 5 앞)－'時'는 '則'과 같다. 옛 책에서는 '呵'자를 사용하였는데 이번 책에서는 모두 '時'자로 바꾸거나 또는 '便'자를 사용하였다－"72)라고 하여 옛 책의 '呵'를 이번 책에서 '時'로 교체하였음을 밝히고 있어 〈원로(原老)〉에서는 '呵'이었음을 알 수 있다. 예를 〈원로(原老)〉에서 찾아보면 다음과 같다.

身已安樂呵 也到(몸이 편안하면 도착하리라. (〈原老〉 1 앞)
旣恁賣馬去呵 咱每恰好做伴當去(이제 네가 말을 팔러 간다면 우리들이 벗을 지어 가는 것이 좋다. (〈原老〉 3 앞)73)

---

72) 『老朴集覽』에는 '呵'에 대한 〈音義〉의 주석을 옮겨놓았다. 이를 인용하면 "音義云 原本內說的[呵]字不是常談 如今秀才和朝官是有說的 那箇[俺]字是山西人說的 [恁]字也是官話不是常談 都塗(弔)了改寫的 這們助語的[那][也][了][阿]等字 都輕輕兒微微的說 順帶過去了罷 若緊說了時不好聽 南方人是蠻子 山西人是豹子 北京人是態子 入聲的字音是都說的不同－〈音義〉에 의하면 原本에서 사용한 '呵'자는 일상용어가 아니라고 하였다. 현재는 秀才나 조정의 관리 중에 그 말을 사용하는 사람들이 있다. 그 '俺'자는 山西人이 사용하는 말이며 '恁'字 역시 官話로서 일상용어가 아니므로 모두 지워버리고 고쳐서 쓴 것이다. 어조사인 '那', '也', '了', '阿' 등의 글자들은 가볍게 발음하여 지나가야 하며 만일 발음을 분명히 할 경우 듣기가 좋지 않다. 南方人은 '蠻子', 山西人은 '豹子', 北京人은 '態子'라고 하는데 이들은 入聲字의 發音을 각기 다르게 한다－"라고 하였다.
73) 이들은 『飜老』에서는 모두 '呵 〉時'로 교체되었다.
   身已安樂時 也到(〈飜老〉 上 2 앞)
   你旣賣馬去時 咱們恰好做火伴去(〈飜老〉 上 8 앞)

'呵'는 어기조사(語氣助詞)로 분석될 수도 있겠으나 예문이 보여 주는 바와 같이 가정의 의미를 나타내는 후치사 형태로 보는 것이 더욱 타당할 것이다. 이것은 몽고어에서 그 흔적을 찾아 볼 수 있는데『원조비사(元朝秘史)』에 의하면 '阿速'(-[b]asu/esü)의 대역문(對譯文)으로 '呵'가 사용되었고 이 몽고어는 국어의 '-면'과 같이 가정의 의미를 나타내고 있으며 '[b]'는 모음 뒤에서만 사용된다(余志鴻, 1992:3).

④ 有

졸저(2004)에서 〈원로(原老)〉의 특징으로 몽고어의 시제(時制)와 문장종결을 나타내는 'a-(to be)', 'bayi-(to be)'를 '有'로 표기하였고 이것이 원대 한아언어의 영향임을 최세진은『노박집람』에서도 밝힌 바 있다고 하였다. 즉,『노박집람』에 '漢兒人有'의 설명에서 "元時語必於言終用有字、如語助而實非語助。今俗不用 − 원대의 언어에서는 반드시 말이 끝나는 곳에 '有'자를 사용하는데 어조사(語助辭)인 것 같으나 실은 어조사가 아니다. 지금은 세간에서 사용하지 않고 있다"(「老集」上 1앞)라고 하여 어조사처럼 사용되는 문장 종결어미의 '有'가 원대 언어에 있었으나 최세진 당시에는 더 이상 사용되지 않음을 말하고 있다.

몽고어의 동사(動詞) 'bui(is), bolai(is), bülüge(was)'와 모든 동사의 정동사형(all finite forms of the verbs)인 'a-(to be)', 'bayi-(to be)', 그리고 동사 'bol-(to become)'은 모두 계사(繫辭, copula)로 쓰였다.[74] 따라서 〈원로(原老)〉에 쓰인 문장종결의 '有'는 몽고어의 'bui, bolai, bülüge, a-, bayi-,

---

74) 이에 대하여는 Poppe(1954:157)의 "The Simple Copula' "The verbs *bui* "is," *bolai* "is," *bülüge* "was," and all finite forms of the verbs *a-*"to be," *bayi-* "to be," and *bol-* "to become" usually serve as copula."라는 설명을 참조.

bol-'가 문장의 끝에 쓰여 문장을 종결시키는 통사적 기능을 대신하는 것으로 몽고어의 영향을 받은 원대 북경어의 특징이라고 보았다(졸저: 2004/518~519).

〈효해(孝解)〉의 직해문에서 '有'가 사용된 용례가 많은데 그 가운데 몇 개를 추가하면 다음과 같다.

　㉠ 원문: 夫孝德之本也, 〈孝解〉「開宗明義章 제1」
　　직해문: 孝道的勾當是德行的根本有(효행이라는 것은 덕행의 근본이다)

　㉡ 원문: 敬其親者 不敢慢於人, 〈孝解〉「天子章 제2」
　　직해문: 存着自家敬父母的心呵　也不肯將別人來欺負有(스스로 부모를
　　존경하는 마음을 갖고 있는 사람은 다른 이를 업신여기지 않는다)

　㉢ 원문: 君親臨之厚莫重焉, 〈孝解〉「聖治章 제9」
　　직해문: 父母的恩便似官裏的恩一般重有
　　　　　(부모의 은혜는 마치 천자의 은혜만큼 무겁다)

　㉣ 원문: 宗廟致敬不忘親也 修身愼行恐辱先也, 〈孝解〉「感應章 제16」
　　직해문: 祭奠呵　不忘了父母有, 小心行呵　不辱末了祖上有(제를 지내는
　　것은 부모를 잊지 않으려는 것이다. 수신하여 행동을 조심하는 것은 선조
　　를 욕되게 함을 두려워하기 때문이다)

이 예문의 직해문 문말(文末)에 쓰인 '有'는 志村良治(1995:384)에서는 入矢義高(1973)의 주장에 따라 원대(元代) 초기부터 사용되기 시작하였으며 확정적인 의미를 나타낸다고 하였다. 한편 太田辰夫(1991:179)에서는 '有'자의 이러한 용법은 원대(元代)에서 명초(明初)에 걸친 자료들에서 많이 찾아 볼 수 있는데 실제 구어체(口語體)에서 사용되었던 것임에 틀

림이 없다고 하였다. 그리고 원곡(元曲)에 이르러서는 더 이상 사용되지 않았으나 '一壁有者'(한 쪽에서 기다리고 있다)와 같은 관용어적 용법은 원곡에서도 찾아 볼 수 있으며 따라서 '有'는 어휘적 의미가 없는 문장 말 종결어미였을 것으로 추정이 된다고 하였다.

〈원로(原老)〉에서는 문장 말에 '有'가 대량으로 사용되었음을 발견할 수 있다. 이것은 『노박집람』의 해설과 같이 바로 원대의 대도(大都)지역의 언어임을 보여주는 유력한 근거라 할 수 있다.[75] 〈원로(原老)〉에 나오는 예를 두 개만 들어보자.

 ㉤ 我也心裏那般想著有(나도 마음에 이렇게 여기노라)(〈原老〉 3뒤)
 ㉥ 您是高麗人却怎麽漢兒言語說的好有(너는 고려인인데 어떻게 한아언어로 잘 말하느냐(〈原老〉 1앞)[76]

이 예문들을 보면 '有'가 문장종결어미로서 과거완료 시상(時相)을 보여주는 것으로 보인다.[77]

⑤ 麽道

'麽道'는 〈효해(孝解)〉만이 아니고 원대(元代)의 성지(聖旨)나 그를 새

---

75) 『元朝秘史』의 경우를 살펴 보면 '有'는 '-UmU'에 대응되는데 다음과 같은 예문에서 보여 주는 바에 의하면 과거에서 현재까지(미래까지 지속 가능한) 지속되는 시제를 나타낸다고 하였다(余志鴻:1988).
   貼額周 阿木'載着有'(『元朝秘史』 101, 948), 迭兒別魯 梅顫動有'(『元朝秘史』 98, 947), 莎那思塔 木'聽得有'(『元朝秘史』 101, 948)
76) 『飜譯老乞大』에서는 이 '有'가 없어진다.
   我也心裏這般想着(〈飜老〉 上 11앞). 你是高麗人 却怎麽漢兒言語說的好(〈飜老〉 上2앞)
77) 몽고어의 "ge'ek'degsed aju'ue(말하고 있다)"가 '說有, 說有來'로 표시되는 예를 들 수 있다(田中謙二:1962).

긴 비문(碑文)에서도 발견된다. 이것은 몽고어의 'ge'e(말하다)'를 표기한 것으로 몽한대역(蒙漢對譯) 한아언어 비문(碑文)을 보면 '麽道'가 몽고어의 "ge'en, ge'eju, ge'ek'degesed aju'ue"를 대역한 것이다. 즉 '麽道'는 "~라고 말씀하셨다'에 해당하는 몽고어를 대역한 것이다. 예를 대덕(大德) 5년(1301) 10월 22일의 상주문(上奏文)에서 찾으면 다음과 같다.

> 大德五年十月二十二日奏過事內一件
> 陝西省 官人每 文書裏說將來 "貴(責)赤裏愛你小名的人 着延安府屯田有 收拾贖身放良不蘭奚等戶者 麽道 將的御寶聖旨來有 敎收拾那怎生?" 麽道 '與將文書來' 麽道 奏呵 '怎生商量來' 麽道 - 대덕 5년 10월 22일에 상주(上奏)한 안건(案件) 하나: 섬서성 관인들이 문서로 전해 와서 "貴赤(弓兵)의 아이니(愛你)라고 하는 사람이 연안부(延安府)의 둔전(屯田)에 와서 '속량금으로 평민적을 회복한 보론기르(不蘭奚)를[78] 돌아가라'고 말한 어보성지(御寶聖旨)를 휴대하고 있습니다만 돌아가게 시키면 어떨까요?" 라고 하는 문서를 보내 왔다고 상주(上奏)하였더니 "어떻게 상담하였는가? 라고 하여-. *밑줄 친 부분은 '麽道'를 번역한 곳.

이 예를 보면 밑줄 친 '麽道'가 3번 나오는데 모두가 인용문 형식을 취하고 있다. 물론 〈원로(原老)〉에는 이러한 인용문이 없기 때문에 '麽道'는 사용되지 않는다. 필자는 〈효해〉의 이러한 문체가 〈원로〉의 한아언어(漢兒言語)로부터 문어(文語)로써 한이문(漢吏文)으로 발전해 가는 과정을 보여주는 것으로 본다. 여기서 〈노걸대〉의 한아언어는 구어(口語)로서 일상회화에 사용되는 언어이었고 〈효해(孝解)〉의 직해문은 문어의 모습을 보이는 것으로 장차 이문(吏文)으로 발전한 것이다.

---

78) '보론기르(不蘭奚)'는 옛 남송(南宋) 지구에서 몽고군에 포로로 잡혀 와서 노예로 일하는 한인(漢人)들을 말함. '孛蘭奚'로도 쓴다.

이와 같이 〈효해〉에는 보통 한문에서 사용되지 않는 '每, 上頭, 呵, 有, 麼道' 등의 어휘를 사용하였으며 문장 구조도 전술한 옛글과는 상당한 차이를 보인다. 그러나 〈효해〉가 조선 전기(前期)에 시행된 한이과 (漢吏科)의 출제서이므로 이러한 한문, 다시 말하면 한이문(漢吏文)을 실제로 학습하였고 이것으로 중국에 보내는 사대문서를 작성하였음을 알 수 있다(졸고, 2006: 27-69).

이 외에도 『대학연의택문(大學衍義擇文)』, 『몽고자모백가성(蒙古字母百家姓)』, 『몽고자훈(蒙古字訓)』 등 파스파 문자로 쓰인 책들의 서명이 『팔사경적지(八史經籍志)』의 「원사예문지(元史藝文志)」에 보인다. 그러나 오늘날 현존하는 파스파 문자의 기록물은 전적류(典籍類)보다 금석문(金石文)의 경우가 많다. 아마도 명(明) 태조(太祖)에 의해서 시행된 철저한 호원(胡元)의 말살(抹殺)정책 때문에 서적류(書籍類)는 대부분 망실(亡失)한 것으로 보인다.

4.7 파스파 문자의 자음(子音)

전게(前揭)한 바 있는 『원사(元史)』(권202) 「전(傳)」89 '석로(釋老) 팍스파(八思巴)'조에는 "中統元年、世祖卽位、尊他爲國師、授給玉印。令他製作蒙古新文字、文字造成後進上。這種文字祇有一千多個字、韻母共四十一個、和相關聲母造成字的、有韻關法; 用兩個、三個、四個韻母合成字的、有語韻法; 要點是以諧音爲宗旨。 -중통(中統) 원년에 세조가 즉위하고 [팍스파를 존경하여 국사를 삼았다. 옥

인(玉印)을 수여하고 몽고 신문자를 제작하도록 명령하였고 그는 문자를 만들어 받쳤다. 문자는 일천 몇 개의 글자이었고 운모(韻母)는 모두 41 개이었으며 성모(聲母)가 서로 관련하여 글자를 만들고 운이 연결하는 법칙이 있어 두 개, 세 개, 또는 네 개의 운모가 합하여 글자를 이루며 어운법(語韻法)이 있어 요점은 음이 화합하는 것이 근본 내용이다-"라 는 기사가 있어 파스파 문자가 41개의 운모(韻母, 즉 聲母를말함-필자)들로 만들어졌고 음소문자이어서 몇 개의 음운이 결합하여 음절을 형성함을 밝히고 있다.

　파스파 문자는 전술한 바 있는 성희명(盛熙明)의 『법서고(法書考)』와 도종의(陶宗儀)의 『서사회요(書史會要)』에 43성모(聲母)로 소개되었다.[79] 『법서고(法書考)』에는 "[전략] 我皇元肇基朔方、俗尙簡古、刻木爲 信、猶結繩也。[중략] 乃詔國師拔思巴、采諸梵文、創爲國字、其 母四十有三。 -[전략] 우리 원 제국은 북쪽에서 나라를 시작하여 간결 한 옛 것을 숭상하고 나무에 조각하여 편지를 하고 또 끈을 묶어 소식 을 전했다. [중략] 이에 [황제가] 국사 팍스파에게 명하여 산스크리트 문 자 가운데서 뽑아 국자(國字)를 처음 만드니 그 자모(字母)가 43개다. -" 라는 기사와 함께 42개의 파스파 문자와 그에 해당하는 한자를 보였다.

　그러나 그 42개 문자 가운데 1개는 해당 한자를 쓰지 않아서 41개만 이 파스파 문자와 한자(漢字)가 구비되었다. 『서사회요(書史會要)』에도 같 은 내용이 기재되었는데 "[전략] 奄有中夏、爰命巴思八、采諸梵文、 創爲國字、其功豈小補哉。字之母凡四十三。 - 한 여름에 갑자기 팍스파에게 명하여 범문(梵文, 산스크리트 문자)에서 뽑아서 국자(國字)를 창

---

79) 본고에서 참고한 두 자료는 모두 『欽定四庫全書』 소재의 것으로 Poppe(1957) 소재의 사진판을 이용하였다.

제하였으니 어찌 그 공이 적겠는가? 자모(字母)는 모두 43개 이다. ー"이
라 하여 역시 범문(梵文), 즉 산스크리트 문자에서 뽑아서 국자를 만들었
다고 하였고 자모가 43이라 하였다. 그러나 역시 41개의 문자만이 한자
와 함께 들고 있다.

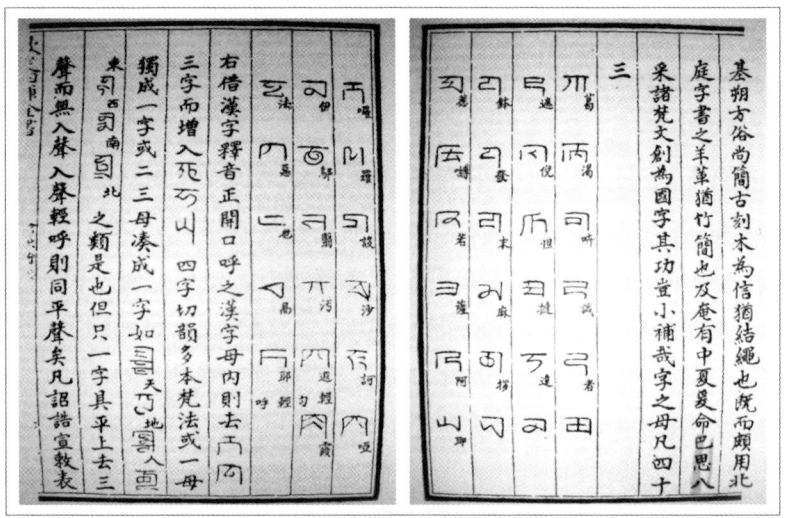

사진 4-12 『書史會要』 소재 파스파 문자

　[사진 4-12]과 다음 자료 [사진 4-13]에서 볼 수 있는 것처럼 이 두 자
료의 파스파 문자는 자형(字形)도 분명하지 않고 한자의 성모(聲母)도 특
이하다. 다만 [사진 4-13]에서 『법서고(法書考)』의 42자 말미에 "右借漢
字釋音 並開口呼之 ー 오른 쪽의 한자를 빌려 발음을 밝힌 것처럼 모두
개구음으로 발음한다. ー"라고80) 하여 'ꡂ 葛, ꡡ 渴, ꡝ 嗟, ꡙ 誐'가

---

80) [사진 4-12]에서 『書史會要』의 이 부분은 ""右借漢字釋音　正開口呼之 ー 오른
　　쪽의 한자를 빌려 발음을 밝힌 것처럼 바르게 개구음으로 발음한다. ー"라고 하여

[ka, kha, ga, ŋa]로 발음됨을 알려준다.[81]

이어서 "凡詔誥表章 鴻文大冊 並以書焉 – 황제가 내리는 명령이나 황제에 올리는 글들과 많은 글과 큰 책을 모두 이것으로 썼다. –"라고 하여 파스파 문자가 원대(元代) 국자(國字)로써 사용되었음을 밝혔다.

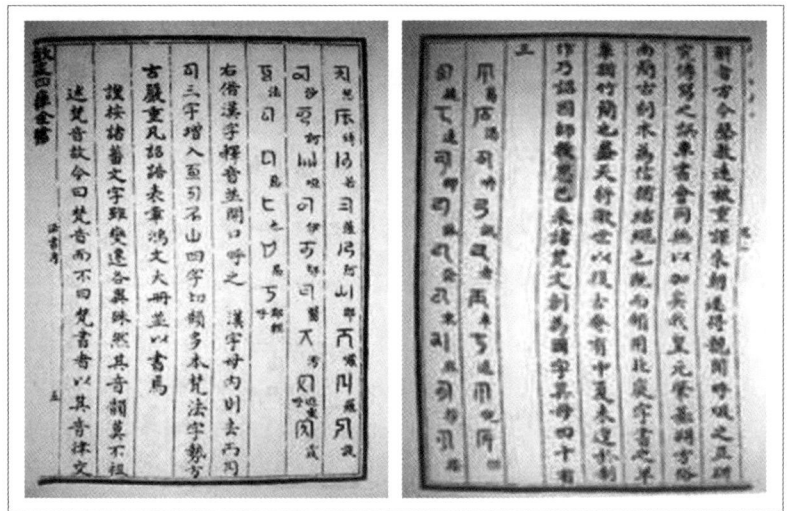

사진 4-13 『法書考』 소재 파스파 문자

[사진 4-12, 4-13]에서 보이는 파스파자의 자형(字形)과 운목(韻目)의 한자(漢字)는 다음에 논술할 『몽고자운(蒙古字韻)』의 그것과 매우 다르다. 이는 후대의 자의적인 변개로 볼 수밖에 없다.

조금 다르다.
81) [사진 4-12, 13]에 보이는 字形과 본고의 파스파 문자와 차이가 있음은 전자의 자형을 수정하여 보였기 때문이다.

4.7.1 파스파 문자는 이와 같이 성희명(盛熙明)의『법서고(法書考)』와
도종의(陶宗儀)의 『서사회요(書史會要)』에 모두 43성모(聲母)로 소개되었
다.[82] 이것은 중국의 전통적인 36성모(聲母)에 유모(喩母)에 속하는 7자
(字)를 합한 것이다. 그러나『몽고자운』에서는 유모(喩母)에 속한 파스파
자(字)는 6개이고 설두음(舌頭音)의 '泥 ㄴ'와 설상음(舌上音)의 '孃 ㄴ'은
동일한 것으로 간주되어 있어서 모두 41개 성모(聲母)가 제시되어 있다.

  따라서 보다 명확한 파스파 문자의 자음(子音), 즉 성모(聲母)는『몽고
자운(蒙古字韻)』에서 얻을 수 있다. 파스파 문자로 한자음을 기록한 운서
는 흔히 몽고운(蒙古韻)으로 약칭되어 「고금운회(古今韻會)」와『사성통해
(四聲通解)』등에서 인용되었다. 최세진(崔世珍)의『사성통해』에서는 '범
례(凡例)' 26조를 권두에 실어서 이 운서(韻書)의 기본적인 편찬 태도를
밝혔는데 그 첫 조에 전술한 바 있는 "蒙古韻略元朝所撰也。[중략]乃
以國字飜漢字之音、作韻書以敎國人者也。 - 몽고운략은 원나라에
서 지은 것이다. [중략] 국자(國字, 파스파 자를 말함)로 한자의 발음을 전사
하여 운서를 만들고 이로써 나라 사람들을 가르친 것이다. - "라는 기사
가 있어 한자 발음 교육을 위한『몽고운략(蒙古韻略)』이란 운서가 존재
하였고 최세진이 이를 참고하였음을 알 수 있다.[83]

  이 운서(韻書)는 오늘날 실전(失傳)되어 찾아볼 수 없으나『사성통고(四
聲通攷)』에서도 '몽고운(蒙古韻)'을 참고한 예가 보이므로 훈민정음의 해

---

82) 전술한『法書考』의 "[전략] 我皇元肇基朔方、俗尙簡古、刻木爲信、猶結繩
    也。[중략] 乃詔國師拔思巴、采諸梵文、創爲國字、其母四十有三"와 『書
    史會要』의 "[전략] 奄有中夏、爰命巴思八、采諸梵文、創爲國字、其功豈
    小補哉。字之母凡四十三。"을 참고할 것.
83) 유창균(1973)은『사성통해』에 인용된 '蒙韻'을 자료로 하여 元代에 편찬되어 오
    늘날에는 失傳된『몽고운략』을 復元하려던 것이었다.

례에 참가한 신숙주(申叔舟) 등이 몽고운에 많이 의거하였음을 알 수 있다. 그런데 이 몽고운은 원대(元代)에 편찬된 황공소(黃公紹)의 『고금운회(古今韻會)』와 그의 제자 웅충(熊忠)의 『고금운회거요(古今韻會擧要)』에서도 많이 참고가 되었다.[84] 훈민정음 창제 이후 제일 먼저 '운회(韻會)'의 번역을 명한 일이 『세종실록』에 기재된 것으로 보아 당시 조선(朝鮮)에서는 몽고운(蒙古韻)과 이를 모태(母胎)로 한 운회(韻會)가 중국어 학습에서 중요한 참고서였음을 알 수 있다.

수(隋)나라 육법언(陸法言)의 『절운(切韻)』계 운서로서 당대(唐代)의 『당운(唐韻)』,[85] 그리고 송대(宋代)의 『대송중수광운(大宋重修廣韻)』(『廣韻』으로 약칭)이 있고 『광운』을 축소한 『예부운략(禮部韻略)』이 있다. 특히 『예부운략』은 과거시험을 관장하는 예부(禮部)의 간행이어서 표준적인 운서로 송대(宋代)에 널리 이용되었다. 『몽고운략』은 이 『예부운략』을 파스파 문자로 번역(飜譯)한 것, 즉 파스파 문자로 이 운서의 한자음을 표음한 것이다. 이것은 『몽고운략』이 현전하지 않기 때문에 이 두 운서를 비교할 수 없는 지금의 형편에서는 하나의 추정이지만 유창균(兪昌均, 1973)의 재구나 『사성통해』에 인용된 몽고운을 통하여 어느 정도 인정할 수가 있다.

절운계(切韻系) 운서(韻書)인 『광운(廣韻)』과 그의 축소판인 『예부운략』

---

84) 『古今韻會』와 『古今韻會擧要』에 대하여는 전자가 너무 방대하여 간행되지 않았고 전자를 축소하여 후자로 인행되었다는 주장이 있다. 즉 王力(1983)에서 "〈古今韻會〉三十卷 是元代黃公紹所編 因爲卷帙繁多 熊忠另編一部 〈古今韻會擧要〉"라고 하였으나 花登正宏(1997; 66)에서는 『사성통해』에서 인용한 『古今韻會』는 현전하는 熊忠의 『古今韻會擧要』와 내용이 다르므로 이 두 책이 별개의 것이며 崔世珍 등이 참고한 것은 黃公紹의 『古今韻會』일 것으로 보았다.

85) 唐 孫緬의 『唐韻』을 가리키기도 하고 唐代 切韻계 운서를 모두 지칭하기도 한다.

은 언어 중심지가 북경(北京)으로 옮아간 원대(元代) 북방음의 표준 운서
로서는 많은 문제가 있게 되었다. 이러한 음운의 변화를 반영한『고금
운회(古今韻會)』는『예부운략(禮部韻略)』과는 차이가 나는 운서가 되었다.
그러나 이러한 북방음의 음운을 반영한 운서가『고금운회(古今韻會)』보
다 앞서서『몽고자운(蒙古字韻)』이 있었던 것으로 보인다. 지대(至大) 무
신(戊申)년(1308)에 간행된『몽고자운』은 지원 29년(1292)에 미완의 고본
(稿本)으로 유진옹(劉辰翁)이 서(序)를 붙인『고금운회』보다는 물론 대덕
(大德) 원년(元年, 1297)에 간행한『고금운회거요(古今韻會擧要)』보다도 늦
게 간행되었으나[86] 이 두 책에 이미 몽고자운(蒙古字韻)에 관한 기사가
있는 것으로 보아『몽고자운』은 그 이전에 간행되었음을 알 수 있다.
지대(至大) 원년(元年, 1308)은 제2장에서 논의한 바와 같이 주종문(朱宗文)
이 이를 수정하여 증첨(增添)한 해로 보아야 할 것이다.

　『고금운회거요』의 권두(卷頭)에는 "예부운략칠음삼십륙모통고(禮部韻略
七音三十六母通攷)"라는 제하에 '몽고자운음동(蒙古字韻音同)'이란 소제를
붙이고 "韻書始於江左、本是吳音。今以七音韻母通攷韻字之序、
惟以雅音求之無不諧叶。 ─운서(韻書)는 강좌(江左)에서 시작하여 본래
오음(吳音)이었다. 이제 칠음(七音)으로 운모통고(韻母通攷)에서 운자(韻字)
의 차례를 삼고 아음(雅音)에서 구하여 배열하니 [운서에서] 갖추어지지
않고 화합하지 않는 것이 없다. ─"라고 하여『고금운회』가『몽고자운』

---

86) 필자가 참고한『古今韻會擧要』는 元 大德 元年(丁酉, 1297)에 쓴 熊忠의 自
序가 至元 28년(壬辰, 1292)에 작성된 劉辰翁의 序文과 함께 실려 있는 판본
이다. 이 책은 元代 中書省 參知政事 字術魯翀과 翰林國史 余謙이 至順 2
년(1331)에 序를 붙인 重刊本을 宣德 9년(1434)에 慶尙道 觀察使 辛引孫이
大邱와 密陽에서 복각한『古今韻會擧要』10冊 30卷이다. 한 권도 落帙되지
않고 전권이 高麗大學校 中央図書館 華山文庫에 現伝한다.

과 같은 계통의 운서로서 북방음(北方音)을 수용하고 있음을 알렸다.[87] 이에 대하여 최세진(崔世珍)의 『사성통해(四聲通解)』 권두(卷頭)에 부재(附載)된 26조 범례 가운데 "(전략)黃公紹作韻會、字音則亦依蒙韻。 (하략) ―황공소가 운회를 지었는데 자음(字音)은 역시 몽운(蒙韻)에 의거하였다. ―"라고 하여 운회(韻會)가 원대(元代) 몽고운(蒙古韻)의 계통임을 증언하고 있다(졸고:2006b/15 주9).

4.7.2 『몽고자운』은 비록 청대(淸代)의 필사본이지만 완본이 현전하며 그 권두에 파스파 문자를 정확하게 기록하여 놓았음으로 이를 통하여 이 문자의 제자와 그 음가를 어느 정도 파악할 수 있다. 『몽고자운』에서는 전통적인 〈절운(切韻)〉계 36성모(聲母)의 하나하나에 파스파 문자를 대음시킨 자모도(字母圖)를 권두(卷頭)에 실어서 파스파 문자의 음가를 한 눈에 볼 수 있게 하였다.

이것은 앞에서 언급한 『고금운회거요』 권두의 "예부운략칠음삼십육모통고(禮部韻略七音三十六母通攷)" 다음에 '몽고자운음동(蒙古字韻音同)'과 관련이 있는 것으로 전통적인 36성모(聲母)를 도표로 보인 것이다. 다음에 그 부분을 사진으로 옮겨보면 다음과 같다. [사진 4-14] 참조.[88]

이것은 절운계(切韻系)운서의 전통적인 36자모(字母)에 대응시켜 파스파 문자의 제자(制字)를 보여준 것이다. 『몽고자운(蒙古字韻)』(이하 '字韻'으로 약칭)은 절운계(切韻系) 『예부운략』을 파스파 문자로 번역한 『몽고운략』의 뒤를 이은 것이므로 이 36자모도는 『고금운회거요』의 권두에 보이는

---

87) 이 기사의 雅音(아음)을 雅言(아언)의 발음으로 이해하기 보다는 吳音(오음)에 대한 漢音(한음)으로 이해하고자 한다.
88) 이 사진은 [사진 2-1]과 동일한 것이다. 제2장의 사진을 참고하는 번잡을 피하기 위하여 다시 전재한 것이다.

「예부운략칠음삼십육모통고(禮部韻略七音三十六母通攷)」에 의거하여 수정된 36자모에 파스파 문자를 대응시킨 것이다.[89]

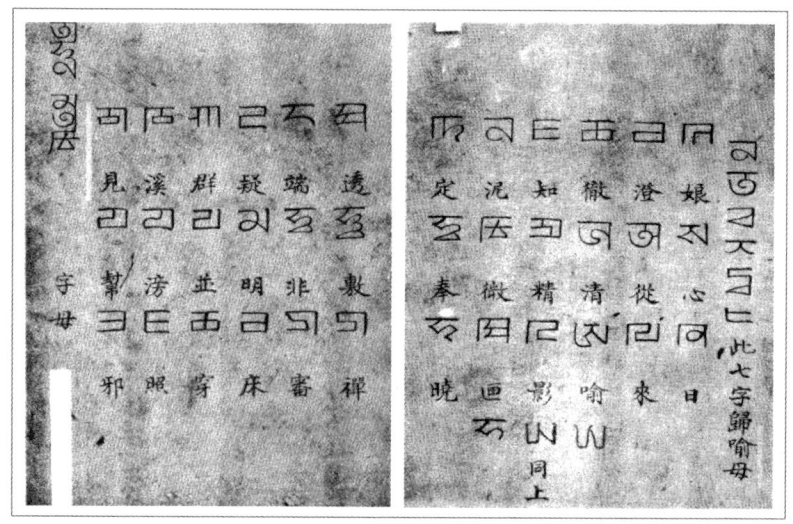

사진 4-14 『蒙古字韻』36 字母圖와 7개 喩母字

'자운(字韻)'은 파스파자(字)를 만든 티베트의 팍스파 라마가 8세기경 티베트 문자를 제정할 때에 근거가 됐던 고대 인도의 음성학, 즉 파니니의 『팔장(八章, Aṣṭādhyāyi)』과 이 지식이 불경으로 되어 티베트와 중국에 반입된 '성명기론(聲明記論), 비가라론(毘伽羅論)'에 의하여 중국의 성운학(聲韻學)이 수(隋), 당대(唐代)에 발달하였다. 이에 의하면 한자음의 음절(音節) 초의 자음을 초성(初聲, onset)으로 인정하였으며 이를 아, 설, 순,

---

89) 「禮部韻略七音三十六母通攷」는 『古今韻會擧要』의 卷首에 부재된 「字母通攷」의 것이다. 字韻이 『禮部韻略』을 파스파 문자로 번역한 『蒙古韻略』의 체재를 따랐다는 증거가 된다.

치, 후(牙, 舌, 脣, 齒, 喉)의 오음(五音)으로 분류하고 모두 36개의 초성(初聲)을 인정하여 당대(唐代)부터 한자음의 분석에 이용하였다. 『몽고자운』도 전통적인 중국 성운학(聲韻學)의 36성모(聲母)에 따라 파스파 문자를 배열하고 그 하나하나의 대응을 [사진 4-14]과 같이 보인 것이다.

[사진 4-14]에 보이는 36 성모도(聲母圖)를 도표로 그리면 다음과 같다.

	牙音	舌音		脣音		齒音		喉音	半音	
		舌頭音	舌上音	脣重音	脣輕音	齒頭音	正齒音		半舌音	半齒音
全淸	見	端	知	幫	非	精	照	曉		
次淸	溪	透	徹	滂	敷	淸	穿	匣		
全濁	群	定	澄	並	奉	從	床	影		
不淸不濁	疑	泥	娘	明	微			喩	來	日
全淸						心	審	(么)		
全濁						邪	禪			

표 4-2 『蒙古字韻』 八思巴 문자의 36 字母圖[90]

이 도표를 보면 전통적인 36자모표, 즉 『예부운략(禮部韻略)』의 36자모표와 몇 개의 상이한 점이 보인다. 먼저 후음(喉音)의 전청(全淸)이 '曉(ㅎ)'모(母)이고 차청(次淸)이 '匣(ㆅ)', 전탁(全濁)이 '影(ㆆ)', 불청불탁(不淸不濁)이 '喩(ㅇ)'라는 점은 전통적인 『광운(廣韻)』의 36자모와 다르다. 원래의 36자모에서는 '影(ㆆ)'모(母)가 전청(全淸)인데 여기서는 '曉(ㅎ)'모(母)가 전청(全淸)이어서 '전청(全淸), 차청(次淸), 전탁(全濁), 불청불탁(不淸不濁)'의 순서가 '影(ㆆ), 曉(ㅎ), 匣(ㆅ), 喩(ㅇ)'에서 '曉(ㅎ), 匣(ㆅ), 影(ㆆ), 喩(ㅇ)'로 순서가 바뀐 것이다.[91]

---

90) 제2장의 [표 2-1]과 동일한 것이다. 번잡을 피하기 위하여 재록하였다.
91) 전통적인 36聲母圖에서 喉音은 全淸이 '影', 次淸이 '曉', 全濁이 '匣'

따라서 『몽고자운』에 규정된 파스파자의 초성자(初聲字), 즉 자음은 다음과 같다.

牙音(아음)	1. 히(見)	2. 亗(溪)	3. ꀳ(群)	4. 己(疑)
舌頭音(설두음)	5. ㄷ(端)	6. 卪(透)	7. ꡧ(定)	8. 죄(泥)
舌上音(설상음)	9. ㅌ(知)	10. 币(徹)	11. ㄹ(澄)	12. 乃(孃)
脣重音(순중음)	13. 己(幫)	14. 己(滂)	15. 己(並)	16. 죄(明)
脣輕音(순경음)	17. 五(非)	18. 五(敷)	19. 五(奉)	20. 医(微)
齒頭音((치두음)	21. 五(精)	22. 冈(清)	23. 岙(從)	24. ꡱ(心)
	25. ㅌ(邪)			
正齒音(정치음)	26. ㅌ(照)	27. 币(穿)	28. 己(床)	29. 키(審)
	30. 키(禪)			
喉音(후음)	31. ꡖ(曉)	32. 冏(匣)	33. 尼(影)	34. ꡀ(喩)
半舌音(반설음)	35. 꾜(來)			
半齒音(반치음)	36. 尻(日)			

여기서 설상음(舌上音)의 '9.ㅌ(知), 10.币(徹), 11.ㄹ(澄)'의 파스파자 3 개(전청, 차청, 전탁)는 정치음(正齒音)의 '26.ㅌ(照), 27.币(穿), 28.己(床)'과 자형(字形)이 일치한다. 따라서 『몽고자운』의 파스파자에서 설상음(舌上音)은 정치음(正齒音)에 통합시켜 인정하지 않은 셈이다.

4.7.3 쿠빌라이 칸의 의도는 파스파자가 몽고어의 기록만이 아니고

인데 웬일인지 『蒙古字韻』에서는 이순서가 바뀌었다. 훈민정음에서 喉音의 전탁이 'ㆅ'인 것은 『몽고자운』의 喉音 全清 '曉 ꡖ'를 'ㅎ'에 대응하고 이를 雙書한 것으로 보인다. 'ㆆ'은 나중에 만들어 넣은 것으로 본다. 졸고(2008a) 참조.

한어(漢語)를 비롯한 여러 언어와 문자를 전사하기 위하여 제정시킨 것
이어서 대상 문자를 기계적으로 파스파자로 바꾸는 '번자(飜字, transliteration)'
의 방법과 표기대상이 된 언어의 음운체계(音韻體系)에 맞추어 '전사(轉寫,
transcription)'하는 방법을 구별하여 사용하게 되었다. 이것은 몽고어와 다
른 언어의 음운 차이를 인식한 데서 온 것으로 보인다.

예를 들면 전통적인 중국 성운학의 전청(全淸)은 무성무기(無聲無氣)음
이다. 그러나 파스파자의 전청음(全淸音)은 몽고어의 유성무기(有聲無氣)
음을 표음하는 데 사용하였다. 반면에 중국 전통의 36자모에서 전탁음
(全濁音)은 유성음(有聲音)으로 알려졌는데 몽고어의 무성무기(無聲無氣)음
은 전탁자(全濁字) 대응의 파스파자가 표기하였다. 아마도 몽고어의 음운
변화에서 유성음이 무성음으로의 변환이 있었던 것으로 보아야 할 것
이다.

따라서 파스파자의 음가는 몽고어 표기의 그것과 36자모의 그것이 서
로 상치하는데 이를 정리하면 다음과 같다.

파스파문자 (Phags-pa letter)	飜字 (Nominal Phonetic Value)	轉寫 (trans- cription)	照那斯圖· 楊耐思 (1987) 재구	Poppe (1957)의 注音
1. 古(見)	k	g	g	g(23)[92]
2. 㘴(溪)	k'	kh	k'	k'(22)
3. 㕤(群)	g	k	k	k(21)
4. 己(疑)	ŋ	ng	ŋ	ŋ26

---

92) ( )의 숫자는 Poppe(1957:2)에서 음가를 정한 '자음(consonants)'의 파스파자 번
호다.

5. ㄷ(端)	t	d	d	d(7)
6. ㅌ(透)	t'	th	t'	t'(6)
7. ㄸ(定)	d	t	t	t(5)
8. ㆁ(泥)	n	n	n	n(8)
9. ㅌ(知)	č	ǰ	dz(照와 동)	ǰ(17)
10. ㅍ(徹)	č'	čh	tsʻ(穿과 동)	č'(16)
11. ㄹ(澄)	ǰ	č	tš(床과동)	č(15)
12. ㄖ(孃)	ñ	ñ	ñ	
13. ㄹ(幫)	p	b	b	b(2)
14. ㄹ(滂)	p'	ph	p'	
15. ㄹ(並)	b	p	p[93]	p(1)
16. ㅿ(明)	m	m	m	m(4)
17. ㅎ(非)	f	β	hʋ(敷와 동)	
18. ㅎ(敷)	f'	f'	hʋ(非와 동)	
19. ㅎ(奉)	v	f	ɦʋ	
20. ㅌ(微)	ŋ	w	w	v(3)
21. ㅈ(精)	ts	dz	dz	j(12)
22. ㅅ(清)	ts'	tsh	ts'	c'(11)
23. ㆆ(從)	dz	ts	ts	
24. ㅈ(心)	s	s	s	s(13)
25. ㅋ(邪)	z	z	z	z(14)
26. ㅌ(照)	tɕ	ǰ	dž(知와 동)	ǰ(17)
27. ㅍ(穿)	tɕ'	ch	tš(徹과 동)	č'(16)
28. ㄹ(床)	dz	č	tš(澄과 동)	č(15)

---

93) 照那斯圖·楊耐思(1987)의 원문에는 [b]로 되었으나 照那斯圖씨가 필자에게
줄 때에 이를 교정하여 주었다.

29. ᖅ(審)	ɕ	sh'	š₂	
30. ᚄ(禪)	ž	sh"	š₁	š(18)
31. ᖁ(曉)	x	h'	ʷh	h(27)
32. ᖯ(匣)	ɣ	x	ɣ	ɣ(25)
33. ᗄ(影)	ʔ	ʔ	·, 影, ㄠ[j]·(28)	
34. ᗞ, ᗲ(喩)j	∅		ᗲ[ʔ], 喩[j]	y(20)
35. ᖰ(來)	l	l	l	l(10)
36. ᗩ(日)	nʐ	zh	ž[94]	ž(19)[95]

이에 대하여 吉池孝一(2005:9)에서는 『법서고(法書考)』와 『서사회요(書史會要)』의 파스파자 44자모를 정리하여 [사진 4-15]와 같이 자음자 37개, 반모음 2개, 모음 5개의 음가를 정리하고 앞으로는 이 로마자 번자(翻字)를 기준으로 하겠다고 공언하였다.

吉池孝一(2005)의 이 파스파자(字)-로마자(字) 번자표(翻字表)는 위에서 필자가 시도한 번자(翻字)나 照那斯圖·楊耐思(1987)의 번자(翻字), 또는 재구(再構)음과도 많이 다르다.

본서에서는 어디까지나 『몽고자운』의 자모(字母) 36자와 그에 해당하는 훈민정음과의 비교를 위한 것이므로 몽운(蒙韻)의 36자모를 '아(牙), 설(舌), 순(脣), 치(齒), 후(喉), 반설(半舌), 반치(半齒)'의 칠음(七音)으로 나

---

94) 이 외에도 照那斯圖·楊耐思(1987)에서는 '喩·魚[ʔ]', '伊[i]', '鄔[u]', '翳[e]', '洿[o]', '也[è]', '喎[ɥ]', '耶輕呼[i]' 등을 첨가하였다.

95) Poppe(1957)에서는 모두 30개의 파스파자 음가를 밝혔는데 이 28개가 36자모에 들어 있는 것이고 중복되는 설상음의 3자와 순경음 3자, 그리고 '孃, 滂, 從, 審'의 파스파자 10개를 제외하였고 대신 'r, q, y, ʊ'를 추가하여 모두 30개의 파스파자에 대한 음가를 추정하였다. 그는 『몽고자운』의 '字母'를 보지 못한 상태에서 30개 파스파자를 추출한 것이다.

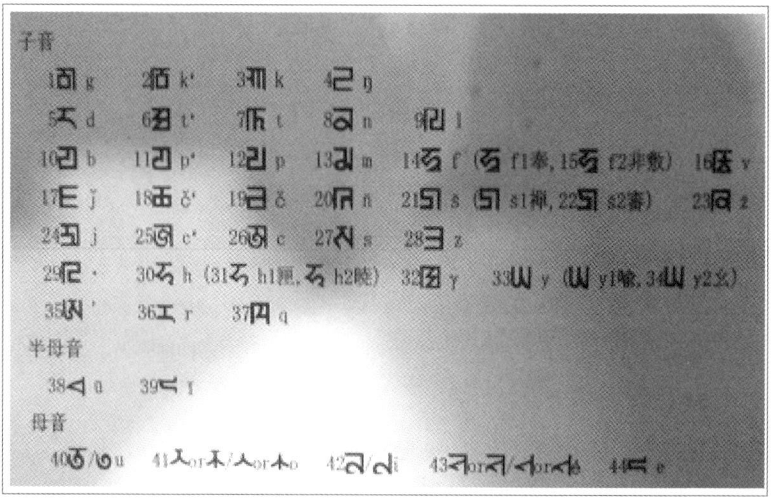

사진 4-15 파스파자 44개의 로마자 飜字, 吉池孝一(2005).

누고 그에 해당하는 파스파자(字)를 다음과 같이 로마자로 번자(飜字)하
여 사용하며 또 그에 대응되는 훈민정음자(字)를 다음과 같이 정하고자
한다.

牙音(아음, Molars) ─ 연구개 정지음(평음, 유기음, 유성음, 비음)

한자 자모	파스파 자모	훈민정음 대응자
1. 見[k]	ﾝ[g]	ㄱ[k]
2. 溪[kh]	ﾝ[kh]	ㅋ[kh]
3. 群[g]	ﾝﾝ[k]	ㄲ[g]
4. 疑[ŋ]	ㄹ[ŋ]	ㆁ[ŋ]

舌頭音(설두음, Apical Linguals) ─ 치 정지음(평음, 유기음, 유성음, 비음)

5. 端[t]	ﾝ[d]	ㄷ[t]

6.	透[th]	吕[th]	ㅌ[th]
7.	定[d]	仄[t]	ㄸ[d]
8.	泥[n]	ꡁ[n]	ㄴ[n]

舌上音(설상음, Raised Linguals) ─ 경구개 파찰음(평음, 유기음, 유성음, 비음)

9.	知[tś]	巳[j]	ㅈ[tś]
10.	徹[tśh]	舌[tśh]	ㅊ[tśh]
11.	澄[dź]	己[tś]	ㅉ[dź]
12	孃[ń]	呫[n~]	없음

脣重音(순중음, bilabial)

13.	幫[p]	리[p]	ㅂ[p]
14.	滂[ph]	리[ph]	ㅍ[ph]
15.	並[b]	리[b]	ㅃ[b]
16.	明[m]	꿰[m]	ㅁ[m]

脣輕音(순경음, labio-dental)

17.	非[β]	죙[v]	ㅸ[β]
18.	敷[β]	죙[h]	ㆄ[β]
19.	奉[f]	[죙f]	ㅹ[v]
20.	微[w]	底[ṃ]	ㅱ[w]

齒頭音(치두음, palatal fricative)

21.	精[ts]	피[ts]	ᅎ[ts]
22.	淸[tsh]	피[tsh]	ᅔ[tsh]
23.	從[dz]	혀[dz]	ᅏ[dz]
24.	心[s]	귀[s]	ᄼ[s]

25.　　邪[z]　　　　Ⴢ[z]　　　　ᄽ[z]

正齒音(정치음, Upright Incisors) ─ 경구개 권설음(평음, 유기음, 유성음)

26.　　照[tś]　　　　Ⴒ[tʃ]　　　　ㅈ[tś]

27.　　穿[tśh]　　　ᅗ[tśh]　　　ㅊ[tśh]

28.　　床[dź]　　　Ⴃ[tś]　　　　ᄍ[dź]

29.　　審[ś]　　　　ᄗ[s]　　　　　ᄉ[ś]

30.　　禪[ź]　　　　ᄗ[ź]　　　　ᄽ[ź]

喉音(후음, Laryngeals) ─ 인두음(유기음, 유성정지음, 성문긴장음, 유성음)

31.　　曉[h]　　　　ᅔ[h]　　　　ㅎ[h]

32.　　匣[ɣ]　　　　ᅢ[ɣ]　　　　ㆅ[ɣ]

33.　　影[ʔ]　　　　Ⴙ[ʔ]　　　　ㆆ[ʔ]

34.　　喩[ɦ, ∅]　ᅒ, ᅜ[ɦ, ∅]　　ㅇ[ɦ, ∅]

半舌音(반설음, Semilinguals) ─ 유음

35.　　來[r, l]　　　ᅫ[r, l]　　　ㄹ[r, l]

半齒音(반치음, Semi-Incisors) ─ 유성마찰음

36.　　日[ńź]　　　ᅰ[ź]　　　　△[ńź]

4.7.4 이상의 『몽고자운』 '자모(字母)'의 파스파자 자음자를 보면 모음을 위하여 만든 유모(喩母)의 ᅒ[ɦ, ∅]에 속한 글자는 말할 것도 없고 몇 개의 문자가 음가가 없거나 같은 음운을 표기하는 문자가 있다. 따라서 이 36자모에 맞춘 파스파자는 중국어를 표기하는, 좀 더 정확하게 말하면 한자의 중국 운서음(韻書音)을 학습하기 위한 기호이며 이것은 훈민

정음의 23자모와 궁극적인 목표가 같은 것이다. 그리고 『사성통해』에 부재된 '광운삼십육자모지도(廣韻三十六字母之圖)'나 '운회삼십오자모지도(韻會三十五字母之圖)', '홍문운삼십일자모지도(洪武韻三十一字母之圖)'에 보이는 훈민정음 자모와 기본적으로 동일한 것이다. 이에 대하여는 제5장에서 상론될 것이다.

파스파자의 자모(字母)를 훈민정음에서 정리한 오음(五音)과 칠음(七音)으로 정리하면 다음과 같다.

	(전청)	(차청)	(전탁)	(불청불탁)	(전청)	(전탁)
牙音(아음)	히[k]	ᅙᅵ[kh]	ᄳ[g]	ㄹ[ŋ]		
舌頭音(설두음)	ᄃ[t]	ᄇ[th]	ᄪ[d]	ᄋ[n]		
舌上音(설상음)				ᄑ[ñ]		
脣重音(순중음)	리[p]	리[ph]	리[b]	ᄻ[m]		
脣輕音(순경음)	ᄛ[β]	ᄛ[vʰ]	ᄛ[v]	ᄹ[w]		
齒頭音(치두음)	ᄏ[ts]	ᄳ[tsʰ]	메[dz]		ᄾ[s]	ᄏ[z]
正齒音(정치음)	巨[tʃ]	禾[tʃʰ]	ᄅ[dʃ]		ᄱ[ʃ]	귀[dʒ]
喉音(후음)	ᄒ[h]	囲[ɣ]	ᄅ[ɦ]	ᄡ[null]		
半舌音(반설음)				끼[r. l]		
半齒音(반치음)				ᄶ[ʑ]		

4.8 파스파 문자의 모음(母音)

파스파자(字)의 모태가 된 티베트 문자에서 모음자는 따로 만들지 않았다. 다만 모음이 다른 경우에는 자음자의 위나 옆에 구분부호(diacritical mark)를 붙였다. 아음(牙音)에 해당하는 연구개음의 모음자를 사진으로 보이면 다음과 같다.

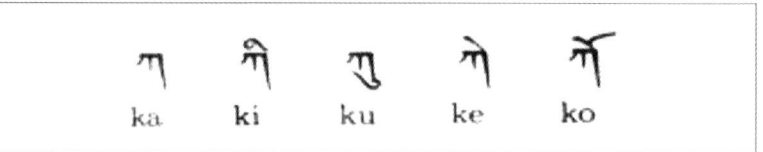

티베트 문자의 모음부호(자음자의 위나 아래에 붙음)

[사진 4-16]에 의하면 티베트 문자에서 [ka]에 대한 'ki, ku, ke, ko'의 모음자들은 자음자 [k]의 위와 아래에 붙는 구분부호로 표시되었다.

그러나 파스파자에서는 모음자들을 독립시켰다. 즉 전술한 바와 같이 [사진 4-14]에서 볼 수 있는 "ᘱ ᘚ ᘗ ᘐ ᘖ ᘒ 此七字歸喩母"의 6자와 喩母(유모) 'ᘝ'를 포함해서 7개 파스파 문자가 모음을 표기하기 위하여 만든 것으로 본다.96) 이것은 [사진 4-14]에서 보이는 바와 같이 실제로는 파스파자가 모두 6자인데 7자(字)로 본 것이다. 그것은 喩母(유모) 'ᘝ'를 포함하여 모두 7자라는 뜻이다.

최세진(崔世珍)의 『훈몽자회(訓蒙字會)』의 권두에 부재된 「언문자모(諺文字母)」에서 다음과 같은 예를 보인다.

初中聲合用作字例、가갸거겨고교구규그기ㄱ
以ㄱ其爲初聲、以ㅏ阿爲中聲、合ㄱㅏ爲字則가、此家字音也。

---

96) 이러한 주장은 졸고(2008a,b)에서 처음 주장되었다.

又以ㄱ役爲終聲、合가ㄱ爲字則각、此各字音也。餘倣此。 97)
初中終聲合用作字例、간肝、갇(笠)、갈(刀)、감(枾)、갑甲、갓(皮)、
강江98)

이 예를 보면 마지막 '초중종성합용작자례'에는 당연히 '각, 간, 갇, 갈, 감, 갑, 갓, 강'이어야 하는데 처음에 '각'은 빠졌고 '간(肝)'으로부터 시작한다. 이것은 첫째 자의 '각(各)'이 앞에서 한번 나왔기 때문이다. 같은 방법으로 『몽고자운』의 이 6자의 파스파자를 들면서 "此七字歸喩母"라고 한 것은 喩母(유모) 'ꡦ'가 앞에 있었기 때문이다. 이것이 고인(古人)들이 서술하는 방식이었던 것으로 보아야 할 것이다.

전술한 나이지(羅以智)의 「발몽고자운(跋蒙古字韻)」에 의하면 이에 대하여 "[전략] 此書先列三十六字 後列歸入喩母字七字 凡四十三母 又相同字三字 按盛氏法書考中載國字四十二母[하략]—이것은 앞 열의 36자와 뒷 열의 喩母(유모)에 들어가는 7자, 도합 43모를 쓴 것이다. 또 서로 같은 글자 3자가 더 있어 성(盛)씨의 〈법서고(法書考)〉에서는 국자(國字, 파스파자를 말함) 42모를 들었다.[하략] —"라고 하여 36성모에 喩母(유모)에 들어가는 7모를 합하여 모두 43모라고 하지만 42모만을 인정한다고 하였다. 『몽고자운』을 보면 喩母(유모)에 들어가는 파스파자가 6자이여서 총 42자가 된다.

중국 성운학(聲韻學)에서 어두(語頭) 자음(子音, onset)은 성(聲), 또는 성모(聲母)로 구별하지만 모음(母音)은 인정하지 않고 운(韻, rhyme) 속에 포함시킨다. 김완진 외 2인(1990:154)에서는 이와 같은 중국 성운학(聲韻學)

---

97) 작은 글자 '其, 阿, 役' 등은 한글 문자의 한자 명칭임. 즉 'ㄱ 其役'에서 ㄱ의 초성은 '其'이고 終聲, 즉 받침은 '役'이다.
98) ( )안의 한자는 訓讀, 즉 뜻으로 읽으라는 의미임.

에 입각하여 언어음을 음절구조에서 인식하는 현대 복선음운론(non- linear phonology)의 방법을 소개하면서 훈민정음의 음절구조를 다음과 같이 그렸다.

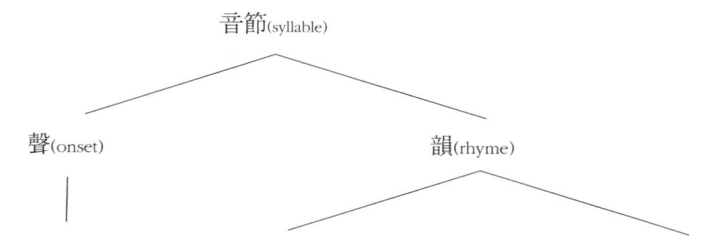

이를 보면 중국의 성운학에서 아직 중성(中聲), 즉 모음은 분리하여 독립적인 요소로 인정하지 않았음을 알 수 있으며 파스파 문자의 제정에서 유모(喩母)를 독립시켜 별도의 문자를 만든 것은 대단한 발전이라고 아니 할 수 없다. 다만 훈민정음(訓民正音)에서와 같이 중성(中聲)을 독자적인 단위로 인정하고 초성(初聲)과 종성(終聲)에 대비시킨 것은 문자 제정을 떠나서 대단한 음운론적 지식이라고 말할 수 있다.

이제 파스파자의 모음 표기에 대하여 구체적으로 살펴보기로 한다.

4.8.1 『몽고자운』에서는 15운으로 나누었다. 그리고 '총목(總目)'에 "一 東부터 十五 麻"에 이르기까지 15운(韻)의 운목(韻目) 한자와 그 발음을 적었다. 이를 여기에 사진으로 보이면 다음과 같다.

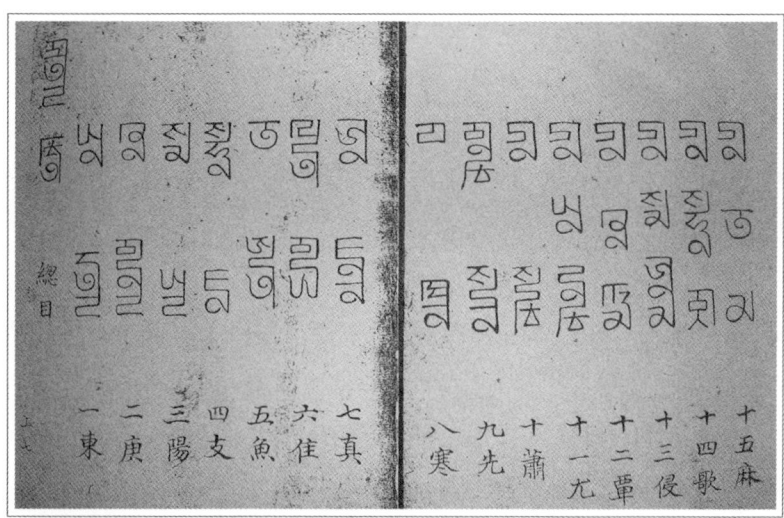

사진 4-17 『蒙古字韻』 15韻 總目99)

이 15운의 파스파자 표음을 한글로 전사하여 표로 보이면 다음과
같다.

八思巴字 한글전사	이 ji	ㅟ ži	삼 sam	사히 100) sahi	우 ü	류 lëü	치 ts'i	바 ba	김 giw	씨 ši	씨 이 šiji	씨 ㅟ šiži	씨 삼 šisam	씨사 히 šisahi	씨 우 šiü
漢字音發音 한글전사	둥 duŋ	겡 gêiŋ	양 jaŋ	지 dži	위 'ëü	겡 giaj	진 džin	한 ɤan	센 sên	셸 sêw	일 ɲiw	땀 tam	침 ts'im	고 go	마 ma
漢字 數字	一	二	三	四	五	六	七	八	九	十	十 一	十 二	十 三	十 四	十 五
韻目字	東	庚	陽	支	魚	佳	眞	寒	先	蕭	尤	覃	侵	歌	麻

표 4-3 『蒙古字韻』의 15韻

---

99) 제2장의 [사진 2-2]와 같은 것인데 제2장을 참고하는 번거로움을 피하기 위하여
전재한 것이다.
100) 이것의 파스파字 표기는 'sahi'와 같은데 照那斯圖(1988)에서는 이를 잘못 쓴
것으로 보았다. [사히]의 한글 전사는 파스파자를 轉字한 것이다. 十四의 '씨사
히'도 같다.

이 표를 보면 몽운(蒙韻)에서는 15운(韻)을 표시하기 위하여 '위[u], 어[ɛ, 혹은 ê], 애[ɑ], 이[i], 위[ü], 에[e], 외[o]'의 7모음을 문자로 표시하였다.[101] 즉 위에 적은 [사진 4-14] 몽고자운(蒙古字韻) 36자모도(字母圖)에서 별행(別行)으로 쓴 7개 喩母字(유모자)들이 이 7개 모음을 표기한 것으로 보려는 것이다.

이것은 전설모음 /i, ü, e, ɛ/와 후설모음 /u, o, ɑ/로 나눌 수 있고 모음조화에 관여하지 않는 /i/를 빼면 /ü, e, ɛ/와 /u, o, ɑ/가 서로 동화를 이루는 전형적인 구개적(口蓋的) 모음조화(palatal harmony)를 보여준다. 중세 몽고어에서 /i/가 중세 한국어에서처럼 모음조화에 관여하지 않는 것은 이미 널리 알려진 사실이다.

이와 같은 몽고어의 7모음을 파스파자(字)에서 인정하고 한자의 한어음(漢語音)을 표음하기 위하여 어떻게 문자를 제정하였는지는 『몽고자운』에서 찾아볼 수 있는데 『몽고자운』 15운(韻)에 의거하여 파스파 문자를 로마자로 전사하여 보면 다음과 같다.

韻	韻目字	재구음	파스파자의 終聲
一 東	東 dōng	*-uŋ	-ung, －eeung
二 庚	庚 gēng	*-əŋ	-ing, －hing, －yung, －eeing, －wung, －ying
三 陽	陽 yáng	*-ɑŋ	-ang, －yang, -wang, －hang, －ong, －weeng
四 支	支 zhī	*-ʅ/ɿ, *-i	-i, －hi, －eei, －ue, －eeue, －yue, －wi

101) '애[ɛ, ê]'와 '에[e]'자의 설정에 대하여 服部四郎(1984)에서는 "전략) この韻書において、蒙古語資料のパクパ字eに当たる字は、それとほぼ形が同じであるけれども、同じくeに当たると、私が以下に述べる根據にじょって考える字は、私は、昭和21年(1946年)の拙著において、これをɛで翻字した。[하략)－이 韻書(『몽고자운』을 말함)에서 몽고어 자료의 파스파 字 e에 해당하는 글자는 거의 자형이 유사하지만 같은 e에 해당하는 것은 필자가 다음에 언급하는 근거에 의해서 고찰한 글자는 자형이 많이 다르다. 필자는 1946년에 쓴 졸저 『元朝秘史の蒙古語を表はす漢字の研究』(龍文書局, 昭和21年 9月)에서 이것을 ɛ로 翻字하였다-"(服部四郎:1984b:225)라고 하여 /ê/를 /ɛ/로 고쳤다.

五 魚	魚 yú	*-u	-u, −eeu
六 佳	佳 jiā	*-ai	-ay, −way, −yay, −hiy, −iy
七 眞	眞 zhēn	*-ən	-in, −un, −eeun, −hin, −yin, −win
八 寒	寒 hán	*-an, *-ɔn	-an, −on, −wan, −yan
九 先	先 xiān	*-æn	-en, −een, −ween, −eeon, −yen
十 蕭	蕭 xiāo	*-au	-aw, −ew, −eew, −waw, −yaw, −weew
十一尤	尤 yóu	*-əu	-iw, −uw, −hiw, −yiw, −ow
十二覃	覃 tán	*-am, *-æm	-am, −em, −eem, −yam, −yem
十三侵	侵 qīn	*-im	-im, −him, −yim
十四歌	歌 gē	*-ɔ	-o, −wo
十五麻	麻 má	*-a, *-æ	-ee, −wa, −ya, −wee, −we, [-a, −e]

표 4-4 15韻의 韻目表[102]

이 표에 의하면 이 15운에서 /ō ē â ī ú ā ó/의 7개 파스파자를 추출할 수 있고 이 문자의 재구한 모음으로 /u, ə, a, i, æ ɔ, e/의 7개를 찾을 수 있다. 이것은 『몽고자운』에서 권두 '자모(字母)'의 말단(末端)에 "ᘘ ᚥ ᘔ ᚒ ᘒ ᘀ 此七字歸喩母"라고 하여 'ᘘ[i], ᚥ[u], ᘔ[ɥ], ᚒ[o], ᘒ[eu, ü], ᘀ[e]'자(字)와 '유모(喩母)'의 'ᛝ(ᛞ)[ɑ]'을 합하여 7개 모음자(母音字)를 제자(製字)한 것으로 본다.[103] 이것은 전설모음 /i, ü, e/와 후설모음 /u, ɥ, o, ɑ/의 구조를 보인다.

이것은 전술한 服部四郎(1984b)에서 주장한 7모음과 'ᘔ[ɥ]'만 다르고 나머지는 같다. 그러나 'ᘘ[i] = i, ᚥ[u] = u, ᘔ[ɥ] ≠ ɛ, ᚒ[o] = o, ᘒ[eu, ü] = ü, ᘀ[e] = e, ᛝ(ᛞ)[ɑ] = ɑ'로써 전설 저모음 /ɛ/가 후설 고

---

102) 王力(1985)의 제7장 元代 19韻의 재구와 인터넷 BabelStone의 'The Fifteen Rhyme Categories'에서 인용함.

103) [사진 4-14]에서 보이는 바와 같이 『蒙古字韻』 권두 '字母'의 末尾에 "ᘘ, ᚥ, ᘔ, ᚒ, ᘒ, ᘀ 此七字歸喩母"를 참조할 것. 졸고(2008a)에서는 이것을 "蒙古字韻』 권두 '字母' 末端에 "ᘘ ᚥ ᘔ ᚒ ᘒ ᘀ 此七字歸喩母"의 'ᘘ[i], ᚥ[u], ᘔ[ɥ], ᚒ[o], ᘒ[eu, ü], ᘀ[e]'字와 '喩母'의 'ᛝ(ᛞ)[ɑ]'을 합하여 7개 母音字를 製字한 것으로 본다."라고 하였다.

모음 [ɯ]로 대응되어 『몽고자운』의 '자모(字母)'쪽의 문자 제정이 균형 잡힌 모음 체계를 보이지 못한다. 服部四郞(1984b)이 [ɯ]를 /ɛ/로 본 것은 이러한 모음체계 상의 문제를 감안한 것이다.

4.8.2 반면에 Poppe(1957)에서는 이와는 달리 파스파 문자의 모음 문자로 모두 8개를 들었다. 다음의 [사진 4-18-2]의 파스파 문자도(모음)를 보면 포페 교수는 파스파 모음 문자로 /ɑ, o, u, e, ė, ö, ü, i/ 8개를 재구하고 자음 속에도 /y, ɯ/가 있어 모음과 그에 준하는 음운으로 10개를 인정하였다.[104]

최근 일본의 연구회(KOTONOHA)에서 규정된 파스파 문자의 자모표를 제안한 吉池孝一(2005/9)에서는 모음자로 /u, o, i, ė, e/만을 인정하고 대부분의 언어에서 모음으로 존재하는 /a, ɑ/나 포페(1957:24)에서 제안한 /ü, ö/의 구분자(區分字)를 인정하지 않았다. 포페 교수의 파스파 문자는 몽고어 표기에서 보이는 전설 대 후설의 원순모음을 구별하여 적는 것으로 인식한 것이고 요시이케(吉池)씨는 이 구분을 인정하지 않은 것이다.

파스파 문자도 훈민정음처럼 표기 대상에 따라, 즉 몽고어인가 아니면 중국어 한자음 표기인가에 따라 문자가 바뀌고 같은 문자라도 그 음가가 다르게 된다. 예를 들어 훈민정음의 'ㅿ'은 고유어 표기에서는 [z]이지만 한자의 중국어 음을 표기할 때는 권설음의 [ʐ]이어서 음가가 매우 다르다. 파스파 문자는 몽고 어음과 중국 어음에 따라 다르고 산스크리트어나 티베트어의 발음을 표기하기 위하여 별도의 문자를 사용하기도 한다.

---

104) 자음에 들어 있는 /y, ɯ/는 吉池孝一(2005/9)에서는 반모음으로 처리하였다.

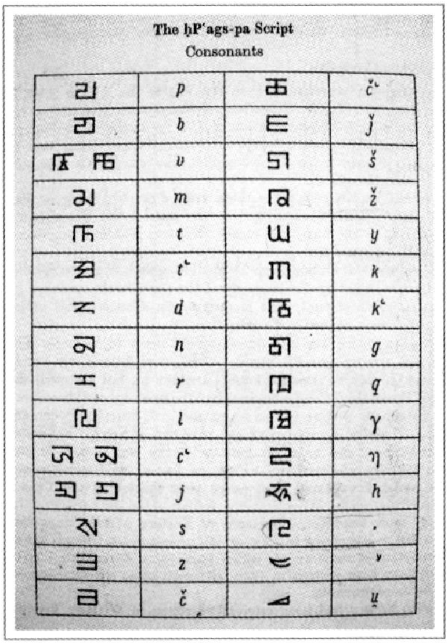

사진 4-18-1 포페의 파스파 문자(자음)

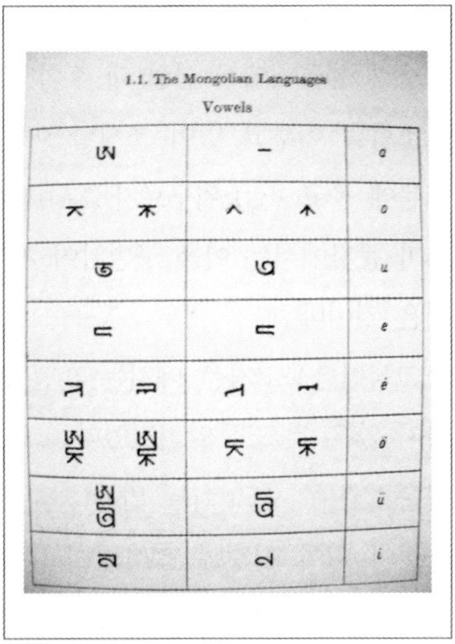

사진 4-18-2 포페의 파스파 문자(모음)

　포페 교수가 제시한 파스파자의 모음자(母音字) 가운데는 두 자가
겹친 것이 있다. [사진 4-18-2]에 보이는 [ü]자와 [ö]자의 파스파자는
모두 '모음 표시 + 전설 e + u', '모음표시 + 전설 e + o', 또는 '전설 e
+ u', '전설 + o'의 형태다. 한글의 '외(ㅇ + ㅗ + ㅣ), 위(ㅇ + ㅜ + ㅣ)', 또
는 'ㅚ(ㅗ + ㅣ), ㅟ(ㅜ + ㅣ)'와 같다. 한글의 문자구조로 보아야 비로소
파스파자의 올바른 자형을 이해할 수 있다. 'ö'와 'ü'는 'ɸ[ᠥᠨ] + e[ᠡ] +
o[ᠵ], e[ᠡ] + o[ᠵ]', 'ɸ[ᠥᠨ] + e[ᠡ] + u[ᠥ], e[ᠡ] + u[ᠥ]'를 결합한 문자
들이다.105) 즉 후설모음 [o, u]에 전설모음자 [e]를 붙여 전설 모음 ö[ᠡ+

---

105) 'ᠥ ᠥ ᠥ'나 'ᠥ ᠥ ᠥ'의 'ᠥ'는 여기서는 훈민정음의 중성자에 붙는 'ㅇ(欲母)'과
　　 같은 것이어서 [α]의 음가를 갖는 것이 아니다. 포페씨의 잘못으로 볼 수밖에 없
　　 다. 여기서 파스파를 연속하여 쓸 때에는 橫書하여 연결시켰다. 縱書할 때의 字
　　 形을 옆으로 뉘여 연결시킨 것이다. 한자씩 쓸 때에는 縱書하여 쓴다. 以下 같다.

ㅈ], ü[ㄷ+ㅎ]을 표시한 것이다.

중세 몽골어에서 전설 대 후설의 대립 모음인 /o:ö/, /u:ü/는 서로 모음조화를 이루고 있어 조사나 어미에서 모음의 자동적 교체를 보이기 때문에 몽고(蒙古) 위구르자(畏兀字)에서는 'o:ö, u:ü'의 구별이 없으나 파스파 문자에서는 이를 구별하여 ㅈ(o):ㅣㅈ〈(eo), ㅎ(u) : ㅣㅏㅇ(eu)로 적은 것이다.

그동안 『몽고자운』에서는 훈민정음처럼 중성자(中聲字)를 별도로 제자하지 않은 것으로 알려졌었다. 그러나 필자는 전술한 바와 같이 『몽고자운』 권두 '자모(字母)' 말단(末端)에 "ꡠ ꡕ ꡒ ꡆ ꡦ ꡸ 此七字歸喩母"라는 구절이 있어 이것이 'ꡠ[i], ꡕ[u], ꡒ[ɯ], ꡆ[o], ꡦ[eu, ü], ꡸[e]'자(字)와 '유모(喩母)'의 'ⵯ(ꡧ)[a]'을 합하여 7개 모음자(母音字)를 제자(製字)한 것으로 보았다. 또 이것과 훈민정음(訓民正音)의 11개 중성자(中聲字)가 연관이 있다고 보는데 훈민정음의 재출자(再出字) 4개(요, 야, 유, 여)를 제외한 7개 중성(中聲)자(ᄋ[ʌ], 의ö], 이[i], 외ul, 애[a], 위[ü], 에[ä])는 『몽고자운』의 유모자(喩母字) 7개에 의거한 것이라고 추정한다.[106]

4.8.3 필자는 원대(元代) 파스파 문자가 한자음을 표기할 때에는 훈민정음의 欲母(욕모) [ㅇ]에 해당하는 喩母(유모) ⵯ(ꡧ)[a]를 두고 여기에

---

106) 이에 의거하면 파스파자의 모음자와 훈민정음의 중성자는 대체로 다음과 같은 모음체계를 의식하고 문자를 제정하였다고 추정할 수 있다.

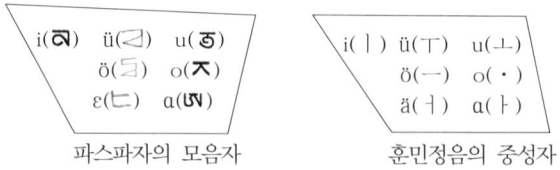

파스파자의 모음자   훈민정음의 중성자

다시 ⵣ[i], ⵄ[u], ⵥ[iu, ü], ⵥ[o], ⵣ[eu, ö]107), ⵧ[e]를 제정하여 모두 7개의 모음자를 제정한 것으로 보고자 한다. ⵙ(ⵡ)[ɑ]는 전술한 바와 같이 모든 티베트문자가 음절 문자로서 [ㅏ, ɑ]를 음절 말에 갖고 있으므로 파스파자(字)에서도 이것이 [ɑ]를 나타내는 것이다.108) 그러나 喩母(유모)이므로 ⵙ(ⵡ)는 [ɑ]의 음가를 갖는 동시에 다른 모음자, 즉 유모의 글자와 같이 쓰일 때에는 'null'로서 모음자란 표시를 보여준다. 즉 이때의 ⵙ(ⵡ)는 생성음운론에서 말하는 성절성(成節性) 자질([+syllabic])의 성절(成節) 모음을 표시하는 훈민정음의 'ㅇ(欲母)'로 생각할 수 있으며 단독으로 쓰일 때에는 [ɑ]인 것이다.

예를 들면『몽고자운』의 파스파자 표기 "ⵝⵯ⥿[mong] ⥿⤶⥻ [ɤol] ⥿⥿⥻ [tsɑhi] ⥿⥿⥿⥻['win]"의109) 마지막 '[韻, ⥿⥿⥿⥻ ['win]'에서 'ⵙ'는 몽운(蒙韻)의 36자모 가운데 유모자(喩母字)로서 음가가 [ɑ]이거나 /∅, null/을 표음하며 훈민정음의 초성자(初聲字) 욕모(欲母) 'ㅇ'와 같은 것이다. 이 파스파자의 발음은 한글로 '윈'으로 전사할 수 있다.

이에 대하여 일찍이 服部四郎(1984/217)에서는 핫도리(服部) 자신과 Poppe, Ligeti의 의견을 다음과 같이 비교하고 [ʼ](魚母, gradual beginning of voice)로 보았다.

---

107) 이 문자의 음가에 대하여는 지금까지 믿을 만한 연구가 없다. 필자는 照那斯圖 (2003:23)에 맞추어 이렇게 재구해 본 것이다.
108) 吉池孝一(2005:10)에서는 파스파 문자에 "母音 a를 나타내는 문자는 없다"라고 하였으나 이것은 이 문자를 잘못 이해한 것으로 보인다.
109) 위에서 언급한 바와 같이 횡서로 파스파 문자를 연결시켰다.

	᠊ᠠ	᠊ᠡ( )
服部	'	'
Poppe	없음	•
Ligeti	″	•

이에 대하여 服部四郎(1984:50)에서는 이에 해당하는 중국어음을 다음과 같이 본다고 하였다.

'(影母) [ʔ](聲門閉鎖音)
'(魚母) 부드럽게 내는 소리(gradual beginning of voice)

그러나 『원조비사(元朝秘史)』 몽고어 등의 표기에서 핫도리(服部)씨는 모음 간에 [V'VV]와 같이 쓰이는 [']는 [ʔ]가 아니라 "소리를 약하게 함"(오히려 "부드러운 소리 내기"에 해당함)을 나타내는 것이라고 주장하였다(服部四郎:1993:217). 포페와 리게티 교수는 모두 이것을 [•]로 표시하였는데 'ᠠ'는 『몽고자운』의 喩母(유모)로서 훈민정음의 欲母(욕모) 'ㅇ'와 같이 음가가 없고 독립적으로 음절을 형성한다는 생성음운론의 음운자질 [+syllabic]을 나타내는 기호라고 본다. 다만 ᠡ은 影母(영모)로서 [']로 표시하며 음가는 [ʔ](聲門閉鎖音)으로 보아야 할 것이다.

따라서 '운(韻)'의 파스파문자 표음 을 한글로 표기하면 '윈'이 될 것이다. 또 『몽고자운』 첫째 장에 " , 一東"에서 [一]의 'ᠠ'도 'ᠠ'와 같이 음가가 없으며 ['i]이고 한글로 표기하면 '이'가 된다.

훈민정음이 중성자를 단독으로 쓸 때에 欲母(욕모)의 'ㅇ'를 중성자(中聲字) " · , ㅡ, ㅣ, ㅗ, ㅏ, ㅜ, ㅓ, ㅛ, ㅑ, ㅠ, ㅕ" 등에 붙여 "ᄋᆞ, 으, 이, 오, 아, 우, 어, 요, 야, 유, 여"와 같이 쓰는 이유에 대하여는 훈민정음 해례(解例)의 어디에도 설명이 없다.110) 이것은 이미 파스파 문자에서 쓰인 방법이므로 다시 이에 대하여 설명할 필요를 느끼지 않은 것으로 볼 수밖에 없고 이것은 파스파 문자가 고려 후기, 조선 초기에 한반도의 지식층들에게 널리 알려졌음을 전제로 하는 것이다.

그러나 자음 단독으로 발음되는 경우나 반모음 다음에는 /ɑ/를 붙여 발음한다. 예를 들면 /ᄒ, g/는 [gɑ], /ᅙᅘ, gǐ/는 [gǐɑ]로 발음되는데 이러한 표음 방법이 파스파 문자를 음절문자로 오해하기에 이른다. 『몽고자운』에서도 운(韻)의 총목(總目) 중에 '八 ᄅ'는 [pa]로 읽을 수밖에 없다. 즉 순중음(脣重音) 전청(全淸)의 성모(聲母) '幇(ᄅ)'이 [pa]로 발음되는 경우다. 여기서 우리는 〈세종어제훈민정음(世宗御製訓民正音)〉에서 "ㄱᄂ 엄쏘리니 군(君)ㄷ자(字)쫑 처엄 펴아나ᄂ 소리 ᄀᆞᇀ니라"에서의 'ㄱᄂ' 이 '[ka]ᄂ', 또는 '[ki]ᄂ'으로 읽힐 수 있는 가능성을 찾을 수 있다.

4.9 파스파 문자의 자모(字母)

이상 파스파 문자의 제정에 대하여 논의하였다. 파스파 문자는 티베트의 유두체(有頭体)문자를 모방하여 만들었는데 티베트 문자는 토번(吐蕃) 왕조(王朝)의 초기에 티베트어로 범어(梵語)의 불경(佛經)을 번역하던

---

110) 이에 대하여 [해례본] 『훈민정음』의 「合字解」에 "初中終三聲、合而成字。"를 그 규정으로 보려는 경우가 있다. 그러나 이것은 한자음에서 '御 엉', '世 솅'와 같이 발음이 되지 않는 欲母(ㅇ, null)를 종성으로 붙여 초성, 중성, 종성을 갖추게 한다는 것이지 중성자에 欲母(ㅇ)를 初聲으로 붙이는 것을 말하는 것은 아니다. '이, 아' 등의 표기는 결코 "初中終三聲'의 合字가 아니다.

역승(譯僧)들에 의하여 고안된 것으로 고대 인도의 음성학 연구에 의거한 불경의 비가라론(毘伽羅論) 등의 성명학(聲明學)이론에 근거한 것이다. 따라서 이 이론에 입각하여 티베트어의 음운을 추출하고 이를 발음위치와 발음방식에 따라 구별하여 표음문자를 제정하였으며 이러한 문자제정 방식은 후대 동북아 여러 민족의 문자 제정에 지대한 영향을 주었다. 이것은 표의문자인 한자(漢字)에 대응하는 표음문자이었기 때문이다.

유라시아대륙의 북방에 위치한 많은 교착적 언어를 쓰는 민족이 국가를 건설하면 바로 새로운 문자를 제정하여 통치문자(統治文字)로 삼았는데 예를 들면 몽골계의 거란족(契丹族)이 세운 요(遼)나 그 다음에 여진족(女眞族)이 세운 금(金)의 경우에도 국가가 건립되자마자 태조(太祖), 태종(太宗)의 치세에 새로운 문자를 만들어 반포하고 사용하기 시작한다. 초기에는 당시 가장 강력한 문자인 한자(漢字)를 변형시킨 것이었지만 바로 표음적인 문자를 만들어 이를 대체한다. 한자가 고립적인 문법구조의 중국어(中國語)에 맞추어 만든 문자이기 때문에 교착적인 동북아 다른 민족의 언어의 표기에는 맞지 않기 때문이다. 뿐만 아니라 이 신문자를 자신들의 추종세력에게 교육시켜 그들을 시험에 의하여 선발하여 관직에 임명함으로써 자연스럽게 지배 계급의 교체를 가져오기 때문에 그들은 국가의 건국과 더불어 새로운 문자를 제정하여 공포하고 그를 학교에서 교육하여 시험을 보았던 것이다.

원(元)도 새로운 국가가 건설되면 새로운 문자를 제정하여 통치문자(統治文字)로 삼는 이러한 북방민족의 전통을 이어받아 몽고 제국(帝國)의 태조(太祖)인 칭기즈 칸은 위구르 문자를 빌려 몽고 위구르(畏兀)자를 제정하였고 중국을 정복하고 그곳에 원(元)을 세운 쿠빌라이 칸은 티베트 문자에 기초한 파스파 문자를 제정한 것이다. 그리고 이를 국자(國字)라

하여 원(元)의 통치문자로 삼고 제 로(路)에 학교를 세워 이를 교육하고 시험에 의하여 그들을 선발하여 관리에 임명한 것이다.

파스파 자모(字母), 즉 자음자와 모음자의 제정은 우리의 훈민정음 제정에 많은 영향을 주었다. 다만 파스파 문자의 제정에서는 훈민정음과 달리 모음자를 분명하게 중성(中聲)과 같이 독립한 단위로 보지 않고 유모(喩母)에 속하는 문자로 이해하였다. 그리하여 한자음 표기를 위하여 7개의 문자를 제정하였고 이것은 다음 장에서 논의할 것이지만 훈민정음의 11자 중성(中聲) 제자에 깊은 영향을 주었다.

한자음을 표음하기 위하여 『몽고자운』이 인정한 파스파 문자는 4.7.3과 4.7.4에서 여러 연구자들에 의하여 논의된 그 문자의 음가에 대하여 고찰하였다. 특히 『몽고자운』의 권두에 부재된 '자모(字母)', 즉 '삼십육자모도(三十六字母圖)'([사진 4-18])의 파스파자 36개에 대한 고찰이 있었으며 중복되는 문자와 한자음 표기 이외의 문자들에 대하여도 고찰하였다. 이 모든 연구는 다음 장에서 논의될 파스파 문자와 훈민정음과의 관계, 즉 문자의 제정과 문자 모양, 문자 체계, 정서법 등에서 어떤 영향을 받았는지 살펴보기 위한 것이다.

제5장
피스파자와 훈민정음

　'한글', 즉 '훈민정음'에 대하여 우리는 모두 '사상 유례가 없는 독창적인 문자'를 세종이 창제(創制)하신 것으로 알고 있다. 이것은 세종 자신이 중국 성운학(聲韻學)에 대한 심오한 지식을 가졌고 집현전 학자들도 이 방면에 조예가 깊은 학자들이 적지 않았던 것으로 보이기 때문에 의문의 여지가 없는 것 같다. 세종은 최만리(崔萬理) 등의 훈민정음 반대 상소에 대한 비답(批答)에서 "[전략] 且汝知韻書乎? 四聲七音、字母有幾乎? 若非予正其韻書、則伊誰正之乎? ― 또 너희가 운서를 아느냐? 사성(四聲)과 칠음(七音), 자모가 몇 개인 줄 아느냐? 만약에 내가 그 운서를 바로 잡지 않으면 누가 이를 바르게 하겠느냐? ―"(『세종실록』권103, 세종 26년 2월 庚子 조)라고 하여 본인의 성운학적 지식이 대단함을 과시하고 있다.

최만리(崔萬理)는 집현전(集賢殿)을 관리하는 가장 높은 직위인 부제학(副提學)으로서 당대 최고의 선비였으며 그도 운학(韻學)에 대한 어느 정도의 지식을 가졌을 것이나 그들을 앞에 두고 세종은 자신의 성운학적 지식을 자랑한 것은 그의 학식이 타인의 추종이 불허할 수준에 이르렀음을 말한다. 이것은 다만 운서(韻書)만을 공부한 것이 아니고 불경(佛經)을 통하여 습득한 고대 인도의 파니니 음성학, 즉 불가(佛家)의 '성명기론(聲明記論), 비가라론(毘伽羅論)'을 통하여 음운에 대한 깊은 지식을 가졌으며 모음과 자음, 성조(聲調) 등에 대한 해박한 지식을 가졌던 것으로 추측된다. 그의 주변에는 신미(信眉), 김수온(金守溫) 형제와 같은 학승(學僧)과 불교 전문가가 있었기 때문이다.

세종의 측근에서 신문자 제정에 도움을 준 집현전(集賢殿)의 소장학자들도 성운학과 불교의 성명학(聲明學)에 조예가 깊은 사람이 많았다. 집현전 학자들의 신문자 해설서로 볼 수 있는 {해례본}『훈민정음』에는 단순한 성운학적 지식을 넘는 깊은 음운에 대한 지식을 볼 수가 있다. 예를 들면 오행(五行)에 맞춘 '아(牙), 설(舌), 순(脣), 치(齒), 후(喉)'음의 초성 순서를 「제자해(制字解)」에서는 발음 위치에 따라 깊은 곳으로부터 '후음(喉音) − 아음(牙音) − 설음(舌音) − 치음(齒音) − 순음(脣音)'의 순서로 설명을 붙였다. 이러한 발음에 대한 위치적 특징과 조음(調音)적 특징에 대한 인식은 음성학에 대한 깊은 지식이 없이는 불가능한 것이다.

또 앞장에 살펴본 바와 같이 고대인도 문법학파의 음성연구에 의거하여 제정된 티베트 문자에서는 모음자를 자음의 부속으로 인정하고 독립시키지 않았다. 그리고 파스파 문자에서도 모음자를 유모(喻母)에 귀속

시켰는데 [해례본]의 「제자해」에서는 "中聲承初之生、接終之成、人
之事也。盖字韻之要、在於中聲、初終合而成音。 - 중성은 초성에
서 발생한 음을 이어받아 종성에 연결시켜 완성하니 사람이 하는 일과
같다. 대체로 자운(字韻)의 요체는 중성에 있어서 초성과 종성을 결합하
여 음절을 형성한다. - "라고 하여 중성, 즉 모음의 중요성을 강조하였다.

　뿐만 아니라 20세기 후반의 생성음운론(生成音韻論, Generative phonology)
에서 겨우 지각(知覺)하기 시작한 음운 분석의 최소 단위로 인정한 변별
적 자질(distinctive features)을 인정하고 이들을 추출하여 훈민정음 제정자
들을 이 자질들로 설명하였다. 초성자(初聲字)의 오음(五音), 사성(四聲),
전청(全淸), 차청(次淸), 전탁(全濁), 불청불탁(不淸不濁) 등의 자질이나 중
성자(中聲字)의 설축(舌縮), 설소축(舌小縮), 설불축(舌不縮)과 성심(聲深),
성천(聲淺), 불심불천(不深不淺), 그리고 합벽(闔闢), 구축(口蹙) 등의 자질
은 오늘날 첨단적인 변별적 자질의 이론으로도 구축하기 어려운 고도의
변별성(辨別性)을 염두에 두고 설정된 자질이라고 하지 않을 수 없다. 이
것은 음소(音素)가 '변별적 자질의 묶음, 또는 총화'이라는 20세기 후반의
정의에[1] 맞도록 문자를 음소 단위로 제정하면서 그에 해당하는 변별적
자질을 소개한 것으로 이해 할 수 있다.

　세종의 훈민정음 제정을 창제(創制)로 인정하고 이를 강조한 많은 기

---

1) 이러한 음소의 정의는 A. Martinet의 "un phonème peut être considéré
comme un ensemble de traits pertinents qui se realisent simultanément"이
란 정의나 R. Jakobson의 "Phoneme is a bundle of distinctive features.", L.
Bloomfield의 "The phonemes of a language are not sounds but merely
features of sound which the speakers have been trained to produce and
recognize in the current of actual speech sound."라는 정의, 소위 내적 접근
(the inner approach to phoneme)의 정의에서 자주 등장한다(이기문·김진
우·이상억, 2000).

록에서 이 문자가 전례가 없음을 강조하였다. 예를 들면 『세종실록』(권 102) 세종 24년 12월조에 "是月、上親制諺文二十八字。[하략]"이란 기사의 '친제(親製 - 친히 만들다)'의 기사라든지 {해례본} 권말(卷末)에 부재된 정인지(鄭麟趾)의 후서(後序)에 "[전략] 我殿下天縱之聖、制度施爲、超越百王。正音之作、無所祖述、而成於自然。豈以其至理之無所不在、而非人爲之私也。[하략 - 우리 전하께서는 하늘이 내신 성인으로 제도를 베푸시는 것이 백왕(百王)을 초월하였다. 정음을 지은 것은 전에 없었던 일이고 자연스럽게 완성하셨다. 그 지극한 이치가 없는 곳이 없으니 어찌 사람이 사사롭게 만든 것이라고 하겠는가?-"라고 한 '무소조술(無所祖述)'이라든지 최만리(崔萬理)의 반대 상소문 서두(序頭)에 "臣等伏覩諺文制作、至爲神妙、創物運智夐出千古。 - 신들이 엎드려 보건데 언문의 제작은 지극히 신묘(神妙)한 일이어서 새롭게 만드는 지혜의 움직임이 멀리 천고(千古)에서 나온 것 같습니다. -"라고 하는 '창물운지(創物運智)' 등의 표현은 이 사업이 참으로 창조적인 것임을 강조한 것이다.

그러나 앞에서 고찰한 바와 같이 유라시아 대륙의 북방에 거주하는 교착적 문법 구조를 가진 언어의 민족들은 한자 이외의 많은 문자를 창제하여 사용한 일이 있었다. 특히 우리와 밀접한 관계에 있었던 몽고의 원(元)에서 제정한 파스파 문자로부터 훈민정음은 많은 영향을 받았다. 이미 우리의 선조들도 예부터 한글이 몽고자와 관련이 있다는 주장을 하는 연구자들이 있었고[2] 서양에서는 미국 컬럼비아대학의 게리 레쟈드

---

2) 예를 들면 朝鮮시대 李瀷(1681~1763)의 『星湖僿說』에서 주장한 파스파 문자 영향설을 비롯하여 柳僖(1773~1837)의 『諺文志』에서는 蒙古字로부터 훈민정음의 문자가 만들어졌음을 주장하였다.

(Geri Ledyard) 교수에 의해서 훈민정음이 파스파자의 영향을 받았다는 연구 논문이 학계에 보고되었다.3) 1966년에 버클리 캘리포니아대학의 학위논문으로 제출된 이 논문은 대부분의 서양학자들에 의하여 인정되어 서양에서는 한글이 파스파 문자의 영향으로 만들어진 것이라고 믿게 되었다.

동양에서는 중국(中國) 사회과학원(社會科學院) 민족연구소의 주나스트(照那斯圖) 교수가 슈안데우(宣德五) 교수와 함께 照那斯圖·宣德五(2001a)를 발표하여 역시 훈민정음이 파스파자의 영향을 받았다고 보았다. 특히 照那斯圖(2008)에서는 훈민정음의 초성(初聲) 기본자 5개도 모두 파스파 문자의 변형 내지 모방이라는 주장을 하였다. 즉 그는 훈민정음 기본자 5개를 그와 대응되는 파스파자 5개를 다음과 같이 비교하였다.

ㄱ – ꡂ [k]   ㅅ – ꡧ [s]
ㄴ – ꡋ [n]   ㅇ – ꡓ [∅]
ㅁ – ꡏ [m]

이러한 비교 끝에 'ㄱ'은 파스파자 'ꡂ'의 오른 쪽 위의 꺾어진 것을 본뜬 것이고 'ㄴ'은 'ꡋ'의 왼쪽 아래의 둥근 것을 곧게 하여 왼쪽 아래의 꺾어진 형태로 구부린 형식이라고 하였다. 'ㅁ'은 'ꡏ'의 왼쪽 아래 꺾어진 원형의 획을 네모나게 한 형식이며 'ㅅ'은 'ꡧ'의 왼쪽 아래 꺾어진 것을 바르게 세운 형식이라고 보았다. 마지막 'ㅇ'은 파스파자의 'ꡓ'의 왼쪽 아래의 터진 곳을 막은 형식이라고 설명하였다.4)

3) 이 논문은 1965년 말에 학위논문으로 제출되었던 "The Korean Language Reform of 1446,"을 말하는 것으로 1998년 3월에 한국의 국립국어연구원 연구총서 2호로 신구문화사(서울)에서 간행되었다. 참고문헌 Ledyard(1966)을 참고할 것.
4) 이에 대한 원문을 옮겨보면 "ㄱ這是八思巴字母ꡂ的右上角, 卽其橫和竪的90

이것은 우선 자형을 무리하게 비교하여 억지로 맞춘 것으로 볼 수밖에 없다. 더구나 "ㅇ－ⅳ[∅]"의 대응은 전혀 맞지 않는 것인데 그 이유는 다음과 같다. 훈민정음의 '欲母(욕모) ㅇ'는 '業母(업모) ㆁ'와 위의 점 하나의 차이밖에 없는 유사한 자형(字形)이다. 이것은 훈민정음 제정자가 欲母(욕모)의 'ㅇ'과 '業母(업모)'의 'ㆁ'과 유사하다고 보았기 때문이다. 후대에 이 구별이 없어진 것은 처음부터 이 둘을 같은 음운으로 인식한 때문이다. 더구나 세종 28년(1446)에 간행된 {해례본}의 「제자해(制字解)」에서는 이 기본자 5개가 발음기관을 상형(象形)하여 제자(制字)한 것임을 분명히 밝혀두었다.

이에 대하여는 다음에 다시 논하기로 하고 우선 지금까지 Ledyard (1966, 1997, 2008)와 照那斯圖·宣德五(2001a,b), 照那斯圖(2008)의 주장에 대하여 한국학자로서 뚜렷한 반론을 제기한 바가 없다. 그것은 파스파 문자와 훈민정음 간의 관계에 대한 국내의 지식이 불충분했기 때문이다. 필자는 15년 전에 『몽고자운』 전문을 대영(大英)도서관으로부터 영인하여 받아서 파스파 문자의 연구와 더불어 오래 동안 훈민정음과 비교하여 왔다. 이것을 졸고(2008a,b)로 발표하였으며 드디어 2008년 11월 17일 한국학중앙연구원에서 개최한 '훈민정음과 파스파문자 국제학술 Workshop(International Workshop on Hunminjeongeum and hPags -pa script)에서 전술한 두 학자, 미국의 게리 레쟈드 교수와 중국의 주나스트 교수와 함께 훈민정음과 파스파 문자의 제정에서 보이는 영향 관계를 토론하였다.

度轉折筆划. ㄴ這是八思巴字母ཉ的左下圓筆直下的左下角轉折形式[중략]. ㅁ這是八思巴字母ཎ的左下角圓形筆畫的方化形式[중략]. ㅅ這是八思巴字母ས的左下角的直立形式, 或是左半部左右兩个斜筆. [중략] ㅇ這是八思巴字母ⅳ的左下部的封口形式"와 같다.

제5장은 이때의 발표를 중심으로 다시 정리한 것이다.

5.1 파스파 문자의 제정과 훈민정음의 창제

제4장에서 파스파 문자의 제정 과정에 대하여 고찰하였다. 그에 의하면 원(元) 세조(世祖) 쿠빌라이 칸이 티베트의 라마승 팍스파(八思巴)에게 명하여 원(元) 제국(帝國)의 통치문자로 새로운 문자를 만들게 한 것임을 알 수 있다. 이것은 티베트의 토번(吐蕃) 왕조에서 시작되어 북방의 여러 민족에 널리 퍼진 바 있는 전통, 즉, 새 국가의 건국과 함께 통치문자로 새 문자를 제정하던 관례와 같은 맥락이다. 즉, 요(遼) 태조 야율아보기(耶律阿保幾)가 거란(契丹) 문자를 만들어 사용하였고 금(金) 태조 아구타(阿骨打)가 여진(女眞) 문자를 만들어 사용한 것이 그것이다.

팍스파 라마(喇嘛)가 만든 문자를 '몽고신자(蒙古新字)', 또는 '국자(國字)'라는 명칭으로 부른 이유가 이들이 제국(帝國)의 건설과 더불어 새로운 통치문자임을 보여준 것이다. 이 절(節)에서는 파스파 문자의 제정과 반포에 관련된 훈민정음과의 관계에 대하여 먼저 살펴보기로 한다.

5.1.1 우리말의 과학적 연구는 〈훈민정음〉으로부터 시작된다고 보는 견해가 많다. 여기서 '훈민정음'이란 세종대왕이 창제한 신문자의 명칭이 아니라 정통(正統) 11년 9월 상한(上澣), 즉 세종 28년 9월에 간행한 서적을 말하는 것이다. 〔해례본〕『훈민정음』(이하 〔해례본〕으로 약칭)이라고 불리는 이 책에서는 우리말을 기록할 수 있는 새로운 표음문자의 제

정과 그 문자를 사용하여 우리말을 기록하는 정서법이 중국의 성운학(聲
韻學)과 성리학(性理學)의 이론에 의거하여 과학적으로 설명되었다. 이
한 권의 서적에는 그 시대에 선학들이 여러 선진 언어이론을 섭렵하여
그 이론적 토대 위에서 우리말을 연구한 당시 언어연구 이론의 정수(精
髓)가 들어 있었다.

우리말을 표기할 수 있는 문자를 마련하기 위하여 당시 국어를 분석
하고 각 언어학의 충위에서 그 불변의 요소들을 추출하여 체계적으로
이를 고찰한 {해례본}은 당시로서는 세계에서 가장 발전된 언어학의 연
구서라고 보아도 과언이 아니다. 특히 당시 국어의 음운을 정밀하게 분
석하고 그 각각의 변이음을 통합하여 하나의 음소를 상정한 다음에 그
에 알맞은 발성기관의 모습에 따라 문자를 제정한 일이 사실이라면 이
것은 세계의 문자 발명이나 제정에서 유례를 찾아볼 수 없는 일이라 아
니할 수 없다.

이러한 훈민정음의 음운 연구는 물론 그동안 세계 각국의 여러 민족
들이 발달시켜 온 음운론 및 음성학의 이론들을 당시 훈민정음 창제자
들은 숙지하고 있었던 것을 전제로 한다. 그 가운데 가장 뚜렷한 것은
고대 인도의 음성학 연구가 불경(佛經)을 통하여 한반도에도 유입되어
국어 음운 연구에 영향을 끼쳤고 중국에서 독자적으로 발달한 성운학도
한반도에서 더욱 그 연구가 깊이를 갖게 되었다. 그리고 이러한 이론들
은 당시 중국에서 유행하던 성리학에 의하여 그 방법론이 정비되어 학
문적 체계를 갖추게 되었다.

훈민정음은 이와 같은 학문적 배경을 갖고 연구된 것이기 때문에 현
대 언어학의 이론으로도 전혀 손색이 없는 결론을 도출할 수가 있었던
것으로 필자는 믿고 있다. 최근 영국의 언어학자 샘슨(Sampson)이 훈민

정음의 문자 제정이 현대 언어학에서도 가장 첨단적인 변별적 자질 이론에 입각한 것이라는 연구를 발표한 바 있다(Sampson, 1985, Kim, Chin-W., 1988). Kim, Chin-W.(1988)는 1980년 10월에 한글날 기념 및 이 논문 필자의 일리노이대 언어학과 과장 취임을 기념하기 위한 강연에서 발표한 것으로 {해례본}의 '축(縮), 불축(不縮), 심(深), 천(淺), 합벽(闔闢)' 등의 용어를 Jakobson 식의 변별적 자질(back, front, grave, acute, round)에 해당하는 것으로 볼 수 있다고 주장하였다. 또 훈민정음에서 규정한 방점의 표기는 오늘날 비단선음운론(非單線音韻論, non-linear phonology)의 여러 이론에 의하여 매우 합리적으로 설명할 수 있다는 지적도 있어 훈민정음은 새로운 언어이론이 나오면 나올수록 그 가치가 재평가되고 있다(졸고, 2002:32~33).

훈민정음이 제정에 대하여는 졸저(2006)에서 필자의 독특한 의견을 개진한 바가 있다. 그것은 종래 훈민정음 창제에 대한 연구와는 시각을 달리하는 것으로 아마도 많은 논란의 여지가 있을 것이다. 그러나 필자의 훈민정음 제정에 관한 추정이 결코 상궤에서 벗어나는 것이 아니며 많은 부분을 현존하는 자료를 들어 증명하였기 때문에 다른 반론이 없는 한 필자는 그 생각을 그대로 유지하려고 한다. 다음은 졸저(2006:20~36)에서 논의된 내용을 다시 한 번 재구성하여 옮긴 것이다.

훈민정음의 제정은 하루아침에 이루어진 것이 아니다. 한반도에서는 오래 전부터 한글과 같이 우리말을 기록하는 표음문자의 필요성을 인식하고 일찍부터 통치문자로 한반도에 도입(導入)되어 쓰이던 한자를 이용하여 여러 가지 방법으로 우리말을 표기하려고 시도하였다. 또 한반도에 절대적인 영향을 주었던 중국대륙의 문화를 수입하기 위하여 중국어의 학습이 필요하였는데 표의문자(表意文字)인 한자를 사용하는 중국어와 한문을 학습하기 위하여 발음기호(發音記號)가 필요하였다. 이러한 표음

문자의 필요성은 오래 전부터 한반도에서는 문자생활을 하는 지식인들에 의하여 끊임없이 요구되었다.

한반도에는 고조선(古朝鮮)의 위만조선(衛滿朝鮮) 시대에 중국어와 더불어 한문이 본격적으로 들어오기 시작하였고 적어도 한사군(漢四郡) 시대에는 한자(漢字)가 통치문자(統治文字)로서 도입되어 만주 남부와 한반도의 언어를 한문으로 기록하였다(졸고:2003). 한문(漢文)으로 만주 남부나 한반도의 언어를 기록한다는 것은 중국어로 이들의 언어를 번역하여 한자로 쓰는 것을 말한다.

그러나 이러한 한문 표기가 어려운 것이 있는데 바로 인명, 지명, 관직명과 같은 고유명사의 표기라고 할 수 있다. 이러한 고유명사는 처음에는 어떤 구체적 의미를 가졌던 것이 점차 본래의 어휘적 의미는 옅어지고 그저 어떤 사람의 이름, 어느 지역의 명칭으로 굳어지게 된다. 이렇게 고유명사를 표기하기 위하여 한자의 뜻과 발음을 빌려 현지어를 표기하는 방법이 고대 삼국에서, 특히 신라에서 발달하였다.

신라에서 발달한 향찰(鄕札)은 한자(漢字)를 빌려 신라 말을 기록한 문자로 전장(前章)에서 살펴본 거란(契丹)문자의 거란대자(契丹大字)나 여진(女眞)문자의 여진대자(女眞大字)와 같은 계통의 한자 변형 문자라고 생각한다. 신라에서 향가(鄕歌)를 기록한 향찰(鄕札)은 거의 신라 말을 완벽하게 기록할 수 있는 정도의 한자 차자(借字) 문자였으며 이것이 고려 후기에는 이두(吏讀)로 발달하여 우리말의 표기에 사용되었다.[5]

---

5) '吏讀'라는 용어는 고려 후기, 또는 조선 전기에 만들어진 술어로 본다. 왜냐하면 元代에 漢兒言語를 기반으로 하여 文語인 吏文이 생겨났고 그것이 고려 후기에 한반도에 수입되어 조선 전기에는 조선 吏文이 발달하였다. 이 양자를 구별하기 위하여 원대에 발달한 중국의 吏文을 '漢吏文'이라 하고 이의 영향을 받아 조선시대에 관공서의 公用文으로 사용하던 吏文은 '朝鮮 吏文'으로 부른다. 조

졸고(2006a)에 의하면 향찰(鄕札)이나 이두(吏讀)와는 별도로 원(元)의 이문(吏文)에 이끌리어 한반도에서도 이와 유사한 문어(文語)의 표기 전용의 이두문(吏讀文)이 생겨나서 전자를 한이문(漢吏文)이라 하고 후자를 이문(吏文)이라 하여 조선 500년간 왕국(王國)의 정문(正文)으로 사용하게 되었다고 한다.

또 구결(口訣)이 있어 한문(漢文)을 읽을 때에 조사(助詞)나 어미(語尾), 즉 토(吐)를 삽입하여 이해하기 쉽게 하거나 우리말로 풀어 읽을 수 있게 한 것이다. 아마도 처음에는 한문을 완전히 풀어 읽을 수 있도록 붙이는 석독구결(釋讀口訣)의 방법만이 있었으나 한문이 구결(口訣)을 많이 보급되면서 구절이나 문장 말에 토를 붙이는 순독(順讀) 구결(혹은 誦讀구결이라고도 함)의 방법이 개발되어 사용된 것으로 보인다.

그러나 이러한 이두(吏讀), 구결(口訣)은 우리말을 표기하는데 매우 불편하였다. {해례본} 권미(卷尾)에 붙어 있는 정인지(鄭麟趾)의 후서(後序)에서는 이두가 우리말을 기록하는 데 얼마나 불편했는가를 구구절절 설명하고 있다.

이것은 앞에서 살펴본 파스파자(字)의 반포를 위한 조령(詔令)에서 볼 수 있는 신문자 창제의 이유 가운데 하나로 위구르자에 대한 불평과 상통한다. 파스파 문자보다 조금 먼저 몽고어 표기를 위하여 도입된 몽고위구르자(畏兀字)의 사용이 얼마나 불편했는지 쿠빌라이 칸의 조령(詔令)에 언급되었다.

5.1.2 훈민정음이 제정된 또 하나의 이유는 신구 세력의 정권 교체

선 후기에 들어오면 조선이문과 吏讀文이 혼합되어 더욱 漢吏文과는 다르게 된다. 이때에 '吏讀'라는 용어가 생겨난 것이다. 졸고(2006:60~62) 참조.

에 신문자를 이용한 것이다. 세종 28년(1446) 9월에 훈민정음(訓民正音)을 공표한 후 3개월 만인 세종 28년 12월에 전격적으로 내려진 명령으로 "지금부터는 '이과(吏科)'와 '이전(吏典)'의 인재 선발(取才)에 훈민정음을 아울러 치르게 하라. 비록 뜻과 논리가 통하지 않더라도 글자만 합할 수 있으면 뽑으라(今後吏科及吏典取才時、訓民正音並令試取。雖不通義理、能合字者取之。)"라는 기사가 『세종실록』에 있어 관리의 선발에 훈민정음을 기준으로 하였음을 알 수 있다(김양진:2006). 또 그로부터 4개월이 지난 뒤인 세종 29년(1447) 4월에 함길도(함경도) 자제들을 특채하겠다는 명령을 내린다.

이에 앞서 세종 26년(1444년) 윤 7월의 교지에 "'함길도의 자제로서 내시(內侍)·다방(茶房)의 지인(知印)이나 녹사(錄事)에 응시하는 자는 서(書)·산(算)·률(律)·가례(家禮)·원(元)의 『속육전(續六典)』 중 세 과목[三才]에 합격하면 뽑으라(咸吉道子弟欲屬內侍茶房知印錄事者、試書算律家禮、元續六典、三才入格者取之。)"고 하였으나, 이때[1447년 4월]에 이르러 "이과(吏科) 선발 시험에서 6과목에 다 합격할 필요는 없으며, 다만 점수(分數)가 많으면 선발하도록 하였으니 함길도 자제를 '三才之法(세 과목[三才]만 붙으면 뽑는 법)'으로 뽑는 일은 다른 도의 사람보다 특별히 더 우대한 것이 아니므로 이제부터는 함길도 출신 자제로서 이과(吏科)에 응시하는 자는 다른 지역의 예에 따라 6과목[六才]을 치르되 점수를 갑절로 주라. 다음 식년시(式年試)부터 시작하되, 먼저 훈민정음을 치르고 합격한 자에게만 다른 과목을 시험 보게 할 것이며, 각 관아의 吏典 선발시험에도 아울러 훈민정음을 치르도록 하라(然吏科取才、不必取俱入六才者、但以分數多者取之。咸吉子弟三才之法、與他道之人別無優異。自今咸吉子弟試吏科者、依他例試六才、倍給分數。後式年爲始、先試訓民正音、入格者許試他才。各司吏典

取才者、竝試訓民正音。)."라는 기사는 훈민정음, 즉 신문자를 시험하여 그들만을 관리에 임명함으로써 자연스럽게 통치계급의 물갈이가 이루어지게 한 것이다. 특히 조선 태조 이성계의 고향인 함길도 출신자를 중용하는 데도 신문자의 시험을 통하여 이루어졌음을 알 수 있다.

모두가 티베트 토번(吐蕃) 왕조의 송찬 감포 대왕의 티베트 문자 제정 이후에 거란(契丹)의 요(遼) 태조 야율아보기(耶律阿保機)와 여진의 금(金) 태조 아구타(阿骨打), 몽골의 칭기즈 칸, 원(元)의 쿠빌라이 칸 등이 신 국가의 건설과 더불어 새 문자의 제정하고 그를 시험하여 관리를 임명함으로써 통치 계급의 교체를 이룬 것과 같은 방법으로 세종(世宗)도 훈민정음을 시험하여 구세력을 몰아내고 이조(李朝)를 추종하는 세력으로 교체하려던 것으로 볼 수 있다.

5.1.3 훈민정음이 제정된 또 하나의 이유는 새로운 중국 공용어의 탄생으로 그동안 한반도에서 사용되던 한문(漢文)과 그를 통한 중국어의 학습이 무용지물이 되었기 때문에 새로운 중국어의 학습을 위하여 발음 기호로써 표음문자가 필요하였다.

중국은 국토가 광활할 뿐만 아니라 수많은 민족으로 구성되었고 거기서 사용되는 언어도 다종다기(多種多岐)하다. 그리하여 각 시대별로 각 민족이 공동으로 사용하는 언어가 필요하게 되었다. 본격적인 역사시대의 시작인 주대(周代)에는 공동의 언어가 있었지만 이를 지칭하는 말이 없었으며 동주(東周)의 수도(首都) 낙양(洛陽)의 언어를 표준어로 하는 춘추시대(春秋時代)에는 이를 '아언(雅言)'이라고 하였다.

전국시대(戰國時代)에는 육국(六國)이 모두 자기나라 말로 표준어를 삼았으나 동주(東周)의 수도 낙양(洛陽)의 언어를 기초로 한 아언(雅言)은 이

시대에도 상류사회(上流社會)에서 통용되었고 유교경전(儒敎經典), 즉 삼경(三經)과 사서(四書)의 언어가 모두 아언(雅言)으로 풀이되었다. 이를 고문(古文)이라 하고 우리가 한문(漢文)이라고 하는 것은 보통 이 고문(古文)을 지칭하는 것이다.

상고(上古)시대의 중국 주변에는 여러 이민족(異民族)이 있었고 그들도 이 고문(古文)에 의거하여 자국의 역사 등을 기록하였는데 그들의 언어에 영향을 받아 원래 아언(雅言)의 문법과 어긋나는 점이 있었다. 이것을 변문(變文)이라 하고 돈황(敦煌) 유물(遺物)에서 발견된 문헌 가운데 변문(變文) 자료가 적지 않다.

진(秦)이 천하를 통일하고 수도를 서북지방으로 옮기면서 한대(漢代)에는 장안(長安)의 말을 기초로 한 공통어(共通語)가 생겨났다. 이를 중국어의 역사에서는 '통어(通語)', 또는 '범통어(凡通語)'라고 하였으며 한(漢)나라의 융성과 더불어 모든 방언을 초월하여 중국 전역에 퍼져나갔다. 또한 위진(魏晉) 이후 수(隋)와 당(唐)을 거치면서 장안(長安)을 중심으로 한 통어(通語)는 중국어의 역사에서 가장 오랜 기간 공용어(公用語)로서의 지위를 누렸다. 이때에 이 범통어(凡通語)를 기초로 하여 산문(散文)을 쓰는 것이 유행하였으며 이것을 백화문(白話文)이라고 하였다. 이 백화문의 출현은 고문(古文)이나 변문(變文)과 다른 또 하나의 문어(文語)가 생겨난 것이다.

특히 송대(宋代)에는 북송(北宋)이 중원(中原)에 정도(定都)한 후에 변량(汴梁)을 중심으로 한 중원어음(中原語音)이 세력을 얻자 전시대의 한음(漢音)을 유지하기 위하여 많은 운서(韻書)가 간행되었다. 특히 수대(隋代)에 육법언(陸法言)의 『절운(切韻)』이 당대(唐代) 손면(孫愐)의 『당운(唐韻)』으로, 그리고 송대(宋代) 진팽년(陳彭年)과 구옹(邱雍)의 『광운(廣韻)』으로 발전하여 중국어의 한음(漢音)은 운서(韻書)음으로서 정착하게 된다. 송대

(宋代)『광운(廣韻)』을 기본으로 한 『예부운략(禮部韻略)』 등은 당시 과거 시험의 표준 운서(標準韻書)이었으므로 이 운서음(韻書音)은 전국적으로 널리 유포되었다. 이것을 필자는 한자의 중고음(中古音)이라고 본다.[6]

그러나 몽골에 의하여 건국된 원(元)이 수도를 대도(大都), 즉 연경(燕京, 지금의 北京)으로 정하자 이곳의 언어가 공용어로서 세력을 얻기 시작하였다. 원(元)의 대도(大都) 주변에는 많은 민족이 모여 살았고 그들 가운데는 중국어와 같은 고립어의 문법 구조가 아닌 교착적(膠着的) 문법구조를 가진 언어를 사용하는 북방민족도 섞여 있었다. 이들이 일상생활이나 교역 등의 접촉에서 언어 소통을 위하여 중국어를 기본으로 하여 스스로 만든 공통어가 있었는데 그것이 '한아언어(漢兒言語)'였다.

이 한아언어(漢兒言語)는[7] 앞에서 언급한 그동안의 중국에서 통용되던 통어(通語)와는 매우 다른 언어로서 우선 몽고음(蒙古音)은 종래의 중고음(中古音)과 서로 달랐을 뿐만 아니라 언어 구조도 상당한 차이를 보였다. 이러한 발음의 차이는 이미 중고음으로 학습한 고려인들의 중국어 지식을 근본적으로 흔들어 놓았다. 따라서 고려후기와 조선 초기에는 북경어(北京語)의 발음을 학습하기 위하여 필사적이었다.[8]

---

6) 이에 대하여 전술한 雅言(아언)의 洛陽(낙양) 발음은 上古音(상고음)으로 부른다.

7) 이 漢兒言語는 明代에 漢人들에 의하여 수정되어 官吏들의 언어로 사용되었으며 이를 北京官話라고 하였다. 이것은 明初에 南京官話의 영향을 받아 변질된 北京語를 말하며 이것은 清代 북경 만다린을 거쳐 오늘날 중화인민공화국의 표준어인 普通話의 母胎가 된 것이다(졸저, 2004, 해설부문).

8) 成三問은 『直解童子習』의 서문에서 중국어 학습에서 발음 학습의 어려움을 역설하면서 "(전략)號爲宿儒老譯 終身由之 而卒於孤陋(중략)我世宗文宗慨然 念於此 既作訓民正音 天下之聲 始無不可盡矣 於是譯洪武韻 以正華音(하략) - 이름난 유학자나 노련한 역관이라도 종신토록 그대로 가다가 고루한대로 마치게 된다.(중략) 우리 세종과 문종대왕께서 이에 탄식하는 마음을 가져 이미 만든 훈민정음이 천하의 모든 소리를 나타내지 못하는 것이 전혀 없어서 이에 홍무정운을 번역하여 중국어의 발음을 바로 잡았다 - "라고 하여 세종과 동궁이 모

원(元)의 흥융(興隆)으로 한아언어(漢兒言語)는 중국 전역으로 퍼져나갔고 이를 학습하기 위한 발음사전이 간행되기도 하였다. 『중원음운(中原音韻)』이 그 대표적인 운서이며 이 책에서 논의되고 있는 『몽고자운』은 그러한 와중에 탄생한 운서인 것이다. 이 운서에서 한자음을 기록한 파스파 문자는 기본적으로는 몽고인이나 색목인(色目人)들의 한자의 발음 표기를 위하여 제작되었으며 몽고어의 표기에도 이용되어 원 세조(世祖)는 이를 국자(國字)라 하였다(졸저, 2006: 10~16). 이 파스파자는 고려 후기에 한반도에 유입되어 몽고어 학습과 더불어 널리 알려졌으며 조선 초기의 역과(譯科)시험에는 몽고어 시험에서 이 문자가 출제되었다(졸저: 1990).

5.1.4 훈민정음을 제정한 동기에 대하여는 위에서 언급한 한자 차자 표기의 어려움이 가장 먼저 당시 이 문자의 제정에 관여한 인물들로부터 제기된다. 예를 들어 첫 번째 이유는 (해례본)의 권미(卷尾)에 붙어 있는 정인지(鄭麟趾)의 후서(後序)에서 "(전략) 昔新羅薛聰 始作吏讀 官府民間 至今行之 然皆假字而用 或澁或窒 非但鄙陋無稽而已 至於言語之間 則不能達其萬一焉 ― 옛날에 신라 설총이 이두를 처음 만들어 오늘에 이르기까지 관청이나 민간에서 이를 사용하고 있으나 이것이 모두 한자를 빌려 쓰는 것이어서 혹은 꺽꺽하고 혹은 막히고 비단 속되고 근거가 없을 뿐만 아니라 실제로 언어를 적는 데는 그 만에 하나도 도달하지 못 한다 ―"라고 하여 이두가 우리말을 기록하는 데 얼마나 불편했는가를 말하면서 이러한 이두표기의 부정확함을 바로 잡기 위하여 훈민정음을 제정한다는 것이다.

　그러나 같은 내용이 파스파 문자를 반포하는 쿠빌라이 칸의 조령(詔

　두 중국어 학습을 위하여 이 문자를 제정한 것으로 보았다.

令)에서도 발견된다. 전장(前章)에서 고찰한 바와 같이 이 조령에는 "凡使用文字的地方、都沿用漢字楷書及畏兀文字、以表達本朝的語言－[지금에] 쓰이는 문자는 모두 한자의 해서(楷書)나 위구르 문자를 사용하여 이 나라의 말을 표시하였다. –"라고 하여 한문이나 위글 문자의 사용으로 자기 나라 말을 표현하는 것이 마땅치 않음을 표시하고 있다. 또 이것은 아마도 몽고어의 표기에서 한자(漢字)와 외올자(畏兀字) 표기의 불비함에 기댄 것이 아닌가 한다.

두 번째 이유인 한자음 전사(轉寫)를 위한 것이 훈민정음에서도 직접적인 동기로 알려진 것이다. 훈민정음이 창제된 이후 이 신문자를 사용하여 처음으로 시도한 작업은 '운회(韻會)'의 번역이었음을 상기하게 된다. 즉『세종실록』(권103) 세종 26년 2월 병신(丙申) 조에 "命集賢殿校理崔恒 (중략) 指議事廳 以諺文譯韻會 東宮與晋陽大君瑈・安平大君瑢 監掌其事 皆稟睿斷 賞賜稠重 供億優厚矣－집현전 교리 최항 등에게 명하여 언문으로 운회를 번역하게 하다. 동궁 및 진양대군 유(瑈)와 안평대군 용(瑢)이 그 일을 감독하고 관리하게 하였다. 그러나 모두 [왕에게] 품하게 하여 직접 결정하다. 상을 내릴 때에는 많고 후하게 하고 모두 대우를 잘하게 하였다－"라는 기사가 있어 훈민정음이 창제된 계해년(癸亥年, 1443) 12월로부터 불과 2개월이 지난 세종 26년(1444) 2월 16일(丙申)에 '운회(韻會)'의 번역을 명하였음을 알 수 있다.[9]

이것이 훈민정음 제정 이후 이 문자를 사용하여 사업을 명한 최초의 일이다. 대부분의 훈민정음 연구 논저에서는 이 운회의 번역이라는 것이 황공소(黃公紹)의 『고금운회(古今韻會)』, 또는 그의 제자(弟子) 웅충(熊

---

9) 도르멜(2008a:35)에서는 이 〈고금운회〉의 번역이 파스파문자 대신 훈민정음 자로 표시하는 것으로 보았다.

忠)이 간행한 『고금운회거요(古今韻會擧要)』를 훈민정음으로 전사한 것으로 본다. 그리고 졸고(2006b/87)에서는 이것이 훈민정음 창제의 직접적인 동기로 보았다. 『고금운회』는 원대(元代)의 표준어를 학습하기 위하여 파스파 문자로 편찬된 『몽고자운(蒙古字韻)』, 『몽고운략(蒙古韻略)』[10] 등의 운서를 기초로 한 것이다. 실제로 『고금운회거요』에는 『몽고자운』으로부터[11] 인용한 구절이 많이 보인다. 따라서 현전하는 『몽고자운』의 사본은 『고금운회거요』보다 후대의 것을 필사한 것이지만 그 이전에 간행한 것이 있었으며[12] 아마도 당시 연경(燕京)에서 통용되는 표준어를 정리한 것이 『몽고자운(蒙古字韻)』의 원본(原本)이고 후일 『고금운회(古今韻會)』에 의하여 교정한 것이 교정본 『몽고자운』이라고 생각된다. 제2장에서 언급된 『몽고자운』은 주종문(朱宗文)의 증첨(增添)본으로 보인다. 『몽고운략(蒙古韻略)』은 현전하는 것이 없으나 『몽고자운』에 의하여 그 모습을 추정할 수 있다(兪昌均:1978).

  세 번째 이유로 Vladimirtsov(1929)가 주장한 제국의 모든 언어를 기록할 수 있는 문자를 위하여 제정되었다는 주장도 훈민정음의 제정에

---

10) 『蒙古韻略』은 조선 중종 때에 崔世珍이 간행한 『四聲通解』에 그 서명이 보이나 현전하지 않는다. 『蒙古字韻』의 축소판으로 보는 견해가 있다(兪昌均:1978). 그러나 『四聲通解』에 인용된 『廣韻』 「三十六字母之圖」 등을 보면 이것이 『廣韻』을 축소한 『禮部韻略』계통의 운서를 파스파 문자로 번역한 것을 지칭하는 것으로 보인다.
11) 현전하는 『蒙古字韻』은 大英圖書館에 소장되었고 그 鈔本의 卷頭에 있는 朱宗文의 自序에 '至大 戊申 淸明 前1日'이란 간기가 있어 元 武宗 元年(戊申, 1308)에 간행된 것을 필사한 것임을 알 수 있다. 따라서 현전하는 『蒙古字韻』(1308)은 『古今韻會擧要』(1297)보다 후대에 간행된 것이지만 이미 『古今韻會』(1292)에 그 서명이 인용되었으므로 이 사본은 후대의 교정본을 필사한 것으로 보아야 할 것이다. 제2장 2.1, 2.7절 참조.
12) 최세진의 『四聲通解』에 전재된 신숙주의 『四聲通攷』에는 『蒙古韻略』이란 운서가 보이는데 이것은 『古今韻會』보다 이른 시기의 운서로 보인다. 주10 참조.

관련된 기사에서 많이 등장한다. 신숙주(申叔舟)의 『보한재집(保閒齋集)』
에 수록된 '이승소비명(李承召碑銘)'에 의하면 "世宗 以諸國各製字 以記
國語 獨我國無之 御製字母二十八字－세종은 여러 나라가 각기 글자
를 만들어 나라의 말을 기록하는데 홀로 우리나라만 없어서 자모 28자
를 임금이 만들었다－"라는 기사가 있어 앞에서 살핀 주변국가의 문자
제작에 관하여 세종이 익히 알고 있었고 그에 자극되어 신문자(新文字)를
창제하였음을 알려준다.

이와 같은 내용이 전술한 쿠빌라이 칸의 파스파자 반포의 조령(詔令)
에서 발견된다. 즉, 제4장에서 살펴본 이 조령에는

> [전략] 查考遼朝、金朝以及遠方各國、照例各有文字、如今以文教治
> 國逐漸興起、但書寫文字缺乏、作爲一個朝代的制度來看、實在是沒
> 有完備。所以特地命令國師八思巴創制蒙古新字、譯寫一切文字、希
> 望能語句通順地表達淸楚事物而已。[후략－요(遼) 나라와 금(金) 나라,
> 그리고 먼 곳의 여러 나라들의 예를 비추어 보면 각기 문자가 있으나 우리
> 가 지금처럼 문교로 나라를 다스려 점차 흥기하였는데 다만 서사할 문자가
> 없었다. 그러므로 국사 파스파에게 몽고신자를 창제하라고 특명을 내려서
> 모든 문자를 번역하여 기록하라고 하였다. 그리하여 능히 언어가 순조롭게
> 통하고 각지의 사물이 바르게 전달되기를 바랄 뿐이다.

라고 하여 신숙주(申叔舟)의 『보한재집』에서 언급한 것과 같은 내용을
담고 있다. 훈민정음 제정 이전에 한반도 주변 민족의 문자 제정과 사용
에 대하여는 졸고(2006b)에서 전술한 요(遼), 금(金)의 문자 제정을 비롯하
여 당시 각국의 문자 사용에 대하여 자세하게 논의하였고 전장(前章)에
서 파스파 문자 제정 이전의 북방민족들이 만들어 사용한 문자에 대하
여 살펴본 바가 있다.

5.1.5 그러면 훈민정음은 어떤 경로를 통하여 제정되었을까? 졸저 (2006:28~34)에서 논의한 바 있는 훈민정음의 제정 경위에서는 우선 훈민 정음의 정식 반포가 없었다고 보았으며 {해례본} 『훈민정음』의 간행이 훈민정음의 반포라고 보아야 한다는 종래의 주장에도 이의를 제기하였다.

오히려 세종 30년 경에 『월인석보(月印釋譜)』 구권(舊卷)을 간행하면서 권두에 「훈민정음」을 붙임으로써 반포(頒布)에 대신한 것이라는 주장을 펼쳐왔다.13) 이 「훈민정음」은 세조 5년, 천순(天順) 3년(1459)에 간행한 {신편} 『월인석보』에서는 「세종어제훈민정음(世宗御製訓民正音)」으로 명 칭이 바뀐 것이라고 주장하였다. 왜냐하면 세종 생존 시에는 '세종어제' 라는 말이 붙을 수가 없고 박승빈 씨가 소장한 '원본훈민정음'이라고 학 계에 소개된 '{국역본}『훈민정음』'이 『월인석보』의 그것보다 오래 된 것 이고 그의 명칭이 '훈민정음'이기 때문이다.14) 이에 대하여는 졸저(2006) 에 자세하게 논의되었기 때문에 여기서는 더 이상 언급하지 않고 결론 으로 붙인 훈민정음의 창제 경위만을 여기에 옮긴다.

- · 세종 2년(1419) - 좌의정 박은(朴訔)의 계청으로 집현전 설치.
- · 세종 13년(1431) - 설순(偰循)이 어명을 받아 『삼강행실도(三綱行實圖)』 (한문본) 편찬.
- · 세종 16년(1434) -『삼강행실도』 간행.
- · 세종 24년(1442) 3월 -『용비어천가(龍飛御天歌)』 편찬을 위한 준비.

---

13) 『월인석보』의 舊卷(구권)과 新編(신편)에 대하여는 조선 世祖(세조)의 어제서문 에 밝혀 있고 졸저(2006)에서 이에 대하여 자세하게 논술하였다.

14) {국역본} 『훈민정음』은 {해례본} 『훈민정음』의 앞 석장 반, 즉 세종의 어제서문과 例義(예의)만을 언해한 것으로 원래는 『월인석보』의 권두에 부재되었던 것이다. {언해본} 『훈민정음』이란 명칭이 더 일반적이다.

『세조실록』(권95), 세종 24년 3월 임술(壬戌) 조에 "時上方欲撰龍飛御天歌 故乃下此傳旨－이 때에 임금이 용비어천가를 편찬하고자 하여 이 뜻을 아래에 전하다－"라는 기사 참조.

· **세종 25년(1443) 12월－세종이 훈민정음 28자를 친제함.**

세종실록』(권102), 세종 25년 12월 조에 "是月 上親制諺文二十八字(중략) 是謂訓民正音－이 달에 임금이 친히 언문 28자를 만들다.(중략) 이것이 소위 훈민정음이라고 불리는 것 이다－" 라는 기사 참조.

· **세종 26년(1444) 2월 16일(丙申)－운회(韻會)의 번역을 명함.**

세종실록』(권103), 세종 26년 2월 병신(丙申) 조에 "命集賢殿校理崔恒(중략) 指議事廳 以諺文譯韻會 東宮與晋陽大君(玉柔)·安平大君瑢 監掌其事 皆稟睿斷 賞賜稠重 供億優厚矣－집현전 교리 최항 등에게 명하여 언문으로 운회를 번역하게 하다. 동궁 및 진양대군 유와 안평대군 용이 그 일을 감독하고 관리하게 하였다. 그러나 모두 품하게 하여 직접 결정하다. 상을 내릴 때에는 많고 후하게 하고 모두 대우를 잘하게 하였다－"라는 기사 참조.

· 세종 26년(1444) 2월 20일(庚子)－최만리의 반대 상소문

『세종실록』(권103), 세종 26년 2월 경자(庚子) 조에 "庚子 集賢殿副提學崔萬理等上疏曰(하략)－경자(20일)에 집현전 부제학 최만리 등이 상소하여 말하기를(하략)－"이란 기사 참조.

· 세종 27년(1445) 1월－신숙주·성삼문 등이 운서를 질문하려고 요동에 유배된 유학자 황찬(黃瓚)에게 감.

『세종실록』 권 107, 세종 27년 정월 辛巳 조에 "遣集賢殿副修撰申叔舟·成均 注簿成三問·行司勇孫壽山于遼東 質問韻書－집현전의 부수찬인 신숙주와 성균관의 주부인 성삼문, 그리고 역관 손수 산을 요동에 보내어 운서에 대하여 질문하다－"라는 기사와 『보한재집(保閒齋集)』책7,부록 이파(李坡)의 '신숙주묘지(申叔舟墓誌)'에 "時適翰林學士黃瓚以罪配遼東 乙丑春命公隨入朝使臣 到遼東見 瓚質問 公諺字飜華音 隨問輒解 不差毫釐 瓚大奇之 自是往還遼 東凡十三度－그

때 한림학사 황찬이 죄를 입어 요동에 유배되었다. 을축년(1445) 봄에 신숙주로 하여금 중국에 들어가는 사신을 따라 가도록 명하였다. 요동에 이르러 황찬을 만나 질문하였는데 신숙주는 언문의 글자로 중국의 발음을 번역하였으며 문제를 쉽게 풀이하여 황찬이 크게 기특하게 여기었다. 이로부터 요동을 갔다 온 것이 13번이다-"라는 기사 참조.

· 세종 27년(1445) 4월-『용비어천가』(한문본) 제진(製進)

『세종실록』(권108), 세종 27년 4월 무신(戊申) 조에 "議政府右贊 成權蹉 · 右贊參鄭麟趾 · 工曹參判安止等 進龍飛御天歌十卷-의정부 우찬성 권제, 우참찬 정인지, 공조참판 안지 등이 『용비어천가』10권을 바치다-"라는 기사와 『용비어천가』 권두에 부재된 안지(安止)의 진전문(進箋文)에 "正統 十四年 四月 日 崇政大夫議政府右贊成 集賢殿大提學知春秋館事兼成均大司成臣 權蹉 資憲大夫議政府右 參贊 集賢殿大提學知春秋館事 世子右賓客臣 鄭麟趾 嘉善大夫工曹 參判集賢殿提學同知春秋館事 世子右副賓客臣 安止等上"이란 기사 참조.

· 세종 27년(1445) 5월-세종이 세자에게 양위하려다가 그만둠.

『세종실록』(권108), 세종 27년 5월 갑술(甲戌) 조에 "向者予欲禪 位世子 閑居養病 卿等泣請不已 勉從之"라는 기사 참조.

· 세종 28년(1446) 3월-소헌왕후(昭憲王后) 승하(昇遐).

『세종실록』(권111), 세종 28년 3월 신묘(辛卯) 조에 "王妃薨于首 陽大君第-왕비가 수양대군의 집에서 돌아가시다-"라는 기사 참조.

· 세종 28년(1446) 병인(丙寅)-『석보상절』과 『월인천강지곡』 편찬 시작

『월인석보』 신편의 세조 어제(御製) 서문에 "昔在丙寅ᄒᆞ야 昭憲王后ㅣ 奄棄營養ᄒᆞ야시늘 痛言在疚ᄒᆞ야 罔知攸措ᄒᆞ다니 世宗이 謂予ᄒᆞ샤ᄃᆡ 薦拔이 無知轉經이니 汝宜撰譯釋譜ᄒᆞ라 ᄒᆞ야시늘 予受 慈命ᄒᆞᅀᆞᄫᅡ (중략) 撰成釋譜詳節ᄒᆞ고 就譯以正音ᄒᆞ야 俾人人易曉케 ᄒᆞ야 乃進ᄒᆞᅀᆞᄫᅩ니 賜覽ᄒᆞ시고 輒製讃頌ᄒᆞ샤 名曰月印千江이라 ᄒᆞ시

니―녜 병인년(1446)에 이셔 소헌왕후ㅣ 榮養을 섈리 브리시늘 셜버
슬ㅆ보매 이셔 흟 바를 아디 몯 ᄒ다니 世宗이 날드려 니르샤디 追
薦이 轉經 ᄀᆞᆮᄒ니 업스니 네 釋譜를 밍ᄀᆞ라 翻譯호미 맛당ᄒ니라
ᄒ야시늘 내 慈命을 받ᄌᆞᄫᅡ(중략) 釋譜詳節을 밍ᄀᆞ라 일우고 正音으
로 翻譯ᄒ야 사름마다 수빙 알에 ᄒ야 進上ᄒᆞᅀᆞᄫᆞ니 보ᄆᆞᆯ 주ᅀᆞ오시고
곧 讚頌을 지ᄉᆞ샤 일후믈 月印千江이라 ᄒ시니―"라는 기사를 참조.

· **세종 28년(1446) 9월 ― {해례본} 『훈민정음』 완성.**

『세종실록』(권113), 세종 28년 9월 조에 "是月 訓民正音成 御製曰(중
략) 正音之作 無所祖述―이달에 훈민정음이 완성되었다. 임금이 지어
말씀하시기를(중략) 훈민정음을 지은 것은 옛 사람이 저술한 바가 없다
―"라는 기사 참조.

· 세종 28년(1446) 11월― 언문청(諺文廳) 설치.

『세종실록』(권114), 세종 28년 11월 임신(壬申) 조에 "命太祖實 錄入于
內 遂置諺文廳 考事迹 添入龍飛詩― 태조실록을 입내하도록 명하고
이어서 언문청을 설치하였으며 사적을 고찰하게 하여 용비어천가의 시
가에 첨가하여 삽입하도록 하였다"라는 기사 참조. 그러나 『용재총화(慵
齋叢話)』(권7)에는 "世宗設諺文廳 命申高靈 成三問等 制諺文―세종
이 언문청을 설치하고 신숙주와 성삼문 등으로 하여금 언문을 짓게 하
다―"라는 기사가 있어 언문청이 실록의 기록보다 좀 더 일찍 설치된
것으로 보는 견해가 있고 왕실에서 언문청의 설치를 비밀로 하였을지도
모른다는 견해가 있다(김민수, 1990:105).

· 세종 28년(1446) 12월― 이과(吏科)와 취재(取才)에서 훈민정음을 부
과함.

『세종실록』(권114), 세종 28년 12월 기미(己未) 조에 "傳旨吏 曹今後
吏科及吏典取才時 訓民正音並令試取 雖不通義理 能合字取之―
이조에 전지하기를 '이제부터는 이과와 이전에서 취재할 때에는 훈민정
음을 함께 시험하되 비록 그 뜻과 이치에 통하지 않더라도 능히 합자할
수 있으면 채용하라'고 하다―"라는 기사 참조.

· 세종 29년(1447) 2월－『용비어천가(龍飛御天歌)』 완성.

　　『용비어천가』(권10), 최항(崔恒)의 발문(跋文)(중략)에 "殿下覽而 嘉之
　　賜名曰龍飛御天歌(중략) 就加註釋 於是粗敍其用事之本末 復爲音
　　訓以便觀覽共十一卷(중략) 正統十二年二月日(중략) 崔恒拜手稽首
　　謹跋－전하가 보시고 기뻐하였다. 이름을 내려주기를 용비어천가라고
　　하였다. 주석을 더하여 비로소 거칠게나마 일의 쓰임에 있어서 본말을
　　서술하게 되었다. 다시 발음과 뜻을 붙여 보기에 편하게 하였다. 모두
　　11권이다. 정통 12년(1447) 2월에 최항이 절하며 머리를 숙여 삼가 발
　　문을 쓰다－"라는 기사 참조.

· 세종 29년(1447) 4월－각종 취재(取才)에서 훈민정음 시험 강화.

　　『세종실록』(권116), 세종 29년 4월 辛亥 조에 "先試訓民正音 入格者
　　許試他才 各司吏典取才者並試訓民正音－먼저 훈민정음을 시험하고
　　합격한 자에게만 다른 시험에 응시할 수 있게 하다. 각 관청에서 이전
　　(吏典)의 취재를 하는 경우 훈민정음을 함께 시험하다－"라는 기사 참조.

· 세종 29년(1447) 7월－『석보상절(釋譜詳節)』, 『월인천강지곡(月印千
　江之曲)』 완성.

· 세종 29년(1447) 9월－『동국정운(東國正韻)』 완성

　　『세종실록』(권117), 세종 29년 9월 무오(戊午) 조에 "是月 東國正韻成
　　凡六卷 命刊行－이 달에 동국정운이 완성되다. 모두 6권으로 간행을
　　명하다－"라는 기사와『동국정운』의 권두에 있는 신숙주의 서문에 "正
　　統十二年 丁卯 九月下澣－정통 12년(1447) 9월 하순－"이라는 간기
　　참조.

· 세종 30년(1448): 언해본 훈민정음 완성. 후일 '세종어제훈민정음'이
　란 이름으로 (신편)『월인석보』의 권두에 부재됨.

· 세종 30년(1448)『월인천강지곡(月印千江之曲)』과 함께 『월인천강지
　곡석보상절(月印千江之曲釋譜詳節)』, 즉 『월인석보(月印釋譜)』 구권
　(舊卷) 간행. 『월인석보』 구권(舊卷)을 간행하면서 권두에 언해본

훈민정음 첨부.

· 세종 30년(1448) 10월 -『동국정운』보급.

　　『세종실록』(권122), 세종 30년 10월 경신(庚申) 조에 "頒東國正韻于
　　諸道及成均館四部學堂 乃教曰 本國人民熟俗韻已久 不可猝變 勿
　　强教 使學者隨意爲之 - 동국정운을 모든 도(道)와 성균관, 사부학당에
　　나누어 주다. 그리고 임금이 말씀하기를 '본국의 백성들이 속운에 익숙
　　한지 이미 오래되어 갑자기 변경하는 것은 불가하므로 억지로 가르치지
　　말 것이며 배우는 사람의 뜻에 따르도록 하라'고 하셨다 - "라는 기사
　　참조.

· 세종 32년(1450) 1월 - 중국 사신에게 신숙주(申叔舟) 등이 운서를
　질문함.

　　『세종실록』(권126), 세종 32년 윤정월 무신(戊申) 조에 "命直集 賢殿成
　　三問 · 應教申叔舟 · 奉禮郎孫壽山 問韻書使臣 三問等因館伴以見
　　[중략] 三問 · 叔舟將洪武韻講論良久 - 집현전 직전 성삼문, 응교 신
　　숙주, 봉례랑 손수산 등이 중국의 사신에게 운서를 질문하다. 성삼문
　　등이 사신이 머무는 곳에 함께 가서 만나[중략] 성삼문 · 신숙주가 홍무
　　정운을 갖고 오래도록 강론하다 - "라는 기사 참조.15)

· 문종 원년(AD. 1450) 10월 - 정음청(正音廳) 설치.

　　『문종실록』(권4) 문종 원년 10월 무술(戊戌) 조의 기사 참조.

· 문종 2년(1452) 4월 -『동국정운』한자음에 의한 과거시험 실시.

　　『문종실록』(권13) 문종 2년 4월 戊辰(무진) 조에 "禮曹啓 進士試 取

---

15) 세종 32년(1450) 9월에 개성(開城) 불일사(佛日寺)에서 『월인석보(月印釋
　　譜)』 목판본 간행한 것으로 보인다. 미확인 자료로 "月印釋譜(중략) 佛日
　　寺 正統 十五年 終"이란 간기를 가진 목판본 『월인석보(月印釋譜)』 권1,
　　권17, 권28의 3冊을 필자가 중국 상해(上海) 모처에서 본 일이 있는데 여기
　　서 정통(正統) 15년은 실제로는 경태(景泰) 원년(元年, 1449)이며 세종이 붕
　　어(崩御)한 세종 32년에 해당한다. 그러나 紙質이나 板式 등으로 볼 때에 眞
　　品으로 보기 어렵고 아마도 原本을 粗惡하게 模寫한 것으로 보인다.

條件(중략) 一.東國正韻 旣已參酌古今韻書定之 於用韻無所防礙(하
략)-예조에서 계하기를 진사 시험의 조건으로(중략) 첫째 동국정운은
이미 고금의 운서를 참작하여 정한 것이어서 운을 맞추는데 방해되거나
장애됨이 없다-"라는 기사 참조.

· 단종 원년(1452) 12월-『동국정운』과 『예부운략』의 한자운을 모두
과거에 사용하도록 함.

『단종실록』(권4) 단종 즉위년 12월 임자(壬子) 조에 "議政府據 禮曹
呈啓 曾奉敎旨 於科學 用東國正韻 然時未印頒 請依舊用禮 部韻
(중략) 從之-의정부에서 예조가 올린 계에 의거하여 '일찍이 임금의 뜻
을 받들어 과거에서 동국정운을 사용하였으나 이때에는 미처 인쇄하여
나누어 주지 못하였으므로 [예조에서] 청하는 바에 의하여 옛날같이 예부
운에 의거하자'고 하였다.(중략) 그대로 따르다-"라는 기사 참조.

· **단종 3년(1455) 4월-『홍무정운역훈(洪武正韻譯訓)』 완성**

『홍무정운역훈』의 신숙주 서문에 "景泰六年仲春旣望-경태 6(1455)
중춘(4월) 보름-"이라는 간기 참조.

· **단종 3년(1455)- 개성(開城) 불일사(佛日寺)에서 『월인석보(月印釋譜)』**
옥책(玉冊) 제작

불일사(佛日寺) 제작의 『월인석보(月印釋譜)』 옥책(玉冊) 서문(序文)에
"景泰 六年 佛日寺"란 간기 참조.

· 세조 4년(1458)-최항(崔恒) 등의 『초학자회(初學字會)』 편찬.

아마도 이 『초학자회』 권두에 『훈몽자회』에 첨부된 '언문자모(諺文字
母)'가 부재되었을 것으로 추정됨.

· **세조 5년(1459) 7월-『월인석보(月印釋譜)』 신편(新編) 간행.**

세조의 어제서문(御製序文)에 "天順三年 己卯 七月七日序"이란 간기
참조.

· 세조 6년(1260) 6월-『훈민정음』, 『동국정운』, 『홍무정운역훈』을
과거의 출제서로 함.

『세조실록』(권21), 세조 6년 9월 庚寅 조에 "禮曹啓 訓民正音先 王御製之書 東國正韻・洪武正韻皆先王撰定之書 吏文又切於事大 請自今文科初場試講三書 依四書五經例給分 終場幷試吏文 依 對策例給分 從之 - 예조에서 계하기를 '『훈민정음』은 선왕이 만드신 책이고 『동국정운』과 『홍무정운역훈』도 모두 선왕께서 정하여 편찬한 책이며 吏文은 또 事大에 중요한 것입니다. 지금부터는 과거의 문과에서 初場에는 앞의 세 책을 강론하는 것으로 시험하고 四書와 五經의 예에 의하여 점수를 주며 終場에는 이문을 함께 시험해서 對策의 예에 의거하여 점수를 주겠습니다'라고하다. 그대로 따르다 - "라는 기사 참조.

· 세조 7년(1461) - 간경도감(刊經都監) 설치.

· 세조 8년(1462) 6월 - 과거에 홍무운(洪武韻)을 예부운(禮部韻)과 함께 쓰게 함.

『세조실록』(권28), 세조 8년 6월 癸酉 조에 "禮曹啓 在先科擧時 只用 禮部韻 請自今兼用洪武正韻 譯科並試童子習 從之 - 예조에서 계하기를 '전에는 과거를 볼 때에 예부운(禮部韻)만을 사용하였으나 이제부터는 홍무정운을 겸용하고 역과(譯科)는 동자습(童子習)을 함께 시험하도록 청합니다'라고 하다. 그대로 따르다 - "라는 기사 참조.

졸저(2006)에서는 위에 정리한 훈민정음의 제정의 경위를 보면서 세종은 중국과 우리의 한자음이 다른 것에 착안하여 중국어의 표준 발음에 의거하여 우리 한자음의 규범음(規範音)을 정하기 위한 것이며 이를 표음하기 위한 발음기호(發音記號)로서 훈민정음을 고안(考案)한 것으로 보았다. 이 때의 중국어 표준발음은 『고금운회(古今韻會)』와 같은 운서(韻書)의 표준음에서 가져왔으며 이러한 규범적 발음은 후일 『동국정운』으로 정리된다.

발음기호로서 훈민정음을 고안한 것은 세종 자신으로 보이며 동궁(東宮, 후일 문종)과 수양대군, 안평대군 등이 이 문자의 고안에 참가한 것으로 추정된다. 그리고 한자의 우리말 규범음을 정하는 일은 집현전(集賢殿)의 젊은 학자들에게 맡긴 것으로 보이는데 이때의 발음표기는 물론 세종이 친제한 훈민정음에 의거하여 일성일운(一聲一韻)을 훈민정음의 초(初), 중(中), 종성(終聲)으로 대입하는 작업이었다.

훈민정음으로 우리말, 즉 고유어를 기록하도록 발전한 것은 세종의 따님이 정의공주(貞懿公主)가 구결(口訣), 즉 토(吐)를 세종이 고안한 신문자로 기록하는 '변음토착(變音吐着)'의 방법을 강구하면서 가능하게 된다. 세종은 이로부터 고유어를 자신이 고안한 신문자로 표기하는데 몰두하였는데 이것은 동궁(東宮), 수양(首陽), 안평(安平), 정의(貞懿) 등의 자녀(子女)들과 함께 작업하였다(졸고, 2006).

이러한 고유어 표기의 연구는 [해례본]의 '용자례(用字例)'에서 신문자로 고유어를 표기하는 예로 나타난다. 즉 해례본에서는 제자해(制字解)부터 종성해(終聲解)에 이르기까지는 주로 한자음 표기를 예로 하여 설명하였으나 용자례(用字例)에서는 초성 17자와 중성 11자의 용례가 모두 고유어에서 가져왔다.

그리고 드디어 수양대군(首陽大君)이 신미(信眉), 김수온(金守溫) 등과 함께 신문자로『석보상절(釋譜詳節)』을 편찬하게 되자 세종은 스스로『월인천강지곡(月印千江之曲)』을 지으면서 신문자로 우리 한자음과 고유어의 표기를 시험하였다 이 모든 것이 가능한 것을 몸소 확인하고 [해례본]에 붙인 자신의 서문과 예의(例義)를 우리말로 풀이하여 자신이 편집한『월인석보』의 권두(卷頭)에 붙여 세상에 알린 것이다. 필자는 이것이 훈민정음의 반포(頒布)라고 생각한다(졸저, 2006).

훈민정음은 중국어의 표준음을 번자(飜字)하는데도 이용되었는데 처음에는『운회』를 번역(飜譯)하려고 하다가『홍무정운』의 역훈(譯訓)으로 전

환하였다. 아무래도 명(明)의 눈치를 보지 않을 수 없었을 것으로 추정
된다. 『홍무정운』은 명(明) 태조(太祖)의 칙찬운서(勅撰韻書)로써 명(明)이
호원(胡元)의 잔재(殘滓)를 없애려고 언어 순화 운동을 펼치면서 거기에
맞게 편찬된 것이다. 중국 표준음을 훈민정음으로 번자(飜字)하는 작업은
단종(端宗) 3년(1455) 4월에 『홍무정운역훈(洪武正韻譯訓)』을 간행함으로
써 일단락을 짓는다.

훈민정음은 실제로 한자음의 정리나 중국어 표준발음의 표기를 위하
여 제정되었다가 고유어 표기에도 성공한 것이다. 전자를 위해서는 훈
민정음, 또는 정음으로 불리었고 후자를 위해서는 언문(諺文)이란 이름을
얻게 된 것이다. 즉 "백성을 가르치는 바른 한자음, 즉 규범 한자음"이
'훈민정음(訓民正音)'이고 "중국어의 표준적 발음, 즉 한자의 표준적인 중
국어 발음"이 정음(正音)'이며 "우리말, 즉 언어(諺語)를 기록하는 글"이
'언문(諺文)'인 것이다(졸저, 2006:34~36).

5.2 파스파자 36자모와 훈민정음 17초성자

앞장에서 살펴본 파스파자(字)의 36자모는 다음과 같이 훈민정음의 초
성자(初聲字)와 대비된다.

① 아음(牙音, Molars) – 연구개 정지음(평음, 유기음, 유성음, 비음)

중국자모	파스파 자모	훈민정음 대응자
1. 見[k]	ꡂ[g]	ㄱ[k]
2. 溪[kh]	ꡁ[kh]	ㅋ[kh]

3.	群[g]	ㄲ[k]	ㄲ[g]
4.	疑[ng]	ㄹ[ng]	ㅇ[ng]

② 설두음(舌頭音, Apical Linguals) — 치 정치음(평음, 유기음, 유성음, 비음)

5.	端[t]	ㄷ[d]	ㄷ[t]
6.	透[th]	ㅌ[th]	ㅌ[th]
7.	定[d]	ㅉ[t]	ㄸ[d]
8.	泥[n]	ㄴ[n]	ㄴ[n]

③ 설상음(舌上音, Raised Linguals) — 경구개 권설음(평음, 유기음, 유성음, 비음)

9.	知[tś]	ㅌ[ń]	ㅈ[tś]
10.	徹[tśh]	ㅎ[tśh]	ㅊ[tśh]
11.	澄[dź]	ㄹ[tś]	ㅉ[dź]
12.	孃[ñ]	ㄴ[n~]	없음

④ 순중음(脣重音, bilabial)

13.	幫[p]	ㄹ[p]	ㅂ[p]
14.	滂[ph]	ㄹ[ph]	ㅍ[ph]
15.	並[b]	ㄹ[b]	ㅃ[b]
16.	明[m]	ㅁ[m]	ㅁ[m]

⑤ 순경음(脣輕音, labio-dental)

17.	非[β]	ㆆ[v]	ㅸ[β]
18.	敷[β]	ㆆ[h]	ㆄ[β]
19.	奉[f]	ㆆ[f]	ㅹ[v]
20.	微[w]	ㅌ[m̩]	ㅱ[w]

⑥ 치두음(齒頭音, palatal fricative)

21.	精[ts]	ㅈ[ts]	ᅎ[ts]
22.	淸[tsh]	ㅊ[tsh]	ᅔ[tsh]
23.	從[dz]	ㆅ[dz]	ᅏ[dz]
24.	心[s]	ㅿ[s]	ᄼ[s]
25.	邪[z]	ㅌ[z]	ᄽ[z]

⑦ 정치음(正齒音, Upright Incisors) ─ 경구개 권설음(평음, 유기음, 유성음)

26.	照[tś]	ㅌ[tɟ]	ᅐ[tś]
27.	穿[tśh]	ㆄ[tśh]	ᅕ[tśh]
28.	床[dź]	ㅂ[tś]	ᅑ[dź]
29.	審[ś]	ᄼ[s]	ᄾ[ś]
30.	禪[ź]	ᄭ[ź]	ᄿ[ź]

⑧ 후음(喉音, Laryngeals) ─ 인두음(유기음, 유성파찰음, 성문긴장음, 유성음)

31.	曉[h]	ㅎ[h]	ㆆ[h]
32.	匣[ɣ]	ㅸ[ɣ]	ㆅ[ɣ]
33.	影[ʔ]	ㄹ[ʔ]	ㆆ[ʔ]
34.	喩[ɦ, ∅]	ㅄ[ɦ, ∅]	ㅇ[ɦ, ∅]

⑨ 반설음(半舌音, Semi-linguals) ─ 유음

35.	來[r, l]	ㄹ[r, l]	ㄹ[r, l]

⑩ 반치음(半齒音, Semi-Incisors) ─ 치 비치찰음

36.	日[ńź]	ㄺ[ź]	ㅿ[ńź]

훈민정음이 조선 한자음의 정리와 더불어 한자의 한어음(漢語音), 즉 당시 북방 표준음을 표기하기 위한 발음기호인 것임은 졸고(2006b)에서 언급된 바가 있다. 전자를 위하여 『동국정운(東國正韻)』이 편찬되었고 후자를 위하여 『홍무정운역훈(洪武正韻譯訓)』이 편찬되었음은 이미 널리 알려진 사실이다. 그런데 『홍무정운역훈』의 현전본이 낙질본으로 제일 중요한 제1권이 없어서 이 책의 권두에 붙어 있었을 것으로 보이는 훈민정음과 『홍무정운(洪武正韻)』과의 관계 등에 대한 언급이나 도표가 망실(亡失)되었다. 또 이를 축약한 것으로 보이는 『사성통고(四聲通攷)』도 실전(失傳)되어 우리는 후대의 보완본인 중종(中宗) 조(朝)의 『사성통해(四聲通解)』를 통하여 훈민정음의 한어음(漢語音) 표기에 대한 중요한 언급을 찾아볼 수밖에 없다.

조선 중종 때에 편찬된 『사성통해』는 원대(元代)의 속어(俗語)들이 포함되었고 몽고운(蒙古韻) 등이 있어 편찬될 당시의 한어를 많이 반영하고 있음을 알 수 있다. 즉 花登正宏(1997:67)에 의하면 '妮'에 대하여 "女子、今 按元俗呼婢曰妮子。"라든지 '兀'에 대하여 "元語謂彼也。", '者'에 대하여 "語助。俗凡稱此物曰者箇、此番曰者回。今俗改用這字、或書作遮、非。皆音去聲。", 또 '遮'에 대하여 "今俗語遮莫縱令也、猶言儘教。"라 한 것으로 보아 『사성통해(四聲通解)』는 중국 근세의 속어 연구에 귀중한 자료라 하였다.

다음에 {해례본} 등을 통하여 훈민정음 초성자(初聲字)의 제자 원리를 찾아보고 이와 대응되는 파스파자의 자모를 고찰하기로 한다.

5.2.1 훈민정음은 졸저(2006)에서 밝힌 바와 같이 세종 30년경에 간행된 {구권(舊卷)} 『월인석보(月印釋譜)』 제1권의 권두에 실려 있는 '훈민

정음(訓民正音)'에서16) 초성(初聲) 17자를 제자(制字)하고 그 자형(字形)과 음가(音價)를 예의(例義)로 제시하였다.17) 물론 이보다 앞서 세종 28년 (14) 간행된 {해례본}은 이 문자의 제정에 대하여 '제자해(制字解)'에서 문자 제정의 원리를 상세하기 설명하였다.

그에 의하면 초성(初聲) 17자를 발음 위치인 아(牙), 설(舌), 순(脣), 치(齒), 후(喉), 반설(半舌), 반치(半齒)로 나누고 아음(牙音)은 연구개 정지음으로 "象舌根閉喉之形 – 혀 뿌리가 목구멍을 막는 모습을 본 딴 것 –"이라 하여 발음기관, 특히 이 음(音)을 발음할 때에 굽혀지는 혀의 모습을 그린 'ㄱ'을 기본자로 하였다.

설음(舌音)은 치경(齒莖) 정지음으로 이 음을 발음할 때에 혀가 위 잇몸에 닿는 모습을 "象舌附上顎之形 – 혀가 위 입천장에 닿는 모습을 본딴 것 –"으로 표현하면서 'ㄴ'을 만들었고 "象齒形 – 치아의 모습을 본 딴 것-"의 'ㅅ'과 "象口形 – 입의 모습을 본 딴 것 –"의 'ㅁ', "象喉形 – 목구멍의 모습을 본 딴 것"의 'ㅇ'의 5개를 기본자로 하고 여기에 소리에 따라 획을 더 하는 "인성가획(引聲加劃, 소리에 따라 획을 더하는 방법)"의 방법으로 'ㅋ, ㄷ, ㅌ, ㅂ, ㅍ, ㅈ, ㅊ, ㆆ, ㅎ'의 9개와 이체자(異體字) 'ㅿ, ㄹ, ㆁ' 3개를 더 하여 모두 17개 초성자(初聲字)를 만든 것이다.

따라서 발음기관을 상형(象形)하여 글자를 만들었다고밖에 설명할 수

---

16) 현재 서강대에 소장된 {新編}『月印釋譜』에는 '세종어제훈민정음(世宗御製訓民正音)'으로 되었다. 이 '훈민정음(訓民正音)'은 朴勝彬씨 소장의 '원본 훈민정음'이라고 알려졌던 것에서 따온 이름이다.

17) '例義'라는 술어는 鄭麟趾의 훈민정음 後序에 "[전략] 略揭例義以示之. – 간략하게 보기(例)와 뜻(義)을 들어 보인다."에서 가져온 것이다. 실제로 여기서는 "ㄱ, 牙音、君字初發聲。 – ㄱ은 어금니 소리이고 한자 '군(君)'자의 처음 나오는 소리다"라고 그 자형의 보기(例)와 그 음가(義)를 우리의 한자음, 東音으로 규정하였다.

없는 이 초성자(初聲字)들은 다시 한자음의 전탁음(全濁音)을 표시하기 위하여 각자병서(各字並書), 즉 쌍서자(雙書字) 'ㄲ, ㄸ, ㅃ, ㅆ, ㅉ, ㆅ'의 6자를 훈민정음 초성자 17개에 추가하여 23개 초성자를 만들었는데 이것은 우리 한자음, 즉 동음(東音)을 표기한 『동국정운(東國正韻)』의 23자모(字母)와 일치한다(兪昌均, 1966). 그리고 우리말과 한자음, 중국어의 한음(漢音)을 표기하기 위하여 순음(脣音)에 ㅇ를 덧붙여 순경음(脣輕音) 'ㅸ, ㆄ, ㅹ, ㅱ'를 더 만들고 오직 중국어의 한음(漢音)만을 표음하기 위하여 치두음(齒頭音)과 정치음(正齒音)을 'ㅅ, ㅆ, ㅈ, ㅊ, ㅉ'와 'ㅅ, ㅆ, ㅈ, ㅊ, ㅉ'로 구별하여[18] 모두 9개의 초성자가 늘어나서 31개 초성자가 만들어졌다.

5.2.3 최세진(崔世珍)의 『사성통해(四聲通解)』 권두에는 「광운삼십육자모지도(廣韻三十六字母之圖)」가 부재되었고 거기에는 다음과 같은 도표가 실려 있다. [사진 5-1]와 [표 5-1] 참조.

이것은 『몽고자운』의 '자모(字母)'(上 5뒤, 6앞)에서 보여준 36성모(聲母)를 도식화한 것이나[사진 4-18]과 [표 4-2]) 설상음(舌上音) 3모와 정치음(正齒音) 3모는 훈민정음으로 표음한 글자 모양이 똑 같아서 실제로는 33개자만 인정한 것인데 이것을 도표로 그리면 다음과 같다.

---

18) 이에 대하여는 『四聲通解』에 부재된 〈四聲通攷 凡例〉에 "凡齒音、齒頭則擧舌點顎、故其聲淺、正齒則卷舌點顎、故其聲深. 我國齒聲ㅅ、ㅈ、ㅊ、在齒頭正齒之間、于訓民正音無齒頭正齒之別. 今以齒頭爲ㅅ、ㅈ、ㅊ、以正齒爲ㅅ、ㅈ、ㅊ、以別之."라 하여 중국어의 漢音(한음) 표기를 위하여 이 구별을 두었음을 밝혔다.

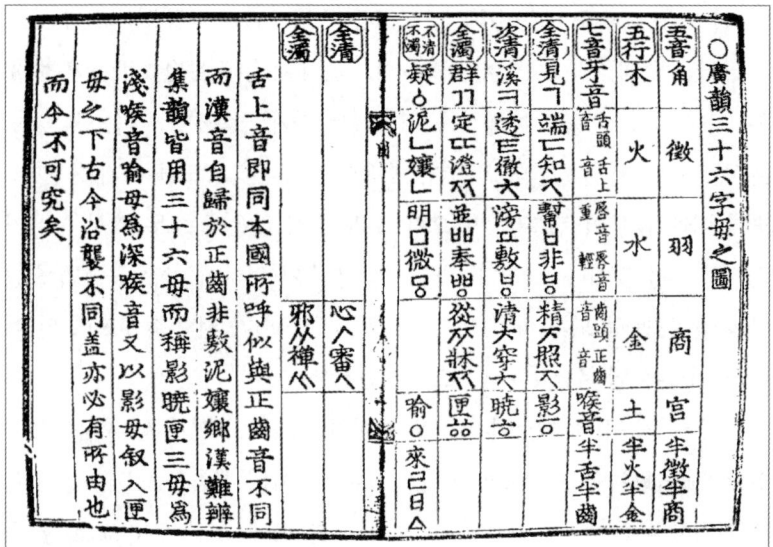

사진 5-1 『四聲通解』권두의 「廣韻三十六字母之圖」

五音	角	徵		羽		商		宮	半徵半商
五行	木	火		水		金		土	半火半金
七音	牙音	舌頭音	舌上音	脣音重	脣音輕	齒頭音	正齒音	喉音	半舌半齒
全淸	見ㄱ	端ㄷ	知ㅅ	幫ㅂ	非ㅸ	精ㅈ	照ㅅ	影ㆆ	
次淸	溪ㅋ	透ㅌ	撤ㅊ	滂ㅍ	敷ㅸ	淸ㅊ	穿ㅊ	曉ㅎ	
全濁	群ㄲ	定ㄸ	澄ㅉ	並ㅃ	奉ㅹ	從ㅉ	狀ㅉ	匣ㆅ	
不淸 不濁	疑ㆁ	泥ㄴ	孃ㄴ	明ㅁ	微ㅱ			喩ㅇ	來ㄹ 日△
全淸						心ㅅ	審ㅅ		
全濁						邪ㅆ	禪ㅆ		

표 5-1 『四聲通解』권두의 「廣韻三十六字母之圖」

그리고 『몽고자운』의 후음(喉音)의 전청(全淸)이 '曉ㅈ(ㅎ)'이고 전탁(全
濁)이 '影ㄹ(ㆆ)'인 것에 대하여 [사진 5-1]의 「광운삼십육자모지도」의[19]

---

[19] 이 聲母圖는 아마도 『禮部韻略』을 파스파 문자로 번역한(transcription) 『蒙古

뒤 엽(葉)에 "[전략] 而稱影曉匣三母爲淺、喉音喩母爲深。喉音又以 影母敍入匣母之下、古今沿襲不同、盖亦必有所由也。而今不可究 矣。 — 그리고 '影ᅙ, 曉ᅘ, 匣ᅘ' 3모는 얕게 발음하고 후음 '喩ㅇ'모 는 깊은 곳에서 발음한다고 한다. 후음에서 또 '影ᅙ'모가 자리를 '匣ᅘ' 모의 아래에 두어 전부터 써 오던 것과 같지 않은데 모두 역시 이유가 반드시 있을 것이다. 그러나 지금은 밝힐 수가 없다—"라고 하여 상술한 바와 같이 '匣ᅘ'모가 차청(次淸)이고 '影ᅙ'모(母)가 전탁(全濁)으로 된 이 유를 지금은 알 수 없는 것으로 보았다.[20]

이것은 훈민정음 제정에서 매우 특이한 모습을 보이게 한 후음자(喉音 字)의 제자(制字)를 이해하게 한다. 즉 훈민정음의 후음자는 'ᅙ, ᅘ, ᅘ, ㅇ'이어서 후음(喉音) 전탁자(全濁字)가 다른 음에서 전청자(全淸字)를 쌍 서(雙書)하는 일반 원칙을 무시하고 차청자(次淸字) 'ᅘ'을 각자병서(各字竝 書), 즉 쌍서(雙書)하였다.[21] 이것은 아마도 전장(前章)에서 논의한 바와 같이 파스파자 제정 당시에 이 후음(喉音)에 대한 해석이 혼란되었으며 일시 자운(字韻)의 전청(全淸)이 '曉 ᅒ'(ᅘ)이고 '影 ᄅ'(ᅙ)가 전탁(全濁)이 어서([사진 4-14] 참조) 이에 의거하여 '曉母 ᅘ'를 전청으로 보고 이를 쌍 서한 것이 아닌가 한다.[22]

다시 말하면 훈민정음의 후음자는 『몽고자운』과 같은 몽고운의 자모

韻略』에 있던 것을 훈민정음 문자로 대체하여 『四聲通攷』에 부재하였고 이것 을 다시 『四聲通解』로 옮긴 것으로 추정된다.

[20] 『四聲通解』 권두의 「廣韻三十六字母之圖」 뒤 엽에 敷衍된 이 구절이 그동안 무엇을 설명하려는 것인지 알 수가 없었으나 이제 이것이 『蒙古字韻』의 喉音에 서 全淸, 次淸, 全濁의 순서가 바뀐 것을 지적한 것임을 알 수 있다. 참으로 韻 學 자료의 이해가 얼마나 難解한가 실감하게 한다.

[21] 만일 이 원칙에 의한다면 후음의 全濁字는 'ᅘ'이 아니라 'ᅙᅙ'가 되어야 한다.

[22] 그러나 『사성통해』의 「廣韻三十六字母之圖」에서는 이 순서가 바로 잡혀서 '影 ᅙ, 曉 ᅘ, 匣 ᅘ, 喩 ㅇ'의 全淸, 次淸, 全濁, 不淸不濁의 순서로 돌아와 있다.

(字母) 체계, 즉 '曉ㅎ, 匣ᅘ, 影ㆆ, 喩ㅇ'를 따라서 전청의 쌍서가 'ᅘ'으로 된 것임을 알 수 있다. 그리고 후일『고금운회』와 그 거요(擧要)에서 이 순서를 바꾸어 전통적인 '影ㆆ, 曉ㅎ, 匣ᅘ, 喩ㅇ'의 차례로 돌아간 것으로 보인다. 그리고 왜 몽고운에서 이렇게 순서를 바꾼 것인지에 대하여는 상술한『사성통해』의「광운36자모지도(廣韻三十六字母之圖)」의 부연 설명에서 최세진(崔世珍), 혹은 신숙주(申叔舟)가 언급한 것처럼 현재로는 알 수가 없다는 것이다.23)

또 [사진 4-14]와 [표 4-2]에서 36자모의 파스파자를 보면 설상음(舌上音)의 '낭(娘)'을 제외한 '知 ᄐ, 徹 ᄑ, 澄 ᄅ'의 자형(字形)과 정치음(正齒音)의 '照 ᄐ, 穿 ᄑ, 床 ᄅ'의 자형이 일치한다. 즉 36자모를 인정하지만 설상음과 정치음의 전청, 차청, 전탁음 동일한 것으로 본 것이다.24) 역시 [사진 5-1]에서 보이는「광운삼십육자모지도」의 말미에 "舌上音卽同本國所呼似與正齒音不同。而漢音自歸於正齒。 -설상음은 우리나라에서 발음하기에는 정치음과 더불어 비슷하기는 하지만 같지는 않다. 그러나 한어음에서는 정치음으로 스스로 돌아갔다. -"라고 하여 조선인들은 설상음(舌上音)과 정치음(正齒音)을 구별하지만 자운(字韻)의 파스파문자에서는 동일한 것으로 간주하고 있음을 지적하였다.

우리는 그동안『사성통해(四聲通解)』의「광운삼십육자모지도(廣韻三十

---

23) 최세진의『四聲通解』권두에 부재된「廣韻三十六字母之圖」가 자신이 작성하여 부재한 것인지 아니면 申叔舟의『四聲通攷』의 것을 전재한 것인지는 후자의 책이 失傳되어 알 수가 없다. 필자의 생각으로는 아마도 신숙주의 것을 최세진이 轉載한 것으로 본다.『訓民正音』과『東國正韻』에서는 喉音字의 全淸, 次淸, 全濁, 不淸不濁이 '挹ㆆ, 虛ㅎ, 洪ᅘ, 欲ㅇ'의 순으로 되어서 이 책들의 편찬에 관여한 신숙주가『몽고자운』의 喉音字 순서가 바뀐 것을 지적한 것으로 본다.
24) 蒙韻이 36字母에 다른 것은『蒙古字韻』의 著者 朱宗文의 서문에 "由是始知見經堅爲ᄀ 三十六字之母 備於韻會 可謂明切也 云云"에서도 분명히 밝히고 있다.

六字母之圖)」에서 왜 설상음(舌上音)이 'ㅈ, ㅊ, ㅉ'으로 전사(轉寫)되었는지 이해할 수 없었고 전게(前揭)한 "舌上音卽同本國所呼似與正齒音不同。而漢音自歸於正齒。"이란 구절이 무엇을 의미하는지 알 길이 없었다. 이것은 『몽고자운』의 파스파 문자 자모를 통하여 바르게 이해할 수가 있게 된 것이다.

『사성통해』의 권두에는 「광운삼십육자모지도」와 더불어 「운회삼십오자모지도(韻會三十五字母之)」도 게재되었다. 이것은 36자모(字母)에서 35모(母)로 1개 자모(字母)가 준 것이 아니라 설상음(舌上音) 4모가 없어졌고 그곳 불청불탁에 있던 'ㄴ(孃)'를 대신 차상(次商, 正齒音에 해당)에 배치하였다. 아음(牙音)에 해당하는 각(角)에 'ㆁ(魚)'모를 추가하였고[25] 후음(喉)

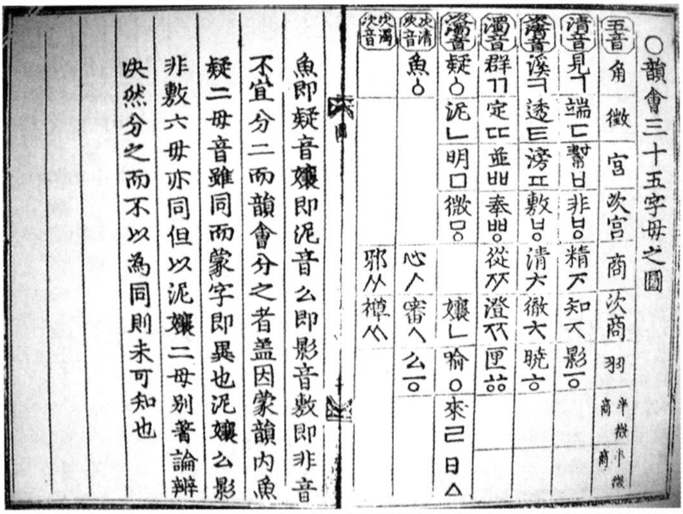

사진 5-2 『四聲通解』 권두의 「韻會三十五字母之圖」

25) 전통적인 五音(오음, 七音으로 표시하기도 함)의 '牙, 舌, 脣, 齒, 喉, 半舌, 半齒'에 대하여 '角, 徵, 宮, 商, 羽, 半徵商'으로 표시하기도 함.

신 3모가 더 추가되어 모두 35모가 된 것이다.

여기에 『사성통해(四聲通解)』에 소재된 「운회삼십오자모지도(韻會三十五字母之圖)」의 사진을 졸고(2008a)로부터 옮겨 보면 다음과 같다.

이 「운회삼십오자모지도」도 『고금운회(古今韻會)』에서 인정한 35자모(字母)를 도표로 보인 것으로 [사진 5-2]의 것을 표로 그리면 다음과 같다.

五音	角	徵	宮	次宮	商	次商	羽	半徵商	半徵商
清音	見 ㄱ	端 ㄷ	幫 ㅂ	非 ㅸ	精 ㅈ	知 ㅈ	影 ㆆ		
次清音	溪 ㅋ	透 ㅌ	滂 ㅍ	敷 ㅹ	清 ㅊ	撤 ㅊ	曉 ㅎ		
濁音	群 ㄲ	定 ㄸ	並 ㅃ	奉 ㅹ	從 ㅉ	澄 ㅉ	匣 ㆅ		
次濁音	疑 ㆁ	泥 ㄴ	明 ㅁ	微 ㅱ		孃 ㄴ	喩 ㅇ		
次清次音	魚 ㆁ				心 ㅅ	審 ㅅ	ㅿ ㆆ	來 ㄹ	日 ㅿ
次濁次音					邪 ㅆ	禪 ㅆ			

표 5-2 『四聲通解』 권두의 「韻會三十五字母之圖」

그러나 [사진 5-2]에서 볼 수 있는 바와 같이 이 표의 뒤 엽(葉)에 "魚即疑音、孃即泥音、ㅿ即影音。敷即非音、不宜分二、而韻會分之者。盖因蒙韻內、魚疑二母音雖同、而蒙字即異也。泥孃ㅿ影非敷六母亦同。但以泥孃二母別著論辨決然分之、而不以爲同則未可知也。 — 어모(魚母)는 곧 의모(疑母, /ㆁ/)이고, 양(孃)모는 곧 니(泥)모(/ㄴ/)이며 요(ㅿ)모는 곧 影(영)모(/ㆆ/)이다. 부(敷)모는 곧 비(非)모(/ㅸ/)이니 둘로 나누어서는 안 되는 것이나 운회(韻會)가 나눈 것이다. 이것은 모두 몽운 내에서 어(魚)모와 의(疑)모가 비록 발음은 같지만 몽고글자가 다르기 때문이다. '泥:孃, ㅿ:影, 非:敷' 6모도 역시 같다. 다만 '泥 : 孃'의 두 성모는 뚜렷하게 달라서 분명하게 나뉘며 같지 않은데 같은 것으로 한 것은 알 수 없다"라고 하여 몽고글자, 즉 파스파자가 다르면 달리 자모를 정하였음을 알 수 있고 또 연구개 비음의 'ㆁ'과 치경 비음의

'ㄴ'이 서로 다른 것을 같은 것으로 한 것은 알 수 없다고 한 것이다. 아무튼 니(泥)모(/ㄴ/)와 양(孃)모(/ㅇ/)를 같이 하여 1개가 준 것이다.[26]

따라서 『몽고자운』의 자모(字母) 수는 43이 아니라 42가 되는데 이 가운데 전술한 어(魚)모와 의(疑)모의 구별, 즉 설두음(舌頭音)의 '泥 ꡊ'와 설상음(舌上音)의 '孃 ꡇ'의 구별마저 없어져 실제로는 41개만이 인정되는 것이다. 『서사회요(書史會要)』와 『법서고(法書考)』에서 파스파 문자가 43자라고 하면서 실제로는 [사진 4-12, 4-13]에서의 『서사회요』나 『법서고』에서 41개의 문자만 보이는 것은 이런 연유에서 그렇게 된 것이다.[27]

그러나 이 가운데 모음자 7개가 포함되었다. 제4장의 [사진 4-14]에 보이는 『몽고자운』의 36자모와 7개 喩母(유모)자가 그것인데 필자는 이 '喩母(유모)자 7개'를 전술한 바와 같이 모음자로 보았다. 전술한 바와 같이 중국 전통의 36자모에서 喩母(유모)는 어두자음(語頭子音, onset)이 영(零, zero, null)을 말하며 훈민정음에서는 欲母(욕모)에 해당한다. 즉 파스파자 '喩 ꡧ, 또는 ꡣ'는 구강(口腔)이나 비강(鼻腔) 내에서 어떤 장애를 수반하지 않고 조음되는 음을 말하는 것으로 1950년대 미국 음성학의 모성(母聲, vocoid)에 해당한다.[28] 그러나 몽운(蒙韻)에서의 7개 喩母(유모)

---

26) 그러나 『몽고자운』에서는 이들이 '非(ꡤ)와 敷(ꡰ)'를 제외하고는 모두 통합되어 하나의 문자로 되었다. 즉 魚(ㆁ)와 疑(ㆁ), 泥(ㄴ)와 孃(ㄴ), ㅿ(ㆆ)와 影(ㆆ)은 모두 疑(ꡨ), 泥(ꡊ), 影(ꡘ)로 통합되었고 非(ꡤ)와 敷(ꡰ)도 자형이 거의 유사하다. 따라서 『사성통해』의 「韻會三十五字母表」에서 언급된 위의 주장이 아마도 후대에 편찬된 것으로 보이는 『몽고자운』에서는 거의 반영된 것으로 보인다.

27) 『養恬齋文鈔』(권3)에 수록된 羅以智의 「跋蒙古字韻」에도 "[전략] 考元史 蒙古字其母四十有一[하략]"이라 하여 蒙古字, 즉 파스파 문자가 41자임을 명시하였다.

28) 'vocoid'란 술어는 K. L. Pike의 술어로 모음(vowel)이 음운론적 명칭이라면 '모성(vocoid)'은 음성학적인 술어로 口腔 內에서 어떤 장애도 받지 않고 발음되는 언어 음(vocal sound), '홀소리'를 말한다.

자는 실제로는 6개 자로 [사진 4-14]에서 볼 수 있는 "ꙮ ꙮ ꙮ ꙮ ꙮ ꙮ 此
七字歸喩母"뿐이므로 실제로는 6개 자이고 전술한 바와 같이 유모 'ꙮ'
를 포함해야 7개 글자가 된다.29)

　따라서 『몽고자운』에서는 전통적인 36자모 가운데 설상음의 전청, 차
청, 전탁이 정치음(正齒音)의 그것과 동일하기 때문에 3개가 줄고 또 유
모가 빠져 1개가 줄며 상술한 설두(舌頭)와 설상(舌上)의 불청불탁(不淸不
濁)에서 '泥 ㄴ'와 '孃 ㄴ'이 동일하여 또 1개가 줄어서 31 성모가 된다.

　이것은 역시 『사성통해(四聲通解)』의 권두에서는 「홍무운삼십일자모지
도(洪武韻三十一字母之圖)」로 부재되었다. 이를 사진으로 옮겨 보면 다음
과 같다.

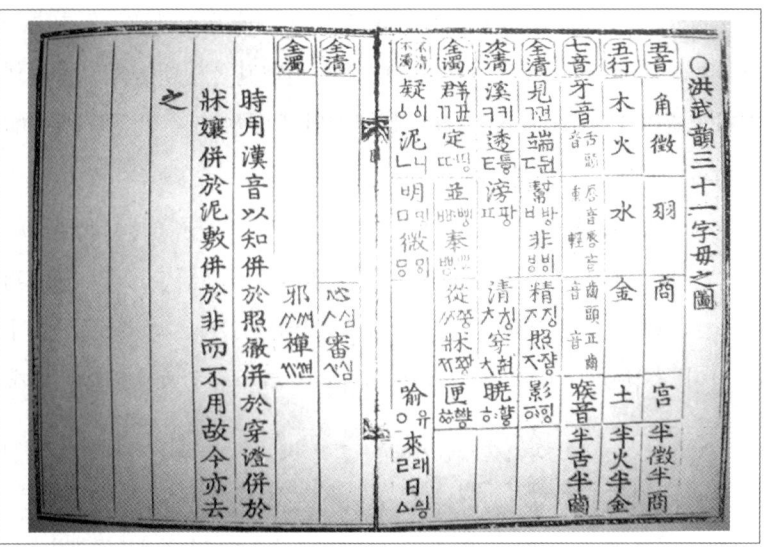

사진 5-3 『사성통해』 권두의 「洪武韻三十一字母之圖」

---

29) 이에 대하여 본서에서는 여러 번 반복해서 주장하고 있다. 이제까지 파스파자 연
　　구에서 이러한 연구가 없었기 때문이다.

그리고 이를 도표로 그리면 다음과 같다.

五音	角	徵	羽		商		宮	半徵	半商
五行	木	火	水		金		土	半火	半金
七音	牙音	舌頭音	脣音重	脣音輕	齒頭音	正齒音	喉音	半舌	半齒
全淸	見ㄱ:견	端ㄷ 뒌	幫ㅂ 방	非ㅸ 비	精ㅈ 징	照ㅈ·쟣	影ㆆ:힝		
次淸	溪ㅋ 키	透ㅌ 틀	滂ㅍ 팡		淸ㅊ 칭	穿ㅊ 춴	曉ㅎ:햏		
全濁	群ㄲ 끈	定ㄸ·띵	並ㅃ:뼁	奉ㅹ 뽕。	從ㅉ 쭝	狀ㅉ 쫭	匣ㆅ 햏		
不淸 不濁	疑ㆁ 이	泥ㄴ 니	明ㅁ 밍	微ㅱ 뮝			喩ㅇ 유	來ㄹ 래	日ㅿ·싷
全淸					心ㅅ 심	審ㅅ·심			
全濁					邪ㅆ 써	禪ㅆ·쎤			

표 5-3 『四聲通解』 권두의 「洪武韻三十一字母之圖」

이 홍무운(洪武韻) 31자모는 졸고(2008a)에 의하면 {신편(新編)} 『월인석
보(月印釋譜)』권두에 부재된 「세종어제훈민정음」과 일치한다. 즉 천순(天
順) 3년(세조 5년, 1459)의 초간본(初刊本)으로 알려진 서강대(西江大) 소장의
{신편} 『월인석보(月印釋譜)』 권두에 부재된 「세종어제훈민정음(世宗御製
訓民正音)」에서도[30] 초성자(初聲字)를 아(牙), 설(舌), 순(脣), 치(齒), 후(喉)
의 오음(五音)으로 분류하여 "ㄱ는 牙音이니 如君ㄷ字 初發聲ᄒᆞ니 並
書ᄒᆞ면 如虯ᄫᅵᇹ字 初發聲ᄒᆞ니라ㅡ ㄱ는 엄쏘리니 君군ㄷ字쭝 처섬 펴
아나ᄂᆞᆫ 소리 ᄀᆞᄐᆞ니 ᄀᆞᆯ바쓰면 虯끃ᄫᅵᇹ字 처섬 펴아나ᄂᆞᆫ 소리 ᄀᆞᄐᆞ니라"
와 같이 초성(初聲) 17자와 그의 병서자(並書字), 즉 전탁자(全濁字) 6개,

---

30) 天順 3년, 즉 세조 5년(1459)에 간행된 『월인석보』의 권두에 실린 世祖의 御製
序文에는 자신이 간행한 것이 '新編'이며 세종 30년(1448) 경에 간행된 『월인석
보』의 '舊卷'이 있음을 밝혀놓았다. 졸저(2006:20~25)에서는 {舊卷}『月印釋譜』
의 卷初에 실린 '訓民正音'이 후일 단행본처럼 전해졌으며 이것이 학계의 논란
을 불러일으킨 박승빈 소장의 '훈민정음'이고 {新編}『月印釋譜』의 권두에 실린
'世宗御製訓民正音'은 후일 전자를 옮긴 것이라고 하였다. 또 진정한 의미의 훈
민정음 頒布는 『월인석보』에 상기한 '언해본 훈민정음'을 부재하여 간행한 것이
라고 주장하였다.

도합 23개의 음가(音價)를 한자의 동음(東音)으로 표시하였다. 이를 위와 같이 도표로 표시하면 다음과 같다.

		牙音	舌音	脣音	齒音	喉音	半舌音	半齒音
全	淸	ㄱ(君)	ㄷ(斗)	ㅂ(彆)	ㅈ(卽)	ㆆ(挹)		
次	淸	ㅋ(快)	ㅌ(呑)	ㅍ(漂)	ㅊ(侵)	ㅎ(虛)		
全	濁	ㄲ(虯)	ㄸ(覃)	ㅃ(步)	ㅉ(慈)	ㆅ(洪)		
不淸不濁		ㆁ(業)	ㄴ(那)	ㅁ(彌)		ㅇ(欲)	ㄹ(閭)	ㅿ(穰)
全	淸				ㅅ(戌)			
全	濁				ㅆ(邪)			

표 5-4 「세종어제훈민정음」의 초성자[31]

그러나 중성(中聲)에 대한 설명이 끝난 다음에 순경음(脣輕音)에 대하여 "ㅇ를 連書脣音之下ᄒ면 則爲脣輕音ᄒᄂ니라—ㅇ를 입시울 쏘리 아래 니서 쓰면 입시울 가비야ᄫᆫ 소리 ᄃᆞ외ᄂᆞ니라"라고 하여 /ㅸ, ㆄ, ㅹ, ㅱ/의 4개 순경음자(脣輕音字)를 더 만들었고 말미에는 "漢音 齒聲은 有齒頭正齒之別ᄒ니—中國 소리옛 니쏘리ᄂᆞᆫ 齒頭와 正齒왜 ᄀᆞᆯ히요미 잇ᄂᆞ니— ㅈㅊㅉㅅㅆ字ᄂᆞᆫ 用於齒頭ᄒᆞ고 ㅈㅊㅉㅅㅆ字ᄂᆞᆫ 用於正齒ᄒᆞᄂᆞ니— ㅈㅊㅉㅅㅆ字ᄂᆞᆫ 齒頭ㅅ소리예 쓰고 ㅈㅊㅉㅅㅆ字ᄂᆞᆫ 正齒ㅅ소리예 쓰ᄂᆞ니—"라 하여 중국어 한음(漢音)의 치음(齒音)에서 치두(齒頭)와 정치(正齒)를 구별하는[32] 5개를 더 만들어 결국은 32개 문자를 만

---

31) 이 23字母는 『東國正韻』의 聲母字와 일치한다. 임홍빈(2008:181)에 의하면 이 때의 운목자들은 [牙音의] 君虯快業(임금과 왕자가 일을 좋아한다)과 같이 어떤 의미를 가진 한자를 선택하였다고 보았고 왕자나 공주가 이 일에 참여하였음을 암시한다고 하였다. 『동국정운』의 운목자들이 단순한 『몽고자운』의 36字母를 추종한 것만은 아님을 알 수 있게 하는 예라고 본다.

32) '漢音'에 대하여 「世宗御製訓民正音」에서는 "漢音은 中國 소리라"라고 정의하였고 齒頭音에 대하여는 "이 소리ᄂᆞᆫ 우리나랏 소리예서 열브니 혓그티 웃닛머리예 다ᄂᆞ니라"로 설명하고 正齒音에 대하여는 "이 소리ᄂᆞᆫ 우리나랏 소리예서

든 셈이 되었다. 이것을 위와 같이 도표로 그리면 다음과 같다. ( )안은
『몽고자운(蒙古字韻)』의 운목자.

			脣 音		齒 音				
	牙音	舌音	脣重音	脣輕音	齒頭音	正齒音	喉音	半舌音	半齒音
全　　淸	ㄱ(見)	ㄷ(端)	ㅂ(幫)	ㅸ(非)	ㅈ(精)	ᅐ(照)	ㆆ (影)		
次　　淸	ㅋ(溪)	ㅌ(透)	ㅍ(滂)	ㆄ(敷)	ㅊ(淸)	ᅕ(穿)	ㅎ(曉)		
全　　濁	ㄲ(群)	ㄸ(定)	ㅃ(並)	ㅹ(奉)	ㅉ(從)	ᅑ(床)	ㆅ(匣)		
不淸不濁	ㆁ(疑)	ㄴ(泥)	ㅁ(明)	ㅱ(微)			ㅇ(喩)	ㄹ(來)	△(日)
全　　淸					ㅅ(心)	ᄼ(審)			
全　　濁					ᄽ(邪)	ᄿ(禪)			

표 5-5 「세종어제훈민정음」 초성자(漢音 포함)[33]

　이 「세종어제훈민정음」의 초성 32자모는 전게한 [표 5-3]의 홍무운(洪
武韻) 31과 기본적으로 동일하며 다른 것은 순경음(脣輕音)에서 차청(次
淸)의 '퐁(敷)'를 몽고운(蒙古韻)에서는 인정하지 않은 것이다. 따라서 [도
표 5-5]에 보이는 훈민정음의 32자모는 기본적으로 『몽고자운』의 파스
파 31자에 소급된다. 즉 이 양자의 차이는 몽고운(蒙古韻)이 순경음(脣輕
音)의 '敷 퐁'를[34] '非 ㅸ'母에 통합하여 31자모(字母)로 한 것뿐이다. 또
이것은 전통적인 36자모에서 설상음(舌上音) 3모를 정치음(正齒音)에 통합
하고 '孃 ㄴ'모를 '泥 ㄴ'모에 통합하였으며 앞에 말한 순경음(脣輕音)의

두터브니 혓그티 아랫 닛므유메 다ᄂᆞ니라'라고 해설하였다.
33) 이 36 字母圖가 『東國正韻』 23字母圖보다 『훈민정음』 해례의 기본이 된 것은
　　해례 종성해에 "以影補來－影母(ㆆ)로써 來母(ㄹ)를 보충한다"에서 동국정운
　　23자모의 '挹母(ㆆ)'와 '閭母(ㄹ)'를 쓰지 않고 중국 전통적인 '影母, 來母'를 썼
　　다는 점에서도 인정할 수 있다.
34) 원래 순경음 '敷'는 「세종어제훈민정음」의 순경음 제정 방식에 따르면 次淸字이
　　므로 '敷 퐁'이어야 하나 「廣韻36字母之圖」나 「韻會 35字母之圖」에서 모두
　　次淸의 脣輕音 '퐁'를 인정하지 않고 'ㅸ'로 하였다.

'敷 병'를 '非 병'모에 통합하여 31자모가 되었다. 파스파 문자는 이 31개 자모에 티베트 문자를 변개(變改)하여 대응시킨 것이다.

또 앞의 [사진 5-3]에서 보이는 『사성통해』 권두 「홍무운 31자모지도」의 말미에 "時用漢音、以知倂於照、徹倂於穿、澄倂於狀、孃倂於泥、敷倂於非、而不用。故今亦去之。 ─당시에 쓰이는 한음에는 知(ㅈ)가 照(ㅈ)에 병합되었고 徹(ㅊ)은 穿(ㅊ)에, 澄(ㅉ)은 狀(ㅉ)에, 孃(ㄴ)은 泥(ㄴ)에, 敷(병)는 非(병)에 병합되어 사용되지 않는다. 그래서 여기에서도 역시 없앴다─"라는 기사가 있어 [사진 4-14]에서 볼 수 있는 파스파자 설상음(舌上音)과 정치음(正齒音)의 전청(全淸), 차청(次淸), 전탁(全濁)의 자형이 일치하여 전자가 후자에 흡수된 사실을 이미 [표 5-3]에서 알고 있었음을 확인시켜 준다.

즉, 이것은 『몽고자운』의 36자모표에서 '知(ㅌ): 照(ㅌ), 徹(ㆄ): 穿(ㆄ), 澄(ㄹ): 狀(ㄹ)'의 설상음(舌上音) 3모와 정치음(正齒音) 3모의 파스파자(字)가 동일한 것을 말하며 또 『몽고자운』에서 '양(孃)'모를 인정하지 않고 '泥(ㆄ)'와 '娘(ㄲ)' 만을 구별한 것이라든지 '敷(ㄹ, ㆄ)'와 '非(ㄹ, 병)'는 구별은 하였지만 자형(字形)이 매우 유사한 것을 말하는 것이다. 모두 『몽고자운』을 이해하지 않고는 알 수 없는 말이다. 그동안 『몽고자운』을 이해하지 않았을 때에는 『사성통해』의 이 도표가 무엇을 말하는지 몰랐으며 이 기사(記事)도 전혀 이해할 수 없었다.

지금까지 논의된 파스파자의 32개, 즉 36자모에서 설상음과 정치음의 3모가 통합되고 '양모(孃母)'(/ŋ/)를 인정하지 않아서 모두 32개로 준 파스파자의 자모와 훈민정음에서 한음(漢音) 표음자로 인정한 31개를 비교하여 표로 보이면 다음과 같다.

	牙音	舌音	脣音		齒音		喉音35)	半舌音	半齒音
			脣重音	脣輕音	齒頭音	正齒音			
全清	ㄱ(見)	ㄷ(端)	ㅂ(幫)	ᄫ(非)	ᄌ(精)	ᄌ(照)	ᅙ(影)		
次淸	ㅋ(溪)	ㅌ(透)	ㅍ(滂)	ᄫ(敷)	ㅊ(淸)	ㅊ(穿)	ㅎ(曉)		
全濁	ㄲ(群)	ㄸ(定)	ㅃ(並)	ᄬ(奉)	ㅉ(從)	ㅅ(床)	ᅘ(匣)		
不清不濁	ㅇ(疑)	ㄴ(泥) ㄴ(娘)	ㅁ(明)	ᄝ(微)		ㅇ(喻) ㅇ(么)		ㄹ(來)	△(日)
全清					ㅅ(心)	ㅅ(審)			
全濁					ᄊ(邪)	ㅆ(禪)			

표 5-6 훈민정음 32초성과 파스파자 34자모

[표 5-6]을 보면 훈민정음의 한음 표음의 초성자(初聲字)는 파스파 자모의 'ㄴ(泥)'와 'ㄴ(娘)'를 통합하였고 'ㅇ(喻)', 'ㅇ(么)'를 통합하여 모두 31개의 초성(初聲)만 인정한 것이다. 이미 파스파자에서는 [사진 4-14]에서 보이는 것처럼 'ㅇ(喻)'와 'ㅇ(么)'를 같은 음운으로 간주하고 있다.

따라서 세종이 창제한 훈민정음 28자 가운데 초성자 17개는 이 32성모(聲母)에서 순경음(脣輕音) 4모와 치두(齒頭)와 정치(正齒)의 5모를 통합하여 모두 9모를 줄인 23자모에서 전탁자(全濁字) 6개(ㄲ, ㄸ, ㅃ, ㅆ, ㅉ, ᅘ)를 없앤 것임을 알 수 있다. 이 23자모는 『동국정운』에서 우리 한자음, 즉 동음(東音)의 표음에 필요한 초성자로 인정한 것이고 고유어의 표기에는 거기에서 전탁자(全濁字) 6자를 제외한 것으로 고유어에는 유성음의 구별이 어두에서 없었다고 본 것이다.

따라서 당시 한국어의 자음 음운에 맞추어 훈민정음의 초성자(初聲字)를 만든 것은 아니며 한자음의 동음(東音)에 근거하였음을 알 수 있다.

---

35) 『몽고자운』의 「字母」 '喉音'에서는 전술한 바와 같이 이것의 위치가 바뀌어서 '曉 ᅙ , 匣 , 影 , 喻 '의 순으로 되었다.

실제로 당시 한국어에 존재했던 된소리들은 문자화 되지 못하고 된시옷을 붙여 사용하기에 이른다.

5.2.4 Ledyard(1966)에서 암시되었고 Ledyard(1998:402)에서 지적한 바와 같이 훈민정음 초성자(初聲字)가 파스파자(字)의 모방이고 자형(字形)조차 유사하다고 한 것과 전술한 바와 같이 照那斯圖(2008)에서는 훈민정음 초성자의 기본자가 파스파자를 교묘하게 변형시킨 것이라는 주장에 대하여 논의하기로 한다.

앞에서 살펴본 바와 같이 훈민정음의 제정에 파스파자의 영향이 많았음은 인정하지 않을 수 없지만 자형을 모방하였다는 것은 납득하기 어렵다. 다음 절(節)에서는 이에 대하여 고찰하기로 한다.

5.3 훈민정음의 11 中聲字와 몽고자운의 7 喩母字

다음으로 훈민정음의 중성자(中聲字)와 『몽고자운』 파스파자(字)의 喩母(유모)자를 비교하여 보기로 한다. 『몽고자운』의 파스파자에서는 모음(母音)을 표기하는 문자를 喩母(유모)에 포함시켜 모두 7개 글자를 만들었음은 앞에서 살펴보았다. 이것은 파스파자의 모델인 티베트 문자에서 모음자를 따로 독립시키지 않고 자음자에 구분부호(diacritical mark)를 붙여 표시한 것에 비하여 크게 발전한 것이다(4.3절 참조).

훈민정음에서는 모음자를 표기하는 중성자(中聲字)를 별도로 마련하였을 뿐 아니라 창제된 28자 가운데 11자를 중성자로 하였다. {해례본}「제

자해(制字解)」에

> 中聲凡十一字。‧舌縮而聲深、天開於子也。形之圓、象乎天也。
> 一舌小縮而聲不深不淺、地闢於丑也。形之平、象乎地也。丨舌不縮
> 而聲淺、人生於寅也。形之立、象乎人也。－중성(中聲)은 모두 11자이
> 다. '아래 ㅇ'는 혀가 처지고 소리가 깊으니 [마치] 하늘이 자시(子時)에 열린 것
> 같다. 모양은 둥글고 하늘을 본뜬 것이다. 'ㅡ'는 혀가 조금 처지고 소리는
> 깊지도 얕지도 않으니 땅이 축시(丑時)에 굳어진 것 같다. 모양은 평평하며
> 땅을 본뜬 것이다. 'ㅣ'는 혀가 처지지 않고 소리는 얕으니 사람이 인시(寅
> 時)에 태어나는 것 같다. 모양은 서 있으니 사람을 본뜬 것이다. －

라고 하여 중성자가 모두 11자이며 먼저 기본자 셋을 제자(制字)한 원리
를 설명하였다. 이를 정리하면 다음과 같다.

자형(字形)	혀의 모습	소리(聲)	모양(形)	본뜨기(象)
‧	舌縮(처짐)	聲深(깊다)	圓(둥글다)	天(하늘)
ㅡ	舌小縮(조금 처짐)	不深不淺(중간)	平(평평함)	地(땅)
ㅣ	舌不縮(안 처짐)	聲淺(얕다)	立(세우다)	人(사람)

이것은 모음의 음운론적 변별적 특징을 혀의 모습(혀의 높이)과 발음
위치로 나누고 글자 모양을 천지인(天地人) 삼재(三才)에 의거하여 ‧는
천원(天圓, －하늘의 둥근 모습)을 본뜨고 ㅡ는 지평(地平－땅의 평평한 모습)을
본떴으며 ㅣ는 인립(人立, 사람이 선 모습)을 본떠서 글자를 만든, 다시 말
하면 문자의 모습이 천지인(天地人) 삼재(三才)의 상형임을 분명히 한 것
이다.

이어서 [해례본]의 「제자해」에서는

此下八聲一闔一闢。ㅗ與•同而口蹙、其形則•與一合而成、取天地初交之義也。ㅏ與•同而口張、其形則ㅣ與•合而成、取天地用發於事物待人而成也。ㅜ與一同而口蹙、其形則一與•合而成、亦取天地初交之義也。ㅓ與一同而口張、其形則•與ㅣ合而成、亦取天地之用發於事物待人成也。ー 다음 여덟 소리는 한번 닫고 한번 열어서 발음한다. 'ㅗ'는 '•'와 같으나 입술을 쭈그리고[36] 그 자형은 '•'와 'ㅡ'가 결합하여 이루어진 것으로 하늘과 땅이 처음 어울리는 뜻을 취한 것이다. 'ㅏ'는 '•'와 같으나 입술이 펴지고 그 자형은 'ㅣ'와 '•'가 결합하여 만들어진 것이며 하늘과 땅의 쓰임이 사물(事物)에서 일어나서 사람을 기다려 완성됨을 말한다. 'ㅜ'는 'ㅡ'와 같으나 입술을 쭈그리고 그 자형은 'ㅡ'와 '•'가 결합해서 이루어진 것이다. 역시 하늘과 땅이 처음 어울리는 뜻을 취한 것이다. 'ㅓ'는 'ㅡ'와 같으나 입술을 펴며 그 자형은 •와 ㅣ가 결합하여 이루어진 것이다. 역시 하늘과 땅의 쓰임이 사물에서 일어나서 사람을 기다려 완성되는 뜻을 취한 것이다. ー

라고 하여 'ㅗ, ㅏ, ㅜ, ㅓ'의 4자를 만든 것이 천지인(天地人) 삼재(三才)의 조합(組合)에 의하였으며 '•, ㅗ, ㅏ'가 같은 계통이고 'ㅡ, ㅜ, ㅓ'가 같은 계통의 음운임을 명확하게 보였다. 이것은 모음조화에서 전자가 양(陽)이고 후자가 음(陰)이어서 당시 한국어에서 같은 속성을 가진 모음끼리 서로 동화되는 이른바 모음조화 현상을 밝힌 것이다.

이 4개의 중성자가 이른바 초출자(初出字)로서 앞의 기본자 3개와 함께 7개의 모음자가 된다. 이것이 파스파자의 7개 喩母(유모)자와 대응되는 것으로 아마도 파스파자의 喩母(유모) 7자에 의거하여 훈민정음은 기본자 3개와 초출자 4개를 만든 것으로 보인다. 특히 'ㅣ'가 전술한 음(陰)과 양(陽)의 모음조화에서 중화되는 현상이 중세몽고어와 15세기 조

---

36) 여기서 ㅗ가 •와 같다는 것은 •의 '舌縮, 聲深'과 같은 자질을 가졌음을 말하고 '口蹙'은 원순모음임을 말한다.

선어에서 동일하게 나타나는 현상임을 창제자는 깊이 파악하고 있었던 것으로 보인다.

나머지 4개의 재출자(再出字)들은 모두 ㅣ계(係) 이중모음으로 'ㅛ, ㅑ, ㅠ, ㅕ'로써 {해례본}의「제자해」다음 구절에서 "ㅛ與ㅗ同而起於ㅣ, ㅑ與ㅏ同而起於ㅣ, ㅠ與ㅜ同而起於ㅣ, ㅠ與ㅜ同而起於ㅣ, ㅕ與ㅓ同而起於ㅣ－'ㅛ'는 'ㅗ'와 같은데 ㅣ에서 나왔고 'ㅑ'는 'ㅏ'와 같은데 ㅣ에서 나왔으며 'ㅠ'는 'ㅜ'와 같은데 ㅣ에서 나왔고 'ㅕ'는 'ㅓ'와 같은데 ㅣ에서 나왔다-"라고 하여 '요, 야, 유, 여'가 모두 '오, 아, 우, 어'의 ㅣ계 이중모음임을 명시하였다. 따라서 이들은 다른 이중모음자들과 같이 중성자(中聲字) 속에 군이 넣지 않아도 될 문자들이었다.

5.3.1 파스파자(字)의 모음자는 많은 이론(異論)이 난무(亂舞)한다. 전술한 바와 같이 Poppe(1957:24)에서 음절(音節) 초(initial)와 중간(medial)에 8개의 모음자를 인정하고 자형과 음가를 보였다.

[사진 5-4]를 보면 포페 교수가 인정한 파스파자의 모음자 가운데는 2개, 또는 3개의 모음자가 겹쳐서 쓰인 것이 있다. 예를 들어 /ö/와 /ü/는 음절 가운데(medial)에서 전설의 [ㄷ/e/]와 [ㅈ/o/]의 2자가 겹쳤거나 (leo) [ㄷ/ɛ/]와 [ㆆ/u/]가 겹친 형태(leul)로서 한글 전사에서 'ㅚ(ㅗ+ㅣ), ㅟ(ㅜ+ㅣ)'와 같다.37) 음절 초(initial)에서 喩母(유모)의 [UV/∅/]와 [ㄷ/ɛ/], [ㅈ/o/]의 3자가 결합된 자형이다. 즉 앞에서 살펴본 바가 있지만 喩母(유모)의 'UV'는 훈민정음의 欲母(욕모)의 'ㅇ[∅]'과 같이 음절 초에 아무런 자음이 없다는 표시로써 현대 생성음운론의 이론에 의한다면

---

37) 한글전사 'ㅚ, ㅟ'의 'ㅣ'는 물론 전설모음 [i]이고 이것이 ㅗ[o], ㅜ[u]와 결합하여 전설의 [ö, ü]를 표음한다.

[+syllabic]의 자질 표시인
것이다.

본서에서는 졸고(2008a,b)
에서 주장한 바와 같이 [사
진 2-1, 4-18]의 파스파 자
모(字母)에 보이는 "ㄹ ㅎㄹ
ㅈ ㄹㄷ 此七字歸喩母"
로부터 『몽고자운』에서는
喩母(유모))의 'ᴜ[∅, ɑ]'를
포함하여 'ㄹ[i], ㅎ[u], ㄹ
[ʉ], ㅈ[o], ㄹ[eu, ü], ㄷ
[ɛ]'의 모음자를 인정하고

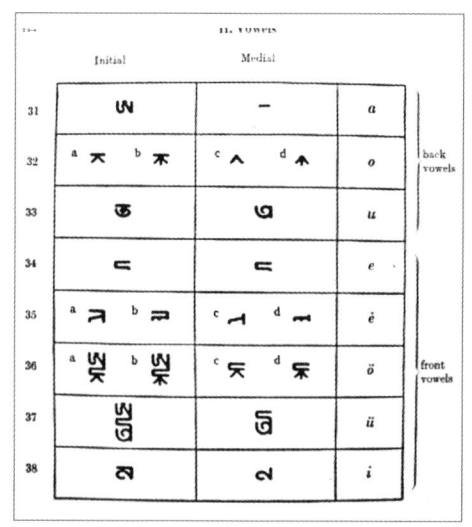

사진 5-4 Poppe(1957:24)의 파스파 모음자

한자의 한음(漢音) 전사(轉寫)에 사용하였다고 보려는 것이다(제4장 4.8.1).
그리고 전술한 바와 같이 파스파자의 7개 모음자는 훈민정음 기본자 3
자와 초출자(初出字) 4자의 7개 중성자(中聲字)와 일치한다고 본다.

당시 한음(漢音) 표기에 이용된 파스파자의 모음자와 15세기 한국 한
자음, 즉 동음(東音)의 표기에 이용된 중성자(中聲字)는 제4장의 주108에
소개한 것과 같이 다음과 같은 모음체계를 상정(想定)하여 제정된 것으
로 보인다.

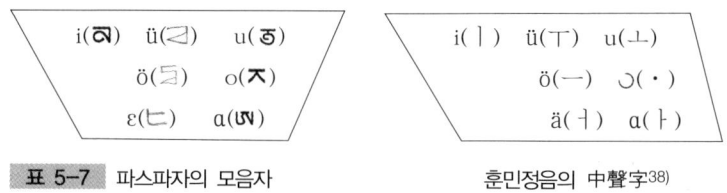

표 5-7 파스파자의 모음자   훈민정음의 中聲字38)

이 표[5-7]에 보이는 모음자들은 당시 몽고어와 조선어의 모음체계와
는 직접 관계가 없이 표기 대상인 중국의 표준어인 한음(漢音)과 조선의
표준 한자음인 동음(東音)의 음운에 맞춘 것이라고 보아야 한다. 즉 파스
파자도 훈민정음도 실제 언어음을 근거로 하여 음운을 분석하고 모음을
추출하여 문자를 제정한 것이 아니라는 것이다. 같은 생각을 훈민정음
의 초성자(初聲字)나 파스파의 자모(字母)의 제정에서도 할 수가 있다.

5.3.2 다음은 훈민정음 중성자가 모음조화를 염두에 두고 음운의
대립적 존재를 인식하여 제정되었다는 사실에 대하여 언급하고자 한다.
오늘날 구조주의 음운론에서 어떤 언어의 음운을 구조주의적 방법으로
분석하고 있는 대부분의 언어학자들은 드 소쉬르(F. de Saussure)를 그들의
선구자로 생각한다. 그의 유저(遺著)인 『일반어학 강의』[39]에서는 언어
연구자들로 하여금 언어의 불변적 요소들을 찾아내기만 하려는 원자론
(atomism)적인 생각에서 이들을 체계 속에서 파악하는 것이 중요함을 일
깨워준 것이다. 그러나 그는 '구조(structure)'라는 말을 미처 사용하지 못
했고 그저 언어가 내적 법칙에 의하여 조직되는 '체계(system)'만을 인정
하였다.

Fages(1968)/김현(역)(1972)에 의하면 체계에 비하여 구조는 상위 개념
이라고 한다. 구조란 "서로 의존하여, 그들 사이의 관계에 의해서 존재
할 수 있는, 연대 관계에 있는 현상들로 이루어진 전체", 혹은 "내적 의
존의 자치적 총체"로 정의할 수 있다.[40] 원래 사회학이나 경제학의 용어

---

38) 제4장의 주108 참조.
39) de Saussure(1916)의 최승언(역)(1990)을 참조.
40) Fages(1968)의 김현(역)(1972)의 '모델'(18~24)을 참조할 것.

이었던 '구조'란 용어가 언어학에 도입되어 언어를 인간이 만들어낸 구
조물로 보고 이를 구조주의 연구방법으로 접근하려는 한 무리의 연구자
들을 구조언어학자라고 한다. 20세기 인문학 분야에서 괄목할 성과를
남긴 구조언어학의 연구방법은 아직도 언어 연구에 매우 유용한 것으로
인정되고 있다.

언어 연구에서 구조주의 연구방법을 보다 본격적으로 도입한 연구자
들은 프라그학파를 들지 않을 수 없다. 마테지우스(Vilèm Mathesius)에[41]
의하여 체코의 프라하에서 시작된 프라그학파는 유럽에서 공시적인 언
어연구를 시작한 세 개 집단의 하나로서 야콥손(R. Jakobson)과 트루베츠
코이(N. S. Trubetzkoy)에 의하여 음운론의 구조주의적 연구가 독창적으로
수행되었다. 주지하는 바이지만 이 두 사람은 음운의 연구에서 협정적
인 대립, 또는 대조의 체계(a system of conventional opposition or contrast)라
는 아이디어를 개발하여 언어연구에 커다란 발전을 가져오게 하였다.

음운 연구에서 대립(opposition), 또는 대조(contrast)라는 개념은 논리적
으로 대립되는 두 음운 단위들 사이에 존재하는 관계성(relationship)을 말
한다.[42] 여기서 논리적으로 대립된다는 말은 언어에서 의미의 분화를
가져오는 유의미한 차이를 갖고 있는 서로 다른 음운을 대립, 또는 대조

---

41) 빌렘 마테지우스(Vilèm Mathesius)는 우리 학계에 별로 알려지지 않았지만 프라
하의 카렐대학 언어학과 교수로서 프라그학파를 결성하여 현대언어학에서 기능
구조주의를 처음으로 도입한 언어학자다. 그의 생애 및 기능구조주의 언어학에
대하여는 졸고(1983)을 참고할 것.

42) 이에 대하여는 "Opposition has been used in two senses by phonologists: to
cover the relationship between any two phonemes in a phonological
system; and, more strictly, to cover the relationship between two phonological
elements which are logical opposites, such as nasal versus oral, where the
negation of the one implies the assertion of the other."(Asher, 1994, vol. 5:
2876)라는 설명을 참조할 것.

되는 음운이라고 한 것이다. 대립이란 술어는 유럽의 학자들에 의하여 선호되는 반면 대조는 전통적으로 미국학자들에 의하여 사용되었다. 한 체계 내에서 자리를 차지하고 있는 어떤 요소의 핵심적인 성격은 같은 체계 내에서 모든 다른 요소와 구별시켜주는 독특함(uniqueness)이다. 한 체계 내의 어떤 두 요소가 보여주는 기본적인 관계성(basic relationship)은 대립의 하나가 된다. 따라서 음운의 대립은 두 음운이 갖고 있는 차이를 말하며 어떤 형태가 보여주는 의미의 분화는 형태가 갖고 있는 이러한 음운의 차이, 즉 형태를 구성하고 있는 서로 다른 음운의 대립에 의하여 이루어진다.

예를 들어 영어의 /k/ : /g/의 대립은 유성성(voicedness)의 유무에 의한 대립이며 이러한 대립은 영어의 /p/ : /b/, /t/ : /d/, /s/ : /z/ 등에서 발견된다. 한 언어에서 이러한 대립은 여럿이 있으며 Trubetzkoy (1939)에서는 한 언어에서 볼 수 있는 이와 같은 일련의 대립들을 상관(correlations)이라 불렀다. 위의 영어 예에서 보이는 음운의 대립의 각 항은 상관쌍(correlation pair)이 되고 이러한 두 음운의 상관은 유성성(有聲性) 상관이 되며 이러한 상관의 총체가 음운의 체계가 된다고 프라그학파에서는 생각한 것이다. 20세기 초기에 등장한 음운의 대립과 그에 의한 상관, 그리고 음운 체계 등의 개념은 매우 진보된 이론으로서 단순히 음운을 언어 분석의 최종 단위로 생각했던 종래의 원자론적인 파악보다는 한 걸음 나아간 것이다.

구조음운론자(構造音韻論者, Structo-philologist)들은 각 음소들(phonemes)을 언어분석의 구극적요소(究極的要素, ultimate elements)로서 추출해 내는 것이 중요하다고 생각한 것이 아니라 음운 분석에서 얻어낸 원자론적인 요소들(atomic elements)의 상호 대립 관계를 중심으로 그들을 체계 속에서 파악하는 것이 더 중요한 것이라고 생각했다. 이것은 물론 자연과학에서 분자론(分子論, The molecular theory)의 중요성이 인식된 이후의 일이지만 이러한 구조언어학적 음운 연구는 20세기 전반의 언어 연구에서 가장 발전된 분야로 알려졌고 언어학의 다른 분야에도 지대한 영향을 주었던 것이다.

그런데 500여 년 전에 훈민정음 제정한 우리말의 음운 연구자들도 국어의 원자론적 단위들, 다시 말하면 구조주의 음운론자들이 음소(phoneme)라고 부르는, 당시로서는 음운 분석의 최종 단위들을 문자화하면서 그 각각의 대립관계를 밝혀놓은 것이 있어서 우리를 놀라게 한다. 여기서는 {해례본}의 중성자에 대한 제자해의 설명으로부터 구조언어학적 개념인 음운의 대립관계를 어떻게 파악하고 이를 문자화하는 데 이용하였는지 살펴보고자 한다.

5.3.3 훈민정음 중성자가 위에서 언급한 대립체계로 인정하고 제정되었다는 사실이다. {해례본}에서 중성자의 제자(制字)는 '天·地·人' 삼재(三才)를 상형하여 기본자를 제정하고 이들을 조합하여 모두 11자를 제자(制字)하였음을 위에서 언급한 바가 있다. 즉 ·는 천원(天圓)을, ―는 지평(地平)을, ㅣ는 인립(人立)의 모습을 상형한 것으로 기본자가 되었다. 즉 'ㅗ'는 '·(天圓) + ―(地平)'의 결합이며 'ㅏ'는 'ㅣ(人立) + ·(天圓)', 'ㅜ'는 '―(地平) + ·(天圓)', 'ㅓ'는 '·(天圓) + ㅣ(人立)'의 결합이라고 설명하였다. 이들은 한 번씩 결합한 것이기 때문에 초생(初生)이라고 하고 이렇게 하여 만들어진 'ㅗ, ㅏ, ㅜ, ㅓ'의 4자를 초출자(初出字)로 보았다.

반면에 'ㅛ, ㅑ, ㅠ, ㅕ'의 4자는 결합하는 방법이 위와 같으나 재생

(再生)으로 보아 재출자(再出字)라 하였으며 따라서 훈민정의 중성자는
기본자가 3, 초출자 4, 재출자 4으로 모두 11자가 된다. 또 이들은 생위
(生位)와 성수(成數), 즉 '생겨난 오행의 위치'와 '만들어진 천지의 수'가
있다고 하였는데 이에 대한 설명을 {해례본}에서 옮겨보면 다음과 같다.

字	制字	天地數	生位成數	八卦	비고
・	天圓	天五	生土之位		
―	地平	地十	成土之數		基本字
ㅣ	人立	無位	獨無位數		

字	制字	天地數	生位成數	八卦	비고
ㅗ	初生於天	天一	生水之位	乾	
ㅏ	次之	天三	生木之位	巽	
ㅜ	初生於地	地二	生火之位	坤	初出字
ㅓ	次之	地四	生金之位	震	

字	制字	天地數	生位成數	八卦	비고
ㅛ	再生於天	天七	成火之數	兌	
ㅑ	次之	天九	成金之數	離	
ㅠ	再生於地	地六	成水之數	坎	再出字
ㅕ	次之	地八	成木之數	艮	

표 5-8 훈민정음 11개 中聲字의 生位成數

이에 의하면 {해례본}에서 제시한 중성자 11개는 각기 생위성수(生位
成數)로 표시할 수 있어 'ㅣ : 獨無位數, ・ : 天五, ― : 地十, ㅗ : 天
一, ㅏ : 天三, ㅜ : 地二, ㅓ : 地四, ㅛ : 天七, ㅑ : 天九, ㅠ : 地
六, ㅕ : 地八'과 같이 표시하였다.

{해례본}의 해례에서 보여준 이러한 설명은 무엇을 말하고자 한 것인
가에 대하여 우리는 그동안 아무런 해답을 갖고 있지 않았다. 그러나 위
의 설명에서 "・ : 天五, ― : 地十, ㅣ : 獨無位數 - '・'는 하늘 5의

위치이고 '一'는 땅 10의 위치인데 'ㅣ'만은 혼자 위치의 수자가 없다"라는 설명에서 생위(生位)와 성수(成數)가 혹시 중성자, 즉 모음의 대립을 말하고자 한 것이 아닌가 하는 의구심을 갖게 한다. 왜냐하면 중세국어의 모음조화에서 'ㆍ'와 '一'는 서로 대립되는 모음이었는데 위의 생위성수(生位成數)에서는 이를 각기 '천(天)'과 '지(地)'로 대립시켰으며 유일하게 모음조화에서 대립을 갖지 않은 모음은 [ㅣ]뿐인데 'ㅣ[i] 독무위수(獨無位數)'라고 한 것은 이것과 대립되는 모음이 없음을 말하는 것으로 이해할 수 있기 때문이다.

뿐만 아니라 'ㅗ'와 'ㅜ'는 오행(五行)에서 '수(水) : 화(火)'로, 팔괘(八卦)에서는 '건(乾) : 곤(坤)'으로 대립시켰고 'ㅏ'와 'ㅓ'는 '목(木) : 금(金)'과 '손(巽) : 진(震)'으로 대립시켰다. 'ㅛ'와 'ㅠ', 그리고 'ㅑ'와 'ㅕ'도 각기 '화(火) : 수(水), 태(兌) : 감(坎)'과 '금(金) : 목(木), 리(離) : 간(艮)'으로 대립시켜 다음과 같은 11개 중성자를 대립적으로 이해한 것이다.

기본자 ― ㆍ(天) : 一(地), ㅣ(獨無位數)
초출자 ― ㅗ(水, 乾) : ㅜ(火, 坤), ㅏ(木, 巽) : ㅓ(金, 震)
재출자 ― ㅛ(火, 兌) : ㅠ(水, 坎), ㅑ(金, 離) : ㅕ(木, 艮)

따라서 위의 설명은 성리학(性理學)에서 대립을 체계적으로 설명하는데 쓰이는 천지(天地), 음양(陰陽)과 오행(五行)의 대립을 이용하여 중성자 11개의 상호 대립을 설명한 것으로 볼 수밖에 없다.

「해례본」 해례에서 중성자에 대한 생위성수(生位成數)의 설명은 '천지(天地), 음양(陰陽), 오행(五行)'에 의한 대립만을 말한 것이 아니다. 주지하는 바와 같이 생위성수는 하도(河圖)와 낙서(洛書)에 찍혀있는 점의 수효와 위치를 말한다. 특히 하도(河圖)는 중국 삼황(三皇)시대의 복희씨(伏羲氏) 때

에 황하(黃河)에서 용마(龍馬)가 가지고 나왔다는 55점의 그림으로 낙서(洛
書)와 함께 주역(周易)의 기본이 된다. 이 하도에는 55점의 그림이 동서남
북으로 나뉘어 찍혀있고 그 각각의 수가 차지한 위치가 생위성수로 알려
졌다. 우선 [표 5-9]에서 하도(河圖)의 55점을 그림으로 보기로 하자.

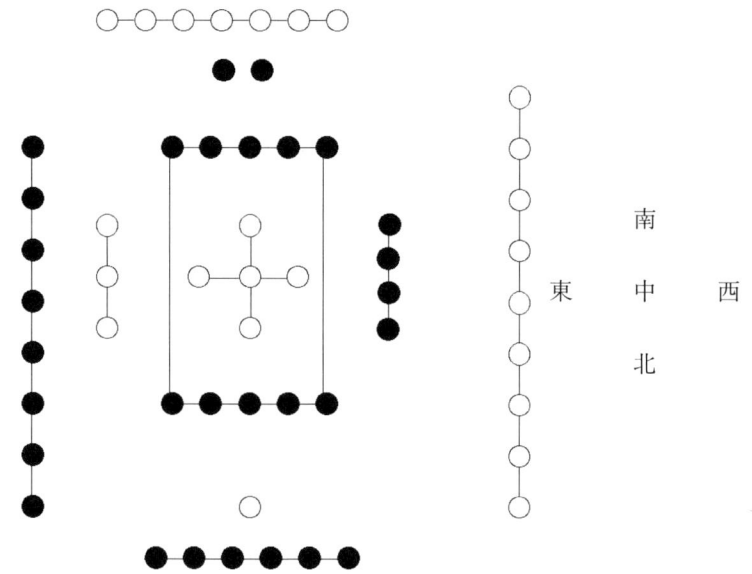

표 5-9 43) 『河圖』生位 成數의 55점

　이 [표 5-9]에서 생위성수(生位成數)에 의하여 방위(方位)가 결정되며 그
각각에 {해례본}의 해례에 설명된 중성자를 대입하면 다음과 같이 된다.

---

43) 江愼修 著 孫國中 点校(1989:3)에서 인용함.

```
          天七(ㅛ)
          地二(ㅜ)                              南
地八(ㅕ) 天三(ㅏ)   天五(·)  地四(ㅓ) 天九(ㅑ)      東  中  西
          地十(ㅡ)                              北
          天一(ㅗ)
          地六(ㅠ)
```

표 5-10 훈민정음 中聲字의 위치

이 [표 5-10]에 의하면 天五(천오, ·)와 地十(지십, ㅡ), 그리고 天一(천일, ㅗ)과 地二(지이, ㅜ), 天七(천칠, ㅛ)과 地六(지육, ㅠ)은 남북으로 대립하는 위치에 있게 되며 天三(천삼, ㅏ)과 地四(지사, ㅓ), 天九(천구, ㅑ)와 地八(지팔, ㅕ)은 동서(東西)로 대립하는 위치에 있다. 이를 정리하여 훈민정음의 중성자를 대입하면 다음과 같은 대립의 항이 만들어진다.

```
  南 : 北의 대립    天五 : 地十,    天一 : 地二,    天七 : 地六
                    ♀  :  으,      오  :  우,     요  :  유
  東 : 西의 대립    天三 : 地四,    天九 : 地八
                    아  :  어,      야  :  여
無位數    이
```

이것은 상술한 '천지, 음양, 오행'에 의한 대립을 방위, 즉 동서와 남북으로 다시 강조한 것이며 결국은 天(천)의 '♀, 오, 아, 요, 야'와 地(지)의 '으, 우, 어, 유, 여'가 서로 대립함을 보여준 것이다. 여기서 [해례본] 해례의 '起於ㅣ'라고 한 재출자들은 이미 훈민정음 제정자들이 i계 이중모음으로 인식하고 있었으므로 이들 '요, 야, 유, 여'의 4자를 제외하면 나머지 7자, 즉 '♀, 으, 이, 오, 아, 우, 어'는 훈민정음을 제정할 당시에

의식하고 있었던 7개의 단모음을 말하며 이들 단모음(單母音)은 '♀~으, 오~우, 아~어'의 대립 쌍과 중립적인 '이'로 나눌 수 있다고 본 것이다.[44]

구조음운론의 입장에서 이러한 세 쌍의 대립은 어떠한 음운 대립을 말하는 것일까? 모음조화는 이른바 알타이제어의 중요한 특징으로서 여러 가지 형태의 모음조화가 있다. 즉 모음조화(vowel harmony)는 일종의 모음동화(母音同化) 현상으로서 서로 유사한 특성의 모음끼리 결합하려는 현상이다. 알타이제어에서는 구개적(口蓋的)조화(palatal harmony), 순적(脣的)조화(labial h.), 복합(複合)조화(labio-palatal h.)가 있고 아주 드물지만 수평적(水平的)조화(horizontal h.)도 발견된다고 한다.[45] 그러나 이러한 모음조화 가운데 알타이제어에서 가장 일반적인 현상은 구개적(口蓋的)조화인데 구개적조화란 전설 모음은 전설 모음끼리, 후설 모음은 후설 모음끼리 결합하는 모음동화(母音同化) 현상을 말한다. 그러므로 구개적(口蓋的)조화는 전후 대립의 모음체계를 갖고 있는 언어에서 전설모음과 후설모음이 서로 동화되는 현상이라고 할 수 있다.

위에서 살펴본 훈민정음 7개 중성자는 음양으로 나뉘어 天(천)의 수를

---

44) 「해례본」의 生位成數가 河圖의 원리에서 나온 것으로부터 훈민정음의 河圖起源說이 중국의 연변학자들에 의하여 주장되기도 하였다. 1950년대에 연변대학에서 교편을 잡은 오봉형 선생이 '한글하도기원론'을 『교육통신』(大衆書院, 延邊) 잡지 2~6기(1950년 간행)에 연재하였다 이것은 저자가 최현배 선생의 『한글갈』을 통하여 얻은 훈민정음 創製에 관한 지식을 '하도기원론'으로 敷衍한 것으로 민족의 자부심을 고취하기 위한 재야학자의 주장이었다.

45) 모음조화와 그의 여러 유형에 대하여는 Spencer(1996:177~180)의 설명을 참조할 것. 특히 터키어에서 전설 비원순모음(제1조), 전설 원순모음(제2조), 후설 비원순모음(제3조), 후설 원순모음(제4조)끼리 결합하는 "čekingen(shy)-제1조, köylü(villager)-제2조, akıl(intelligence)-제3조, dokuz(nine)-제4조"와 같은 예는 복합조화의 전형이라고 할 수 있다(Ladefoged, 1975).

가진 '・, 오, 아'는 陽(양)이고 地(지)의 수를 가진 '으, 우, 어'는 陰(음)이
라 하여 모음 6개를 두 계열로 나누었다. 여기서 말하는 음과 양은 무엇
을 말하는 것일까? 일찍이 김완진(1963)에서는 훈민정음의 중성자들이
전후의 대립을 가진 것으로 보고 음의 중성자는 전설모음, 양은 후설모
음으로 보아 훈민정음의 11개 중성자 가운데 단모음의 문자인 7개 중성
자는 다음과 같은 중세국어의 모음체계를 문자화한 것으로 보았다.

```
         전설(陰)   후설(陽)
  이      우        오    – 고모음
          으        ・    – 중모음
          어        아    – 저모음   김완진(1971:43) 참조.
```

그러나 이기문(1968)에서는 이러한 대립이 당시 모음체계를 반영한 것
이 아니라 언중의 의식 속에 들어있는 모음조화의 체계를 반영한 것으
로 모음 체계와 모음조화의 체계는 일치하지 않을 수도 있다고 주장하
였다. 그리하여 모음조화의 체계를 반영한 훈민정음의 중성자 체계는
오히려 고대국어의 모음체계와 유사하다고 주장하였다.

필자도 이것이 훈민정음 제정 당시의 모음체계로 보기 어렵다고 생각
한다. 우선 '・~ 으'의 대립이 이미 15세기에 매우 흔들리고 있으며 이
것은 16세기에 '・'음의 제1차 소실, 즉 비음운화 현상이 매우 진전되었
기 때문이다. 그리고 무엇보다도 '우~ 오'의 대립이 더 이상 전후의 대
립이 아니라는 점이다. 『사성통해(四聲通解)』에 소개된 몽고운(蒙古韻)[46)]

---

46) 蒙古韻은 『사성통해』에서 『蒙古韻略』의 파스파(八思巴) 문자 한자음 표음을
    인용한 것이라고 하지만 이 운서는 오늘날 전하지 않으므로 가능한 것은 현전하
    는 『몽고자운』의 파스파자 표음과 비교하는 것이다.

을 고찰하면 이미 '외[üi], 위[üi]'로부터 '외[oi], 위[ui]'의 변천이 있어서 이미 현대어와 같이 '고 ~저'의 대립을 보이기 때문이다(졸고, 2002:36~41).

5.3.4 그렇다면 훈민정음 제정 당시의 모음체계는 어떠하였으며 그것이 중성자의 제자(制字)에 어떤 영향을 미쳤을까? 이 문제는 국어 음운사를 연구하는 사람들에게는 오랜 숙제였다. 그리하여 많은 연구논문이 발표되었으나 아직도 모든 의혹이 해소된 것은 아니라고 보는 것이 필자의 견해다.

가장 널리 알려진 이기문(1998)의 연구에서 고대국어, 전기 중세국어, 그리고 훈민정음 제정 당시인 후기중세국어의 모음체계는 다음과 같이 변화하였다고 보았다.

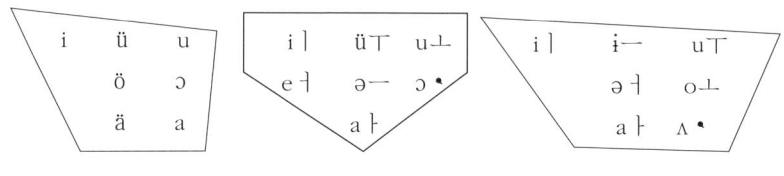

고대국어(이기문,1998:82)   전기중세국어(같은 책:108)   후기중세국어(같은 책:143)

표 5-11 한국어사에서 본 각 시대별 모음체계

이 주장의 특징은 훈민정음 제정 당시인 후기중세국어에서 이미 'ㅗ : ㅜ'와 'ㅏ : ㅓ'는 '후설 : 전설'의 대립이 아니라 '고모음 : 저모음'이었다는 점이다. 따라서 훈민정음 중성자의 제자에서 'ㅗ : ㅜ'와 'ㅏ : ㅓ'를 전설 대 후설의 대립으로 보아 '양 : 음', 또는 '천 : 지'로 이해한 것은 그 전시대, 즉 고대국어나 전기중세국어의 모음체계에 이끌린 것이라고 설명하였다.

훈민정음이 제정된 후기중세국어 시대의 국어 모음체계가 '으~우, 어~
오, 아~ᄋ'의 전후 대립을 보이고 있다는 이 견해에 대하여 대체로 동의
한다. 그러나 {해례본}의 해례에서는 중성자에 대하여 음양, 즉 전후의
대립만을 말한 것이 아니라 합벽(闔闢)과 구축(口蹙), 구장(口張)의 대립도
인정하였다. 즉 {해례본}의 「제자해(制字解)」에 "此下八聲一闔一闢、
ㅗ與ㆍ同而口蹙、[중략] ㅏ與ㆍ同而口張、[중략] ㅜ與一同而口
蹙、[중략] ㅓ與一同而口張、[중략] ㅛ與ㅗ同而起於ㅣ、ㅑ與ㅏ同
而起於ㅣ、ㅠ與ㅜ同而起於ㅣ、ㅕ與ㅓ同起於ㅣ。"라 하여 다음 8
성[ㅗ, ㅏ, ㅜ, ㅓ, ㅛ, ㅑ, ㅠ, ㅕ]은 하나는 합(闔), 즉 구축음(口蹙音,
원순모음)이고 또 하나는 벽(闢), 즉 구장(口張, 비원순모음)이라 하여 구축(口
蹙)음과 구장(口張)음으로 나누었다. 이에 의하면 다음과 같은 구별이 가
능하다.

闔(口蹙) ─ ㅗ, ㅜ, ㅛ, ㅑ - 원순모음
闢(口張) ─ ㅏ, ㅓ, ㅑ, ㅕ - 비원순모음

이 가운데 'ㅛ, ㅑ, ㅠ, ㅕ'의 4음은 '起於 ㅣ'라 하여 ㅣ[i]계 이중모
음임을 분명히 밝히고 있다. 따라서 {해례본} 해례는 모음조화에 관여하
는 8개모음을 음양(陰陽)의 대립(전설 대 후설)과 합벽(闔闢)의 대립(원순대 비
원순), 그리고 단모음과 이중모음(초출자대 재출자)의 대립으로 나누어 분류
한 것이다. 적어도 {해례본}에서는 국어 모음의 3개 상관쌍(相關雙)을 인
정하고 이들이 서로 대립적으로 존재한다고 본 것이다.[47]

---

47) 이들은 각기 음성상징(sound symbolism)을 보이며 대립한다. 즉 중세국어의 "늘
    근(古) ~ 늘근(老), 프ᄅ다(碧) ~ 프르다(靑)"에서의 '으 ~ ᄋ'의 대립과 "곧
    다(直) ~ 굳다(堅), 노기다(融) ~ 누기다(弛), 보ᄃ라온(軟) ~ 부드러운(柔)"

김완진(1978)에서는 'ㆍ'와 'ㅗ'가 같은 위치에서 발음되고 'ㅡ'와 'ㅜ'가 역시 동기관음(homorganic)이지만 비원순모음과 원순모음의 구별이 있다고 보아 다음과 같은 모음체계를 모음사각도에 그렸다.

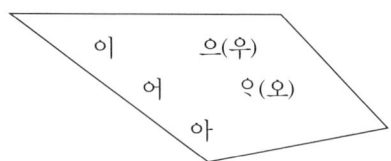

표 5-12 훈민정음 제정 당시의 조선어 모음체계

이 모음사각도는 후기 중세국어의 모음이 아직도 '우~오, 으~ᄋ, 어~아'가 전후(前後)의 대립을 보인다는 가정 아래에 수립된 것이다. 이것은 몽고어의 차용에서 국어의 '어'가 전설적(前舌的)이었다는 점을 설명하기에 매우 합리적이고 아울러 파스파자(字)로 표기된 몽고운의 'u~우', 'o~오'를 설명할 수 있다. 그런 의미에서 이 체계는 상당한 설득력을 갖고 있으며 "ᄉᆞ매(袖) 〉 소매"와 "블(火) 〉 불"의 변화도 전후한 인접 자음에 의하여 동기관음(同器管音)의 모음이 원순화(圓脣化)된 것으로 쉽게 설명할 수 있다.

몽고어에서도 모음조화 현상은 발견된다. 몽고어의 모음조화는 어간 내부의 모음구조가 전설모음, 또는 후설모음으로만 이루어지는 전형적인 구개적 조화를 보인다.48) 특히 전설고모음 '*i'가 모음조화에 관여하

의 대립에서 '우 ~ 오', 그리고 "갓(皮) ~ 것(表), 남다(餘) ~ 넘다(溢), 갓가(刻) ~ 것거(折)"의 대립에서 '아 ~ 어'의 대립을 찾을 수 있는데 후설모음계열의 'ᄋ, 오, 아는 가볍고 밝은 느낌을 주고 전설의 '으, 우, 어는 어둡고 무거운 느낌을 주는 것으로 보인다. 현대국어에서도 이러한 음성상징은 그대로 유지되었다.
48) 이에 대하여는 Poppe(1955:84~5)에 "Vocalic harmony is an old phenomenon

지 않고 전설모음이나 후설모음의 모두와 연결이 가능한 것은 조선어의 특성과 일치한다. Poppe(1955:84)에 의하면 알타이어의 고대시대에 모음 '*i'와 '*ï'가 통합되었기 때문에 '*i'가 중립적이 되었다고 한다.[49]

따라서 몽고어에서 보이는 전설 대 후설 모음의 대립을 훈민정음 중 성자(中聲字) 제정에서도 그대로 적용하여 3쌍의 전설 대 후설모음의 대 립을 인정하고 이러한 대립과 관계없는 한 개 중성자를 제자(制字)한 것 으로 보인다. 그것이 {해례본} 설명에서 '독무위수(獨無位數)'로 나타난 것 이다. 중성자의 제정도 당시 조선어의 음운을 반영하였다고 보기 어려 운 이유가 여기에 있다.

필자가 권두(卷頭)에서 훈민정음의 제자가 당시 음운을 완벽하게 분석 하여 구극(究極)적 단위인 음소(音素)를 추출하고 그 하나하나에 문자를 부여한 것을 보기가 어렵다고 한 근거는 이러한 많은 변수가 있는 것을 모두 참작해야 하기 때문이다.

5.4 훈민정음 자형(字形)의 독창성(獨創性)

위에서 훈민정음이 파스파자(字)의 제정과 많은 관련이 있음을 살펴보

---

in Mongolian. [중략] Vocalic harmony is manifested by the fact that in one and the same stem only back or only front vowels may occur. This means that the one and the same word may contain only *a, *o, *u, *ï or only *e, *ö, *ü, *i."라는 논술을 참고할 것.

49) 이에 대하여는 "The vowel *ï converged with *i long ago and the latter became a neutral vowel. Now it may occur in stems with any vowels." (Poppe, 1955:84)라는 논술을 참고할 것.

았다. 그리하여 몇몇 연구자들 사이에는 훈민정음이 파스파자를 모방하여 문자를 제정한 것으로 보는 경우도 없지 않다. 그들 가운데는 자형(字形)도 답습한 것으로 보며 한글과 파스파자를 자형이 유사함을 지적한 논문이 있다.50)

그러나 훈민정음의 자형(字形)은 초성(初聲, 子音)의 경우 발음기관(發音器官)을 상형(象形)하여 제자(制字)하였고 중성(中聲)의 경우 천지인(天地人) 삼재(三才)를 상형(象形)한 것이어서 파스파자와는 다르며 어떤 문자를 모방하여 제자(制字)하였다고 보기 어렵다. 반면에 파스파자(字)는 모두에서 언급한 바와 같이 티베트 문자(西藏文字)를 변개(變改)한 것이어서 훈민정음과의 사이에 아무런 연관이 없고 이런 의미에서 한글 문자는 독창적으로 제자된 것으로 보아야 한다.

예를 들면 4.7.3에서 파스파자와 티베트 문자를 비교한 것에서도 볼 수 있는 것처럼 이 두 문자는 자형(字形)이 유사하고 제자 방법도 서로 같고 'ᵾ'자 등은 서로 완전 일치한다. 그러나 훈민정음과는 그러한 유사성이나 일치는 볼 수가 없는데 자형에서 훈민정음과 『몽고자운』 소재의 파스파자를 비교하면 다음과 같다.

[표 5-13]의 한글의 초성자(初聲字)와 파스파 문자의 자모(字母)를 대비하여 보면 '見(ㄱ : ꡂ), 群(ㄲ : ꡁ), 端(ㄷ : ꡊ), 來(ㄹ : ꡙ), 幇(ㅂ : ꡎ), 心(ㅅ : ꡛ)' 등의 자모에서 문자가 유사(類似)함을 느끼지만 다른 것은 전혀 유사성을 보이지 않는다. 많은 논문에서 거론되는 앞의 6자의 유사도 우연의 일치로 보인다. '心(ㅅ : ꡛ)'의 경우는 오히려 'ㅈ(精)'

---

50) 이러한 주장을 한 논문은 국외에서 Ledyard(1966, 2008)를 비롯하여 照那斯圖(2008) 등의 논문이 있으며 국내에서도 兪昌均(1966, 2008)과 이기문(2008) 등이 있다.

	牙音	舌音	脣音		齒音		喉音51)	半舌音	半齒音
			脣重音	脣輕音	齒頭音	正齒音			
全淸	ㄱ(見)	ㄷ(端)	ㅂ(幇)	ㅸ(非)	ㅈ(精)	ㅈ(照)	ㆆ(影)		
次淸	ㅋ(溪)	ㅌ(透)	ㅍ(滂)	ㆄ(敷)	ㅊ(淸)	ㅊ(穿)	ㅎ(曉)		
全濁	ㄲ(群)	ㄸ(定)	ㅃ(並)	ㅹ(奉)	ㅉ(從)	ㅉ(床)	ㆅ(匣)		
不淸 不濁	ㆁ(疑)ㄹ	ㄴ(泥) ㄴ(娘)	ㅁ(明)	ㅱ(微)			ㅇ(喩) ㅇ(么)	ㄹ(來)	△(日)
全淸					ㅅ(心)	ㅅ(審)			
全濁					ㅆ(邪)	ㅆ(禪)			

표 5-13 「세종어제훈민정음」 31初聲字와 『蒙古字韻』 32字母의 대비표

이나 'ㅈ(照)'과 연관성이 있다고 보는 것이 타당하다. 여기에서 Ledyard (2008)이나 照那斯圖(2008)에서 주장한 한글의 파스파자 모방설(模倣說)은 전혀 설득력을 갖지 못한다.

한글은 {해례본}「제자해(制字解)」에서 밝힌 바와 같이 발음위치인 '아 (牙), 설(舌), 순(脣), 치(齒), 후(喉)'에 따라 상형(象形)하여 기본자(基本字) 5 개를 제자(制字)하고 소리에 따라 획을 더한(引聲而加劃) 글자들과 이 원 칙에서 벗어난 이체자(異體字)들로 되었다. 이를 {해례본}『훈민정음』의 「제자해(制字解)」에서 찾아보면 다음과 같다.

牙音 ㄱ 象舌根閉喉之形 - 혀뿌리가 목구멍을 막는 모습을 본뜨다.
舌音 ㄴ 象舌附上齶之形 - 혀가 위 입천장에 붙는 모습을 본뜨다.
脣音 ㅁ 象口形 - 입의 모습을 본뜨다.
齒音 ㅅ 象齒形 - 이, 齒牙의 모습을 본뜨다.
喉音 ㅇ 象喉形 - 목구멍의 모습을 본뜨다.

---

51) 『몽고자운』의 「字母」 '喉音'에서는 전술한 바와 같이 이것의 위치가 바뀌어서 '曉, 匣, 影, 喩'의 순으로 되었다.

그리고 소리가 조금 거세게 나오는 것(聲出稍厲)에 따라 획을 더한(因聲加劃) 9자, 그리고 이러한 원칙에 맞지 않는 이체자(異體字) 3자를 더하여 17자를 만든다고 「제자해(制字解)」에서 분명하게 밝혔다.[52] 이러한 자형(字形)의 구도는 현대 음성학에서도 혀의 모습 등으로 그 타당성이 인정되는데 이에 대하여 Kim-Renaud(1997:279)에서는 다음의 [사진 5-5]과 같이 도표로 표시 하였다.

[사진 5-5]를 보면 'ㄱ'은 아음(牙音)으로 '연구개정지음(軟口蓋停止音) [k, g]'를 발음할 때의 혀의 모습을 잘 보여주었고 'ㄴ'은 설음(舌音)으로 '치경정지음(齒莖停止音) [t, d]' 발음의 혀 모습을, 'ㅁ'은 순음(脣音) [m]으로 '입의 모습'을,[53] 'ㅅ'은 치음(齒音)으로 경구개마찰음(硬口蓋摩擦音) [s] 의 '이(치아)의 옆모습'을, 'ㅇ'은 후음(喉音)으로 '목구멍의 둥근 모습'을 본뜬 것이어서 각기 발음 위치에서의 발성기관을 상형(象形)한 것이다.

다만 한음(漢音) 표기를 위하여 설정한 순경음(脣輕音)에서 'ㅇ'를 더한 것은 제자 방식이 파스파자(字)에서도 'ꡝ'를 더한 글자들로 보여 이 제자 방식에도 얼마간의 영향을 받은 것으로 볼 수 있다는 주장이 있으나 (졸고:2008a) 이것도 우연의 일치로 보는 것이 타당하다.[54] 순음(脣音)에 ㅇ을 더하여 순경음(脣輕音)을 만드는 원리와는 아무래도 거리가 있다.

다음으로 중성(中聲) 11자의 제자에 대하여 역시 (해례본)「제자해(制字解)」에서 다음과 같이 천지인(天地人) 삼재(三才)를 상형(象形)하였음을 분

---

52) '聲出稍厲'에 의한 '因聲加劃'의 글자는 "ㄱ-ㅋ: ㄴ-ㄷ, ㅌ: ㅁ-ㅂ, ㅍ: ㅅ-ㅈ, ㅊ: ㅇ-ㆆ, ㅎ"의 9字이고 異體字는 'ㆁ, ㅿ, ㄹ'의 3字이다.
53) 한글 'ㅁ'은 입의 모습을 본땄다고 보기보다는 한자 口(입 구)에 이끌린 것으로 볼 수 있다.
54) 照那斯圖(2003/23)에서 'ꡝ'는 비성절모음(nonsyllabic)의 [ɰ]로 보았다. 그리하여 『몽고자운』의 '非(ꡤ)' 母를 『百家姓』에서는 [hɰ]로 전사하였는데 이에 대하여는 추후에 다시 논의되어야 할 것이다.

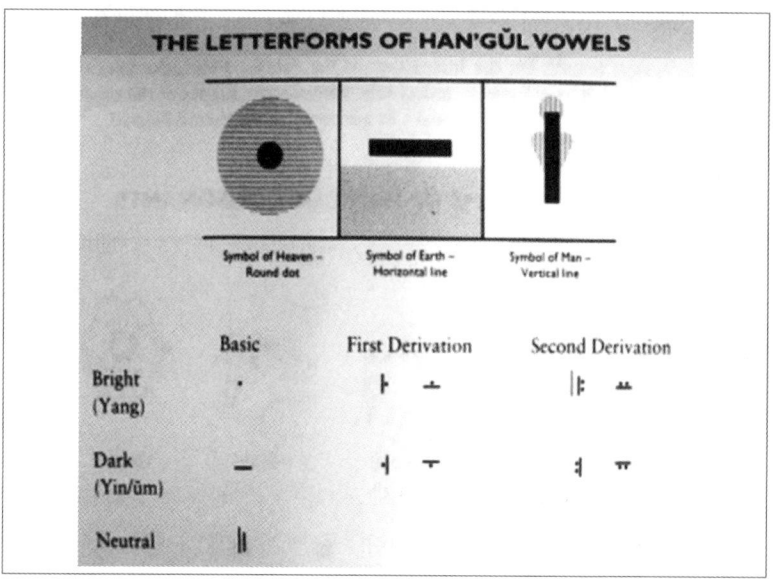

사진 5-5 훈민정음 초성 기본자

사진 5-6 훈민정음 중성 기본자

명히 밝혀 놓았다. [사진 5-6]는 전게(前揭)한 Kim- Renaud(1997: 280)에
소개된 영문 해설서인데 기본자(Basic), 초출자(初出字, first derivation), 재출
자(再出字, second derivation)의 제자에 대한 다음 사실을 영문으로 설명한
것이다.

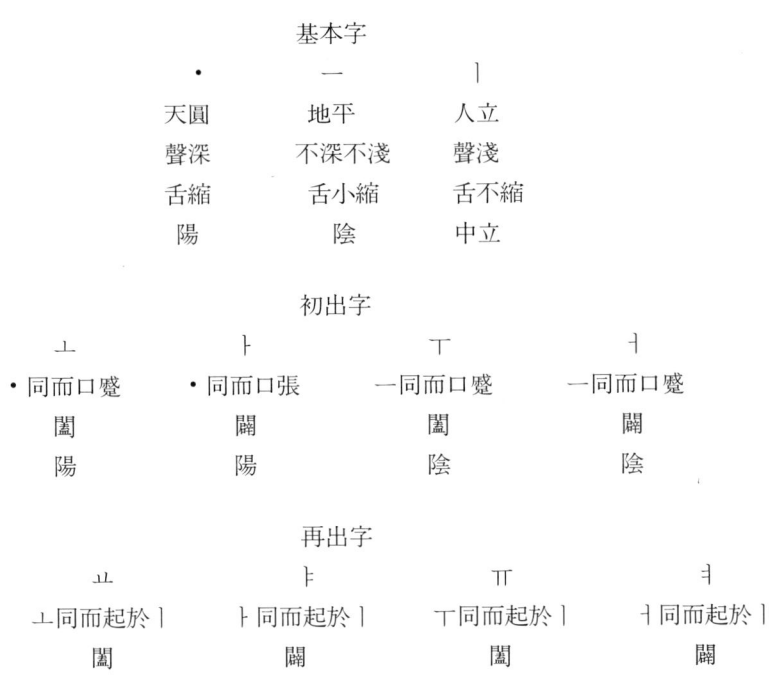

표 5-14 [해례본]『훈민정음』의 中聲 체계

이것을 보면 중성자는 기본자 '·, ㅡ, ㅣ'를 후설(back), 중설(central),
전설(front)의 대표음으로 정하고 삼재(三才), 즉 '천원(天圓)－하늘의 둥근
것'과 '지평(地平)－땅의 평평함', '인립(人立)－사람의 서 있는 것'을 상형
(象形)하여 제자(制字)한 것임을 알 수 있다. 즉 전설고모음(前舌高母音, 聲

淺, 舌不縮) ㅣ/[ī]와 중설중모음(中舌中母音, 不深不淺, 舌小縮) ㅡ/[ə], 그 리고 후설저모음(後舌低母音, 聲深, 舌縮)의 ㅣ·/[ɔ]의 3자를 기본자로 한 것이다.

이어서 이 셋을 조합하여 후설(後舌)의 원순고모음(圓脣高母音) ㅗ[· + ㅡ][u]와 평순저모음(平脣低母音) ㅏ[ㅣ + ·][ɑ], 전설(前舌)의 원순(圓脣) 고모음(高母音) ㅜ[ㅡ + ·][ü], 평순중모음(中母音) ㅓ[· + ㅣ][ɛ]를 초출 자(初出字)로 제자한 것이며 또 'ㅗ, ㅏ, ㅜ, ㅓ'의 ㅣ계 이중모음 [起於 ㅣ]의 'ㅛ, ㅑ, ㅠ, ㅕ'를 재출자(再出字)로 제자한 것이다. [사진 5-6]은 이런 사실을 영어로 설명하고 있다.[55]

필자는 졸고(2008c)를 발표하면서 왜 창제자인 세종이 명령하여 편찬 한 {해례본}에서 훈민정음의 문자 제정에 대한 명확하고 합리적으로 제 자의 원리를 설명하고 있음에도 불구하고 계속해서 파스파자(字)와 유사 함을 강조하면서 그의 모방설을 주장하는 이유를 알 수 없으며 왜 이러 한 주장이 계속되느냐고 照那斯圖(주나스트) · Ledyard(레쟈드) 교수를 비 롯한 참석자들에게 반문한 바 있다.[56]

중성자(中聲字)의 제자는 필자가 여러 논저(論著)에서 그 중요성을 강조 하였지만 훈민정음의 내용 가운데서 가장 빛나는 독창성이라고 할 것이

---

55) [사진 5-5와 5-6]은 Kim-Renaud(1997:280)에서 전재하였다. 이 사진은 원래 Ramsey (1992:45)에서 온 것이고 또 그것은 Kim, Jin-p'yong(1993)에서 따 온 것이라고 한다.

56) Ledyard(1966, 1997)이나 照那斯圖 · 宣德五(2001)에서도 훈민정음의 '제자해' 에 설명된 초성자와 중성자의 제자 원리에 대하여 상세하게 소개하고 그 원리의 타당성, 즉 발음기관의 상형과 天地人 삼재의 상형을 인정하고 있다. 그럼에도 불구하고 훈민정음의 문자가 파스파자와 유사한 것을 몇 개 들면서 한글이 파스 파字를 모방하였을 가능성을 역설하였다. 참으로 이해하기 어려운 태도로써 자 형도 많이 다르고 특히 制字 原理가 파스파자는 티베트 문자를 모방에 그친 것 이고 훈민정음은 체계적으로 제자 원리에 맞춘 것이어서 완전히 다르다.

다. 비록 기본자와 초출자 7개가 파스파자 喩母(유모) 계열의 7자(字)를 본뜬 것이라고 하더라도 중성(中聲)을 독립시켜 초성(初聲)과 더불어 인류 최초의 모음과 자음을 분리하여 만든 자모(子母)문자를 만든 것이다.[57] 더구나 모든 중성자가 독립적으로 사용할 때에 欲母(욕모)의 /ㅇ/자를 붙이도록 한 것은 생성음운론(生成音韻論, Generative Phonology)에서 말하는 성절성(成節性, [+syllabic])의 자질을 나타낸 것으로 모음의 기록과 그의 전산화 과정에서 그 효용성(效用性)이 매우 큰 것을 확인할 수 있다.[58]

이것은 파스파자(字)의 제정에서도 그 필요성이 인정되어 /ᘋ/를 제자(制字)하였으나 이 문자가 [a]를 표음하기도 하였으며 또 파스파의 모음자들이 단독표기일 때에는 생략되는 등 그 사용이 매우 애매하고 불확실하였다. 그에 비하면 훈민정음의 중성자(中聲字)는 그 음가가 명확하고 {해례본} 「중성해(中聲解)」에서 "中聲者、居字韻之中、合初終而成音。 ─중성이라는 것은 자운(字韻)의 가운데 있어서 초성이나 종성과 어울려야 음절을 형성한다."라고 규정하여 중성(모음)이 초성·종성, 즉 자음과 함께 음절을 이루는 중요한 요소로 본 것이다. 그리고 중성자, 즉 모음이 자음과 함께 쓰지 않고 단독으로 표기할 때에 欲母 [ㅇ]를 붙여 쓰게 하는 등의 자법(字法)을 완비하였다.

파스파 문자는 모음자를 포함한 문자의 이와 같은 자법(字法)을 충분하게 마련하지 않았고 결국은 이러한 불완전성이 원(元) 제국(帝國)의 강

---

57) 子母 문자란 자음(consonants)과 모음(vowels)를 별도로 문자화하여 언어를 기록한 경우를 말한다. 일본 가나문자의 경우 모음자 5개를 별도로 만들기는 하였으나(소위 가나문자의 50音圖에서) 가나문자가 음절 문자이므로 이에 해당되지 않는다. 희랍문자, 로마문자, 끼릴문자, 아랍문자, 梵字 등은 모두 모음자를 독립시켜 따로 만들지 않았다.
58) 한글 풀어쓰기에서 欲母(/ㅇ/)를 中聲字에 붙여 쓰기로 한 字法을 없앤 것은 참으로 어리석은 짓이다. 컴퓨터 워드프로세서가 제대로 발달한 요즘에 이러한 字法의 유용성을 인식하면서 세종대왕의 깊은 뜻을 다시 한 번 이해하게 된다.

력한 지원을 받아 국자(國字)로 반포되어 그 사용이 법률로 보장되었음에도 불구하고 결국 제국의 멸망과 함께 소멸의 길을 걷게 된 것이다.

제6장

결 론

이 책은 현재 대영도서관(British Library)에 소장된 초본(鈔本) 『몽고자운(蒙古字韻)』의 종합적인 연구다. 이 운서(韻書)는 원대(元代)에 새로 발명된 파스파자(字)로 당시 한자의 표준음을 표음한 것으로 지대(至大) 무신년(戊申年), 1308년에 간행되었다. 파스파자는 원(元) 세조(世祖) 지원(至元) 6년(1260)에 반포(頒布)된 표음 문자이며 티베트의 라마승(喇嘛僧) 파스파가 티베트 문자를 모방하여 제정한 것이다. 이 문자의 제정은 170여 년이 지난 후에 서울에서 훈민정음이란 신문자의 발명에 많은 영향을 주었다.

이 책에서는 그동안 훈민정음, 즉 한글과 파스파자가 막연히 서로 관련이 있다는 사실을 보다 본격적으로 해명하기 위한 것이다. 본서의 모두(冒頭)에서 언급한 것처럼 서양과 동양에서 한글이 파스파자의 영향을 받았을 뿐만 아니라 자형(字形)도 파스파 문자의 것과 유사(類似)하여 한글이 파스파자의 모방이라는 주장이 세력을 얻고 있으며 거의 정설(定說)로 인정되어 일부 언어학자들에게 상식(常識)으로 받아들인다.

이 책에서는 과연 어느 정도 영향을 받았으며 독창적인 것은 무엇인가를 밝히고자 한 목적으로 집필된 것이다. 이것은 외국학자들의 주장에 대한 국내 학자의 본격적인 최초의 대응 연구로 생각한다. 이 장(章)에서는 지금까지 검토한 내용을 요약하여 정리하여 독자의 이해를 돕고자 한다.

6.1 『몽고자운』의 편찬

이 책의 제2장에서는 현전하는 『몽고자운』의 런던 초본(鈔本)을 통하여 이 운서(韻書)가 언제, 어떻게, 무슨 목적으로 편찬되었는가를 살펴보았다. 『몽고자운』은 파스파자가 발명되고 이 문자에 의하여 한자음의 표준음을 표기한 『몽고운략(蒙古韻略)』이 있고 이를 수정(修訂)한 (원본) 『몽고자운』이 있으며 이를 원(元) 신안(信安)[1] 사람 주종문(朱宗文)이 지대(至大) 무신(戊申, 1308)년에 증보(增補)하여 간행한 것을 청(淸) 건륭(乾隆) 연간에 필사한 것이 런던 초본(鈔本)이라 보았다. 그리하여 원간본(原

---

1) 현재 중국 折江省 衢州 지역으로 朱宗文은 이곳에서 柯山 劉更으로부터 蒙古字學을 배웠다(§2.3 참조).

刊本)과 증보본(增補本), 그리고 각종 수정본(修訂本)과 필사본과의 관계를 제2장에서 정리하였다.

『몽고운략(蒙古韻略)』은 최세진의 『사성통해(四聲通解)』에서 참고한 몽운(蒙韻)으로 『사성통해』에 인용된 몽운과 『몽고자운』의 파스파자 표음(表音)을 비교하여 『몽고운략』과 『몽고자운』의 차이를 밝혔다. 그 결과 『몽고운략』은 송대(宋代) 『광운(廣韻)』계통의 『예부운략(禮部韻略)』을 파스파자로 번자(飜字)한 운서이며 몽고인들이나 색목인(色目人)들이 중국 한자의 표준음을 학습하여 과거 시험에 응시하도록 만든 교재로 보았다.

『몽고자운』의 주종문(朱宗文) 증보본(增補本)은 역시 『예부운략』계통의 『신간운략(新刊韻略)』을 모본(母本)으로 하여 편찬한 것으로 제2장에서는 이 둘을 비교하여 그 차이를 밝혔다. 또 『몽고자운』의 원본은 『고금운회거요(古今韻會擧要)』를 참고한 흔적이 보이는데 역시 『고금운회거요』와 비교하여 무엇을 참고하였는지 정리하였다.

그 가운데 가장 중요한 것은 현전 하는 『고금운회거요』의 권두에 실려 있는 '예부운략칠음삼십육모통고(禮部韻略七音三十六母通攷)'가 실제로 『몽고자운』에 '자모(字母)'라는 이름으로 게재된 것이다. 이것은 중국 전통의 36성모(聲母, 또는 字母로도 불림)의 하나하나를 파스파자로 대응시킨 표(表)로 보인 운도(韻圖)를 말한다. 이 36성모는 고대 인도의 음성 연구, 예를 들면 파니니의 『팔장(八章)』 등이 불경(佛經)의 성명기론(聲明記論), 비가라론(毗伽羅論)으로 중국에 유입되었고 이에 의거하여 중국에서 당대(唐代)에 성운학(聲韻學)이 발달되었는데 그때에 만들어진 당시 중국어의 어두 자음(onset)들이다.

『고금운회거요(古今韻會擧要)』의 권두에 부재된 '예부운략칠음삼십육모통고(禮部韻略七音三十六母通攷)'는 바로 이러한 성운학 연구의 소산으로 한자음을 발음위치에 따라 '아(牙), 설(舌), 순(脣), 치(齒), 후(喉), 반설(半舌), 반치(半齒)'의 칠음(七音)과 '전청(全淸), 차청(次淸), 전탁(全濁), 불청불탁(不淸不濁)'의 사성(四聲)으로[2] 나누어 36개음절(音節) 초(初)자음(onset)을 분류하는 방법으로 실제 운서(韻書)에 실린 것은 금대(金代) 한도소(韓道昭)의 『오음집운(五音集韻)』이 가장 이른 시기의 것으로 본다.

몽고자운에서는 이 '예부운략칠음삼십육모통고(禮部韻略七音三十六母通攷)'를 전재하고 여기에 해당하는 파스파자를 대응시켜 '자모(字母)'라는 명칭으로 권두에 부재(附載)하였다. 이러한 한자음의 음절 초 자음에 대한 분류 방법은 그대로 조선 초기에 유입되어 『사성통해』의 권두에 「광운삼십육자모지도(廣韻三十六字母之圖)」 「운회삼십오자모지도(韻會三十五字母之圖)」 「홍무운삼십일자모지도(洪武韻三十一字母之圖)」란 이름으로 전재(轉載)되었다. 훈민정음 초성 17자는 『동국정운(東國正韻)』 23자모에서 전탁(全濁) 6자를 제외한 것인데 『몽고자운』에서는 파스파자로 된 36개, 실제로는 33개의 음절 초 자음에 대한 파스파자(字)를 보였다.

파스파자의 모델이 된 티베트 문자에서 모음은 별도로 문자를 만들지 않고 자음에 부속되어 표기되었다. 그러나 몽고자운에서는 7개의 喩母(유모)자를 만들어 모음 표기에 사용하였는데 이것도 훈민정음의 기본자 3개와 초출자 4개, 도합 7자와 연결이 된다고 보았다. 그러나 자형(字形)은 모두 발음기관이나 천지인(天地人) 삼재(三才)를 본뜬 것으로 파스파자의 자형과는 아무런 관련이 없다고 하였다.

---

2) 四聲은 주로 平聲, 上聲, 去聲, 入聲의 성조를 말하지만 여기서는 발음방식에 따른 분류를 의미한다.

6.2 『몽고자운』의 런던 초본(鈔本)

파스파자(字)로 한자음을 표음한 몽고운(蒙古韻)은 현전하는 것으로『몽고자운』의 초본(鈔本)밖에 없다. 아마도 명(明) 태조(太祖)를 비롯한 명대(明代) 제왕들이 호원(胡元)의 잔재(殘滓)를 없애는 정책이 너무 철저하게 이루어졌고 그 가운데 파스파 문자로 기록한 자료들이 가장 뚜렷한 제거(除去) 대상이었기 때문으로 본다.

유일하게 남아있는 런던 초본(鈔本)은 그런 의미에서 매우 귀중한 자료인데 上 · 下 2권으로 된 두 책으로 분량은 상권(上卷)이 34엽, 하권(下卷)이 32엽, 모두 66엽이다. 이 책은 표지(表紙)와 유경(劉更)의 서문, 주종문(朱宗文)의 자서(自序), 교정자양(校正字樣), 총괄변화지도(總括變化之圖), 자모(字母), 전자모(篆字母), 총목(總目) 등으로 권두가 이루어졌다. 이어서 본문이 1동(東)부터 6추(佳)까지 상권(上卷)에 있고 나머지 15마(麻)까지가 하권(下卷)에 수록되었으며 마지막으로 하권(下卷) 말미에 회피자양(廻避字樣)이 전면(前面)을 결(缺)한 채 부재(附載)되었다.

런던 초본은 최초의 몽고 운서인『몽고운략』으로부터 다음과 같은 경로를 거쳐 이루어진 것이라고 보았다.

『몽고운략』→ {원본}『몽고자운』→ 〈제이본(諸異本)〉→ 〈주종문증보본(朱宗文增補本)〉→ 〈보수본(補修本)〉→ 〈런던초본〉

런던 초본은 필사본이므로 기휘자(忌諱字)의 결필(缺筆)에 의하여 언제 필사되었는지 알 수 있다. 즉 왕이나 황제의 이름을 기휘(忌諱)하기 위하여 한 획을 쓰지 않는 결필기휘(缺筆忌諱)의 방법은 당대(唐代)로부터 발

달하였는데 런던 초본에서도 이러한 방법으로 제왕(帝王)의 이름자를 기
휘(忌諱)하였다. 청(淸)의 강희제(康熙帝), 건륭제(乾隆帝)의 이름인 현엽(玄
燁)과 홍력(弘曆)의 각 글자는 결필기휘가 이루어져 마지막 한 획이 쓰이
지 않았으나 가경제(嘉慶帝)와 도광제(道光帝)의 이름인 옹염(顒琰)과 민녕
(旻寧)은 어떤 자에도 결필이 이루어지지 않았다. 따라서 결필기휘가 있
는 마지막 황제인 가경(嘉慶) 연간에 『몽고자운』의 런던 초본이 필사된
것으로 보았다.

더욱이 편찬자 주종문(朱宗文)의 몽고명이 백안(伯顔)으로 쓰인 것으로
보아 이를 파연(巴延)으로 바꿔 쓰라는 개역인지명(改譯人地名)의 유고(諭
告)가 있기 이전, 즉 건륭제(乾隆帝)가 등극한 1737년부터 개역인지명의
유고가 있던 1778년 사이에 필사된 것으로 보았다. 원본이 만들어진 후
거의 430년 이후에 필사된 것이라 옮겨 적을 때에 많은 와오(訛誤)가 생
겼다. 제2장에서는 『신간운략(新刊韻略)』 등과 비교하여 필사할 때에 생
긴 와오(訛誤)를 찾아 정리하였다.

『몽고자운』 런던 초본의 결락(缺落)에 대하여 주나스트(照那斯圖) · 양
나이시(楊耐思)(1987)에서 보궐(補闕)한 부분의 옳고 그름을 검토하고 런던
초본의 결락 부분을 지적하였다. 또 런던 초본에 수록된 한자는 본서에
서 390자를 보충하였지만 모두 9,508자밖에 안 되어 『고금운회거요』의
수록자 12,650자에 비하여 75% 정도의 수록율(收錄率)에 지나지 않는다.
반면에 주종문이 증첨한 102자는 『고금운회거요』를 비롯한 여러 운서
에서 채록한 것임을 밝혔고 〈평수운〉에서도 상당한 수효의 증첨자를 채
록하였음을 지적하였다.

이 런던 초본은 1956년에 일본 간사이(關西)대학의 동서학술연구소(東
西學術研究所)에서 사진판을 영인 출판하였고 이를 다시 羅常培 · 蔡美

彤(1959)에서 재인용하여 출판하였으며 照那斯圖·楊耐思(1987)에서 또 다시 재영인하여 출판하였다. 그러나 이보다 훨씬 정확한 영인본으로 2008년 10월에 한국의 한국학 중앙연구원에서 대영도서관의 허가를 얻어 마이크로필름으로부터 프린트한 영인본을 300부 한정판에 비매품으로 출판하였다.

  본서에서도 필자가 15년 전에 대영도서관의 마이크로필름에서 프린트한 선본을 대영도서관의 허가를 얻어 권말에 영인 부록하였다. 아마도 전술한 어떤 복사본보다 선명하고 정확할 것으로 기대한다.

6.3 파스파 문자와 『몽고자운』

  『몽고자운』은 파스파 문자로 한자의 표준음을 전사한 운서(韻書)다. 따라서 발음기호의 역할을 한 파스파자의 제정과 반포에 대하여 제4장에서 고찰하였다. 파스파 문자는 원(元) 세조(世祖) 쿠빌라이 칸이 티베트의 라마승(喇嘛僧) 팍스파(八思巴)에게 명하여 한자의 발음과 여러 민족의 문자를 표음하고 몽고어를 기록하기 위하여 만든 문자로 지원(至元) 6년(1269)에 원(元) 세조의 조령(詔令)으로 반포되었다.

  이 조령에서는 몽고신자(蒙古新字)라 불렀지만 곧 국자(國字), 몽고국자(蒙古國字), 신국자(新國字) 등의 명칭이 붙었으며 한반도에서는 고려시대에 글자 모양에 따라 사각(四角)문자라는 의미의 몽고어 첩아월진(帖兒月眞), 첩월진(帖月眞, dörbelǰin)으로 부르면서 이 문자를 교육하고 시험하였다. 조선 전기에는 명(明)의 눈치를 보느라고 그저 자양(字樣)으로 불렀으나 역시 몽고어 역관(譯官)들에게 가장 중요한 학습 문자의 하나였다.

원(元) 세조(世祖)가 이 문자를 제정하여 국자(國字)로 선포하기 이전에 태조(太祖) 칭기즈 칸은 나이만(乃蠻)을 정복하고 포로로 잡은 타타퉁아(Tatatunga)로 하여금 위구르 문자로 몽고어를 기록하는 방법을 태자와 다른 왕자들에게 가르치도록 하였다. 따라서 파스파 문자는 몽고어를 기록하는 두 번째의 문자가 된 것이다. 타타퉁아는 위구르 문자만이 아니라 인장(印章)의 사용법이라든지 많은 문명을 몽고에게 전수하였다.

위구르 문자는 위구르인들이 사용하던 문자다. 이 문자로 쓰인 위구르 문헌이 20세기 초반에 다수 발견되어 최근 문자학계의 관심을 끌고 있지만 그 전에는 어떤 문자인지 알려지지 않았다. 위구르 문자는 소그드인을 통하여 위구르인들에게 전해지고 소그드 문자를 기반으로 하여 만들어진 표음문자로써 일찍부터 몽고인과 접촉하던 위구르인들에 의하여 몽고에 널리 알려진 표음문자다. 이 문자는 처음에 aleph로 시작하여 로마자의 알파벳과 같은 계통의 문자로 생각되지만 아직은 연구가 부족하다.

원의 세조 쿠빌라이 칸이 파스파자를 제정하기 이전에 유라시아 대륙의 북방에 있는 교착적 문법 구조의 언어를 사용하는 여러 민족은 한자(漢字) 이외의 문자를 자체적으로 만들거나 다른 민족의 문자를 빌려서 사용하였다. 그 가장 오래된 것으로는 티베트의 토번(吐蕃)왕국에서 송찬 감포(Srong-btsan sgam-po) 대왕이 톤미 아누이브(Thon-mi Anu'ibu)라는[3] 라마승을 인도에 파견하여 고대 인도의 파니니 등의 음성학을 배우고 돌

---

3) 그동안은 톤미 삼보다(Thon-mi Sam-bho-ta)가 티베트 문자를 제정한 것으로 알려졌다. 그러나 그는 후대의 유명한 譯經僧(역경승)으로 송찬 감포 대왕 시대의 인물을 아니었다. 티베트 연구가들은 톤미 아누이브가 톤미 삼보다로 잘못 인식되었다고 본다(§4.3).

아와서 인도 음성학의 이론에 맞추어 문자를 만들게 하였는데 이것이 파스파 문자의 모델이 된 티베트의 문자다. 이 문자는 적어도 서기 655년경에 실제로 사용되고 있었다.

이후 북방 민족들은 나라를 건설하면 토번(吐蕃)왕국과 같이 통치문자로 새 문자를 제정하는 규범이 생긴 것으로 보인다. 요(遼) 태조(太祖) 야율아보기(耶律阿保機)가 돌려불(突呂不), 야율노불고(耶律魯不古) 등으로 하여금 거란국자(契丹國字)를 만들게 하여 신책(神冊) 5년(920)에 요(遼) 태조의 조칙(詔勅)으로 반포된다. 이것이 거란대자(契丹大字, Khitan large script)다. 그리고 몇 년 후에 태조의 동생인 질랄(迭刺)이 표음적인 거란소자(契丹小字, Khitan small script)를 만들었는데 질랄은 사신(使臣)으로 온 위구르인들로부터 위구르 문자를 배워 거란 소자를 만들었다고 한다. 거란대자와 거란소자를 §4.1.3에서 상세히 논하였다.

요(遼) 다음으로 중국의 북방에 나라를 세운 여진족의 금(金)은 역시 나라를 건국한 태조(太祖) 아구타(阿骨打)가 완안희윤(完顔希尹, 본명 谷神)으로 하여금 한자를 변형시킨 여진자를 만들게 하여 천보(天輔) 원년(元年, 1119)에 칙령(勅命)으로 반포하였는데 이것이 여진대자(女眞大字, Jurchen large script)이다. 이후 금(金) 희종(熙宗) 때에 더 표음적인 여진소자(女眞小字, Jurchen small script)가 만들어져 적어도 천권(天眷) 원년(元年, 1138)에는 사용되었음을 밝혔다.

원(元)의 파스파 문자의 제정과 공포는 이와 같은 북방 민족의 국가 건설과 동반하는 통치문자의 제정과 관련하여 고찰할 수 있음을 주장하였다. 원래 몽고민족은 문자도 없고 목계(木契)나 결초(結草)의 방법으로 통신하였으나 칭기즈 칸이 스텝을 아우르는 대제국을 건설하면서 티베트의 토번(吐蕃)왕국에서 시작되어 거란족이나 여진족의 요(遼), 금(金)에서 통치문자를 제정하여 사용하였음에 따라 몽고제국도 새로운 문자를 제정하여 사용한 것으로 보았다. 중국의 송(宋)을 멸하고 원(元)을 건국한 쿠빌라이 칸도 팍스파 라마로 하여금 신문자를 제정하게 하여 이를 추종자들에게 교육시키고 이를 시험하여 관리로 임명함으로써 통치계급의 교체를 도모하였다. 아마도 조선의 건국과 훈민정음의 창제도 이러한 맥락에서 고찰되어야 할 것이다.

파스파 문자를 제정한 팍스파 라마(喇嘛)는 티베트의 토번(吐蕃) 왕국 출신으로 토번이 칭기즈 칸의 몽고군에 멸망하자 쿠빌라이 칸의 문하에 귀의(歸依)하였으며 원(元) 세조(世祖)의 국사(國師)로 추대되어 천하의 교문(敎門)을 통솔하였다. 그는 황제의 명에 따라 티베트 문자를 변형시켜 몽고어와 한자의 표준음을 기록하는 표음문자로 파스파자를 제정한 것이다. 그는 티베트 문자를 제정할 때에 기본 이론이었던 고대인도 음성학의 이론에 맞추어 발음 위치와 발음 방식에 따라 한자의 음절 초 자음, 즉 자모(字母)를 분류하고 그 각각에 티베트 문자를 변형시킨 문자를 대응시켜 한자음 표기에 유용한 문자를 만들었으니 이것이 바로 파스파 문자이다.

6.4 파스파자와 훈민정음

이 책의 집필 목적은 제1장 서론(序論)에서도 밝힌 바와 같이 파스파자의 제정과 그것이 훈민정음 창제에 미친 영향을 살펴보려는 것이다. 따라서 제5장의 '파스파자와 훈민정음'은 이 책의 결론에 해당되는 부분이다. 중국의 성운학(聲韻學)에도 밝고 파스파 문자를 비롯한 많은 민족의 문자에 관심이 있었던 세종(世宗)이 불경(佛經)을 통하여 고대 인도의 음성학에 대하여도 상당한 수준의 지식을 가졌던 것으로 보인다. 그러한 세종이 당시 알려진 문자의 결함을 보충하고 성리학(性理學)의 이론까지 동원하여 과학적이고 효용성이 매우 큰 문자를 만든 것이 바로 훈민정음이고 이것이 후일 한글이란 명칭을 얻게 된다.

훈민정음의 창제의 핵심적인 요체는 중성자(中聲字), 즉 모음자를 별도로 독립하여 만든 것이다. 티베트 문자에서는 모음자는 자음자에 부속되어 표시되었으며 티베트 문자에서도 모음자는 喩母(유모)자에 소속시켜 독립한 글자로 보기가 어려웠다. 뿐만 아니라 자음자가 음절 단위로 인식되기도 하고 모음자를 단독으로 사용하는 경우도 없었다. 때로는 하나의 모음자가 여러 음가를 갖기도 하였다.

그러나 훈민정음에서는 중성(中聲)을 완전히 독립시켜 초성(初聲)과 종성(終聲)보다도 그 중요성을 높이 여기고 문자 구성에서 핵심 부분으로 인정하였다. 이러한 중성, 즉 모음은 20세기 구조음운론에서 등장하는 음운의 대립을 이해하고 그에 의거하여 중성(中聲)을 대립적으로 제시하였다. 'ㅗ:ㅜ', 'ㅏ:ㅓ', 'ㆍ:ㅡ' 등의 문자 구성은 음운이 대립하여 의미를 분화시킨다는 20세기 구조언어학적 개념을 문자 제정에 도입시킨 것으로밖에 해석할 수 없다.

물론 파스파 문자로부터 훈민정음이 받은 영향은 지대하다. 우선 『몽고자운』 '자모(字母)'에서 볼 수 있는 파스파자의 36성모(聲母) 체계로부터 『동국정운(東國正韻)』의 23자모(字母)를 얻었고 이를 다시 17개 초성자(初聲字)로 줄인 것이다. 중성자(中聲字)도 『몽고자운』 7개 喩母(유모)자에서 7개 중성자, 즉 기본자 3개와 초출자(初出字) 4개를 만든 것으로 이해할 수 있다. 더욱이 모음자에 붙이는 欲母(욕모) 'ㅇ'는 파스파자 유모의 'ꡧ, ꡤ'와 관련이 있음을 밝혔다.

그러나 본서에서 여러 번 강조하였지만 글자의 자형은 파스파자가 티베트 문자를 조금 변형시켜 만든 것임에 반하여 훈민정음은 분명한 제자원리(制字原理)에 의거하여 독창적으로 제정한 것이다. 결코 어떤 문자를 모방하거나 본뜬 것이 아님을 본서에서 분명하게 밝혔다. 많은 서양의 언어학, 문자학, 역사학자들이 주장하는 대로 파스파 문자의 자형을 모방한 것이 아님을 많은 예를 들어 밝혔고 몇 개의 문자 모양이 서로 유사한 것은 우연한 일치임을 강조하였다. 훈민정음을 창제한 세종(世宗)의 명으로 그 이론에 따라 편찬된 [해례본]『훈민정음』에 분명하게 제자 원리로 설명하여 놓았음에도 불구하고 왜 그것을 믿지 않고 파스파자의 모방을 주장하는가? 그런 주장을 계속하는 외국 학자들의 저의를 의심하지 않을 수 없다는 극언(極言)을 남기면서 이 책을 마무리하고자 한다.

참고문헌

姜信沆(1978): 『李朝時代의 譯學政策과 譯學者』, 塔出版社, 서울

_____(1984); "世宗朝의 語文政策," 『世宗文化研究』 II, 韓國精神文化研究院, 서울

_____(1987); 『訓民正音 研究』, 成均館大學校 出版部, 서울

경북대학교출판부(1997): 『月印釋譜 第四』, 慶北大學校 出版部, 대구

金敏洙(1955a); "한글 頒布의 時期－세종 25년 12월을 주장함－," 『국어국문학』(국어국문학회), 제14호, pp.57~69

_____(1955b); "『釋譜詳節』解題, 『한글』(한글학회), 제112호, pp.149~159

_____(1980); 『全訂版 新國語學史』, 一潮閣, 서울

김병제(1984); 『조선어학사』, 과학·백과사전출판사, 평양

김양진(2006); "『용비어천가』의 훈민정음 주음 어휘 연구," 정광 外 『역학서와 국어사 연구』, 태학사, pp.443~486

金完鎭(1963); "國語母音體系의 新考察," 『震檀學報』(震檀學會) 제24호 pp.63~99

_____(1971); 『國語音韻體系의 研究』, 一潮閣, 서울

_____(1975); "訓民正音 子音字와 加劃의 原理," 『語文研究』(한국어문교육연구회), 7·8호, pp.186~194

_____(1978); "母音體系와 母音調和에 대한 反省," 『어학연구』 14-2호, pp.127-139

김완진 외 2인(1997); 김완진·정광·장소원: 『국어학사』, 한국방송대학교 출판부, 서울

김현 역(1972); 『構造主義란 무엇인가』, 文藝出版社, 서울
      J. B. Fages, Comprendre le structualisme, 1968의 번역

金薰鎬(1998); "西洋宣教師 音韻資料에 反映된 明·清官話," 『中國人文科學』 제17집, pp.39~56

_____(2000); "漢語普通話에 影響을 준 清代官話," 『中語中文學』(韓國中語中文學會), 제26집, pp.597~613

南廣祐(1966); 『東國正韻式 漢字音 研究』, 韓國研究叢書 제6집, 韓國研究院, 서울

_____(1973); 『李朝漢字音의 研究』, 東亞出版社, 서울

도르멜(2008a); Rainer Dormels: "세종대왕 시대의 언어정책 프로젝트 간의 연관 관계," 『제2차 한국어학회 국제학술대회 발표요지』(2008 '한글' 국제학술대회, 일시: 2008년 8월 16~17일, 장소: 고려대학교 인촌기념관)

Session 1 '한글과 문자' pp.27~37

_____(2008b); Rainer Dormels: "訓民正音과 八思巴文字 사이의 연관관계－洪武 正韻譯訓 분석에 따른 고찰－,"『訓民正音과 파스파 文字 국제 학 술 Workshop』(주최: 한국학 중앙연구원 주최, 일시: 2008년 11월 18 일~19일, 장소: 한국학 중앙연구원 대강당 2층 세미나실, Proceedings) pp.115~136.

朴炳采(1983);『洪武正韻譯訓의 新研究』, 高麗大學校 民族文化研究所, 서울

方鍾鉉(1948);『訓民正音通史』, 一誠堂書店, 서울

俞昌均(1966);『東國正韻研究』, 螢雪出版社, 서울

_____(1973);『較定 蒙古韻略』, 成文出版社, 台北

_____(1978);『蒙古韻略과 四聲通解의 研究』, 螢雪出版社, 大邱

_____(2008);『蒙古韻略』과『東國正韻』,『訓民正音과 파스파 文字 국제 학술 Workshop』(주최: 한국학 중앙연구원 주최, 일시: 2008년 11월 18 일~19일, 장소: 한국학 중앙연구원 대강당 2층 세미나실, Proceedings) pp.101~110.

李基文(1961);『國語史槪說』, 民衆書館, 서울, 改訂版(1972),

_____(1967); "韓國語 形成史,"『韓國文化史大系』 V, 고려대 민족문화연구원, 서울

_____(1968); "모음조화와 모음체계",『이숭녕선생송수기념논총』, 을유문화사.

_____(1972);『國語音韻史 研究』, 韓國文化研究院, 서울

_____(1976); "최근의 訓民正音研究에서 提起된 몇 問題,"『震檀學報』(震檀學 會), 42호, pp.187~190

_____(1998);『新訂版 國語史槪說』, 태학사, 서울

_____(2008); "訓民正音 創制에 대한 再照明,"『韓國語研究』 제5호, pp.5~45

이기문·김진우·이상억(2000);『개정증보판 국어음운론』, 학연사, 서울

李敦柱(1990);『訓蒙字會 漢字音 研究』, 弘文閣, 서울

_____(2002); "신숙주와 훈민정음,"『신숙주의 학문과 인간』, 국립국어연구원

李東林(1970);『東國正韻研究』, 東國大學校 大學院, 서울

_____(1974); "訓民正音創製經緯에 對하여－俗所謂 反切二十七字와 相關해서 －,"『국어국문학』(국어국문학회), 제64호, pp.59~62

李崇寧(1965); "崔世珍 研究",『亞細亞學報』 제1집

_____(1981);『世宗大王의 學問과 思想』, 亞細亞文化社, 서울

任洪彬(2008); "訓民正音 創制와 관련된 몇 가지 問題,"『훈민정음과 파스파문자 국제학술 Workshop』(2008년 11월 18일~19일에 열린 한국학중앙연구 원 주최 International Workshop on Hunminjeongeum and hPags-pa script의 proceedings, pp.163~195

鄭光·鄭丞惠·梁伍鎭(2002); 『吏學指南』, 태학사, 서울

鄭然粲(1972); 『洪武正韻譯訓의 硏究』, 一潮閣, 서울

拙　稿(1983); "빌렘 마테지우스의 機能構造言語學,"『덕성어문학』(덕성여대국문과) 창간호, pp.6~36

＿＿＿＿(1999); "元代漢語의〈舊本老乞大〉,"『中國語學硏究 開篇』(早稻田大學 中國語學科), 제19호, pp.1~23

＿＿＿＿(2001); "淸學書〈小兒論〉攷,"『韓日語文學論叢』(梅田博之敎授 古稀記念), 太學社, 서울, pp.509～532

＿＿＿＿(2002); "훈민정음 중성자의 음운대립,"『문법과 텍스트』(서울대학교 출판부) pp.31~46

＿＿＿＿(2003); "韓半島에서 漢字의 受容과 借字表記의 變遷",『口訣硏究』(口訣學會) 제11호, pp.53~86

＿＿＿＿(2006a); "吏文과 漢吏文",『口訣硏究』(口訣學會) 16호 pp.27~69

＿＿＿＿(2006b); 새로운 자료와 시각으로 본 훈민정음의 創製와 頒布,"『언어정보』(고려대학교 언어정보연구소), 제7호, pp.5~38

＿＿＿＿(2008a); "〈蒙古字韻〉의 八思巴 문자와 訓民正音,"『제2차 한국어학회 국제학술대회 발표요지』(2008 '한글' 국제학술대회, 일시: 2008년 8월 16-17일, 장소: 고려대학교 인촌기념관) Session 1 '한글과 문자' pp. 10~26

＿＿＿＿(2008b); 『蒙古字韻』과 八思巴 文字－訓民正音 제정의 이해를 위하여－, 제1차 세계 속의 한국학 연구 국제학술토론회, 2008년 10월 25일-26일, 중국 북경중앙민족대학, 중국 중앙민족대학 한국학－조선학 연구 중심 주최

＿＿＿＿(2008c); "훈민정음 자형의 독창성－『몽고자운』의 八思巴 문자와의 비교를 통하여－," 한국학중앙연구원 주최 『훈민정음과 파스파문자 국제학술 Workshop(International Workshop on Hunminjeongeum and hPags-pa script)』(2008년 11월 18일, 한중연 세미나실)의 발표요지

＿＿＿＿(2009); 契丹·女眞文字와 高麗의 口訣字, 國際ワークショップ「漢字情報と漢字訓讀」, 2009年 8月 22~23日, 일본 札幌市·北海道大學人文·社會科學總合敎育硏究棟 W408 會議室

拙　著(1990); 『朝鮮朝譯科試券硏究』, 大東文化硏究院(成均館大學校附設), 서울

＿＿＿＿(2002); 『譯學書 硏究』, 제이앤씨, 서울

＿＿＿＿(2004); 『역주 原本老乞大』, 김영사, 서울

＿＿＿＿(2006); 『훈민정음의 사람들』, 제이앤씨, 서울

洪起文(1946); 『正音發達史』 上・下, 서울신문사出版局, 서울

入矢義高(1973); 陶山信男 著 "〈朴通事諺解 老乞大諺解語彙索引〉序", 陶山信
　　　　　男 著 『朴通事諺解 老乞大諺解』語彙索引", 1973, 采華書林, 東京
太田辰夫(1953); "老乞大の言語について", 『中國語學研究會論集』第1號.
＿＿＿＿(1954); "漢兒言語について", 『神戸外大論叢』(神戸市外國語大學研究
　　　　　所) 第5卷 第2號 pp.1-29。
＿＿＿＿(1991); 『漢語史通考』 中文版(日文原版: 1988), 重慶出版社.
＿＿＿＿(1987); 『中國語歷史文法』 中文版(日文原版: 1958), 北京大學出版社.
太田辰夫・佐藤晴彦(1996): 『元版 孝經直解』, 일본 汲古書院, 東京
尾崎雄二郎(1962); "大英博物館本 蒙古字韻 札記," 『人文』제8호, pp.162~180
遠藤光孝(1994); "『四聲通解』所據資料編纂過程," 『論集』(青山學院大學) 제35호
　　　　　pp.117~126
龜井 孝・河野六郎・千野榮一(1988); 『言語學大辭典』, 第1卷 「世界言語編」上,
　　　　　三省堂, 東京
金文京 外(2002); 『老乞大－朝鮮中世の中國語會話讀本－』, 金文京・玄幸子・
　　　　　佐藤晴彦 譯註, 鄭光 解說, 東洋文庫 699, 平凡社, 東京
河野六郎(1940); "東國正韻及び洪武正韻について," 『東洋學報』(일본 東洋文庫),
　　　　　27권 4호
＿＿＿＿(1959); "再び東國正韻について," 『朝鮮學報』(日本朝鮮學會) 14호
＿＿＿＿(1964~65); "朝鮮漢字音の研究", 『朝鮮學報』(일본 朝鮮學會), 第31~
　　　　　35號
＿＿＿＿(1968); 『朝鮮漢字音の研究』, 天理大學 出版部, 天理
河野六郎・千野榮一・西田龍雄(1989) 編; 『言語學 大辭典』 上・中・下, 三省
　　　　　堂, 東京
＿＿＿＿＿＿＿＿＿＿＿＿(2001) 編; 『言語學 大辭典』 別卷 「世界文字辭
　　　　　典」, 三省堂, 東京
志村良治(1995); 『中國中世語法史研究』 中文版, 中華書局, 北京
田中謙二(1961); "蒙文直譯体における白話について," 京都大學人文科學研究所
　　　　　元典章研究班排印本 『元典章の文體』(校定本 元典章 刑部第1冊
　　　　　附錄), 京都, pp.4~52
＿＿＿＿(1962); "元典章における蒙文直譯體の文章", 『東方學報』(京都大學人
　　　　　文科學研究所), 第32冊 pp.47~161.
＿＿＿＿(1965); "元典章文書の構成," 京都大學人文科學研究所 元典章研究班
　　　　　排印本 『元典章の文體』(校定本 元典章 刑部 第1冊 附錄),

pp.187~224

中村雅之(1994); "パスパ文字漢語表記から見た中期モンゴル語の音聲,"
『KOTONOHA』제1호 pp.1~4

_____(2003); "四聲通解に引く蒙古韻略について,"『KOTONOHA』제9호 pp.1
~4

長澤規矩也(1933); "元刊本成齋孝經直解に關して,"『書誌學』(日本書誌學會) 第
1卷 第5號, pp.20~38
이 논문은 후일『長澤規矩也著作集』제3권「宋元版の研究」에 수록됨.

_____(1983); "元刊本成齋孝經直解に關して", 長澤先生喜壽記念會:『長澤
規矩也著作集』「宋元版の研究」(東京, 汲古書院), 제3권(昭和 58,
1983), pp.90~92

西田龍雄(1987); "チベット語の変遷と文字," 長野泰彦・立川武藏 編:『チベット
の言語と文化』, 冬樹社, 東京

花登正宏(1997);『古今韻會擧要研究－中國近世音韻史の一側面－』, 汲古書院,
東京

服部四郎(1946);『元朝秘史の蒙古語を表はす漢字の研究』, 龍文書局, 東京

_____(1984a); パクパ字(八思巴字)について－特にeの字とėの字に關して－
(一)
On the ḥPhags-pa script－Especially Concerning the letters e and
ė－(I) 1984년 5월에 완성한 논문을 服部四郎(1993:216~223)에서 재
인용.

_____(1984b); パクパ字(八思巴字)について－特にeの字とėの字に關して－
(二)
On the ḥPhags-pa script－Especially Concerning the letters e and
ė－(II) 1984년 6월에 완성한 논문을 服部四郎(1993:224~235)에서
재인용.

_____(1984c); パクパ字(八思巴字)について－再論－
On the ḥPhags-pa script－the Second Remarks－1984년 10월에 완
성한 논문을 服部四郎(1993:236~238)에서 재인용.

_____(1993);『服部四郎論文集』卷3, 三省堂, 東京

前田直典(1973);『元朝史の研究』東京大學出版會, 東京

村山七郎(1948); "ジンギスカン石碑文の解讀,"『東洋語研究』4輯, pp.59~95
이의 독일어판 Murayama(1950) Shichiro Murayama: "Über die
Inschrift ayf dem 'Stein des Cingis'", Oriens 3, pp.108~112

山口瑞鳳(1976); "『三十頌』と『性入法』の成立時期をめぐって,"『東洋學報』57号

吉池孝一(2004); "跋蒙古字韻　譯註," 『KOTONOHA』(古代文字資料館)　22号
　　　　　　pp.13~16

　　　　　　(2005); "パスパ文字の字母表," 『KOTONOHA』(古代文字資料館)　37号
　　　　　　pp.9~10

　　　　　　(2008); "原本蒙古字韻再構の試み,"『訓民正音과 파스파 文字 國際 學
　　　　　　術 Workshop』(주최: 한국학 중앙연구원 주최, 일시: 2008년 11월 18
　　　　　　일~19일, 장소: 한국학 중앙연구원 대강당 2층 세미나실, Proceedings)
　　　　　　pp.141~160.

吉川幸次郎(1953); "元典章に見えた漢文吏牘の文體," 京都大學人文科學研究所
　　　　　　元典章研究班排印本『元典章の文體』(校定本 元典章 刑部 第1冊
　　　　　　附錄), pp.1~11

江愼修・孫國中(1989); 點校『河洛精蘊』, 學苑出版社, 北京

忌　浮(1992); "蒙古字韻校勘補遺",『內蒙古大學學報』(1992.8), pp.9~16

　　　　(1994); "『蒙古字韻』與『平水韻』,"『語言研究』(1994.2), pp.128~132

金光平・金啓綜(1980); 『女眞語言文字研究』, 文物出版社, 北京

羅常培・蔡美彪(1959);『八思巴文字與元代漢語』[資料匯編], 科學出版社, 北京

董同龢(1968);『漢語音韻論』, 廣文書局, 臺北

林　燾(1987),"北京官話溯源",『中國語文』(中國語文雜志社,　北京),　1987~3,
　　　　　　pp.161~169

呂叔湘(1985);『近代漢語指代詞』, 學林出版社, 上海

　　　　　　(1987); "朴通事里的指代詞,"『中國語文』(中國語文雜誌社), 1987-6, 北京

余志鴻(1983); "元代漢語中的後置詞'行'",『語文研究』1983-3, 北京. pp.1~10

　　　　　　(1988); "蒙古秘史的特殊語法,"『語文研究』1988-1, 北京.

　　　　　　(1992); "元代漢語的後置詞系統",『民族語文』1992-3, 北京.

王　力(1958);『漢語史稿』, 科學出版社, 北京

　　　　　　(1985); 『漢語語音史』, 社會科學出版社, 北京

李德啓(1931); "滿洲文字之起源及其演變,"『國立北平圖書館刊』 5卷　6期(民國
　　　　　　20년 11~12월), 뒤에서 pp.1~18, 도표 16

李得春(1988); "『四聲通解』今俗音初探,"『民族語文』 1988-5, 北京. pp.29~41

張帆(2002); "金朝路制再檢討－兼論其在元朝的演變－",『燕京學報』(燕京研究
　　　　　　院), 2002-12, pp.99~122

鄭再發(1965);『蒙古字韻跟八思巴字有關的韻書』, 臺灣大學文學院文史叢刊
　　　　　　之十五, 臺北

照那斯圖(1981);『八思巴字百家姓校勘』, 中國社會科學院出版社, 北京

_____(1988); "有關八思巴字母ė的几个問題," 『民族語文』 1988-1, 北京. pp.1~17 이 논문은 1987년 9월 25일에 열린 내몽고대학 국제학술토론회에서 발표한 논문이다.

_____(2003); 『新編 元代八思巴字 百家姓』, 文物出版社, 北京

_____(2008); "訓民正音基字與八思巴的關係,"『훈민정음과 파스파문자 국제학술 Workshop』(International Workshop on Hunminjeongeum and hPags-pa script), pp.39~44

照那斯圖·宣德五(2001a); "訓民正音和八思巴字的關係探究－正音字母來源揭示－,"『民族語文』(중국社會科學院 民族研究所) 第3期, pp.9~26

_____(2001b); "〈訓民正音〉的借字方法," 『民族語文』(社會科學院 民族研究所) 第3期, pp.336~343

照那斯圖·楊耐思(1987); 『蒙古字韻校本』, 民族出版社, 北京

周法高(1973); 『漢字古今音彙』, 香港 中文大學, 香港

周有光(1989); "漢字文化圈的文字演變", 『民族語文』(民族研究所)1989-1(1989年 第1期) pp.37~55

陳慶英(1999); "漢文'西藏'一詞的來歷簡說", 『燕京學報』(燕京研究院, 北京大學出版社) 新六期(1999년 5월) pp.129~139

陳 垣(1928); "史諱擧例," 『燕京大學 燕京學報』(燕京大學燕京學報編輯委員會), 第4期(民國17年 12月), pp.537~652,

_____(1928); 『史諱擧例』, 燕京大學燕京學報編輯會, 北京 이것은 『燕京學報』 第4期(民國17年 12月) pp.537~651를 단행본으로 한 것임

淸格爾泰(1997); "關於契丹文字的特點," 『아시아 諸民族의 文字』(口訣學會 編), 태학사, 서울

淸格爾泰 외 4인(1985); 淸格爾泰·劉風翥·陳乃雄·于寶林·邢夏禮: 『契丹小字研究』, 中國社會科學出版社, 北京

Asher(1994); R. E. Asher ed.: *The Encyclopedia of Language and Linguistics*, Pergamon Press,

Bonaparte(1895); Prince Roland Bonaparte: *Documents de l'époque Mongols des XIIIe et XIVe siécles*, Paris, 1895

Bühler(1980); Georg Bühler: *Indian Paleography*, Oriental Books Reprint, Delhi

Clauson and Yoshitake(1929); Sir Gerard Clauson & S. Yoshitake: "On the Phonetic Value of the Tibetan Characters' and ḥ and the Equivalent Characters in the ḥP'ags-pa Alphabet," *JRAS* 1929,

pp.843~862

de Saussure(1922); Ferdinand de Saussure: *Cours de la linguistique générale*, 최
　　　　승언 역(1990); 『일반언어학 강의』, 민음사, 서울

Dragunov(1930); A. Dragunov: The ḫP'ags-pa Script and Ancient Mandarin,
　　　　Izvestija Akademii Nauk, SSSR, (1941년 北京 勤有堂書店 影印本
　　　　참조)

Diringer(1948); D. Diringer: *The Alphabet: A Key to the History of Mankind*,
　　　　Vol. 2, Hutchinson, London

Fages(1968); J. B. Fages: Comprendre le Structualism, 1968, Paris

Finch(1999); Roger Finch: "Korean Hangul and the ḫP'ags-pa script," in Juha
　　　　Janhunen and Volker Rybatzki ed., *Writing in the Altaic World*,
　　　　Studia Orientalia 87, Helsinki.

Gale(1912); J. S. Gale: "The Korean alphabet", *Transactions of the Korean
　　　　Branch of the Royal Asiatic Society of Korea*, vol. 4, Part I, pp
　　　　13~61

Grierson(1919); G. A. Grierson: *Linguistic Survey of India,* Vol. 8, 1990년 재판

Haenisch(1940); E. Haenisch: *Steuergerchtsame der chineisischen Klöster unter
　　　　der Mongolenherrschaft, Eine kulturgeschichtliche Untersuchung
　　　　mit Beigabe dreier noch unveröffentlichter Phagspa-Inschiften*,
　　　　Berichte über die Verhandlungen der Sächsischen Akademie der
　　　　Wissenschaften zu Leipzig, Philologisch-Historische Klasse 92
　　　　(1940), pp.1~74

Huth(1896); G. Huth: *Geshichte des Buddhismus in der Mongolei*, Part 2,
　　　　Strassburg, 1896

Joos(1957); Martin Joos ed.: *Readings in Linguistics I : The Development of
　　　　Descriptive Linguistics in America 1925-56*, Chicago : The Univ.
　　　　of Chicago Press.

Kim, Chin-W.(1988); "On the origin and structure of the Korean script." In C-W.
　　　　Kim, *Sojourns in Language* II(Seoul: Tower Press), pp.721~734

Kim, Jin-p'yong(1983); "The letter forms of Han'gul: Its Origin and Process of
　　　　Transformation. In The Korean National Commission for UNESCO
　　　　ed., *The Korean Language*(Seoul:시사영어사), pp.80~102

Kim-Renaud(1992); Young-Key Kim-Renaud, ed., *King Sejong the Great*, The
　　　　International Circle of Korean Linguistics, Washington, D. C.,

pp.41~50

Kim-Renaud(1997); Young-Key Kim-Renaud, ed., *The Korean alphabet: Its history and structure*, Honolulu: University of Hawaii Press.

Klaproth(1812); J. von Klaproth: *Abhandlung über die Sprache und Schrift der Uiguren*, Berlin

Ladefoged(1975); Peter Ladefoged: *A Course in Phonetics*, 2nd ed.(1982), New York

Laufer(1907); Berthold Laufer: "Skizze der Mongolischen Literatur," KSz 7:191

Ledyard(1966); Gari Ledyard: *The Korean language reform of 1446 — The Origin, Background, and Early History of the Korean Alphabet*, Unpublished Ph. D dissertation, University of California. 이 논문은 한국에서 출판되었다(Ledyard, 1998).

_____(1997); Gari Ledyard: "The international linguistic background of the correct sounds for the instruction of the people", Kim-Renaud (1997), pp.31~88

_____(1998); Gari Ledyard: *The Korean language reform of 1446*, 신구문화사, 서울국립 국어연구원 총서 2

_____(2008): The Problem of the 'Imitation of the Old Seal': Hunmin Chŏng'ŭm and hPags-pa," International Workshop on Hunminjeongeum and hPags-pa script, 2008년 11월 18일~19일, 한국학중앙연구원 대강당, 豫稿集 pp.11~31

Lévi-Strauss(1958); C. Lévi-Strauss: *Anthropologie structural*, Paris

Ligeti(1948); L. Ligeti: "le *Subhāṣitaratnanidhi* mongol, un document du moyen mongol," *Bibliotheca Orientalis Hungarica* VI, Budapest.

_____(1956); L. Ligeti: "Le Po kia sing en écriture 'Phags-pa", *AOH(Acta OrientaliaScientiarum Hungaricae*, Budapest) 6(1~3, 1956) pp.1~52

_____(1962); L. Ligeti: "Trois notes sur l'écriture 'Phags-pa", *AOH* 13(1, 1962) pp.201~237

_____(1973); Louis Ligeti: *Monuments en écriture 'Phags-pa; Pièces de chancellerie en transcription chinoise*, Budapest, Vol. I, 1972; Vol. II, 1973.

Narkyid(1983); Nagawangthondup Narkyid: "The Origin of the Tibetan script" in E. Stein-kellner & H. Tauscher (eds.) *Contribution on Tibetan Language, History and Culture*, Arbeitskreis für Tibetische und Buddhistische Studien, Universität, Wien

Pauthier(1862); G. Pauthier: "De l'alphabet de P'a-sse-pa", *JA*, sér. V, 19:8(Janv, 1862), pp.1~47

Pelliot(1925); Paul Pelliot: "Les systèmes d'écriture en usage chez les anciens Mongols", *Asia Major*, vol.2: pp.284~289

Poppe(1933); N. Poppe: *Бурят-монгольское языкознание*, Leningrad

_____(1954), N. Poppe: *Grammar of Written Mongolian*, Otto Harrassowitz, Wiesbaden

_____(1955); Nicholas Poppe: *Introduction to Mongolian Comparative Studies*, Suomalais-Ugrilainen Seura, Helsinki

_____(1957); N. Poppe: *The Mongolian Monuments in hP'ags-pa Script*, Second Edition translated and edited by John R. Kruger, Otto Harrassowitz, Wiesbaden

_____(1965); N. Poppe: *Introduction to Altaic Linguistics*, Otto Harrassowitz, Wiesbaden

Pozdněev(1895-1908); A. M. Pozdněev: *Lekcii po istorii mongolskoĭ literatuturĭ*, vol. I-III, St. Peterburg.

Ramsey(1992); S. Robert Ramsey: "The Korean Alphabet, In Kim-Renaud(1992: 41~50).

Ramstedt(1911); G. J. Ramstedt: "Ein Fragment mongolischer Quadratschrift," *JSFOu* 27(3) pp.1~4

이 논문은 Pentti Aalto: "The Mannerheim Fragment of Mongolian 'Quadratic' Script", *Stud. Orient. Fenn.* 17(7), 1952, pp.1~9와 동일하다.

Sampson(1985); Geoffrey Sampson: *Writing Systems* ─ A linguistic introduction ─, Hutchinson, London

Schmidt(1829); I. J. Schmidt: *Geschichte der Ost-Mongolen und ihres Fürstenhauses verfasst von Ssangnang Ssetsen Chungtaischi*, St. Petersburg-Leipzig, 1829

Trubetzkoy(1939); N. S. Trubetzkoy: *Grundzüge der Phonologie*, Travaux de Circle linguistique de Prague VIII, 2 aufl.

Twaddell(1935); William Freeman Twaddell: On defining the phoneme, *Language Monograph*. No. 16. In Joos(1957), pp.55~79

Vladimirtsov(1921); Boris Ya. Vladimirtsov: *Монгольскій сборникъ разсказ овъ изъ Pañcatantra*, Peterograd.

_____(1929); Boris Ya. Vladimirtsov: *Сравителъная грамматика мо нголъского писъменного языка и халхаского наречия*,

Vvedeni i fonetica, Leningrad.

_____(1931); Boris Ya. Vladimirtsov: "Монгльский международны
й алфавит XIII", века, *KPV* 10:32.

_____(1932); Boris Ya. Vladimirtsov: "Монгольские литературиые я
зыки", *ZIV* 1:8

1.

蒙 古 字 韻

ꡏꡁꡓ ꡂꡡ ꡕꡞ ꡝ

Vd. 1.

ꡃ 上

遠甚此圖為後學指南也必矣

兄以國字寫國語其學識過人

字寫漢文天下之所同也今朱

書之忠臣也然事有至難以國

增蒙古字韻正蒙古韻誤亦此

趙次公為杜詩忠臣今朱伯顏

32

余嘗有二生來從筆硯皆通於

蒙古之學踈敏且才其一棄素

柯也其一朱伯顏也至大戊申

暮春之望柯山劉更蘭皐謹書

3

聖朝宇宙廣大方言不通雖知
字而不知聲猶不能言也蒙古
宇韻字與聲合真語音之樞機
韻學之綱領也嘗以諸家漢韻
證其是否而率皆承訛襲舛莫
知取舍惟古今韻會於每字之

上二

首必以四聲釋之由是始知見

經堅為卍三十六字之母備於

韻會可謂明切也已故用是詳

校各本誤字列于篇首以俟大

友筆削云至大戊申清明前一

日信安朱宗文彦章書

4

各本重入漢字

各本通誤字　　元誤字

　上係元差字樣　　下係校正字樣

　　　　校正字樣

瘏从喻

編从幫

彌从並作리

伻从幫作리

耦从疑作己

順从禪作日

浙東本誤

湖北本誤

重入此
誤以下十字
重入此字內

誤以下二字

蛇从澄
刻字
炎从疑

騠从並
汝从日
輴从溪

戳籤

違趨踔妮齷擱籋

5

蒙字總變之
古韻括化圖

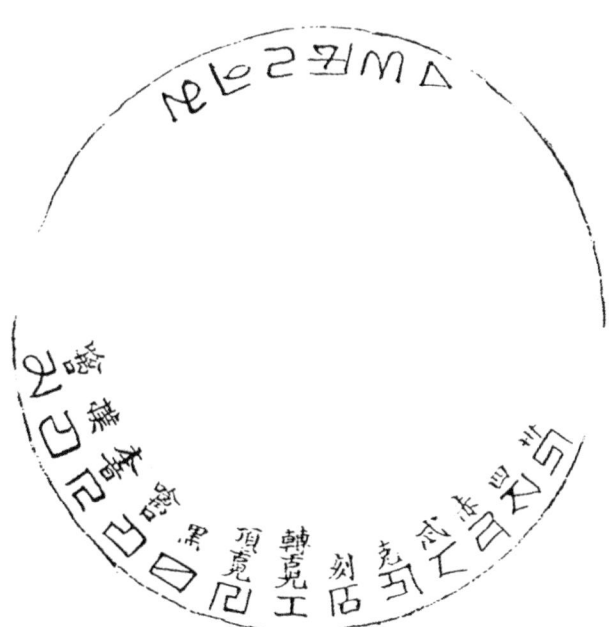

上田

6

見　溪　群　疑　端　透

字母

幫　滂　並　明　非　敷

邪　照　穿　床　審　禪

上五

29

此七字歸喻母

娘	澄	徹	知	泥	定
心	從	清	精	微	奉
日	來	喻	影	畫	曉

同上

7

篆字母

上六

25

總目

七真
六佳
五魚
四支
三陽
二庚
一東

上七

十 十 十 十 十 十 九 十 八
五 四 三 二 一 先 蕭 寒
麻 歌 侵 覃 尤 一
尤

9

平農震儂膿

箭侗酮肜澎蓁懠佟上動桐恫慟

平同仝童僮銅桐筒瞳瞳獐潼羵罿種峒

平通恫侗兒犬上桶桶去痛統

平東凍冬蝀零兒雨上董蝀懂鐘去凍楝

平空箜崆悾倥倥侗上孔倥悾去控倥空䪀

貢贛夅䢴也至灨虹墳鵱

平公功工攻魟䲨肱刂也刈𧊣璞上礦鑛去

蒙古字韻

一東

上
八

平 風楓豐鄷澧封封峯鋒丰逢蜂㚆烽上

上 壟懵懞猛艋 去 㜋孟盟雺懵

平 蒙家蒙朦曚罞懞雺盲蝱鄸覭萌岷眠

平 蓬蓬蓬鋒花辭 上 嗙 去 嗙

上 琫菶

平 醲濃穠穠

平 崇崈

平 忡充琉忧羌傭衝衝罿憧 上 寵

中 東種衆穜

平中東忠鍾鐘蚣 終螽 上 冢塚腫種踵 去

平愂上趏

平春舂椿

平鬆去宋送

平叢巖叢潨琮悰賨

平怱悤玉石似輠輱

怱怱聰聰去認憁

惣去稯傯綜猻

平駿崚嵕駿鬆稄宗上総摠惣傯嵷憁

平曹夢嚀去癢夢嘈

平馮渢逢縫夆上奉去鳳倰縫縫

嬰倰去諷風賵葑

上九

平蟲沖盅重种上重去仲重

平窮蛩竆蛬邛笻蛬去共

平穹芎釜上恐去誇𦜕供恐

問環去供

平弓躬躳宮恭龔供共上拱碧茸琪栱

平籠朧聾𧮖嚨瓏朧櫳上籠儱去弄

平翁𦥑翁滃去瓮甕甕

鶻鉉弘靬鬩上潁卬去哄烘鬩橫

平洪江紅虹鴻紅烘浲橫黌鑅喤宏泓嶸

平轟鍧諻甍

平縈

平顯喟縈 上永 去詠咏縈嗇嗇

瀤鞖褞擁

平雍麤雕辟癃瘂邕噎雞饔瀤 上擁壅 去雍

平育凶韻淘悃 去夐

平松 去頌誦訟

平蒿崧鱥娀菘駷埠 上悚竦聳

平從 去從

平樅 去從

平縱蹤 去從縱

平丁　釘玎仃上　村頂鼎酊去　矴釘定釘訂

平迎　凝去迎凝

平擎　勍黥鱷鯨鶁去　競競倞

平卿　去慶

平驚京荊兢矜上　警儆景境撤去　敬竟鏡

　　　二庚

平戎　羢茙上　冗氄

平隆癃窿霳龍上　隴壟

營瑩縈瑩上　甬涌勇踊慂潁俑頴去　用

平融融燭彤溶容溶庸墉鎔鏞廓傭蓉瑢

12

平兵幷冰掤上丙柄炳恦秉餅鉼麩

剩賸勝旬嵊

平呈程醒程澂澄憕懲繩乗湩去鄭瞪乘

平桯頳佧偁偋上逞騁去遉稱秤

證揳肇去政正証證

平貞楨禎征鯖鉦正徵烝烝朕上整整

平寧上顂濘去甯侫濘

訂去定廷錠

平庭停莛亭霆渟綎娗蜓廷上梃艇鋌

平汀聽廳靼上斑従頲去聽

上
十

請

平情晴睛綪鄟嶒 上靜靖穽阱 去淨穽靚

平鯖魚清青上請 去倩清龍精

平蜻蝤精菁鶄晶睛旌斿上井去甑

上皿茗酩去命瞑

平覎䁖目明盟鵬鳴名洺冥銘溟蝑賞瞑

去病平評凭

平平評苹枰瓶餅屏萍洴凭馮憑上竝並

平偋砯去聘娉

鞞去柄怲摒栟并

去 鞭硬孕

平 孃也好 攊擔也

盈赢篇瀛赢 楹蠅 去 卸楞涅

瑩澄

平 虺罌鷟嚶 櫻鸚鷩攪 瓔嬰纓 上 麖 去 鑒

平 霙韻 英瑛 臂 應鷹 鷹 上 影 去 映應

平 恒

平 成城 誠箴盛 郕承 丞 去 盛晟娍

平聲升昇 陞勝 去 聖勝勝

平 餳

平 星腥醒惺鯹 臭魚 上 醒省惺 去 醒娃 性

上二

平丁爭箏上打去偵諍幀

平狰偵能

平騰謄滕滕藤癓 去 鄧 蹬

平登燈簦甑氈 上 等 去 嶝 鐙 蹬 磴

上肯

平桓絚絚 去 亘 恒

平仍陾

令

聆零翎瓴陵凌淩羑綾 上 領 嶺 袊 冷 去

平令靈齡圊鴒蛉鈴䲜橤蠕岭伶泠笭玲

14

平楞稜薐上冷

平生笙牲銚甥猩上省青

平僧醫

平層曽去贈

平增憎曽矰罾槽

平彭棚朋堋鵬溯上倗去偫

平烹亨抨

平崩閛繃枋絣伻去逬

平棖橙去鋥瞠

平瞠鎗鐺槍琤鎿鐺檸

上十三

平兄

平脖脝譽與去興

平阬坑鏗硜硿輕 上聲礚䃣謦

耿𩏧頸 去更徑逕俓勁

平庚鶊更秔粳廣羹耕經涇 上梗挭綆緪鯁

平雄熊䒬䒦螢上迥炯泂

上詞

平瓊甇棐悙

平傾頃上項蓊傾聚縈濙

平扃駉坰上頰

15

ㅁㅏㆁ ㄷㅏ ㅈㅏㆁ ㄹㅏ ㄷㅏ ㄷㅏ ㄷㅏ ㄷㅏ

平唐塘糖瑭螗塘溏糖堂棠　上蕩盪簜

平湯鏜　上曠儻帑　去儻湯盪

平當鐺艟峥簹福瑒　上黨党讜　去讜當擋

平昂卬駒綁棉厔　去駉

平康糠穅頑　上慷忼　去抗閌炕伉亢

平岡堈剛鋼綱岡堈亢　去鋼

三陽

杏荇幸倖婞脛　去行脛

平行衡珩蘅莖䂍形刑邢鋤俐硎型　上

平泓

上去

平滂錺霶雱雺胮

平髼縍蓽謗邦 上榜髈謗

平娘孃 去釀

平長萇腸場 上丈杖仗 去仗長杖

坒齬瑒唱倡暢

平猖狂倀昌倡閶菖 上昶氅厰 去悵

脹漲張帳墇瘴障

平張粻章漳樟璋彰障獐麞 上長掌仉 去

平曩上曩去儾瀼

去宕踼碭逿

16

平藏上奘去藏臟
平倉蒼鶬滄上蒼
平臧賊牂戕上駔髒去葬
妄忘望望
平亡芒莣忘鋩望上網罔輞魍調惘枉去
平房防坊魴去防
彷紡髣去放舫訪
平祊方坊妨枋妨芳上昉倣放仿
平茫忙卬覂厖哤狵上蒡
平彷彷跨房雱龐逄上棒蚌珡去傍徬

上十五

平穰攘孃瀼蘘 上壤穰壤 去讓

朗去閬浪埌蒗

平筤也竹即節瑯稂根廓柳銀浪蜋琅狼 上

上養痒癢瀁 去漾恙羕颺煬様養瀁

平陽晹楊揚颺煬錫瘍歇鵗羊佯徉洋痒

平航行頏杭上沆颃 去吭行䇹

上块决去盫

平常尚裳嘗嘗償鱨 上上去尚上

平商賣傷殤觴湯塲暘 上賞鬺去餉向

平桑桒喪上嗓搡瘵顙 去喪

17

平 纕帶佩襄庙湘相緗箱孃上想去相

平 牆厝墻嬙檣薔戕蘠去匠

平 蹡斨槍鏘瑲蹌斯槍

平 將漿蔣螿上牂獎槳槲蔣去醬將

平 仰去仰

平 強彊上彊

平 羌蜣腔悾跫上控

降洚

釭矼江上灘礏鏠講搆港去彊絳虹

平 薑疆畺疆壃繮韁彊礓檀蟸僵姜扛杠 上六

78

平椿去戇

平狂軭

平匡筐恇眶　去曠壙壙績

平光炎洸胱頏　上廣　去誆怯恇

亮諒絅兩悢量掠涼

平良梁梁飈粮蜋糧量涼涼輬　上兩魎　去

平央鴦殃鉠秧霙決　上鞅鉠䫤快　去快鉠

平降洚遙水道不缸瓲　上項䤞　去巷閧

平香鄉肛　上響饗蠁響享溝　去向嚮

平詳祥翔庠　上橡象像像

⑱

平牀床去狀

平創瘡上剌搶去 刱創愴滄

平莊庄裝粧去壯

平瀧

平王上往皇去廷旺王

平汪尪上尫去汪

平荒肓上慌䀮癀兒見 明

平雙慻

平幢橦淙去撞

平窓悤窻樅

上十七

平魁欵欹崎欺儆 上 綺起杞屺玘芑嶇

級殛恆亟謳諫棘

暨覬穊驥記猘罽 入 訖吃戟戱急汲給伋

饑機璣機 上 㰤麂紀巳幾蟣 去 寄冀㸾既

平羈羇畸奇飢肌姬基朞其箕幾譏磯韉　四支

上忱 去 況既況

皇煌徨篁凰璜潢簧 上 晃幌滉兊 去 攩擴睢

平湟名水瑝王騜馬白黃皇遑惶煌艎惶蝗

平霜鸘鵝嬌 上 奕鵝塽

平低氐碑羝眠隄堤上邸底詆坻柢抵羝

屹仡逆巋发

擬儗嶷矣頷　去　議誼義劓毅刈乂入疙

平宜儀鸃涯疑嶷沂澨上蟷蟻蛾錡艤轙

及笈姑佶趚極

去笈騎泉曁塈洎咠惎鶍昬偈入劇屐

碁璂祺祈頎蕲畿機崎圻幾上技妓錡踦

平奇琦騎錡其期旗綦萁琪麒箕騏淇綦

泣湆吃

疙梩豈去器亟氣愒愾揭甈入乞隙卻綌

上十八

76

ꡊ ꡁ ꡟ

溺惄

平泥迡霓骨有臨上禰范瀰去泥迡近入怒

笛余羅滌趹頓迪

禰棣杕跟題遞遠地迡入狄荻敵篦翟覿

騠上弟娣悌遞去弟第遷提髢締睇悌娣

平嚏啼遞蹄折提題媞綈稊醍徲鵜羨緹

趄別惕踢籊

平梯睎上體軆涕去替剔涕履入逖邊個

乾鏑馰滴吊的中笑藥芍蹢樀

舐軑弦氏去帝諦嚔羝蒂蠐入的適嫡甋

20

斤

掃揮滯入扶哽誡也勒餝鷲叱尺赤虭

眇峀陡娍上恥祉侈齒藆去眙熾饎糟幟

平絺瓶盛酒器刵摛魖 魖魅鬼屬 彫癡笒鴟

騰劗鐈礩職織橃執汁熱

稙蘩軎窒餰稱隻炙撫蹈跖臂旺䢊桎蛭

蹟賮賓技觲鷙至志誌制製晢摰贄入陟

底止時沚趾㞢去智知置致憤壴輕

睷之芝上徵紙帚只坻戟㞢枳扺砥盲指

平知蜘胝祇砥支卮柜枝肢禔氏泜鵝櫡

上十九

入匹僻癖霹劈澼

平紕諀磇剕批鈚上諀庀此去譬媲渒

趨踶渒渒縴䭜玭辟陛龘屖壁

䁥伻去臂痹昇庇閇嫛單薇入必畢篳韠

平畢桿篳䄲諀愧陛㺉鎞箆器竹上䊒秕比

平尼怩上𣏓你旋去膩入眲昵惴匿

妊櫊樋躑蟄直實射食蝕

緻稚穉稱治值植滯晶示謚入秩䄷朕快

陊扡鷹雉䕏時峙痔徛時暍䭾舐去

平馳池篪跔垤墀坻泜遅遟治持上𢎨襦

21.

링　　　졍　　졓　　졓둏굥

平齎賷韲擠躋隮上濟　去　霽濟祭際稧　入
平微溦薇上尾亹去未味
平肥腓淝去狒扉翡跳蜚吠
栖蜚斐菲朏悱去沸芾誹廢癈費肺
平菲飛扉緋非翡騑誹霏妃騛上匪篚棐
去寠謎祑入蜜謐醯見恒㡰罵幕汩堳慎
平弥彌瀰采迷麛上湄弭瀰羊敉米眯㳽
辟獘斃帗敝入邲莈似駜飮擗闢辟夔
肶虮枇上婢痺陛桯髀去鼻比痺桃避
平陴胇坤裨桿輦鮃名棍也楣毗比琵貔胒

平絁施尸鳲屍蓍詩上弛矢豕始去翅施

入席夕㱔蓆習襲隰颼霫

縢螣藤昔脂潟鴶錫析裼晳淅息熄惜

平西棲栖犀嘶上洗洒去細壻婿入悉

蔟籍蓿粕塌瘠寂聖集輯鏶

平齊臍蠐上薺去䭾劑皆齊懠入疾嫉

漆榛碩刺戚慼蜇鍼緝葺諿戢帳

平妻淒淒悽婁上泚玼去砌切妻入七

濮

聖唧積眷踖借迹跡踏鯽蹐勣即稷喋績

饐意瘞衣丶乙虬憶億膉醷薏抑邑悒浥

平澌狗椅褘醫監噎依衣上倚展傃去懿

虩吸噏歙翕瀹關迮釳忔汔靉

上喜蟢昲鬶唏去戲熹歊饎鬮懶丶龇盡

平犧戲巇曦僖熙嬉禧熹希晞稀殤俙

鉥羆寁湜殖楉填褶什拾十

去敀嗜視醋侍蒔逝噠誓笠涊丶石碩祐

平時塒是提移上是氏諟市恃視眠眿

軾飾濕嫡螫禭

嘗試儳弒世贄賫入失室釋適顛識式拭

上三六

掖袚液昜蜴場圛射墿襗熠

鈌黙翌翼繹亦弈帟譯懌斁驛醳脈

羿眲蓺顊蓺入逸佚佾溢軼鎰泆弋翊杙

傷肆隸異异食曳裔勧泄洩枻跇詍潏詣

魇䚦睨兒上酏迤迆施以㠯已歿莒去昜

陕黄浹飴怡圯貽頤詒台頉倪霓齯輗猊

平移籭𣤶詑酏匜彦蛇姨彝夷峓恞廈㯡

殢入壹一嗌齸醃搕挹益

平伊咿鷖礐繄黳黟 去 緆翳瞖医翳繄壒

飽

23

二貳餌珥咡刵入日駬入

平兒而柄胹鮞洏上爾尔迡邇耳駬去

曆瀝禹麗蹎礫礫瓅櫟梔

儸盞唉怮悢荔例厲癘入栗慄颸

礼蠡澧醴體去詧離利筱淕吏麗灰栵隷

剠也劇盉上遷峛里履裏鯉悝李理娌俚禮

黎鷩蓼璨稉罿粴鼕筊罷驪狸麗鸝蠡獒

平離雑醨璃离羅漓瀧緰蘺禍黎梨黎犁

䑸鷴鷧鶋鶋

上三二

平思司愚絲總私斯廝虎澌靂鵝襪覭偲

漬飢

平雌上此佌玼去剌刺次伙

忩

平慈礠鶿茲淡餈瓻眥玼去字狩孳自

滋齋仔上紫訾呰姊秭子籽梓杍去積

平貲頿訾卽觜咨資粢齋諧姿盦茲孳孜

平嶐上士仕鄘柿虒疕俟瘶浹去事

平差嵯去厠

平菑笛淄輜錙上滓胏去葘入櫛枛戢㦮

24

平 祇 示 歧 跂 疷 軝 鬐 耆 祁 鄿

政 蚑 棄 弃 入 喫 詰

平 谿 嵠 溪 磎 鸂 上 啓 綮 綮 稽 企 政 去 契 企

擎 䏈

平 鷄 雞 稽 析 笄 去 計 係 繫 薊 髻 繼 入 吉 激

璟 澀 澀

平 釃 籭 師 上 屎 史 使 去 駛 屎 使 入 瑟 颸 蝨

寺 嗣 飼 食

平 詞 祠 辭 辝 辤 上 兕 似 祀 禩 姒 已 耜 汜 去

上 從 壐 壐 死 枲 葸 去 賜 四 肆 泗 駟 笥 伺 思

上 二十三

74

平推推上腿去妮騠退

平碓頷堆鎚敦去對碓役

平達夑殘駼頒上跪去匱賷饋鋭櫃簣歸

平廬恢詠魁悝盇上跪去喟繪塊

禬牆憤劌蹶入國

匭虺去媿愧蕢儈膾澮卽屠創會獪

平嫣龜歸婦倪琬壤上詭垝庮執籃昼宄

綮入檄觀欵

平奚傒溪蹊莖兮嚴獙屎上徯謑去系禊

平醢

25

平披鈹邳丕不杯駓醅肧坏伾上岥披豾

偪幅比

彼詖陂祕秘毖閟彎泌費背蜚入碧筆逼

平陂詖碑罷悲梧柸盃上彼婢罷鄙去貴

去誖

平鬐錘鎚椎去錘腿墜縋

平吹炊推去吹出麤毳

平追錐佳騅雛上捶箠去惴縋畷贅

平桗上錣餕去內

平頹積隤尵債去兊靮隊憝鍛鐓諔

上二十四

平推崔 上皐罷 去苹穎悴瘁叢

平崔催綏陮 上皠灌璀 去翠毳脃悦倅淬

平劑 上觜 去醉晬綷最

媚脄妹昧沫痗瑁眛 入寁宷黕纆墨

玫煤脢禖莓鋂醿 上靡骸美媺浼每 去

平酶酒縻麋靡釀眉嵋湄楣郿麋枚梅媒

復夔菔葍匐踣樊

被敂備俻奰佩珮抑偝誖悖背斐旆 入彌

平皮疲罷邳裴徘培陪 上被否圮琲 去髲

秛 去帔濞配妃 入垻幅福副

26

巋䫸 去 尉慰畏 爵蔚穢 濊獩黵 入 域罭棫

平 逶姜委威葳 蜲隈煨偎根 偎根 上 委 飢磈

續聞迴 入 或惑蝛

平 迴回洄 槐徊瑰 嵔 上 瘣廆 滙 去 會 檜潰

平 灰上賄 晦悔 去 譏噫 歲誨悔 悔

平 垂睡誰 倕 上 菙 去 睡 瑞

上 水去稅 說蛻 帨 悅

平 隨隋 去 遂 彗墜璲 璲 襚燧 璲鐆穗 篲彗

睟歲緒 繐碎 誶

平 眭綏 雖眭 桵 鞬 䡾 上 髓 遀 去 邃 誶 粹 祟

上二十五

平規雄圭珪却閨窐上癸 去 季桂入橘

平虁佳綾 上 籖籖 去 芮汭蜗枘

楅

平纂藥檁纗繧珇 去 類淚纍纍纇纈未攟

酐楅罌雷贏 上 檠累檫篡罌囍誄磊䨶儡

渭媚衛彗外磑

韡媁陒頵 去 僞位爲魏冑謂緯彙蝟絹

上碗頠蔫鶀闤遂洧鮪尵煒暐偉瑋葦

平危峗帷爲為巍幃韋圍闈違湋桅鬼㞪

絨淢

27

平惟維遺濰唯上唯蹲去遺鎓瞉睿入聿

去恚

虫卉去諱卉喙入洫衁閾

平麈攟揮煇輝暉翬徽褘上毀燬譭烜砋

入猶

平獌墮攜觺蠵钄觹畦難去懥慧惠蕙譓

去喈瞎入欨閱羢

平癸上揆去俘

平闚窺䁤奎刲刿上蹉珪頍入闋

鵑縞

上二十六

上土吐稌去兔吐鵌入秃鵌突

平都闍上覩賭堵去妬蠹斁入篤督咄

礜窟砘

平侉忕枯刳上苦笘去袴庫骻入哭酷顝

搰告骨滑汨愲

崔故酷痼固錮鯝涸入穀縠轂谷彀縠楛

鼓敲瞽股罟蠱佶監牯鈷殺賈詁去顧頋

平孤苽菰姑辜酤鴣蛄呱觚沽柧眾上古

五魚

鸆適鷸喬役疫

28

平鋪痛上普溥浦去怖鋪入扑醭撲眲醭

樸祿不

平道舖晡誧上補譜圃去布圃佈入卜濮

平鉏鋤雛鶵上齟去助

平初芻上楚礎檨入簉齱閦

平菹上阻俎去詛阻

平奴笯也篤箰帑上怒弩去怒入訥

憤債毒蝳哭探纛膪埃鈯

渡斁鍍度入獨讀髑齺髑殰櫝韣瀆

平徒屠瘏塗途酴騒茶闍党上杜肚土去

上二十七

ꡢ ꡜꡞ ꡜꡟ ꡜꡟ

平扶芙符㒷夫泭 上父輔腐滏敷䉷釜去

緵㪔綒綍綍帶㪔不㠯洝

輻幅腷蝮福副覆拂茀袚䮊制醫髳蹄弗

父撫弣柎去付賦傅赴計仆入福腹複菖

秄莩桴痛上甫脯頮俯府瞞籃䪼莆備

平跗跌膚䥶趺夫扶敷麩專学邟䢉俘翆

慔入木沐㲝鷟霂䕅没殁

平模撫謨摸上姥莩鏟姆師女去暮慕募墓

暴曝瀑僕渤勃餑悖桲字浮埻

平酺䨁菩蒲蒱上簿部去捕哺步騬岁入

29

速觥觫鍊蓮涑窣

平蘇穌穌酥　去訴愬泝遡素傃嗉塑壊　入

平祖俎上粗　去柞胙咋飵　入族倅

平麤鹿牰　去措醋錯　入簇蔟猝卒

平租稙上祖俎組　去作　入鏃卒

繆物勿芴岉

碏麠觚鶒腒罛　去務婺霧驁　入目睦穆攻

平無毋蕪誣巫　旡兀　上武舞儛嫵侮　憮珷

袱怫佛咈懠宓虙

附衬賻駙腑　入伏復服袱馥鞪鵩箙匐鮒

二十八

ᠵ　ᡂᠵ　ᡂᠵ　ᡂᠵ

鹵虜鑪鹵 去 路露潞輅鷺璐賂路籇入爐

平爐鑪壚蘆顱鑪轤獹瀘纑旅上魯櫓

入屋劇沃鋈

平烏鳴洿汚朽於惡上陽塢鄔 去惡諤汙

迂鞨罜入穀樧斛鵲鶡麩齪紅湄鶺

搭庀怗鄈祐旴岾崔鳻酤 去護瓡護互濩

平胡壺狐餬瑚湖鶘酗糊弧乎瓠㜯上戶

平呼戲嘑膴滹憮上虎琥滸 去譹入熇忽箮惚

縮酋謖蹜率帥蟀

平疏梳蔬踈釃觬愉上所所數 去疏揀數入

30.

平頷猪潴諸誅株邾朱珠絑蛛上貯楮煮

去遽勵詎懼具入鞠局跼偏崛椐掘

鸜劬軥鴝絇朐上巨鉅拒秬炬詎窶

屬去驅入麴曲苗詘

平渠磲蕖璩蘧遽席衢癯釄飲酒鏺曜

平壚祛椐胠崅區驅崛上去齲踽去

菊鞠掬鷱鞠勶蕐搰厥屈

筥弃也藏拒㭨去攎鋸倨踞鏺屨句約瞿入

平居裾据琚鷗車拘駒斠捄俱上舉莒矩

祿鹿漉轆賝麂麗麓盈碌轆籙漻

上二十九

平且蛆苴詛姐去怚沮足入感顧跊蹴縅

平初邿挐上女去女入䏰悪怚䏱

述瞻躅术林沐潚

莇宁紵抒柱去箸筋除住入舳逐軸柚術

平除踏儲趦篨滁厨躅惆赶上佇竚紵杼

入俶扺觸點冰出

平攄襑撗貙樞妹上楮褚逐杵處去處蒢

齣屬屬囑矚

炷斣入竹竺筑築粥祝俶疢勵窋紬怵燭

啫渚黜主塵炷去著蕎註鉒駐軒注鑄뢰

31

平蜙殊銖沫茉殳 上 墅豎竪樹裋 去 署曙

叔俊求裻束

平書舒紓絛翰 上 署鼠黍癙 去 怒庶戍 入

平徐 上 叙緒縃序嶼釀 入 續俗薈

宿蓿夙鯆鱐卹恤戍誅珹䏶粟剝涑

平胥須鬚繻絮需 上 諝胥醑湑 去 絮 入 肅

上 咀沮俎聚 去 聚 入 崒崪

趣 入 促

平疽岨砠趄趨趄 上 取 去 覰娶

蜼卒猝足

上 三十

4

ꡡ ꡜ ꡜ ꡜ

睿史硤牒舾俞厰裓瑜悽揄叟渝諛上

平余餘畚興璵旗皶與譽舁好伃予逾踰

御馭語過寓芉雨羽入王獄堀圁閾颭汨

語籥圄啟圓齬禦虞俣羽禹雨宇寓瑀去

平魚漁厰虞愚娛堝峿隅盂迂盂雩等上

爊奠塿澳隩稶鬱欝爧菀尉熨蔚

平於於淤紆迂上傴去飫淤嫗饇入郁或

酳呴煦入蓄畜愊旭項晶颽欻

平虛歔嘘訏吁欥上許詡呼栅瑚煦去昫

樹涸入熟孰淑塾璹娵蜀鶸屬属瓓

32

뎌 뎨 뎌

忙迁晤悟梧晤 入 几杌屼矼舢刖

平吾齷吳瑛鍈梧 上 五伍午仵 去 誤悟窹

乳去洳茹入肉辱蓐褥褵潯

平如茹儒濡褥懦嚅囁上女汝也尔籹鑷茹

脺崒率錄淥醁籙碌逯錄

侶縷僂褸去慮屢入六陸發稑蓼蛚律縪

平臚閭廬驢櫚蔞腰上呂旅脊簸祣穭

慫谷峪入育毓蠹賣煜昱蜻欲浴鵒

瀨裕諭喻籲入育毓蠹賣煜昱蜻欲浴鵒

與子庚悷瘵愈瘉尳 去 豫預譽與蓂與蕷

上三十一

平齋　去債瘵瘵　入責嘖幘簀咋迮窄酢譜

平能　上乃　迺鼐艓嫐嬭　去柰奈耐鼐　入搦

待　去大汏代岱黛袋逮隸齂朡騰璹

平臺臺臺擡儓苔菭駘　上殆怠　迨紿詒駘

平胎台　卲　去泰忕太貸態

上觟又　去帶襤戴

平皚皚　上敱　去艾礙

平開　上愷凱塏鎧閶　去磕愾愾欸鎧噉

平該垓荄陔峐暟祴　上改　去蓋匄溉禊溉槩概

六佳

敗入 白帛舶鮊

平牌排俳上罷偝去粺秕筛悄痛億鞴艴

去派湃霈沛入柏珀鮸

眅襞擘迫

上擺押去拜扒敗貝沛須茷入伯百柏箔

澤翟

平柴紫豺儕上腐豺去玭寨入蹟齭宅擇

睛埡

平釵义差娥上茝去差瘥薑入冊柵策筴

摘謫謫殢筰

上三十二

平哀 埃 欸去 謁蓋 餲靄 曖愛 僾 靉 曖

平孩 頦上 亥去 害 瀣 劾

平咍上 海 醢

上灑 躧去 曬 洒 殺 入索 楝 㰥 城 愻

平䰄 題 去賽 簺 塞

平繰 財 才 材上 在去 載 在戴 栽

平猜 偲上 釆採 綵棻 彩去 蔡菜 埰

平栽 灾災 裁哉 菑戴 上宰 睟 縡載 去再 縡

載 轎 豵 麥 衃 脉 脈 眼

平埋 薶 霾 上買去 賣 邁 勱 勑 昧 沫 入陌 貉

34

平　平　去　夬　去　平　平　平　餀　平
衰　衰　快　獪　怪　賴　來　崖　尼　娃
撩　上　嚕　𢶒　恠　籟　萊　涯　厄　洼
去　瑞　駃　入　硿　廟　騋　厓　撖　上
帥　去　蒯　號　壞　瀨　秾　上　扤　矮
率　㝡　蕢　㪰　卦　賚　去　駚　乾　去
入　　　唱　蟈　挂　㑊　賴　入　院　隘
摠　　　　　䵢　掛　　　籟　額　呃　院
　　　　　　悃　詿　　　廟　頷　噫　呃
　　　　　　摑　罣　　　瀨　詻　餲　噫
　　　　　　　　　　　　賚　　　唱　餲
　　　　　　　　　　　　夾　　　嗄　唱
　　　　　　　　　　　　　　　　入　嗄
　　　　　　　　　　　　　　　　啞　入
　　　　　　　　　　　　　　　　　　啞

械薤薤灉 入 轄轕虆闢核絯
平眹鞵鞋諧骸 上 蟹解獬澥嶰駴 去 邂解

去 謑怂 入 赫嚇嚇

平 揩 上 楷鍇 去 劾揩 入 客烙

惐忥猏 入 格袼骼隔萬䇄革䈀

去 懈繲癬誡戒界介济玠斺价芥屆

平 佳街皆偕揩喈階湝虀茇颭楷 上 解

去 瞶

平 蛙鼃 入 擭

平 懷槐梀淮禳褱 去 畫壞話 入 獲畫劃嗰

OR. 6972.

Bought of Mrs. Bushell.
Apr. 6, 1909.

40BC

蒙 古 字 韻

Vol.2. 下

36

入塞螽
入賊螽
入則
入崱
入測惻昃
入昃仄側
入特騰
入忒慝貳
入德得
入刻克尅

平珍真甄振眕上 軫眕眕 縝診袗辴稹積

平級

平銀閥圌垠圻斷齗 上听去 慜坌

平勤芹懃懂瘽 上近去 近僅覲殣瑾饉瑾

平中斤筋斳 上 謹槿菫懂㐲瑾 去 斤靳槿劤

七真

入刻

入黑

八勒扐肋仂沕

入色畬穡

37

ㅎㅕㅇ ㅎㅕㅇ ㅎㅕㅇ ㅎㅕㅇ ㅎㅕㅇ ㅎㅕㅇ ㅎㅕㅇ ㅎㅕㅇ ㅎㅕㅇ ㅎㅕㅇ

平秦蓁上畫

平親去親

平津璡上畫 去晉搢縉進璡

平旻珉岷緡閩民 上愍慜憫閔敏啓泯僶

平頻蘋薲嬪玭蠙轓噸貧 上牝臏

平繽闐爭也

平賓濱鑌彬斌豳邠璸儐 也 去儐殯鬢擯

平神陳塵 上紉朕 去陳陣

平瞋嗔謓 上齓 去疢趁

去震振賑鎮填瑱 玉充耳

下二

64

遴吝悋蟒磷瞵躪

平鄰韓潾嶙獜磷潾

平寅夤臏上引蚓螾去脣鞫

平因茵禋闉駰湮氤陻絪姻堙歅嫺去印

平殷慇上隱磤縌㥈齦去檼穩隱

平痕上很去恨

平辰晨宸鷐臣上腎辴敒脤去慎脣蜃

平申伸紳呻娠身上矧哂

平賁爐蓋膩艫餼臚

平辛新薪去信訊迅汛

平盆去坌

平濆噴去噴

平犇賁牛走牛驚上本畚

去嫩腀

平屯豚臀㩓上囤敦盾沌遁遯去鈍遁遯

平㬉焞㘈上矄煦腿

平敦惇孱墩去頓

平坤髡上閫梱悃捆壼去困

平昆㻥崐琨鵾鯤錕上髡袞蓘錕緄輥

平人仁上忍去刃認仭軔牣訒

下三

ꡝ

平存蹲上鐏鱒

平村上忖去寸

平尊鐏樽鶴上樽噂去掕

紊聞扠拭也

平文開紋雯蚊上吻刎扠忞去問汶璺縐

上憤墳扮忿魵賁怒聲去分坋

平汾氛棼頒粉蚡蕡羒藂瀆蕢賁焚墳殯

忿糞瀵憤奮

平分饋餴芬紛爺瓬雺翁氛上粉忿去溢

平門捫撋璊鼟上悗蕫去悶蕙

平春椿輴枕櫄　上蠢踳賰

平屯窀迍諄　上準准埻純　去稕

平群宸帬　上窘儠箘菌　去郡

平囷箘

平君軍皲　均鈞　祒麏麕麏　去　攈捃皲

平論崘埨　去論

平溫　上穩

平魂渾　上混渾緷混　去恩溷

平昏惛婚闇

平孫蓀猻豲　上損　去巽選遜愻

平淪輪倫綸輪

平勻昀 上尹允狁

平薰曛勳勛熏燻纁曛蕈君薰 去訓爋

平醇純蓴鶉錞淳

去舜蕣瞬

平旬巡馴紃循洵楯揗 去徇殉徇

平荀詢岣珣恂 上笋筍隼簨 去峻濬浚

平逡皴夋皴貌

平遵撙 去儁俊餕畯駿貌

平脣漘 上盾楯楯 去順楯

平欣忻昕訢炘去觪嬔炘

上緊

平恩

平華嶔騃豾牲牫詵侁鮮

去覸襯覵齔齓

平臻蓁溱榛

平呑去褪

上懇墾

平根跟去艮

平犇上頓去閏潤

下五

平豻犴去岸諺犴嘊

平豻刊上侃衎去侃衦衎

餘研

平干乾芉肝奸玕上筭簳斦黔稈去旴幹

八寒

顛顫蓼去韻員鞾運暈餫鄆

平雲芸蕓耘紜耺筼云員沄上頏頒憤霣雨也

煴榅熅

平贇煴氲媼上惲蘊薀韗去醞愠緼蕰

平磌

平攀扳販去攀盼眆

平班頒鴳肦斑蝙彩扳上版鈑蝂

平潺屠偄上棧轏傸去棧輚卧車綻綑

上剗鏟去鏟

上賤醆琖盞

平難上報戁去難

憚憚

平壇檀揮彈驒鼉上但袒誕去彈但僤灘

平灘嘽嘆攤上坦去炭歎嘆

平單鄲丹彈簞上亶癉疸去旦悬

下六

平戔戈上瓚

平餐湌去粲燦璨

去贊讚酇

上晚挽輓去萬万蔓曼

飯去飯飾

平蹯繁蘩樊礬攀煩燔蕃膰璠笲襎上

迊去販眅

平飜翻旛番幡蕃藩轓繙反上反靭阪坂

平蠻鸞去慢嫚謾縵

去辮辧辨

죵 밍 뎡 덤 뼁 딤 죵 링

平屼刑忼蚖抗羱　去　琉妮翫

平瀰蘭灛閘欗攔　謂幱　上　嬾懶　去　爛讕

平顔　上　眼　去　鴈鴈

平殷　去　晏鷃

平安窐　去　按案

開騧

平寒韓翰邗汗　上　旱　去　翰捍埠釬汗悍瀚

上　罦暵漠　去　漢暵漠

平刪訕潜山　上　潜産簅漄　去　訕汕

平蹣珊姍　上　散嫩纖傘　去　散

下
七

39

平縈盤柈癍磻幣盤髮胖般鞏繁蟠并 上

平潘拌去判洋泮

平魃般去半絆

上暖煖煖餪去懊

平團摶敦溥上斷去叚

平湍上瞳去彖禄

平端上短去鍛斷斷

平寬髖上欵欵梡

貫祼館舘瓘灌鸛爟冠盥觀

平官莞觀冠倌棺上管筦輨盥悹瓘痯去

平 剜豌蜿 上 盌孟小椀 去 惋腕

去 換道

平 桓完丸 璭紈汍芄萑綄 貆絙 上 緩浣浣

平 歡讙懽 驩讙獾 去 喚煥奐渙

平 酸狻 上 算篹 去 筭蒜筌

平 攢巑 叢積 去 攢

去 竄爨爨

平 鑽 上 纂纘纘 也纘僗酂 去 鑽

平 瞞謾饅鏝曼 上 蒲蕙 去 縵幔漫墁謾

伴 去 叛畔伴

下八

平問鞎簡覵姦菅上簡柬揀去襇間覵

平禎

平彎灣上綰

擐官輠襻幻

平還環髟寰鐶園鐶輠後上睆苊去患

上撰饌譔僎去饌

去篹

平跧

平關闗瓃擐倌鯤綸矜去慣卅摜串

平鑾鸞戀欒濼匧上卵去亂乱

44

平 天 上 腆 瑱 玉 名 靦 愼 去 瑱

平 顚 癲 巔 蹎 也 驜 馬 額 滇 滇池在上典去殿

平 言 馮 焉 上 㸌 謫 顧 去 彦 咠 喭 諺 建寧

平 乾 虔 上 件 鍵 捷 梴 去 健 腱

平 愆 愆 謇 襄 騫 去 謕 這

平 㨄 鞬 上 寋 謇 去 建

九先

平 開 間 䦧 也 䁖 嫻 鷴 閒 上 僩 眼 䴔 去 莧 骭

平 豺 慳

鐦 㵎 諫

平前錢上踐餞後 去荐游拵賤餞

晃去麵麵瞑眄齦面俩

平眠綿上緬汅酒黽動勉免娩順也俔

論去卞抃拚開弁頒匠便論平上辮 卩 詳辨

平蝙蝻軒駢胼玭便楄論平上

平纒躔鄽廛纆 去驖禮

平遭趲鱣 去驊禮

平牵年上撚忍 去睍輾碾

佃鈿閴娗

平田佃畋鈿填閴上 殄 去電殿奠澱淀甸

45

平饘旃鱣梅氄鸇上展輾去戰顫

平牽汧岍上遣去俔

平堅肩妍麞鵑甄枅椻坚上壐蹄蜆繭去見

平然燃上嫊

平蓮憐忴零連聯上輦璉去練鍊煉湅

羨硯

平延埏筵縱鋋姸研上演衍戭去衍筵

平堙膳饍禪單

平鋋單蟬禪撣彈澶上善墠鱓單鄯去繕

平次涎去羨

平軒掀騫飛上幰顯去獻憲

平亶挺挺扇蝙去扇蝙

辭蘚去霰先線線

平先躚蹮仙僊鮮上銑洗跣琥獮鮮燹

平干阡芊迁遷韆上淺去舊茜倩

薦箭煎濺

平箋牋籛棧煎濺上剪翦戩錢去

平篇偏翩徧上鶣薜去片騗

平邊邊嘛蝙編鯿鞭上綿褊也小扁去變遍徧

平燀上闡繟憚嘽燀也嵗祛砤

46

平詮佺銓痊筌絟荃拴悛

平鐫脧

平船舷椽傳上篆瑑去傳

平穿川上舛喘去釧窠

平專輇顓箏上轉剸去囀傳轉

平權拳觀鬢卷上圈去倦圈

平犬

平涓睊鵑蠲上畎羂去睊胃絹狷

平煙烟燕咽胭去宴燕鷰醼嬿咽

平焉蔫嫣兒長鄢邑上偃鷗鄢鼴鰋去堰

58

平 元原邍源嫄騵謜沅蚖黿袁爰垣園援

平 鴛冤鵷蜿宛怨 上 婉菀苑蜿畹琬宛 去 怨
眩玹

平 玄縣懸 上 泫鉉鞙琄鞙 去 縣袨眩炫衒
烜咺 去 絢駽楥楦

平 翾儇蠉譞嬛駽晅喧萱諼塤壎諠 上 環

平 遄篅圌

平 旋璿璇漩璇還 去 漩旋

平 宣瑄朘 上 選 去 選

平 全泉牷 上 雋吮

十蕭

平賢弦絃蚿舷 上峴俔也 蘗喻睍 氣去見現

平攀上齮孿去戀

平挐上齮孿去戀

平拳卷上綣去券勸

上卷捲箞去辡眷睠卷

平塽上輭軟軟帨

平沿沿鈆鉛捐鳶蜎緣 上夽涊抗去掾緣

平淵蕭蜎娟悁去餇

瑗援媛院

輚媛猨員圓圓溪 上阮遠 去願愿遠諼

54

[illegible] 上 道稻䆃 去 導翿纛悼蹈盜燾幬䆃陶
平 陶綯逃鼗鞉咷桃鞀掏騊啕萄濤檮翿
託拓橐籜[illegible]𣝆祏蘀飥[illegible]
平 饕洮韜謟慆叨絛挑綢弢滔 上 討[illegible] 入
平 刀魛忉舠 上 倒禱擣島禱 去 到 手刂
鷔奡 入 咢愕鄂諤萼鍔鶚鰐噩堮
平 敖遨翱鰲鷔熬獒鼇[illegible]螯滶嗷 去 傲鏊
上 考攷栲槁祰燺薧槀 去 [illegible]犒槀 入 恪
藁 去 誥郜告縞膏 入 各閣
平 高膏皋羔餻櫜咎鼛篙槔 上 暠杲槀縞

平胞脬抛泡去窵礦砲入濼膊朴濮樸璞

搏爆襮鑮鑠簿攦搏鎛剝駮駮

見綵小兒衣去報豹爆爆齙爆名牛入慱

平襄襄包苞上寶保堢祿葆鴇骲飽祿

平巢去棹櫂進船器

平抄上炒謿去抄鈔

平嘲上爪笊獠獠璪去罩瞿抓

撓去撓淖鬧入諾

平猱獿猫鐃呶譊恢臑臊丞上腦惱磁嫋

入鐸度愯

下十三

平曹槽嘈螬艚漕上皁造去漕入昨酢怍

平操上草懆去操造憽糙入錯縒

入作鑿

平糟醩遭上早澡藻蚤璪棗鏭糳去竈躁

入縛懼

漠瘼邈兒

眊瑁冒旄氁兒貌 入寞瞙摸莫幕膜鏌摸

平毛髦芼旄茅蝥貓 上卯莫昂去帽芼毛

醲曤瀑袍釀入電爬撲皰泊毫箔怕薄礴

平庖咆麭炮枭跑袍麅上鮑麭抱去鉋暴

49

燠澳餧 入 惡惡蚕蚕

平鑢銅筻盧上襖懊澳媼夭去嶼懊澳墺

顥鄗晧潟兒日出蒿莎去号虓入涸鶴豾貉曜洛

平豪號毫嗥濠壕嶘山上皓昊暭浩鎬灝

蠢郝鳴

平蒿薅寸草休技撬上好去耗耗好

平稍捎髾筲鞘髟蛸去稍

譟噪癄埽掃燥入索㯱

平騷搔繰繰臊颾䑩上嫂燥掃埽慅去杲

鑿斲柞飵鈼簎

蘱銚掉調菽篠燿銚　姚　器

平迅絛髟齫跳蛪佻茗調肇上宨掉挑去

平鵆入虐瘧

平喬橋僑蕎去嶠入噱朦釀

平趫橇鞽入卻郤

平驕嬌憍鷮上矯敽撟蹻入腳腳踍屩

潦勞僗入落絡烙洛珞硌駱霚雜刌樂轢

平勞牢窂璙醪撈蓩上老橑潦楛恅去嫽潦

平聱謷上韽去樂磽墝入嶽岳樂鷽

平坳上㘸拉也去韐袎入渥握偓幄喔箹

50

平顯枵歇入謞

平韶聲佋軺　去紹佋邵召劭　入勺杓芍

平燒上少　去燒少入爍鑠

平苗描緢貓猫上眇渺淼杪藐去妙廟庿

平瓢剽藻上標鰾殍莩去驃

平鑣臕儦瀌穮藨飆標杓標上標

平晁鼂朝潮上肇兆趙旐珧去召入著

平弨入綽婥

斫彴勺酌妁繳婥斱

平朝昭招釗銘徽上沼去照炤詔入著灼

下十五

平嶠去竅

平驍梟澆憿上皎皢去叫徼繳

平饒橈蕘上嬈遶遠入若弱蒻嬈

獠爍療入略掠蒻嚃

嚃上了蓼蟟嫽嫽憭憭去料鐐⋯⋯燎

平聊臂遼髎料寥獠橑廖僚寮鎮鷯鷇

鑰淪龠篇

瑤褕上鷯漾去突燿鷂燿曜入藥躍杓橋

平堯嶢遙傗縣飆窯鉳姚搖謠怊蛂陶蘓

平妖祅訞天上天妖麌孃入約

51

平樵憔顯譙燋灼龜去誚嘁入嚼

平鰲上悄愀去陗俏峭入鵲狘碏骰猎

勦去醮僬穛釂爝爥火炬入爵雀瀺

平焦蕉膲鷦椒噍啾譙温器斗龜灼龜上勦

平漂僄飄慓翲上縹醥膘去剽漂勡

平趠怊惝恨恨入婥逴奊青色似兔

上嫋儾裒燒也

平桃佻挑恌上朓窱去鞉棻眺覜越

平貌刁琱凋鵰雕彫弴上鳥蔦去吊吊釣蔦

平翹荍劷勸勉也

50

入 逴趠踃齪擉籍

入 捉斮斷涿詠琢卓倬啄㸦 生稬

入 搦

入 廓鞹淖擴

入 郭槨彄

平 怮惣夔要腰褾喓邀 上 杳窅窈去要約信 也

上 晶

平 嘵憢 上 曉

蛸痟 上 篠謏 小 去 笑嘯歗肖鞘鞘 入 削

平 簫膮瀟飍蕭劋鮹霄消宵逍綃硝哨銷

平敲礅垸　上巧去礆　入殼殼愨確礐塙

權桶催攉

攪去教窖校鼓較覺入覺斠角較桷珏殼

平交蛟咬郊茭鮫教膠嘐上絞狡佼鼓姣

入犖

入艐蝬餕殘

入穫鑊濩

入霍籰彟瘽攉

入朔嗍矟槊數劀

入淏瀄鷟濁攉鐲蒦墿灈

平鳩捄上九久玖紃灸韭去救灸廄鵁究疚

十一尤

御寶上用此寶字

入籔籔

入嫂

入嘰

入玃攫貜

怮俲入學确嚣

平肴餚崤殽爻上淆上佼去効効校恔斅

平摅猇髇嚆烋涍去孝

平 虤髟 髮垂

上 紐鈕杻 去 㮚

平 儔幬幬禂紬綢稠 上 紂冑酎宙鯈籀

平 抽惆嫪妯擊犨 上 丑扭杻醜魗 去 畜臭殠

箒 去 晝眛嚼呪祝

平 輈俌舟周州鵃鶋 䖗疇調輖洲 上 肘帚

平 牛尤宂訧郵 上 有右友 去 宥又佑祐囿宥

上 舅臼咎詻 去 舊柩

平 裘仇咎厹公籙述求綵璆艽朹毬球逑捄

平 邱 上 糗

平 倭 鑀 喉 猴 餱 篌 帿 上 厚 後 后 郈 去 鍭 後

上 吼 去 蔻 詬

平 犨 酬 幬 醻 上 受 壽 綬 去 授 壽 綬 售

平 收 上 首 手 守 去 狩 獸 守 首 收

平 囚 去 袖 岫

平 脩 修 羞 上 滫 誘 去 秀 琇 繡 宿

平 酋 道 去 就 鷲 僦

上 秋 鞦 鶖 鰍 楸

平 啾 揫 湫 上 酒 去 僦

平 繆 去 謬 繆

上 剖 去 仆 踣

上 掊

平 柔 錄 鰈 蹂 鞣 揉 上 蹂 鞣 去 蹂 鞣

上 桺 嘗 劉 芀 魑 劉 去 溜 雷 鎦 瘤 留 璢 窋 勠

平 劉 留 驑 遚 瘤 鷗 颾 流 厲 舩 鏐 嘍 劉 榴

誘 牖 卣 槱 蕎 羑 輶 去 狖 貁 柚 猶 鼬 蚰 褏 槱

平 猷 悠 油 攸 由 蕕 蝤 蝣 斿 游 遊 縣 上 酉

平 猷 嗖 上 黝 怮 去 幼

平 憂 優 麀 耰

候 埃 后 逅

平偷鍮 上黈 去透趆

平兜 上斗斛料蚪阧陡 去鬬鬭

上藕偶耦藕芙蕅根

平彄摳 上口扣叩訌釦金飾器 去寇扣訴

苟枸狗 去遘構媾覯姤購雊瞀搆句

平鈎溝韝雛篝枸勾軥構單衣 去茍垢笱

平謀眸牟侔鍪麰蝥

平不紑 上缶否不 去副仆覆富輻

上毋牡拇晦畝鴇莽 去茂貿楙戊袤懋

平裒抔掊 上部培蔀誯

平拶捜飂廋膈蒐上溇去瘆瘦

平揪鏉上叟膠蘝柀喉去癍嗽漱軟

平鮂

上趣取去轈湊賸蔟

平緅陬柀柀上走去奏走

平愁去驟傡

平擻篍挣去籓

平鄒聚驧上掫去皺氌緅

上穀去耡

平頭投骰去豆寶窬逗酘荳眍桓

平龕堪戡 上坎 去勘闞瞰

平甘弇柑苷泔 上感敢澉 去顑淦紺

十二覃

伏霞褑

平浮桴枹罘涪芣蜉 上婦負阜偵 去復

平休咻貅狖麻 上朽 去齅

平蚪觓璆 上蟉

平樛上糗料赳

平樓婁髏髅腰蔞 上塿簍 去陋漏鏤屚瘻

平謳歐甌區鷗 上歐嘔毆 去漚

平攬上攬劂　去懺皺

上斬去蘸站

平南男柟楠誧喃

澹鼉簽郯

窞鬖薔醶嘽噉嗿澹淡憺憛　去憺憛淡喎

平覃潭曇譚燂談郯惔淡澹餤痰　上襌黔

鹸睒探

平貪探賟軜上撏鹽喢葵肷毯　去撢睒竅

去擔甛儋石罷

平貪探賟軜上撏鹽喢葵毯　去撢睒竅

平酖探眈湛帆酖妭擔儋上黕膽統丼礛

下廿一

ꡪ ꡤ ꡤ ꡦ ꡤ ꡤ ꡤ ꡤ ꡜ ꡤ ꡪ

平憨上喊

平攙摻杉雪杉縿芟上摻去釤釩

平魷三叁上糝去三

平鬻撍憨慚鏨上劃歁去暫鏨鏨

平叅叅騶上慘惜瓚黪

平簪錯上䭫寁

上錽黪

平凡帆扡杋上范軓範犯去梵帆訉馷

去汎泛氾

平讒饞毚巉上湛去賺轞

平嚴上儼厂去釅驗

平箝鉗鉆黔鍼鈐上儉芡

去欠

上檢去劍

憸噞

平菣懍嵐藍籃　上壈覽拏攬攬去濫醶纜

平嵒嵓巖上黯

上黶黤

平譜鶴庵巷醃喑上晻揞唵埯揜去暗闇

平含鈃涵函酣上頷撖莟去憾唅籃

平 僉 籤 上 憸 憯 去 壍 塹 槧

平 尖 殲 漸 熸 去 僭

平 砭 上 貶 去 窆

平 黏 粘

平 覘 謵 襜 惉 上 謟 覘 去 覘 襜 襜 襜 覘

平 露 沾 詹 瞻 占 上 颱 去 占

平 鮎 拈 去 念

平 甜 恬 上 簟 簟 去 菾

平 添 上 忝 去 橋

上 點 玷 去 店 坫 店 塾

平兼縑鶼蒹鰜

平顲鬑上冉苒染去染

平廉鐮鎌簾匲礛帘上斂撿去礆歛瀲玁

焔瀲

平炎焱監盐闇檐簷上琰剡欻去豔艷爓

俺

平淹崦閹醃上奄掩捭晻淊弇郔去裺

平撶蟾上剡去贍

平苫上陝睒閃潤去閃掞苫

平鉆暹籤纖憸

十三侵

平嫌

平枕 上 險 譣 嶮

平咸鹹函諴銜 上 謙檻艦濫轞 去 陷臽

上喊

去歉箝

平緘瑊 監碪 上 減鹻 去 鑑鑒監

平懕猒靨 上 魘黶厭 去 厭猒靨

平潛 上 漸

平謙 上 歉慊 朕傔 去 傔歉

1

上品

上凜

去賃

平沉沉霓 上朕 去鴆甚

平琛綝郴 上瞫瀋 去闖

平碪砧斟 針鍼箴 上枕 去枕

平吟崟

平琴黔禽芩 擒檎 上噤 去吟喋

平欽衾

平金今衿襟禁 上錦 去禁

下卌四

平林 琳 霖 臨　上 廩 懍 凜

平淫 霪 婬 蟫

平愔

平音 陰 瘖　上 飲　去 蔭 窨 廕 癊 飲

平諳 愖　上 甚　去 甚

平深　上 沈 審 瞫 諗 淰 嬸 妠

平尋 鐔 潯 蕁 潛

平心　去 沁

平侵 綅 駸　上 寢 寑 鋟　去 沁

平椹　去 浸 寖 祲　入 祲

戻

平珂軻　上可軻　去坷　入渴盍屑客榼

平歌謌柯岢哥　上哿舸　去箇个　入葛割輷

　十四歌

平閤鴿　合蛤　齸盍

平歆

平森參叄　去滲慘

平岑涔

平嵾授　去識

平簪　去譖

平任壬維　上荏餁　餁籨恁任稔　去妊維任

平醛瘂郇醝籆嵯

平蹉瑳磋上瑳

上左去佐左

平那儺上娜那去奈那

舵柂拕去馱大

平駞馳鼉紽陀沱跎酡鉈池馱迤佗上柂

平佗他宅蛇拕去拖

平多上驒去癉

柂槳

平莪哦娥峩鵝俄蛾上我硪去餓入嶭轙

上埵鬢綠朶朶入掇剟咄

平科窠邁蚪上顆去課入闊筶

眭适佸萿

平戈過鍋上果菓裹螺去過入括活檜栝

平羅蘿儸灂攞囉鑼饠籮上攞儸

平阿疴入過頢堨闕餲霭罨皰

盍闔嗑合郃迨盒

平何河荷苛上荷去賀檟入㫰褐甈鶡

平訶呵上歌入唱猲欲

平娑抄秒獻㺠鈔去些

平矬痤上坐去坐座

上朡去剉莝磋入撮襊

去挫㡭入撮㩴緅

平摩魔磨䩲上麼去磨入末眛麩抹秣沫

平婆皤膰入跋肨䟂拔較茇坺鈸

平頗坡玻上叵頗去破入鏺潑

平波墦番上跛簸譒去播簸譒入茇撥鉢鏸

平挼去愞稬懦濡

上墮埵棰惰去墮惰入奪敓脱

平詑上妥婑鮹楕去唾涶入倪帨脱

入 挈 契 愜 愜 篋

入 結 拮 潔 潔 樑 袺 頰 鋏 筴 莢 唊

十五麻

天

平 訛 譌 吪 鈋 去 卦

入 捋

平 騍 螺 蠃 蠡 蠯 上 倮 髁 癳 蓏 蠃 去 邏 摞

平 倭 過 渦 踒 去 涴 入 斡 搲

平 和 咊 龢 蘇 上 禍 夥 輠 去 和 入 佸 活 越

上 尖 去 貨 入 豁 濊

平 莎 蓑 唆 桫 上 鎖 瑣

下廿七

平嗟置上姐抯飷　去借入節㮚接睫接楫

上乜入　薎蠛箋碹滅搣

入瞥擎

入彌閉驚鼈別

平車硨上辤覤嵃褡　入撒徹昳掣

撤澈晢晰淅折礜懾㙮慹轍愶

平遮上者赭去拓樆鷦炙蔗　入哲蜇輾徹

入淖箞硍恭聶躡鑷捻惢攝

入鐵饕驖帖帖鉆鮎貼

入窒闐喋呫

入齧臬薛龥陘闌蓺嶼

入噎咽厭

入謁暍淹裹泡

入纈擷頡集愶叶慁挾俠絞

入脅憿弇噆憿

平奢餘上捨舍去救庫入攝葉歡鰈鞻詖

襄　媟离媟燮屧蹀

平些上寫瀉去郤瀉入屑楔蹛薛偰絏泄

上且入切竊髑妾絏

櫼婕姜浹

下廿八

ꡧ ꡏ ꡎ ꡐ ꡃ ꡝ ꡟ ꡖ ꡢ ꡗ ꡠ

入滑猾磆帽

平華驊鎨鏵　上踝　去　撷吴樺樓縭嫂華嫭

平華花譁　去化

上莜儍　入刷

平橚薃髲　入茁莝

入豹

平誇夸侉　上髁　去跨胯

平爪驪綢蝸娲　上寡　剮　入刮

上惹若　入熱讘囁

入列迾烈冽列裂莉颲栵獵鬣躐

入玦潏譎觖鑮騃鳷決鱥

苶入黠鰪羍洽狹浹袷㹨匪押硤怦押

平遏蝦鋇震瑕駴硤上下夏廈去暇下夏

平鰕呀去嚇犞譁譤入瞎勥呷

上骼去骸入篕搗楬恰搯恰劫

頡稭夾郊袷袱甲胛押鉀慹鞣

胿假賈覺去駕稼嫁架價假賈入憂桝秸

平嘉家加葭筴廎麛貑駕痂珈枷上櫻櫻

上厖入䀚

平宓洼蛙黿窐哇

下廿九

37

入　入　入　入　入　入　入　入　入　入
闋　輆　歡　蕊　絶　雪　蜥　説　啜　血
鈌　愵
　　拙
　　梲

平

平癯　入鷹

入關

入厥蹶礮蕨

入藝蚋炳吶

入劣埒鍆

入悅說閱

入月刖軹越粵鉞絨樾蚏日

入抉

入穴

下三十

今添諸韻收不盡漢字韻内 細解者並係新添

隨音旁避其餘可以類推

前項廻避字樣共一百六十餘字或止避本字或

諱恤罪辜愆

暗了休罷覆

眇靈幽沉埋

叛散慘恐尅 反逆同

扳蕩荒古迩

遷塵尢蒙隔

毘狂藏怪漸

土別逝同誓泉陸 土字近 用不馭

弔斷妝誅厭

挽非退換移 非字近 用不馭

害戕殘偏枯

師剥菙睽違 尸同

離去辭追考

愁夢幻斃疾

저자약력   정 광

서울대학교 문리과대학 국어국문학과를 졸업하고 동 대학원 석사과정을 마쳤으며 일본 오사카(大阪)대학과 교오또(京都)대학에서 수학하였다. 국민대학 대학원 박사과정 국어국문학과에서 문학박사 학위를 수득하였다.

서울대학교 문리과대학 조교를 시작으로 육군사관학교, 경남대학교 국어교육과 전임강사, 덕성여자대학교에서 조교수, 부교수, 교수를 거쳐 고려대학교 문과대학 교수로 정년퇴임하다.

한국어학회 회장, 한국 알타이학회 회장, 한국 구결학회 회장, 한국이중언어학회 회장, 국어사자료학회 회장, ICKL(국제한국어학회) Membership chair를 역임하고 현재 ISKS(국제고려학회) 본부 회장으로 재임 중이다.

미국 뉴욕의 Columbia 대학의 방문학자, 미국 University of Illinois at Urbana-Champaign의 강의 교수, 일본 京都大學 문학부 초빙외국인학자, 早稻田대학 교환교수, 富山대학 초청강사, 동경외국어대학 초빙교수, 關西대학 東西學術研究所 초빙외국인 학자 등으로 해외에서 교육과 연구에 종사하였다.

현재 고려대학교 명예교수, 가톨릭대학교 인문학부 한국어문학전공 대우교수, 우석대학교 한국학연구원 원장으로 재직 중이다.

저서로는 『薩摩苗代川傳來の朝鮮歌謠』(京都:新村出記念財團, 1990), 『原本老乞大-解題・原文・原本影印・倂音索引-』(北京:外語教學与研究出版社, 2002), 『훈민정음의 사람들』(서울:J&C, 2006), 『譯註 [번역]노걸대』, 『노걸대언해』(서울:신구문화사, 2005) 등 30여권이 있고 번역서로 『고구려어-일본을 대륙과 연결시켜 주는 언어-』(서울: 고구려연구재단, 2006) 등이 있다.

논문으로는 "朝鮮朝 譯科漢學과 漢學書,"(『震檀學報』제63호, 1987), "吏文과 漢吏文"(『口訣研究』제16호, 2006) 등 150여 편이 있다.

몽고자운 연구

－훈민정음과 파스파 문자의 관계를 해명하기 위하여－

초판인쇄 2009년 8월 26일
초판발행 2009년 9월 8일

저자 정 광

발 행 인 윤석원
발 행 처 도서출판 박문사
책임편집 조성희
등록번호 제2009-11호

우편주소 서울시 도봉구 창동 624-1 현대홈시티 102-1206
대표전화 (02) 992 / 3253
팩시밀리 (02) 991 / 1285
전자우편 bakmunsa@hanmail.net

ⓒ 정광 2009 All rights reserved. Printed in KOREA

ISBN 978-89-962895-0-0 93810   **정가** 32,000원